林文寶　編著

張晏瑞　主編

林文寶兒童文學著作集

第四輯　其他編

第一冊
海峽兩岸
兒童文學交流之研究

又序
續〈我仍然行走在兒童文學的路上〉

林文寶

一

　　拙著《林文寶兒童文學著作集》第三輯、第四輯，擬收錄哪些著作，在出版第一、二輯時，便已經做好規劃。但第一、二輯出版後，籌備第三、四輯時，幾經與萬卷樓張晏瑞總編輯商討，最後敲定收錄的書目與原計畫略有出入。第三、四輯，版式仍沿用第一、二輯的形式，採十六開精裝本。惟修改出版計劃後，第三、四輯各分為十一冊，收錄的著作，也略有不同。所收錄的各冊書前，雖有說明該書撰著緣起的序文，但仍需分別說明，除增補原先撰寫的〈總序〉之不足外，並見個人的感懷之情，以為誌之。

二

　　《林文寶兒童文學著作集》第三輯為「著作編」。原則上，收錄以本人所撰寫的專書著作為主。在編纂前，考慮到本人研究的歷程，以及相關著作的關聯性，並且考慮到讀者在參考相關著作時的便利性。後來調整收錄的著作，部分著作為合著或編著，並收錄黃秋芳所撰寫關於本人研究的專著，列於本輯的最後一冊，以便讀者參看。雖

然改變了原本的規劃，但整體而言，應該更能夠體現本人研究的歷程。修改後的收錄書目如下：

第三輯收錄的前五冊，是個人專著：

第一冊，收錄有《朗誦研究》和《歷代啟蒙教材初探》二書。《朗誦研究》的寫作動機，除筆者本身為語文教師外，與二十世紀七〇年代邱燮友教授引領唐詩朗誦，以及八〇年代初期，臺灣省教育廳指示各縣市加強中小學詩歌朗誦教學有關。本書完稿見於一九八四年七月。其後，經同事王國昭引薦，認識了文史哲出版社的老闆彭正雄先生，在他的支持下，才有本書的出版。

　　《歷代啟蒙教材初探》一書中的兩篇主要文章，皆刊登二十世紀八〇年代初期的學術刊物，十年後才結集出版。在筆者撰文時，「蒙學」研究顯然是個冷門的研究領域，當時臺灣地區的讀經風氣，仍尚未形成。在這樣的背景下，或問筆者何以動念探究蒙書？個人認為應該是與身處師範教育體系服務，並且教授兒童文學，同時也與筆者出身於中國文學系所的成學背景有關。當時《歷代啟蒙教材初探》出版後，因為本書的關係，筆者結識了許多學者。

　　一九九五年四月，臺東師範學院語文教育學系在系主任何三本先生的策劃下，主辦了一場有關小學語文的國際學術研討會。其盛況可謂群賢畢至，少長咸集。會後筆者收到張田若先生寄來張志公《傳統語文教育教材論》一書，備感溫馨。

「第一屆小學語文課程教材教法國際學術研討會論文集」書影　張志公《傳統語文教育教材論》封面書影　張田若先生於書名頁上題耑留言

　　另外，任職於臺北法國文化科技中心的戴文治主任，透過時任教育部長的郭為藩先生輾轉聯繫到我。具體的時間，已無從查考，或許是在郭先生卸任教育部長的前後那段時間。戴先生的博士論文似乎是

以《三字經》為主要研究專題，當時取得大陸書籍不易，他送我一本他影印上海教育出版社出版的張志公《傳統語文教育初探（附蒙學書目稿）》一書。

戴文治先生贈送他影印上海教育出版社出版的張志公《傳統語文教育初探（附蒙學書目稿）》一書，並附上其名片，以便日後聯繫。

到了二○○四年一月八日，「蒙學研究研討會」於香港教育學院大埔校園舉行，該研討會，係該校語文教育學院院長陳永明教授所主持的「蒙學及中國歷代蒙書研究計畫（2001-2003）」中的一次研討會。研討會上，除了該校教師李玉梅、李貴生、白雲開、鄧城鋒、梁敏兒等人發表論文外，並邀請徐梓、王雪梅、詹杭倫、沈時蓉與我等五人參與發表與研討。會後筆者徵得陳永明院長與作者同意，將其中五篇，在《國文天地》第二十卷第二期（總230期，2004年7月）與第二十卷第三期（總231，2004年8月），策劃專輯刊登。

該書出版經過多年，在二○一二年七月，獲得國家教育研究院獎助，翻譯成英文出版外文譯本。可見本書的影響力，對筆者來說，十分深遠。

上二：《國文天地》第二十卷第二期
（總230期，2004年7月）與第二十卷第
三期（總231，2004年8月）策劃「透視
傳統啟蒙教育專輯」書影。

左圖：筆者所著，歐雪貞翻譯，由萬卷
樓圖書公司出版之《歷代啟蒙教材研
究》外譯本書影。

　　第二冊收錄《兒童文學故事體寫作論》一書中，第一篇〈兒童文
學製作之理論〉與第二篇〈兒童文學「故事體」寫作之研究〉兩篇文
章較具代表性。

　　第一篇〈兒童文學製作之理論〉，原刊《臺東師專學報》第三期
（1975年4月，頁1-32），可知個人從事兒童文學是從理論入手，但當

年可見兒童文學研究的論述不多，不論單篇或成書都很有限。因此，只能借助其他領域的著作，其中影響深刻的書有：

體育原理新論　　　　江良規著　商務印書館（1968年7月）
兒童遊戲新論　　　　劉效騫著　臺灣書店（1966年10月）
才能啟發自零歲起　　鈴木鎮著　邵義強譯　震平出版社（1973年）
心理與創造的發展　　賈馥茗編著　省教育廳編印（1968年7月）
教育與藝術　　　　　Harbert Road著　呂廷和譯　自印本
林聲翕音樂六講　　　林聲翕著　教育部文化局出版（1971年4月）

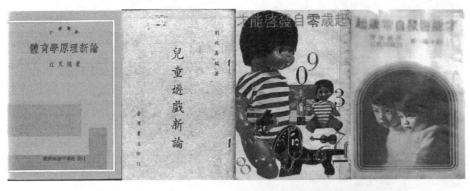

上述各書封面書影

當時參考書目的著錄方式，還十分簡陋，上列出版年、月是新增的，但不十分完整。因為原版索求已十分不易，甚至有些書還因為年代過早，還被圖書館報廢銷毀。但是這些跨領域學科的論述，與有限的兒童文學研究論述，卻構成了我的兒童文學理論建構的核心論述。在這篇論述中，已有兩次提到「兒童學」的概念（見一九九四年元月，毛毛蟲兒童哲學基金會出版的《兒童文學故事體寫作論》，頁19、頁84）。

第二篇〈兒童文學「故事體」寫作之研究〉，原刊於《臺東師專學報》第十二期（1984年4月，頁1-126），在這篇文章的論述中，則已經有現代「新文學」的觀點出現。當時由於授課需要，將這兩篇文章交由高雄復文書局楊麗源先生出版，在楊先生的建議下，筆者將書名訂為《兒童文學故事體寫作論》。

第三冊收錄《兒童詩歌研究》，本書於一九八八年八月由復文書局初版，新版則於一九九五年二月改由銓民國際公司發行。本書寫作是緣於對文類的探討，以及教學的需要。在本書中，由於個人對現代新文學的鍾愛，因此在兒童詩歌研究的書寫上，有異於其他學者在童詩的分類，即採用羅青的觀點。這是本書較大的特色。

《兒童詩歌研究》

　　第四、五冊，是筆者對兒童文學作家與作品的研究。

　　筆者研究楊喚，是緣於楊喚的童詩被稱之為童話，且引起諸多爭議，而童詩又是當時的流行文體，因此特別加以研究。《楊喚與兒童文學》一書，寫於上個世紀八〇年代，一九九四年由臺東師院語文教育學系出版，一九九六年出版增修版，交由萬卷樓刊行。徐錦成教授在《臺灣兒童詩理論批評史》一書中，有一段話：「林文寶寫作此書，當然不是『造神』，在於還楊喚真實面目；這本書之所以是『楊喚學』集大成之作，意義在此。」（徐錦成：《臺灣兒童詩理論批評史》，彰化市：彰化縣文化局，2003年9月，頁162。）

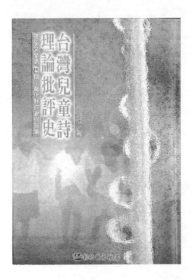

《台灣兒童詩理論批評史》

　　筆者對豐子愷的研究，是因楊牧編選《豐子愷文選》（臺北市：洪範書店，1982年1月）而起，《文選》全套四冊。於是筆者開始收集相關資料與文獻，直到一九九二年六月《豐子愷文集》全套七冊出齊，筆者才正式執筆論述。其間認識秦賢次兄，並代購《新少年》全套三期，始見〈小鈔票歷險記〉一文原貌。又得秦兄推薦，以及洪範書店葉步榮先生的熱情邀約，一九九五年二月筆者才有副產品《豐子愷童話集》的出版。

《豐子愷童話集》

第五冊是著作中唯一沒有序文的一本，或許《豐子愷童話集》的〈代序〉可代之，卻也不見書寫或發表的相關說明。

第六、七兩冊由學生輩參與執筆。

第八冊與第七冊原是同一個委託研究案，也就是說第八冊是第七冊的副產品。《臺灣兒童文學史》是一部早產的成品，原書名《臺灣兒童文學一百年》是因應文化部建國百年專案的提出，在倉促下出版結案。是以後來在費心費力之下，重新修訂增補。

《台灣兒童文學一百年》

第九冊頗具歷史意義，在高教界它是空前，也可能是絕後。它紀錄偏遠地區一所研究所設立的歷程，也開創了高校行銷的先例，更紀

錄了臺灣兒童文學學科的形成。

　　當時所設立的目標是，希望該所成為臺灣地區兒童文學研究的重鎮，進而成為華文世界的研究中心。當時成立的理念是：「立足本土，心懷大陸，放眼世界」。所謂本土是臺灣，心懷大陸，則是以文化中國為主軸。申言之，惟有根植本土，以及根源的文化，才能有國際觀。正是所謂「本土策略，全球表現。」的展現

　　如今審視在六年所長任期裡，似乎已有階段性的達成。至於「放眼世界」，由於個人能力不足，且任內申請「追求卓越計畫」未通過，以至於後來雖通過「輔導新設國立大學健全發展計畫」的補助，但力道顯然不足。

大學學術追求卓越發展計畫：以「兒童文學」學門為追求卓越發展計畫書

　　平生不伎不求，卻從天上掉下三個獎項，分別是：中國文藝協會第四十一屆文藝獎章「兒童文學獎」，第十二屆信誼幼兒文學獎特別貢獻獎，第三屆五四文學教育獎，給一個在偏遠地區為兒童文學砌磚的人，自感欣慰。

中國文藝協會第四十一屆　第十二屆信誼幼兒文學獎特　第三屆五四文學
文藝獎章「兒童文學獎」　　　　別貢獻獎　　　　　　教育獎

在六年期間亦有大陸、香港、馬來西亞、日本與兒童文學相關的兒童文學學者或從業者專程參訪。其中印象最深刻的是王林先生帶領一群從業者來，這些人目前在大陸皆是兒童文學相關的領袖人物。

筆者與大陸兒童文學相關領袖人物合影

　　第十冊《想望的地方》，是臺東市校區全面撤離時，兒文所在市區僅剩下我個人的研究室與大量的藏書。於是呼喚畢業生來書寫對兒文所舊址時代的所見所思。它紀錄了早期在舊校區兒文所的生活樣貌，也留下了歷史與記憶，更紀錄了一段後山的傳奇。

　　第十一冊則是學生黃秋芳平日在她的網路平臺上，書寫每次師生因緣見面的所見所思，且將其結集成書，作為贈送給筆者個人八十歲生日的禮品書。除了感謝黃秋芳的撰稿之外，更感謝萬卷樓圖書公司與兒童文學學會共同為筆者舉辦了新書發布會與祝壽會。將本書收入個人的著作集中，有失掠美，但卻是紀錄了一段師生情誼的緣起與經過。

筆者的新書發布會與祝壽會海報

筆者於新書發布會上留影

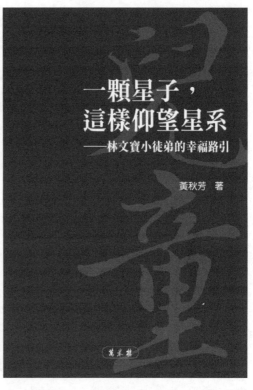

《一顆星子，這樣仰望星系：林文寶小
徒弟的幸福路引》

三

　　《林文寶兒童文學著作集》第四輯為「其他編」，收錄十一冊。
分卷所謂「其他」是指筆者所執行的研究案或委託案，其內容與兒童
文學有關，且具意義，又不涉及版權者為主。所收錄的書目如下：

第一冊　277頁　海峽兩岸童文學交流之研究（1997）

第二冊　286頁　臺灣區域兒童文學概述（1999）

第三冊　306頁　讀書會、閱讀與知識（1999）、臺灣地區兒童
　　　　　　　　閱讀興趣調查研究（2000）

　　第一冊《海峽兩岸兒童文學交流之研究》是國科會專題研究計畫的成果報告，也是筆者在臺東大學兒文所期間，所執行的第一個專題研究計畫。除了本書之外，有關兩岸兒童文學交流的研究，迄今仍未見有成書的著作。

　　第二冊《臺灣區域兒童文學概述》一書，是筆者執行國科會《臺灣地區臺灣文學史料的整理與撰寫》為期三年的研究計畫案的成果。本研究案的執行重點在於資料的收集與整理，又適逢兒童文學學會為迎接一九九九年八月，在臺北召開的「第五屆亞洲兒童文學大會」，於是便落實了《臺灣區域兒童文學概述》的編撰工作。本書完稿後，在兒童文學學會理監會、理事長林煥彰，以及執筆的各位作者，還有我服務單位方榮爵校長的支持下。同意由校方支付出版經費，於是有了這本書的誕生。

　　第三冊收錄《讀書會、閱讀與知識》與《臺灣地區兒童閱讀興趣調查研究》二書。這兩本著作皆屬於文建會委託執行的研究案。前者

是文建會委託辦理一場師院應屆畢業生培訓課程教材的結集。後者是有關兒童閱讀興趣的調查研究，採用的是問卷。本書的目的旨在提升讀書風氣，使受訓過的學員能在日後服務的學校成立教師、家長、學生或當地的讀書會，共同營造書香社會，進而落實社區營建，以達心靈改造及提升人文之素養。

第四、五冊原出版時為一冊，今分為上、下兩冊刊行。本書是一九九九年六月高雄縣文化中心「臺灣囡仔冊，一步一腳印——八十八年度全省兒童圖書巡迴展」的專案，其中「主題館」的籌辦工作，係委託兒文所執行。

臺灣兒童文學指標人物的訪談，始自第一屆研究生，它是「臺灣兒童文學史」的必須，是該課程的實踐。其實踐至我退休方止，學生計訪問兒童文學從業者三百二十人次左右，惜乎未能整理出版。

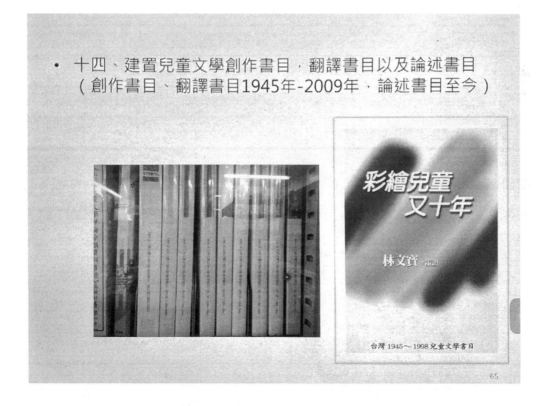

- 十四、建置兒童文學創作書目，翻譯書目以及論述書目
  （創作書目、翻譯書目1945年-2009年，論述書目至今）

彩繪兒童
又十年
林文寶 一

台灣 1945～1998 兒童文學書目

65

　　第七、八兩冊是教育部的委託案。第九冊中,《臺灣原住民圖畫書50》是原住民委員會的委託案,《臺灣兒童圖畫書精彩100》是臺灣文學館委託案。第十、十一兩冊是教育部訓委會的委託案。

四

　　高校教師的責任與義務是:「教學、研究與社會服務」。筆者所執行的上述的委託案,均是兼具研究與社會服務的功效。

　　個人從事社會服務是始於臺東縣市。除民間講座、小學輔導外,以參與臺東社會教育館的活動為主。當時活動負責人是孫玉章先生,夥同吳當先生、許清鹽先生,參與了青少年文藝創作獎、兒童文學創作獎的評選。

筆者參與評選各式兒童文學獎項的選集

筆者在許清鹽先生的引薦之下,也幫臺中圖書館撰稿編輯《快樂的小溪流》一書。

《快樂的小溪流》

又之前蒙羅宗濤、李威熊兩位教授的推薦，參與僑委會海華文庫的撰稿，並出版兩集民間故事。

《民間故事》

我從一九七一年八月到臺東任教於臺東師專，歷經師院至臺東大學。在學術主管任內，曾擔任過語教系主任、兒童文學研究所所長與人文學院院長。任職其間，筆者每年至少舉辦一場學術研討會。在兒文所所長任內，六年間出版叢書十五種、《兒童文學學刊》十期。有關筆者在兒童文學研究的學術活動與推廣，以及社會服務的參與，可參考《兒童文學的另類書寫》（見第一輯第九冊）。

《兒童文學學刊》刊載內容

期數	刊載內容	總編輯	發行者	出版年
1	童話、少年小說、歷史故事、人物專訪、兒童文學書目、兒童文學大事記	林文寶	臺東師院	1998.3
2	少年小說、童話、圖畫書、人物專訪、兒童散文、兒童文學書目、兒童文學大事記	林文寶	臺東師院	1999.5
3	少年小說、圖畫書、兒童文學史、兒童文學書目	林文寶	天衛文化	2000.5
4	臺灣童書翻譯專刊	林文寶	天衛文化	2000.11
5	小說、繪本、2000年臺灣兒童文學論述、創作集翻譯書目	林文寶	天衛文化	2001.5
6	世界華文兒童文學（上下兩卷）	林文寶	天衛文化	2001.11
7	小說、童話、2000年臺灣兒童文學論述、創作集翻譯書目	林文寶	萬卷樓	2002.5
8	兒童文學與兒童文化學術研討會論文集	林文寶	萬卷樓	2002.11
9	作家專訪、論述	林文寶	萬卷樓	2003.5
10	臺灣兒童圖書書論文集	張子樟	萬卷樓	2003.11

號次	書名	編輯者	出版者	出版年月
1	一所研究所的成立	兒文所	兒文所	1997.10
2	讀書會、閱讀與知識	兒文所	兒文所	1999.2
3	臺灣區域兒童文學研究概述	林文寶	兒文所	1999.6
4	臺灣・兒童・文學	林文寶	兒文所	1999.8
5	交流與對話	兒文所	兒文所	2000.2
6	臺灣地區兒童閱讀興趣調查研究	兒文所	文建會・兒文所	2000.2
7	臺灣（1945～1998）兒童文學100	兒文所	文建會・兒文所	2000.3
8	愛的風鈴—臺灣（2000）兒歌一百	兒文所	文建會・兒文所	2000.12
9	說不完的故事：故事推廣手冊	兒文所	文建會・兒文所	2000.12
10	月娘光光—臺灣（2001）兒歌一百	兒文所	文建會・兒文所	2001.12
11	爺爺不吃棉花糖—臺灣（2002）兒歌一百	兒文所	文建會・兒文所	2002.12
12	蜘蛛詩人（2003年國立臺東大學兒童文學獎作品集）	兒文所	兒文所	2003.8
13	兒童讀物編輯小姐的歷史與身影	兒文所	兒文所	2003.10
14	我們的記憶、我們的歷史	兒文所	兒文所	2003.11
15	月亮愛漂亮—臺灣（2003）兒歌一百	兒文所	文建會・兒文所	2003.12

《兒童文學學刊》刊載內容

　　到了一九九六年，這對筆者來說，是重要的一年：

1、接掌兒童文學研究的籌備主任；
2、參與板橋研習會國語科實驗教材的編選。這個編輯小姐的負責人有吳敏兒、劉漢初與趙鏡中，重要成員有許學仁、林武憲、馮輝岳、王天福與魏金財等人；
3、成為小學國語科部聘審查編委員，主委李威熊，計一輪六年；其後亦再參與九年一貫小學國語科的審查委員。
4、一九九六年間並成為毛毛蟲兒童哲學基金會董事長，任期長達十年，欣逢兒童閱讀推展的黃金期。

　　在諸多活動的舉辦與參與中，筆者感受較深的是：《2007臺灣兒童文學年鑑》的編輯，這是兒童文學學會的委託案，也是迄今仍是唯一的一本年鑑。兒童文學正式被文學界的認可，或始於《1980中華民國文學年鑑》（柏楊主編，時報文化出版公司，1982年，11月），其中

〈1、文學概況〉有林良〈兒童文學〉一文，全文七頁。

《一九八〇中華民國文學年鑑》

二〇〇二年參與由陳萬益主持的《臺灣文學辭典》編纂計畫，由我負責兒童文學領域。

之後，因臺灣文學館副館長陳昌明教授引薦，筆者有機緣接了「臺灣兒童文學作家作品目錄編輯計畫」（2005年1月1日～2007年12月31日）、「臺灣兒童文學評論分類資料目錄編輯計畫」（2009年1月～2010年12月31日）。

組別	編輯委員	負責領域
1	陳萬益、張季琳	日治時期
2	柯慶明	文學術語
3	張錦郎	期刊、副刊
4	林鋒雄	戲劇
5	林文寶	兒童文學
6	許俊雅	古典文學
7	浦忠成	原住民文學
8	胡萬川	民間文學
9	應鳳凰、游勝冠	戰後現代文學

筆者負責兒童文學領域的編輯計畫

五

在臺灣兒童文學的天地裡，我只是一個砌牆者，企圖為兒童文學立下學術根基，所持有的是中文系所培養出來的學養，旁及民間文學、現代文學，又由於置身於師範院校，教育與心理學的研究，自不能視而不見。為了立下根基，筆者以書目為先，其間創作書目、翻譯書目止於二○○九年，至於論述書目則持續至今。

我在兒童文學途中，猶如一路風景，曾經熱絡，或是擦肩，也只是路過。其實路過也是緣。在一路風景途中，皆有幸與貴人伴行。緣至即相識，相忘是緣散，如今老驥。

緣散則相忘，所謂緣起緣滅，本是生活日常，如今老驥伏櫪，雖不敢奢言志在千里，但求無憾與自得。最後且以蘇東坡〈定風波〉一詞作為全文的結束，並以此自勉之。

莫聽穿林打葉聲，何妨吟嘯且徐行。竹杖芒鞋輕勝馬，誰怕？一簑煙雨任平生。

料峭春風吹酒醒，微冷，山頭斜照卻相迎。回首向來蕭瑟處，歸去，也無風雨也無晴。

總序

我仍然行走在兒童文學的路上

林文寶

一

自二〇〇九年一月卅一日屆齡退休後，有了較多閒暇時間，於是興起整理筆者已發表單篇文章的念頭，當時有多位同學協助，將單篇論述依性質分成四類：一、兒童文學與書目，二、兒童文學與閱讀，三、兒童文學與語文教育，四、兒童文學論集。

與此期間，花木蘭文化出版社杜潔祥總編輯，邀約出版拙著碩士論文《馮延巳研究》[1]（圖一）列為「古典詩歌研究彙刊」第十二輯第十冊（圖二），於二〇一二年九月出版。而後又將個人古典文學相關論著彙集為《林文寶古典文學研究文存》，列為「古典文學研究輯刊」八編二十三、二十四兩冊，並於二〇一三年九月出版（圖三、四）。

筆者有關古典文學的書寫，是止於一九七九年。如今有機會出版，自當感謝花木蘭文化出版社對古典文學的重視，至於兒童文學單篇論述的整理，卻也因此中止。

豈知二〇一五年三月廿五日，香港年輕學者謝煒珞來電郵，說她要主編一套兩岸三地的兒童文學教育叢書，請我寫臺灣部分，並約定

---

[1] 拙著曾列為嘉新水泥公司文化基金會研究論文，於一九七四年十一月出版。

年底交稿，二〇一六年下半年出版。不料香港、大陸未能如期完成，出版計畫宣告終止。於是我找上了萬卷樓圖書公司出版，也因此再次啟動了出書計畫：二〇一七年出了三本，二〇一八年也出了三本。二〇一九年出版五本，二〇二〇年出版五本，合計十八本。分別如下：《兒童文學與書目》（1-4）、《兒童文學與閱讀》（1-3）、《兒童文學與語文教育》（1-2）、《兒童文學論集》（1-4）、《臺灣國小語文教材與兒童文學關係之研究》、《臺灣兒童文學史》、《兒童文學的另類書寫》、《另一種觀看兒童文學的方式》、《兒童詩歌論集》。

　　在二〇一九年七、八月間，萬卷樓梁錦興總經理問我，是否可以將這些著作結集成書？而張晏瑞總編輯更從旁提出「出版兒童文學文集」的建議。幾經思考與商討，上列十八冊中，後五冊似乎已不合早期出書之下的規範。尤其是《臺灣國小語文教材與兒童文學關係之研究》、《臺灣兒童文學史》二書，並非純是單篇文章，而是有計劃的書寫。這也是退休之後，兩本有計劃的專書，但兩書皆採合寫的方式。此外《兒童詩歌論集》一書，早於一九九五年十一月就出版，當時由於疏忽，版面存有嚴重失誤的情形，如今有機會重新出版、修正錯誤，也算了結一樁心事。

　　隨後，張總編輯敲定書名為《林文寶兒童文學著作集》，全套四輯，分為文論編、書目編、著作編與其他編。

二

　　《林文寶兒童文學著作集》（第一輯）：文論編，全套精裝十大冊，採十六開本，分別收錄：

一、《兒童文學論集（一）》

二、《兒童文學論集（二）》

三、《兒童文學論集（三）》

四、《兒童文學論集（四）》

五、《兒童文學論集（五）》

六、《兒童文學與語文教育（一）》

七、《兒童文學與語文教育（二）》

八、《兒童文學與詩歌》

九、《兒童文學的另類書寫》

十、《另一種觀看兒童文學的方式》

其中為求體例統一，乃將《兒童詩歌論集》易名為《兒童文學與詩歌》。又加入本人新編之《兒童文學論集（五）》一冊。

　　《林文寶兒童文學著作集》（第二輯）：書目編，全套精裝八大冊，採十六開本，分別收錄：

一、《兒童文學與書目（一）》

二、《兒童文學與書目（二）》

三、《兒童文學與書目（三）》

四、《兒童文學與書目（四）》

五、《兒童文學與書目（五）》

六、《兒童文學與閱讀（一）》

七、《兒童文學與閱讀（二）》

八、《兒童文學與閱讀（三）》

原本《兒童文學與書目》（第三冊），因篇幅太厚，拆分為兩冊，成為

《兒童文學與書目》（三、四），原本的第四冊，則改為第五冊。

　　總之，《林文寶兒童文學著作集》第一、二兩輯，是原本出版的十六冊單篇論文論集，與新增《兒童文學文論集（五）》組合而成。收錄文章，其間或有重複或相似，編輯過程中盡量保持原樣，以見為學的歷程。

　　《林文寶兒童文學著作集》（第三輯）：著作編，是以專書著作為主，全套精裝八大冊，採十六開本，分別收錄：

《兒童文學故事體寫作論》
《試論我國近代童話觀念的演變 —— 兼論豐子愷的童話》
《兒童詩歌研究》
《朗誦研究》
《歷代啟蒙教材初探》
《楊喚與兒童文學》
《臺灣國小語文教材與兒童文學關係之研究》
《臺灣兒童文學史》

　　著作編最早的書是《兒童文學故事體寫作論》中的第一篇〈兒童文學製作之理論〉，原刊於一九七五年四月《臺東師專學報》第三期，頁一至三十二。最後兩冊是與學生輩合著，最後一本原是專案研究的成果。

　　《林文寶兒童文學著作集》（第四輯）：其他編，則是研究計畫案的成果集，全套精裝十大冊，採十六開本，分別收錄：

《一所研究所的成立》
《兒童文學工作者訪問稿》
《海峽兩岸兒童文學交流之研究》

《兒童讀物編輯小組的歷史與身影》

《臺灣區域兒童文學概述》

《臺灣文學100》

《臺灣兒童文學史文論選集》

《想望的地方》

《臺灣地區兒童閱讀興趣調查研究》

《臺灣原住民圖畫書50》

其間,《臺灣區域兒童文學概述》與《臺灣地區兒童閱讀興趣調查研究》合併為一冊,而《兒童文學工作者訪問稿》,則因規模龐大,故拆分為兩冊。

個人有機會參與研究計畫,是始於師院時期[2]。一九九〇年,時任師院校長李保玉先生要我參與:《山地與一般地區學前兒童語文學習能力之研究》(圖五、六)研究計畫。此研究於一九九一年八月以成果報告結案,也由此開展個人的研究工作,在師院時期,印象中參與的研究計畫案有:

山地成人教養教育之現況、需求與可行模式之研究

　　教育部社教司　1992年7月(圖七)

師範學院國語文會考需求及可行性模式之研究

　　教育部中教司　1994年1月(圖八、九)

國小鄉土教學中母語教學現況調查研究(第一年)

　　教育部中教司　1995年12月(圖十)

國小鄉土教學中母語教學現況調查研究(第二年)

　　教育部中教司　1996年1月(圖十一)

2　當年國科會不接受師專教師申請研究計畫。

本輯（其他編）收錄的研究計畫案成果，要與臺灣兒童文學有關，且不涉及著作權與出版權為限。這些研究案皆是臺東大學兒童文學研究所時期的計畫，委託單位有當時的：國科會、文建會、教育部、原民會與高雄縣文化中心。

其中，《一所研究所的成立》是紀錄臺東大學兒童文學研究所從籌備到正式招生的過程。《想望的地方》是紀錄兒童文學研究所在臺東校區的想念，至於《臺灣兒童文學史文論選集》，是《臺灣兒童文學史》研究案的另一本成果集。

三

有關《林文寶兒童文學著作集》的出版，出版社請我寫篇〈總序〉。除了前面所敘說之外，其實我在各書中都有序文說明。當然在持續搜尋中，發現仍有些許多遺漏。尤其是為臺灣當地文友寫的序文，一直沒有結集出版，似乎只有等待他日。

我在《林文寶古典文學研究文存》有篇序〈回首來時路〉，曾說明自己的學術歷程，雖不盡詳細，亦可提供參考。或許可以借此機會再補充說明一二，尤其是有關兒童文學方面的部份。

在師範學院學術方面影響我最深的是葉慶炳（1927-1993）教授，他是校外兼課教授，也是我的碩士論文指導教授，對我提攜與關照有加。惜乎在屆齡退位後，隔年去世。目前我身邊僅存照片兩張（圖十二、十三）可以作為紀念。

當年到臺東師專來，憑的是勇氣與毅力。當時的臺東彷彿是化外之境，似乎談不上學術。不論市區所謂的書局，或學校圖書館，就是缺了點學術的味道。於是要讀書只能透過劃撥訂購雜誌與相關書籍，或是要求校方增購大型套書。因此我成了典型的書奴，雜誌訂閱最多

時,超過二十種,報紙共有四份。

因為本身治學的渴求,而遇到一位民間學者,那就是婁子匡(1907-2005)先生。婁先生在大陸時期就已相當活躍,他在民俗學上成就不凡,但是在他百歲去世前,似乎沒有人研究過。我因為研究兒童文學的源頭其中之一是口傳文學,因此想方設法認識他。認識他的時間應該是上個世紀的八〇年代初期,而後與婁子匡先生從往甚密。於是民間文學也成為我研究上的另一道源頭活水。交往其間,時常攜家帶眷往他陽明山的住處跑(圖十四)。至九〇年代初期,我的兒童文學研究方向於焉形成,也因此才逐漸疏離。交往期間,與婁先生時有書信來往,二〇〇八年將存有書信約三十封交由陳益源教授掃描建檔,信件最早是一九八五年十一月,止於一九八七年九月,留存的信封分別屬於三個不同單位(圖十五)。陳教授於二〇〇九年三月二日用掛號將這些信的原件歸還(圖十六)。

婁子匡先生後半生,顯得相當沈寂。幸好有陳益源教授訪問,撰寫〈中國民俗研究論著的守護神〉一文,收錄於一九九七年里仁書局出版的《民俗文化與民間文學》一書中,後來在二〇〇六年八月二十至二十一日為百歲的婁子匡舉辦一場民俗學國際學術研討會,遺憾的是婁先生已於同年八月五日凌晨病逝。於是這場研討會變成為「紀念婁子匡百歲冥誕之民俗學國際學術研討會」,當時我亦應邀主持一場研討會,今將相關物件影像隨附(圖十七、十八),以紀念這段因緣。

至於我在兒童文學方面的研究,原非本意,亦非所願,而是因緣巧合所致,但我仍努力以赴。上個世紀七〇年代的兒童文學,雖然一九六〇年省教育廳首先將臺中師範學校改制為師專,並且有了兒童文學的課程,但一般說來,它的發展緩慢,仍是一片有待開發的荒野,況且臺東師專是一九六七學年最後改制的學校。因此,當我得知要講授兒童文學時,只能盡力訂購當時所能知道的相關書籍,透個自我學

習以備課。而其中《淺語的藝術》就是我的啟蒙書，也因此結識了林良先生，並延續其後幾十年亦師亦友的情誼，而我一直以林先生稱之。

林良先生（1924-2019）於二〇一九年十二月二十三日清晨，在睡夢中安然離世，享年九十六歲。我曾應雜誌社邀請，撰寫〈先生已遠去〉一文來紀念他，文中提到「林先生為人所稱著的是大家長的風範，猶記上個世紀八〇年代，與林先生、陳侃（時任花蓮師專兒童文學課程、授課教授）在花東地區做兒童文學巡迴講座，途中林先生極盡鼓勵與指導，至今仍銘記於心，也因此萌生其後有機會一定會鼓勵後進。」當時缺乏一些合適的照片，事後翻閱相關資料與照片，可確定所謂八〇年代初，就是一九八四年十二月十八日起，連續三天，在臺東、玉里、花蓮舉行的兒童文學研習，這個活動是由當時省立臺東社教館主辦的活動。而我在春節期間，也找出活動結束後，林先生給我的信，與可能是當時的照片，還有一九九一年的一張手繪賀卡。特置於圖版以為紀念。（圖十九、二十、廿一、廿二）

臺灣的兒童文學在發展過程中，除臺灣自身本土的發展外，受到日本、中國、歐美外來元素的影響，其中應當以中國影響最大。實際上，大陸五四之後，民國時期的兒童文學，繼承其文脈者，就是臺灣。當時的研究資料，除了本土論述外，來自日本、歐美論述則是隱而未顯，可資參考者不多。至於大陸論述資料的引進，是一九八七年解嚴之後的事，筆者亦努力蒐購可能的資料。一九九一年八月底與五位男同事，六人同行，首次飛向西安與北京，在北京拜訪了北京師範大學兒童文學研究室的浦漫汀與張美妮。（圖廿三、廿四）

爾後亦多次到大陸旅遊，但其實購書才是首要之務。及至一九九六年八月教育部核准臺東師院籌設兒童文學研究所，並由我接任籌備處主任，於是由兒文籌備處與語文系於一九九七年一月十九日至二十九日間共同組團至大陸，從事兒童文學交流活動，參訪重慶西南師範

大學，與金華浙江師範大學兩所大學的兒童文學研究所。自此我也展
開爾後每年帶研究所學生到大陸設有兒童文學研究所或兒童文學研究
中心的大專院校，並且與各地少兒出版社參訪與交流的研學活動。這
個活動持續至二○○九年筆者退休後才停止。（圖廿五～卅四）

四

退休並不等於研究的停止，在兒童文學研究這條漫長的旅途裡，
我仍然一直在行走的途中。一路走來，要感謝的實在太多，或許只能
說謝天與謝地，使我有因緣與際會，得以誤入這別有洞天的兒童文學
天地裡。

期許自己仍本著無怨無悔的心境，繼續搜集與整理舊作，並能持
續書寫。最後用林良先生的一首童詩〈駱駝〉以自勉之：

駱駝
有寫不完的
沙漠故事
每一步就是一個字
長長的故事夠他寫
忘了日曬
忘了口渴
從來不問
到了沒有
到了沒有
　　　——林良〈駱駝〉

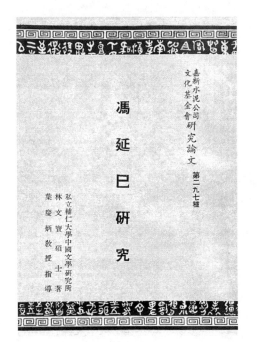

圖一、《馮延巳研究》書影

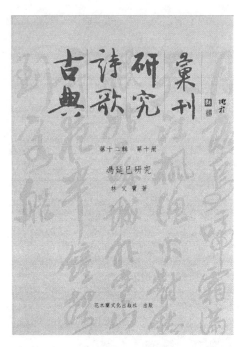

圖二、《古典詩歌研究彙刊‧馮延巳研究》書影

圖三、《古典文學研究輯刊‧林文寶古典文學研究文存（上）》書影

圖四、《古典文學研究輯刊‧林文寶古典文學研究文存（下）》書影

上左　圖五、《山地與一般地區學前兒童語文學習能力之研究》成果報告書影一

上中　圖六、《山地與一般地區學前兒童語文學習能力之研究》成果報告書影二

上右　圖七、《山地成人教育之現況、需求與可行模式之研究》成果報告書影

中左　圖八、《師範學院國語文會考需求及可行性模式之研究》成果報告書影一

中中　圖九、《師範學院國語文會考需求及可行性模式之研究》成果報告書影二

中右　圖十、《國小鄉土教學中母語教學現況調查研究》第一年成果報告書影

下左　圖十一、《國小鄉土教學中母語教學現況調查研究》第二年成果報告書影

圖十二、筆者與葉慶炳教授合影一

圖十三、筆者與葉慶炳教授合影二

圖十四、筆者與小兒與婁子匡先生合影

圖十五、筆者與婁子匡先生往來書信信封剪影

上左　圖十六、陳益源教授致函
　　　筆者信件剪影

上右　圖十七、《紀念婁子匡先
　　　生百歲冥誕之民俗學國際
　　　學術研討會會議手冊》

下左　圖十八、《紀念婁子匡先
　　　生百歲冥誕之民俗學國際
　　　學術研討會》婁先生遺像

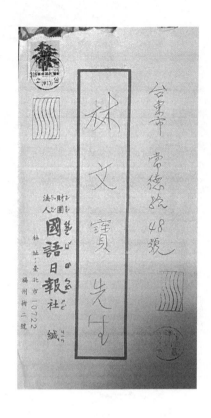

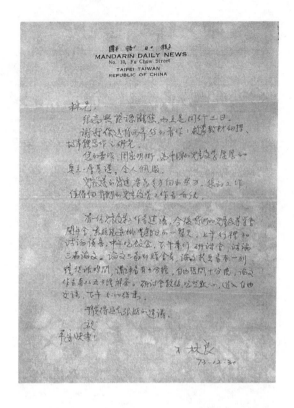

上左　圖十九、林良先生致函筆者之信封
上右　圖二十、林良先生致函筆者之信件
下左　圖廿一、一九九一年林良先生致函
　　　筆者手繪賀年卡片
下右　圖廿二、一九八四年筆者與林良先
　　　生參與省立台東社教館主辦活動會
　　　後合影

圖廿三、一九九一年筆者與同事前往北京師範大學兒童文學
研究室合影之一

圖廿四、一九九一年筆者與同事前往北京師範大學兒童文學
研究室合影之二

圖廿五、筆者率隊與天津師範大學進行學術交流合影

圖廿六、筆者率隊參與兩岸小學語文交流活動合影

圖廿七、筆者率隊至上海參與學術文化交流活動合影

圖廿八、一九九九年九月筆者參與首屆海峽兩岸兒童文學教學
研討會於北京留影

圖廿九、一九九九年九月筆者參與首屆海峽兩岸兒童文學教學研討會於
　　　　瀋陽師範學院留影

1999 年 9 月 9 日海峽兩岸兒童文學教學座談於東北師範大學

圖三十、一九九九年九月筆者參與首屆海峽兩岸兒童文學教學研討會於
　　　　東北師範大學留影

圖卅一、二〇〇六年一月筆者率隊參訪浙江師範大學留影

圖卅二、二〇〇〇年二月筆者率隊參訪廣州師範學院留影

圖卅三、二〇〇〇年二月筆者率隊參訪浙江師範大學留影

筆者於兒童文學研究所前留影

林文寶兒童文學著作集
總目次

第一輯　文論編

第三冊　兒童文學論集（三）

第四冊　兒童文學論集（四）

第五冊　兒童文學論集（五）

第六冊　兒童文學與語文教育（一）

第七冊　兒童文學與語文教育（二）

第八冊　兒童文學與詩歌

第九冊　兒童文學的另類書寫

第十冊　另一種觀看兒童文學的方式

第二輯　書目編

第三冊　兒童文學與書目（三）

第五冊　兒童文學與書目（五）

第六冊　兒童文學與閱讀（一）

第七冊　兒童文學與閱讀（二）

第八冊　兒童文學與閱讀（三）

第三輯　著作編

第一冊　歷代啟蒙教材初探與朗誦研究

上編　歷代啟蒙教材初探

下編　朗誦研究

第九冊　一所研究所的成立

第十冊　想望的地方

第四輯　其他編

第一冊　海峽兩岸兒童文學交流之研究

第二冊　台灣區域兒童文學概述

第三冊　讀書會、閱讀與知識／台灣地區兒童興趣調查研究

第四冊　兒童文學工作者訪問稿（上）

第七冊　兒童讀物編輯小組的歷史與身影

第八冊　我們的記憶，我們的歷史

第九冊　臺灣原住民圖畫書50／臺灣兒童圖畫書精彩 100

第十冊　性別平等教育優良讀物　兒童版（修編版）

第十一冊　性別平等教育優良讀物　少年版（修編版）

海峽兩岸兒童文學交流之研究

計畫主持人　林文寶

張晏瑞　主編

行政院國家科學委員會專題研究計畫成果報告

海峽兩岸兒童文學交流之研究

計畫類別：☑ 個別型計畫　　☐ 整合型計畫

計畫編號：NSC 87-2411-H-143-001

執行時間：86年8月1日至87年7月31日

計畫主持人：林文寶

處理方式：☑ 可立即對外提供參考
　　　　　☐ 一年後可對外提供參考
　　　　　☐ 兩年後可對外提供參考

執行單位：國立台東師範學院

中華民國　　87　年　　7　月　　31　日

《海峽兩岸兒童文學交流之研究》原版書影

目　　錄

表次目錄

第壹章　緒論

　　本章擬說明本研究計畫之寫作背景、目的及其寫作方法、步驟等項。試分述如下：

第一節　前言

　　過去近半世紀以來海峽兩岸的關係，大致可以分成三個階段：

　　第一個階段為軍事衝突時期，從民國三十八年到民國六十年代中期。

　　第二個階段為和平對峙時期，從民國六十年代中期到民國七十年代後期。

　　第三階段為交流互動時期，從民國七十年代後期迄今，惟此一階段仍止於民間層次。（以上見海峽兩岸交流基金會《兩岸文化交流服務手冊》，頁8）

　　其間，一九八七年是關鍵的一年。是年，七月十五日零時起宣佈解除長達三十八年的戒嚴令，同時公佈實施「國家安全法」。

　　八月二十五日，政府宣佈解除對大陸作家作品的禁令。

　　十月十四日，中國國民黨中常會通過「五人專案小組」的研究結論報告，決定除現役軍人及現任公職人員外，凡在大陸有血親、姻親、三親等以內的親屬者，可登記大陸探親，並由紅十字會協助辦理申請手續。次日，內政部公佈〈赴大陸探親實施細則〉，並從十一月二日起實施。

　　十二月一日，宣佈自明年元月接受新報紙的登記，解除三十六年的報禁。

　　於是乎自一九八七年十一月二日後，台灣政府同意民眾赴大陸探親，此後兩岸關係邁入新頁，非官方的各式接觸次第展開，且有愈演愈烈之勢。

　　其實，自從中共調整對台政策，改變過去的強力式「解放」台灣政策，而於一九七九年一月一日由「全國人民代表大會」常委會發表〈告台灣同胞書〉後，「三通」便成為中共推動的現階段統一政策，最直接而中心的訴求。

　　經過十餘年的演進，當初中共所倡議的「希望雙方儘快實現通航通郵，以利雙方同胞直接接觸，互通訊息，探訪親友，遊藝參觀，進行學術文化體育工藝觀摩」。後來被稱為「三通」、「四流」的交流設計。（見一九八二年吉林人民出

版社《三中全會以來重要文件選編（上）》，頁36－37。)在台灣開放大陸探親，和間接投資及貿易以至於兩岸發生實際的交流，已對「三通」的要求變爲「三直通」了。此外，「四流」的問題已不在存在。實際的發展和大陸一般仍然鼓吹「三通」和「四流」的說法顯然有了差距。

　　爲了因應海峽兩岸關係的新趨勢， 台灣當局亦有重大的因應措施，試說明如下：

　　一九八八年七月，中國國民黨十三大首次通過了「現階段大陸政策案」，文教方面的主要內容爲：推行文化復興運動至大陸，促使其「文化中國化」，對於反對馬列主義或爲學術自由而奮鬥的大陸文教界人士，經過主管機關核准，得邀請來台訪問。大陸地區學術、科技、文學、藝術等出版品，得以審查進口，並保障其著作權。以中國全局的觀點，審查大眾傳播媒體有關大陸資訊、新聞採訪與涉及兩岸的文藝表演活動。處理各級學校教科書中涉及大陸問題，加強大專院校大陸研究課程及資訊供應。參照國際奧會等規定，處理兩岸參與國際體育技能競賽事宜。

　　一九八八年七月十四日，中國國民黨十三大閉幕後召開的中央評議委員會上，以陳立夫先生爲首的三十四位中評委，提出關於中國和平統一的議案，主張以中國文化統一中國，建議兩岸共同成立「國家實業計畫推進委員會」。

　　一九八八年九月十日，中共國務院成立台灣事務辦公室，主任丁關根。

　　一九九０年一月十八日，〈行政院大陸委員會組織條例〉在立法院三讀通過。該會設有文教、企畫、經濟、法政、港澳、聯絡、秘書等七處。

　　一九九０年六月二十八日～七月四日，召開國是會議。

　　一九九０年十月七日，成立國家統一委員會。

　　一九九０年十月十七日，行政院正式成立大陸委員會。

　　一九九０年十一月，根據〈國家統一綱領〉近程交流互惠階段第二項「建立兩岸交流程序，制訂交流規範，設立中介機構，以維護兩岸人民權益」之規定。是以一九九一年二月八日，行政院大陸委員會核發由政府與民間共同組成的「海峽交流基金會」（簡稱海基會）成立的文件。海基會接受陸委會委託，協定處理兩岸人民往來有關事務，海基會並於一九九一年三月九日掛牌後，正式對外運作，

該會設有文化服務處。

　　一九九一年二月二十三日。通過〈國家統一綱領〉。

　　一九九一年三月二十三日～二十五日。海基會與海協會北京會談。

　　一九九一年八月十三日。行政院陸委會為貫徹「國家統一綱領」近程交流互惠階段工作，邀集各部會正副首長舉行研討會，探討項目分文教、經濟和法治三大類。

　　一九九一年十二月十六日。「海峽兩岸關係協會」在北京舉行成立大會，由榮毅仁擔任名譽會長，汪道涵擔任會長。

　　一九九三年四月二十七日。辜振甫、汪道涵新加坡會談。

　　一九九三年六月十二日。海基會文化參訪團赴大陸考察。

　　在海峽兩岸交流歷程中，就台灣地區而言，是以陸委會、海基會為主導。一九九一年二月十四日，國家統一委員會通過了「國家統一綱領」。三月十四日，行政院院會也通過了該案。十一月二十三日，李登輝總統在國統會指出，國統綱領的近程計畫案中，應以文教優先實施。他強調在海外甚至日後國內，辦理兩岸學人及留學生的交流活動，促進彼此的瞭解，化解雙方的敵意。十一月二十五日，郝柏村院長在全國青年輔導會議上重申，兩岸青年交流是文化交流珠重要的一環，不但可行，而且重要。稍早，行政院陸委會馬英九副主委表示，兩岸文化交流應該加快。教育部國際文教處李炎也建議修訂法規，將大陸學人與海外學人一併納入延攬對象，並以民間基金會方式，提供獎學金給大陸學生。此外，已有很多青年訪問團出國，自可把足跡延伸到大陸，他還希望放寬大陸學人或學生來台研究。行政院青輔會主任秘書施俊文表示，該會在海外有六十多個團體，將採取開放政策，邀請大陸學人加入。同時，該會也定有促進兩岸青年交流的兩岸計畫，如引進大陸青年來台工作，或以建教合作方式完成學業等。又新上任的教育部長吳京，並極力推動兩岸的文教交流。

　　凡此種種，顯示兩岸文教交流的趨勢，其前景或樂觀其成。不過，倘若探討兩岸文教的理論，可知箇中困難重重，值得努力排除，方可有濟。首先，必須具備的心態，就是知彼與知己。而其實際方式，即是在於現況的瞭解。

第二節　兒童文學的交流

　　兩岸交流，範圍廣泛，就以目前「國家統一綱領」的近程計畫案中，所謂應以文化交流優先的「文化」一詞而言。在海基會編印的《兩岸文化交流服務手冊》中，所謂「文化」，則有「藝文、影視、大傳、出版、教育、宗教、醫療、科技及學術等六方面。」（見頁14）今就個人能力與專長而言且以兩岸兒童文學交流為題。本文所指兒童文學，是以文學性的讀物為主，其中含圖畫故事書（或稱繪本），但不包括插畫與漫畫。

　　個人自一九七一年八月至東師執教以來，七五年以後即以兒童文學與語文教學為研究之範圍。一九八七年師專改制成師院，個人兼任語教系系主任，在六年期間，亦以兒童文學為系發展的重點。其間發行有《東師語文學刊》（創刊於七十七年六月，至今已出九期）、《東師語文叢書》（創刊於七十八年六月，至今已出八種）。而個人在兒童文學方面，亦著力在於史料與文獻之收集與整理。自七十八年起，即有年度兒童文學書目的收集與整理，並逐年發表於《東師語文學刊》。其間，尤其重視對同文的大陸兒童文學之收集與瞭解。緣於兩岸文化交流的發展趨勢，且自一九八九年起海峽兩岸出版業及文化界的交流更行活絡。

　　申言之，兩岸文化各自在不同的區域中發展，但因起於同根，一些屬於「中華民族」的特質仍然不可抹滅，可是緣起同根並不代表同質，尤其兩岸所行政治經濟體制不同，台灣現代化步調較大陸快而且也廣博深入得多，這種現代化的不同，因著地理空間的分隔更為明顯，而且政治政策的領導方向的差異，也使兩岸的文化活動異質性明顯不同；台灣的文化活動抑或文化產品基本上都有著自由、民主和開放的氣息；而大陸仍將文化活動視為精神文明的建設和社會心理的控制方式，兩者在文化發展和價值觀念上有如此大的不同，交流的意義更值得探討。

　　一個地區的兒童文學發展，牽涉到整個社會環境、兒童文學工作者的素質以及市場成熟度。台灣是一個自由經濟的社會，而自由經濟的基本定則是決定於市場需求。從消費層面來看，兒童文學的消費性質是很特殊的，通常大人方有經濟餘力來考慮到兒童文學的消費，身為主角的兒童反而沒有能力，因此，一個民間經濟不發達的社會是難以活絡兒童文學市場的，兒童文學市場不活絡，自然等於

扼殺了兒童文學的發展，因此台灣早期的兒童文學主要帶動力量來自於官方，這是很可以理解的。

台灣因為地狹，人口自然受到限制，兒童文學消費人口自然有限，這是台灣兒童文學發展先天不良的困境，這影響到台灣兒童圖書的製作成本和兒童文學的創作發展，所以早期台灣兒童圖書有很大比例是來自翻譯或改寫。近年來，台灣經濟快速起飛，充分的經濟活力舒解了台灣兒童圖書消費市場狹小的困境，即使如此，如果以國民所得來換算比較，台灣的兒童圖書售價依然偏高，此即是市場有限，各項成本分攤相對增高所致。所以自一九八七年台灣解除戒嚴以來，不少出版社急切地到大陸尋找出版社到台灣出版，原因便是降低成本。

在海峽兩岸的兒童文學交流中，要皆以出版品為主，亦即是以文化的表現及活動為主，缺乏的是對文化的價值體系與思想、道德、倫理有關的文化交流。就兒童文學的交流而言，是以大陸作品的引進為主，就今海基會從民國八十年至八十四年〈兩岸文化交流活動大事記〉中，有關兒童文學交流活動者只有如下數則：

八十一年

四月一日，民生報、河南海燕出版社及北京東方少年雜誌社，聯合籌辦「一九九二年海峽兩岸少年小說、童話徵文活動」。

五月六日，林煥彰、林海音、林良、桂文亞、黃海、潘人木等台灣兒童文學作家，赴北京參加兒童文學研討會。同時有「台灣名家兒童話選」、「林煥彰兒童詩選」等書在大陸出版。

十二月十六日，民生報、河南海燕出版社及北京東方少年雜誌社主辦「一九九二年海峽兩岸小說、童話徵文活動」評選結果揭曉，兩岸共三十八位作者得獎。

八十二年

十月六日，由台灣民間社團主辦兩岸小朋友圖書交流活動，共募集兩萬餘冊兒童圖書，於北京舉行贈書儀式，將提供給北京及上海共二十八所小學的兒童閱讀。

八十三年

五月二十九日,「海峽兩岸兒童文學學術研討會」在國語日報社舉行,有北京首都大學教授金波、專業作家孫幼軍及台灣兒童文學作家林良等人參加。

而事實上,所謂的兩岸兒童文學之交流,正是「民間先於政府」。其交流可說是熱絡。

總之,從一九八七年政府對大陸政策開放以來,兩岸交流關係已經由原本單向的探親逐漸形成雙向交流,但依目前的交流情形來觀察,台灣採用大陸作家、畫家的作品很多,而中國大陸採用台灣作品少,這種現象的造成,肇因於前述之兩岸經濟發展狀況不同,最根本原因還是出於台灣出版商想降低成本,長此以往發展下去,對台灣兒童文學創作生機是有相當影響的,會造成台灣的兒童文學對大陸形成依賴。

在另一方面,台灣在交流時,基本上容易存在著一種「強勢文化」和「弱勢文化」相接觸的「防止文化侵略」的自我防衛心態;而大陸方面亦認爲這種「台港文化滲透」對大陸造成負面影響,同樣有著抵制心態。事實上,兩岸的兒童文學交流或文化交流,其間爭議雖然很多,甚至有「吳三桂」之說,但以海峽兩岸的特殊情況視之,我們實在不能以文化帝國等後殖民觀念來解讀之,亦不能純以統一或統戰觀之,而應該以「文化中國」爲交流架構,因爲台灣與中國並不是兩種互相異質的文化,而是同一文化傳統在不同環境所做的不同表現,雙方現今都面臨一個轉振點,台灣在商品文化和消費文化氾濫下,導致許多文化危機,對大陸出版品的引進漸達高峰,相對依賴性也增加了;大陸則在傳統文化長期禁錮下,現在更面臨了現代化的挑戰和強勢西方文化的衝擊,如何重新調整定位則是重要課題。

有關海峽兩岸兒童文學交流之是非、利弊,亦曾有熱鬧之論述,今就個人所見,較爲重要者,列表如下:

表 1-1：討論與海峽兩岸兒童文學交流相關議題之文章

篇　　　名	作　者	期　　刊	期　數	頁　數	時間	備註
兩岸兒童文學之發展與現況	邱各容	聯合文學	四卷六期總號 42	p133~137	77.4	
期待兒童文學的春天－〈海峽兩岸兒童文學的比較〉座談記錄	李瑞騰主持林政言記錄	文訊	三期總號 42	p71~77	78.4	
南嶽朝聖有感	陳衛平	中華民國兒童文學學會會訊	六卷三期	p41~42	79.6	
《去年印象》－大陸兒童文學的一段認識	李潼	中華民國兒童文學學會會訊	六卷五期	p38~39	79.10	
台海兩岸兒童文學交流近五年的回顧與展望	李潼	中華民國兒童文學學會會訊	七卷一期	p25~26	80.2	
玄奘、張騫、吳三桂、林煥彰	邱傑	中華民國兒童文學學會會訊	七卷二期	p8~12	80.4	
誰是吳三桂	陳衛平	中華民國兒童文學學會會訊	七卷三期	p23~25	80.6	
只要公平，不要設限－呼應邱傑先生對於兩岸兒童文學交流之憂心	木子	中華民國兒童文學學會會訊	七卷三期	p26~28	80.6	
兩岸兒童文學座談會會議記錄	林麗娟記錄	中華民國兒童文學學會會訊	七卷五期	p26~48	80.10	
同文何必曾相見－兩岸兒童文學研究課題之我見	班馬	中華民國兒童文學學會會訊	七卷五期	p48~51	80.10	
兩岸交流請從問卷調查做起步	木子	中華民國兒童文學學會會訊	七卷五期	p51~52	80.10	
兩岸兒童文學交流的深層思考	洪文瓊	中華民國兒童文學學會會訊	七卷五期	p53~56	80.10	
兩岸兒童文學交流之淺見	邱崇義	中華民國兒童文學學會會訊	七卷六期	p42~43	80.12	
兩岸兒童文學交流現況與展望	林煥彰	交流	第三期	p28~30	81.5	
專題〈兩岸兒童文學交流〉兩岸兒童文學交流之聞、見、思座談會	林麗娟等	中華民國兒童文學學會會訊	八卷四期	p3~21	81.8	

兩岸兒童文學現象初探	陳木城	中華民國兒童文學學會會訊	八卷四期	p22~26	81.8	
近十年海峽兩岸兒童文學的交流	王泉根	湖南少年兒童出版社《中國兒童文學現象》		p140~148	83.10	
台灣、昆明、廣州－兩岸兒童文學交流八人行	陳月文	中華民國兒童文學學會會訊	八卷五期	p25~29	81.10	
初春北京行－領取第三屆宋慶齡兒童文學獎記聞	李潼	中華民國兒童文學學會會訊	九卷一期	p24~27	82.2	
〈一九九二年海峽兩岸少年小說童話徵文〉北京頒獎活動隨筆	李潼	中華民國兒童文學學會會訊	八卷四期	p32~34	82.6	
爲了明天，我們開始溝通交流合作－ 世界華文兒童文學記事	史娃．區分	洪迅濤主，希望出版社《世界華文兒童文學》		p562~584	84.6	
兩岸兒童文學隨想	樊發稼	中華民國兒童文學學會會訊	九卷六期	p34~36	82.12	
希望兩岸兒童交流持續沸騰	余治瑩	中華民國兒童文學學會會訊	十卷三期	p28~29	83.6	
大陸兒童文學熱，給我的省思	林麗娟	兒童日報		13 版	83.11.24	
兩岸兒童文學的交流與實務	謝武彰	出版界	四二期	p49~50	83.12	

　　　　兩岸目前似乎都已行至瓶頸，交流也應該是開放互動、相互尊重的，都不該存著太大的本位主義在內，一方極度壓抑或一方極度索求均非交流的常態。特別是目前兩岸的政治僵局尚未打開，許多資料均無法「自然」暢通，且更容易失真，交流的失衡對台灣兒童文學工作者和出版業者造成的影響究竟有多大？在各自的原本基礎上發展摸索，純粹就「文學」的觀點來交流，對未來交流模式擬出藍圖和具體建議，期能對兩岸文學發展提供良性刺激，重要性自不待言。

第三節 研究方法與進行步驟

本研究採質、量並用的方法,將台灣地區有關兒童文學之大陸作家之作品,包含理論及文學性質均大量收集,加以分類及分析,以瞭解台灣地區進口大陸兒童文學作品的出版狀況,再依據收集和分析情形作成問卷,調查台灣地區出版商對本地兒童文學作品的出版市場的狀況和看法進行調查。同時舉辦座談會,讓出版業者和兒童文學從業人員就目前交流情形交換意見,以瞭解雙方立場之不同。

而後並對出版商和兒童文學從業人員進行個別訪談,就個別觀點談未來遠景及須注意和擔憂的問題及對策。

再就所蒐集而來的資料和結果進行彙整,提出對未來交流的建議。

之所以採用本方法的原因乃是在於須先對在台之大陸兒童文學作品有極豐富的收集,方能對目前兒童文學圖書市場有充分的瞭解,以具體分析出台灣對大陸的依賴程度,同時舉行座談及訪談可以分別瞭解出版業者和兒童文學從業者對此交流的情形立場差異和彼此間的距離,將之落實到實際問題中,方能找出問題所在和對應之策略。

本研究可能遭遇的困難在於對出版品的蒐集可能不盡詳實,茫茫書海,每年出版的書籍何其多,雖然透過坊間書局的查探,出版商的詢問和網路的查詢都是解決之道。而事實上遺漏仍然會存在。至於大陸方面的資訊,事實上更是難以掌握。個人無法親自到大陸各地收集,又個人乃是在台之學者,很可能受限於在台灣的生長地及整個大環境影響而有分析偏頗的情形,因此多閱讀大陸方面著作,乃是當務之急。

至於進行的步驟,試述如下:

一、文獻蒐集
　　1.蒐集大陸重要的著作(含作品與理論)。
　　2.蒐集台灣地區市面上已經發行的大陸作家著作。(含作品與理論)
二、文獻分析:就所蒐集到之作品進行考察分析。
三、依據現有文獻,設計問卷,調查台灣地區出版業者對大陸兒童文學作品

品選擇出版的原因和理由；調查台灣地區兒童文學從業人員對台灣出版大陸兒童文學作品的看法。

四、舉辦座談會。

五、對出版商進行訪談，從出版業觀點談交流現況及遠景；對兒童文學從業人員進行訪談，討論交流未來走向及對台灣兒童文學的影響。

六、彙整歸納問卷調查結果及訪問記錄，提出對目前交流的前景及建議。

七、撰寫期中、期末研究報告。

八、印製期中、期末報告。

本計畫計分兩年完成，其進度如下：

第一年：自85年8月至86年7月，計完成：

1.舉辦座談會。

2.完成問卷。

3.台灣地區大陸作品出版品彙編。

4.歷年交流實錄與年表。

第二年：自86年8月至87年7月，計完成：

1.補第一年資料之不足。

2.分析第一年3、4兩項資料並撰寫〈小結〉

3.問卷訪談之分析。

4.以「文化中國」的交流理論。

5.結論與建議。

本研究計畫，雖名為〈海峽兩岸兒童文學交流之研究〉，而實際上是屬於在台的「海峽兩岸」兒童文學出版之考察，事實上無法對等或雙向研究。是以所謂的「海峽兩岸」，事實上是立足於台灣的觀點。因此，所謂的問卷調查，亦皆擬以中華民國兒童文學學會、台灣省兒童文學協會等會員為問卷對象。

海峽兩岸兒童文學的交流，台灣似乎有失一頭熱，透過務實與冷靜思考，並進一步去探索，實有其必要性。

第四節　預期的成果

預期的結果，可就論文本身與對參與研究者兩方面。

就論文本身之貢獻而言，其預期者有：

一、大陸出版品之蒐羅能明確表現出大陸作品在台的發行市場。

二、大陸出版品在台之佔有比例可看出台灣對大陸出版品之依賴程度。

三、由此依賴程度可看出台灣兒童文學界所面臨之瓶頸及需找出的對策。

四、由座談會可拉近出版業者及從業人員對彼此距離認知和有助於彼此立場
　　瞭解。

五、經由出版業者和從業人員之共識可找出台灣未來兒童文學之走向。

六、經由訪談，可看出出版業者和從業人員個別對於兒童文學市場及未來發
　　展的看法及建議。

七、歷年交流年表和實錄可看出兒童文學走向的及未來可能發生的問題。

八、訪談及問卷之結果分析可以對未來台灣的兒童文學提出具體建議，並對
　　兩岸華文兒童文學之整合提出具體之路徑。

九、由出版品之分析可看出台灣兒童文學偏向那個方向發展，並可看出大陸
　　和台灣之異同。

又就參與研究者而言，預期可獲得之效益有：

一、對台灣兒童圖書出版有具體瞭解。

二、對大陸兒童圖書在台灣地區出版有具體瞭解。

三、對出版業者之觀點立場有具體瞭解。

四、對兒童文學從業者之觀點有具體瞭解。

五、瞭解歷來交流情形。

六、問卷之製作。

七、問卷結果分析。

八、訪談之技巧。

九、兩岸兒童文學發展異同之認知和比較。

十、對兒童文學之理論可從此落實到現實發展現況中。

十一、瞭解兩岸兒童文學發展史。

十二、瞭解文化中國的世界觀。

第五節　小結

　　從兩岸兒童文學發展簡史中可以瞭解到，台灣由於地緣關係和歷史背景因素，發展出自由經濟的社會，因此，兒童圖書出版市場是影響台灣兒童文學發展的重要因素，尤其自一九八七年政府開放大陸探親並宣佈解嚴，台灣因本地創作作品不敷出版及出版成本因素，出版商便大舉出版大陸作家的兒童圖書，報刊雜誌亦刊登不少大陸作家的作品；而大陸由於政治經濟發展有別於台灣，因此中國大陸採用台灣的作品的頻率便少了很多，同時因政治觀念的不同，大陸對兒童文學的定義還有如下的解釋：「社會主義兒童文學負擔著對少年兒童進行革命理想和共產主義品德教育的重任。」我們不難發現，強調「階級性」、「為政治服務」的陰影，仍附著於大陸兒童文學身上，並阻礙了它的發展。

　　本研究將從這些歷史背景和交流狀況中，並以「文化中國」的交流理論為主軸，具體評析當中的不平衡情形及交流的意義，尤其著重大陸兒童文學作品輸入的影響，並對未來提出建議，期以本研究能促進當代兒童文學發展與融合，為華文兒童文學做出實質性的貢獻。

第貳章　海峽兩岸兒童文學交流的概況

本章的重點，在於史實與實證。是以分成＜海峽兩岸兒童文學交流活動記事年表＞、＜大陸兒童文學作品在台出版實錄＞兩節分述之：

第一節　海峽兩岸兒童文學交流活動記事

台灣地區的兒童文學界，有關史料的收集與整理，並未受到應有的重視。其間，邱各容、林政華等人曾有大事記的撰寫（註一），惜未能持續。至於所謂兩岸兒童文學交流活動的記事，大陸兒童文學研究會《會刊》、《兒童文學家》是以兩岸兒童文學交流的刊物，其他則似乎不多見。目前，可見者有大陸學者兩篇：

一、＜近十年海峽兩岸兒童文學的交流＞　王泉根　見一九九二年十月
　　湖南少年兒童出版社《中國兒童文學現象》　頁 140-148
二、＜爲了明天，我們開始溝通、交流、合作—世界華文兒童文學記事
　　＞　史娃・區分　見一九九三年六月希望出版社　洪迅濤主編《世
　　界華文兒童文學》　頁 562-584

是以，本文海峽兩岸兒童文學交流活動記事年表，除參考上述兩種刊物，與兩篇文章之外，主要根據各種報章、雜誌等有關兒童文學活動之消息，就以雜誌而言，重要者有：

中華民國兒童文學學會《會訊》
《文訊》　文藝資料研究及服務中心發行
《交流》　一九九二年一月創刊　財團法人海峽交流基金會發行

又下列書籍亦爲主要參考文獻：

兒童文學史料初稿 1945-1989　邱各容　富春文化公司　一九九〇．八

兒童文學大事紀要　策畫主編　洪文瓊　中華民國兒童文學學會　80.6

華文兒童文學小史　策畫主編　洪文瓊　中華民國兒童文學學會　80.5

兩岸文化交流年報 1991-1993　海峽交流基金會　一九九四．六

兩岸文化交流年報 1994　海峽交流基金會　一九九五．三

兩岸文化交流年報 1995　海峽交流基金會　一九九六

大陸新時期兒童文學大事記（一九七七-一九八九）　見林煥彰、杜榮琛

《大陸新時期兒童文學》（文建會．85.6）　頁 123-167

　　兩岸兒童文學交流活動記事年表，雖用心且參考核對各種書報雜誌，遺落未免，懇請大家指正。以下爲海峽兩岸兒童文學交流記事年表之整理：

表 2-1：海峽兩岸兒童文學交流記事年表

時　間	記　　事
1987.11	《台灣兒童詩選》達應麟、石四維編，少年兒童出版社出版。
1988.4.1	聯合文學第四十二期推出「兒童文學小專輯」，其中有邱容各〈兩岸兒童文學之發展與現狀〉一文。
1988.8	藍海文編《台灣兒童詩選》（上、下冊），湖南文藝出版社出版。
1988.9.11	大陸兒童文學研究會成立，林煥彰任會長、謝武彰任執行長。
1988.9	「楊喚兒童文學獎基金會管理委員會」在台北成立，第一屆徵獎辦法同時公布，主任委員林煥彰。
1988.10.8~11	台灣兒童文學文獻研究家邱各容赴大陸參加現代文學史料學術研討會，並在上海與兒童文學史料工作者胡從經及童話作家洪汛濤交談兒童文學交流事宜。
1988.11.3	東方出版社舉辦「大陸兒童文學座談會」，出席者有馬景賢、華霞菱、蘇尙耀、嚴友梅、黃海、陳木城、邱各容等人。
1988.11.26	民生報兒童天地版界介紹大陸兒童文學作家洪迅濤寫給台灣小朋友的親筆信。「願台灣的每一個小朋友都喜歡馬良，願台灣的每

	一位小朋友都有一枝神筆。」
1989.1.1	「小鷹日報」創刊,該報同時宣布與北京「兒童文學」和上海「少年文藝」等多家刊物合辦第一屆「中華兒童文學創作獎」,三月底截稿。六月初徵稿揭曉後,該報在七月即停刊。
1989.2.25	「大陸兒童文學研究會」與「文訊」雜誌社合辦「海峽兩岸兒童文學之比較座談會」,在台北舉行,記錄發表在「文訊」四月號(總42期,革新號第三期。)特別企畫標題爲〈期待兒童文學的春天-「海峽兩岸兒童文學的比較」座談會〉,頁71~77。
1989.3.11	「大陸兒童文學研究會」與「書香廣場」雜誌社合辦「認識大陸兒童文學座談會」,由林煥彰任主持,陳信元、陳木城、陳衛平報告,紀錄發表於「書香廣場」四月號。
1989.3	「大陸兒童文學研究會」會刊創刊,由林煥彰擔任發行人,陳信元任總編輯。(十六開,頁數不定)
1989.3.23~25	香港兒童文藝協會與香港作家聯誼會聯合主辦「兒童文學研討會」,邀請大陸、台灣兒童文學作家出席。林煥彰、謝武彰、陳信元、方素珍等五位台灣作家與黃慶雲、小啦等大陸作家在香港聚會。這是兩岸兒童文學作家的首次見面,地點不在大陸而是香港。
1989.4.1	「文訊」四月號(總42期,革新第三期)推出兒童文學專題六篇,另有一篇特別企畫:<海峽兩岸兒童文學的比較>座談記錄。
1989.4.3~5	「聯合報」副刊刊出兒童節特輯兩天,包括台灣兒童文學作家林良、馬景賢、鄭明進、謝武彰、李潼、陳木城,和大陸兒童文學作家洪汛濤、孫幼軍、葉永烈、樊發稼、聖野、黃慶雲的作品。此爲聯合報首次推出<兩岸兒童文學家大集合>之主題,由林煥彰策畫。
1989.5.14	《亞洲週刊》三卷十九期「觀點對照」專欄,以「海峽兩岸兒童文學新動向」爲題,分別訪問林煥彰及大陸資深兒童文學作家黃慶雲女士。
1989.5.21	第一屆楊喚兒童文學獎舉行頒獎典禮,由李潼(再見天人菊)、洪汛濤(神筆牛良)獲獎。(註二)
1989.5.28	「中國現代童話研討會」在東方出版社會議室舉行,由大陸兒童文學研究會主辦、東方出版社「東方書訊」協辦,內容有童話的魅力、童話創作的技巧、中國現代童話的發展、談洪汛濤的童話等,分別由林良、馬景賢、杜榮琛、李潼、林煥彰主講。
1989.8	陳木城歷兩年陸續從美、加、日等地,收集了兩百多種大陸兒童讀物,除推動成立「大陸兒童文學研究會」,並與雜誌社等合辦三次有關大陸兒童文學的座談會,並於中華民國兒童文學學會「會

	訊」五卷四期發表<大陸兒童文學重要論述簡介>一文(頁 13-16)
1989.8.10	上海洪汛濤《童話藝術思考》、劉崇善的《兒童詩初步》同時在台灣出版(台北千華出版公司)。
1989.8.11~23	「大陸兒童文學研究會」會長林煥彰及成員曾西霸、方素珍、杜榮琛、李潼、謝武彰、陳木城一行七人訪問中國大陸(11-23 日)。共與中國大陸兒童文學作家舉行三次交流會： 12-13 日：在安徽合肥舉行「皖台兒童文學交流座談會」，大陸與會者有葉君健、羅英、洪汛濤、蔣風、海笑、王一地、陳永鎮等。 17 日：在上海師範大學舉行「台灣上海兒童文學交流會」，大陸與會的有陳伯吹、包蕾、任溶溶、葉永烈、聖野、張秋生、周銳等。 21 日：在北京中共文化部舉行「台灣北京兒童文學交流會」，大陸與會者有羅英、樊發稼、浦漫汀、鄭淵潔、孫幼軍、陳子君等人,會後並拜訪老作家冰心、嚴文井。
1989.9.19	《兒童文學》 祝士媛主編　新學識文教出版中心 25k 330 頁 《童話學》 洪迅濤著 富春文化公司 25k 464 頁 《中國傳統兒歌選》 富春文化公司 25k 286 頁
1989.10.8	大陸兒童文學研究會成立週年,假東方出版社四樓會議室舉辦「大陸兒童文學之旅發表會」，並展出有關資料及座談。
1989.11	湖南《小溪流》第 78 期,推出「台灣兒童文學專輯」,刊登亞弦、林煥彰等 15 人作品。
1990.4.4	大陸兒童刊物「故事大王」、「童話大王」由牛頓出版公司以繁體字在台發行。
1990.4.4~5	「聯合報」副刊刊出兒童節特輯兩天,林煥彰策劃,以<兒童文學發展的新趨勢>為主題,首次邀集台灣、大陸、美國、菲律賓、香港的兒童文學家撰稿,包括李潼、陳木城、洪文瓊、王泉根、班馬、孫晴峰、林婷婷、嚴吳嬋霞。
1990.4	「幼獅文藝」四月號(總號 436 期)推出<兒童文學專號>,共分<兒童文學的範圍與發展>、<大陸兒童文學>、<台灣兒童文學的過去、現況與展望>、<名家名作欣賞>、<得獎作品目錄>六部分。
1990.5.4~5	台灣區省市師範學院 78 年度兒童文學學術研討會在嘉義師院舉行。其中張清榮有論文<童話美學初探--以「金色海螺」為例>(阮章競作品)與林政華<葉紹鈞兒童文學初探-韻文體作品之部>等兩篇,係大陸兒童文學作品首度在台灣學術研討會上討論。
1990.5.8 ~13	首屆「世界華文兒童文學華會」在湖南長沙市召開。共有來自台灣、大陸和美國、新加坡、馬來西亞的 56 位華人兒童文學工作者

林煥彰,編著《大陸兒童文學這事輯《精緻的

奉獻》,由台北市小狀元雜誌社印行。

1990.7. 安徽少年兒童出版社出版 陳□□主編
《台灣兒童文學□□》。

	與會。台灣作家分別宣讀了<台灣兒童文學的創作現狀>(林煥彰)、<近40年台灣兒童期刊發展綜合分析>(洪文瓊)、<台灣典型縣市--桃園的兒童文學發展狀況>(邱杰)、<兒童詩的探索>(沙白)等論文。
1990.9	林煥彰榮獲1990年第八屆「陳伯吹兒童文學獎」。得獎童詩〈小貓〉發表於1989年9月20日上海《少年報》。同時獲獎者還有台灣小朋友許惠芳,作品〈我看書,書也看我〉,刊於1989年9月《小朋友》。
1990.9.30	正中書局和大陸兒童文學研究會合辦「大陸兒童文學研究的過去、現在和未來研討會」,出席者有林良、馬景賢、林煥彰、鐘惠民、陳木城、賴西安、沙永玲、邱各容、陳衛平、謝武彰、杜榮琛、方素珍、蔣玉嬋、李曉星、黃有富等人。
1990.12	杜榮琛《海峽兩岸現代兒歌》,由培根兒童文學雜誌社出版。
1991.1	林煥彰以每期提供三萬元(新台幣)辦刊經費,創辦了一份綜合性的「兒童文學家」季刊。該刊主要為促進海峽兩岸的兒童文學交流與世界華文兒童文學的發展提供發表園地。「兒童文學家」已成為兩岸兒童文學家交流的一個重要窗口。
1991.1.13	中華民國兒童文學學會第三屆第二次理監事聯席會議通過馬景賢、林武憲之提案:請學會成立兩岸兒童文學交流委員會。
1991.3.10	第四屆東方出版社少年小說獎揭曉,大陸作家周銳《千年夢》獲優選獎。
1991.4	上海兩位中、青兩代童話家的童話集首度在台灣出版。一本是張秋生《小巴掌童話》;一本是周銳《特別通行證》,都由台北市民生報社於1991年4月出版。
1991.4.14	中華民國兒童文學學會第三屆理監事聯誼會議第三次常務理事會議,針對上次理監事聯席會議通過成立兩岸兒童文學交流委員會案,議決成立「對外交流小組」,組員:馬景賢、林煥彰、陳木城李雀美、謝武彰。
1991.4.23	中華民國兒童文學學會「對外交流小組」第一次工作會議。會中議決易名為「中外兒童文學交流委員會」。
1991.4	中華民國兒童文學學會「會訊」七卷二期刊登邱傑<玄奘、張騫、吳三桂、林煥彰>一文(頁8-12),引發有關兩岸兒童文學交流之爭議。
1991.5	中華民國兒童文學學會洪文瓊策劃主編《華文兒童文學小史(1945-1990)》,五月出版,其中有陳信元<四十年來大陸的兒童文學發展>(見頁19-28),王泉根<近十年大陸兒童文學理論專著與文獻史料書目匯要>(見頁113-138)

1991.6	由中華民國兒童文學學會洪文瓊策劃主編《1945-1990 兒童文學大事紀要》，於六月出版。其中以大量篇幅刊登了大陸的兒童文學紀事,並介紹了大陸的兒童文學評獎,兒童文學論著述書目等。
1991.6	杜榮琛《海峽兩岸兒童詩比較研究》,由培根兒童文學出版社出版。
1991.9.15	由中華民國兒童文學與大陸兒童文學研究會合辦「兩岸兒童文學座談會」,該學會在「會訊」七卷五期中以 23 頁的篇幅,全文刊登了討論紀錄。學會理事鄭雪玫在座談會總結時說:「這個座談會收穫很大,我們獲得一個共識,兩岸兒童文學的交流勢在必行,而且應該加快腳步。但應該怎做呢？每個人都有責任朝這個方向努力,並盡量溝通。」主編洪文瓊並有<兩岸兒童文學交流的深層思考>一文發表。
1991.9	桂文亞〈江南可採蓮〉一文,獲大陸第十屆陳伯吹兒童文學散文獎。文刊 1990 年 1 月 13 日民生報兒童天地。又謝武彰以圖畫書《池塘眞的會變魔術嗎？》（1990 年 11 月光復書局）,獲得低幼文學獎。
1991.10	安徽少兒出版社印行樊發稼編選《林煥彰兒童詩選》。這是大陸首次出版台灣詩人個人兒童詩選集。
1992.2	中華民國兒童文學學會「會訊」八卷一期刊登文也博<一九九一年大陸兒童文學大事記>一文(頁 15-18)
1992.3.7~13	湖南少年兒童出版社與海南出版社在海南島海南大學邵逸夫學術中心舉行「華文幼兒童文學研討會」,大陸作家與來自台灣的林煥彰、謝武彰、曹俊彥及新加坡作家與會,探討了華文幼兒文學的現狀與發展前景。
1992.3.11	1992 年 3 月 11 日出版的《少年報》第一二九六期,公布「一九九一年小百花獎」作品名單。台灣作家獲獎者有:李潼的小說《恐龍星座》,桂文亞的散文〈我在劍橋遊學〉。
1992.5.3~11	5 月 2 日:台灣 15 位兒童文學作家飛越北京、天津,展開系列交流活動。 5 月 4 日:北京作家與台灣作家舉行了「童話研討會」。台灣作家分別作了<"童話"定義的探索>(林良)、<童話創作在台灣>(馬景賢)、<漫談四十年來為兒童寫作的經驗和心得>(林海音)、,<童話是試"心"石>(桂文亞)、<變變變>(方素珍)、<什麼是童話>(管家琪)等的報告。 5 月 5 日:中國和平出版社舉辦了由台灣女作家沙永玲主編的<台灣名家童話選>發表會。兩岸作家還舉行了作品展覽與聯誼活動。 5 月 6 日:中國社會科學院文學研究所當代室、台港室與中國兒童,

1992. 6.　明天出版社出版甲寿棄編
　　　《海峽兩岸童話了系>>。

	文學研究會、安徽少年兒童出版社在社科院聯合召開「林煥彰兒童詩研討會」。 5 月 7 日:台灣作家來到天津,當天下午與次日上午,參加由天津「兒童小說」編輯部主辦的「少年兒童小說研討會」。台灣作家林煥彰、桂文亞、陳衛平、潘人木、黃海、沙永玲等分別作以〈為誰寫作?寫給誰看?〉、〈精確掌握少年兒童的心理發展〉、〈變局下的兒童文學〉、〈兒童小說裡的 Do Re MI〉、〈鳥瞰創作四十年,純眞心靈繪童夢〉、〈台灣兒童歷史小說的新潮流〉等報告,天津作家則暢談了近十年天津以及大陸少年兒童小說創作的新趨向、新特點與新人新作,介紹了「兒童小說」雜誌社聯合舉辦的1992 年海峽兩岸少年小說、童話徵文新聞發布會,在北京建國飯店隆重熱烈舉行。
1992.6.1~5	由大陸「國際兒童讀物聯盟中國分會」(Chinese section of IBBY)和「中國出版對外貿易總公司」聯合舉辦的「92 北京國際兒童圖書博覽會」,在 6 月 1~5 日於北京「中國國際貿易中心」正式舉行。此次參展的,除了大陸各省市四十五家有關兒童的出版社外,另有大陸地區以外的五十九家,包括日本、美國、法國、德國、奧地利丹麥、韓國、蒙古、香港、台灣等。台灣前往參加的,有三家出版社:聯經、信誼、牛頓,兩家版權代理商:博達和大蘋果。(聯經因圖書未及時寄達並未展出) 按此次為大陸首次舉辦的國際兒童書展,除版權交易外,還開放圖書訂購的買賣行為。
1992.6.7	上午九時,在台北市重慶南路二段 75 號信誼基金會議室舉行成立「中國海峽兩岸兒童文學研究會」,並推舉林煥彰為理事長,帥崇義為秘書長。
1992.7	大陸資深童話、寓言編輯人柯玉生主編《童話》(季刊,天津新蕾出版社)第二十六期,於 1992 年 7 月出版,本期內容為《台灣童話專輯》,收錄黃基博等 31 位作家的 36 篇童話、童詩及寓言故事。
1992.7.25	中國海峽兩岸兒童文學研究會與中華民國兒童文學學會、中央圖書館台灣分館合辦「兩岸兒童文學交流聞見思座談會」,展出大陸兒童文學期刊,近兩百種。
1992.8.3~7	中國海峽兩岸兒童文學研究會組團赴昆明,與昆明兒童文學研究會合辦「昆明.台北兒童文學研討會」,成員包括謝武彰、陳木城、杜榮琛、洪志明、曾西霸、帥崇義和林煥彰,皆提出論文發表。
1992.8.11~14	曾西霸、陳木城、李麗霞、帥崇義和林煥彰,應邀出席廣州師院與新世紀出版主辦的「中國兒童文學研討會」,與會學者專家來自各省市師院和師範大學,近百位。會後全部論文由陳子典彙編成《走向世界-華文兒童文學審視與展望》,於 1993 年 12 月,由

	新世紀出版社印行。
1992.10.17	中國海峽兩岸兒童文學研究會與中華民國兒童文學學會及民生報合辦「兩岸兒童文學聞見思座談會」，以昆明、廣州之行作心得報告。
1992.12	民生報及河南海燕出版社、北京「東方少年」雜誌社聯合主辦的「一九九二年海峽兩岸少年小說、童話徵文活動」成績揭曉。得獎作品及作者名單為： 少年小說獎部份： 優等獎五名分別：,<田螺>曹文軒(大陸)，<狐陣>盧振中(大陸)，<秋千上的鸚鵡>李潼(台灣)，<讓我飛上去>陳升群(台灣)，<那時，我還是個孩子>金茂(大陸)。 佳作獎十名:<大俠阿狗>武振東(大陸)，<勿忘我.>葛冰(大陸)，<賣紅薯的孩子>趙金九(大陸)，<天命>沈石溪(大陸)，<小河結冰的時候>宗磊(大陸)，<巨人阿輝>王淑芬(台灣)，<小叔叔再見>張圓笙(美國)，<獐子、漢子、孩子>吳天(大陸)，<生命詩篇>李建樹(大陸)，<同你現在一般大>畢淑敏(大陸)。 童話獎部分 優等獎十名:<尋找快活林>楊紅櫻(大陸)，<汗如雨下>周銳(大陸)，<水柳村的抱抱樹>李潼(台灣)，<雲豹小花>羅蓓(台灣)，<笑狼>徐德霞(大陸)，<藍妖怪和吉尼斯世界大全>張秋生(大陸)，<巫婆變心.>王淑芬(台灣)，<心情溫度計>康逸藍(台灣)，<醜女阿麗>翁心怡(台灣)，<河妖的傳說>王曉晴(大陸)。 佳作獎十三名:<山湖媽媽的孩子>張彥(大陸)，<凝固>白冰(大陸)，<風、螺殼、小姑娘>黃一輝(大陸)，<水妖的笑容>王家珍(台灣)，<心白號>邱傑(台灣)，<黑眼睛>程逸汝(大陸)，<朱古力城>黃水清(大陸)，<河馬當保姆>肖定麗(大陸)，<風小弟>袁光儀(台灣)，<龜兔大賽>劉丹青(大陸)，<賽場內外>徐強華(大陸)，<青鳥>許扶堂(台灣)，<兔狼>王東(大陸)。 本次徵文共計收到海峽兩岸八零八篇應徵稿件。經兩岸初評委員評選，共有少年小說四十篇、童話四十五篇晉入複選。決選委員由林良、潘人木、羅青、林載爵、浦漫汀、任大霖、孫幼軍、樊發稼組成，經十二月十二日至十五日在北京長城飯店進行評選，產生得獎名單。主辦單位預定八十二年五月舉行頒獎典禮，並將同步出版簡體字與繁體字的獲獎作品單行本。
1993.1.15	李潼以《少年噶瑪蘭》（天衛出版社.81.5），榮獲第三屆宋慶玲兒童文學獎。
1993.1.20	中國海峽兩岸兒童文學研究會與兒童日報合辦「兩岸幼兒文學研討會」邀請會員何三本教授做專題報告-<談大陸幼兒文學理論發展>

1993.3	九歌文教基金會第一屆「現代兒童詩文學獎」揭曉。大陸作家戎林《九龍鬧三江》獲第二名。（註三）
1993.3.1~5	桂文亞以〈濃濃中國風－長江行〉一文，獲大陸第五屆「海峽情」有獎徵文活動。頒獎典禮於 1993 年 3 月 1 日至 5 日於北京長城飯店舉行。
1993.3	杜榮琛《海峽兩岸寓言詩研究》，由培根兒童文學雜誌社、中國海峽兩岸兒童文學研究學會共同出版。
1993.3	管家琪以〈超級蘿蔔〉獲由上海出版，全國發行的《童話報》一九九二年度「金翅獎」。
1993.5	桂文亞主編《台灣趣味童話選》，由台灣民生報、大陸作家出版社聯合出版，一九九三年於北京出版。
1993.6.13	中國海峽兩岸兒童文學研究會在年會中，邀請會員李麗霞教授、杜榮琛先生分別提出〈同題科學童話研究〉、〈海峽兩岸寓言詩研究〉之論文報告，並獎助出版。
1993.8.3	海基會、味全文教基金會及海協會共同主辦之「海峽兩岸兒童畫唐詩」頒獎典禮於台北舉行此為海基會與海協會首次聯合舉辦比賽。佳作獎以上作品於台北市立美術館展出。
1993.8.11~13	中國海峽兩岸兒童文學研究會組團赴成都，出席四川少年兒童出版社主辦「兩岸兒童文學(童)詩童話交流研討會」(11 日至 13); 成員包括帥崇義、桂文亞、謝武彰、沙永玲、杜榮琛、方素珍、周慧珠、余治瑩、曹正芳、陳啓淦、歐陽林斌、陳德勝、謝淑芬、許慧玲及林煥彰，提出十三篇論，編印成冊。另由中國海峽兩岸兒童文學研究會策畫，民生報和四川少兒社以簡體字分別在台北及成都同步出版〈兩岸兒童文學選集〉童詩童話各三冊。
1994.3.29~4.4	1994 年大圖書展覽於三月廿九日至四月四日在中央圖書館展覽廳舉行，共有八十多家出版社參加，展出圖書並全數贈送中央圖書館。在兒童讀物方面，有中國少年兒童出版社、海燕出版社、河北少年兒童出版社、少年兒童出版社等參展，少兒社總編輯任大霖、中國少兒社副總編輯莊之明、海燕出版社社長張明武及河北少兒社副社長聞宗禹分別代表來台。
1994.5.28	中國海峽兩岸兒童文學研究會首度邀請大陸學者專家十四位全部順利抵台，舉行歡迎晚宴。
1994.5.29	舉辦「海峽兩岸兒童文學學術研討會」為期兩天,並有《童詩童話比較研究論文特刊》的出版,其印行是由信誼基金會贊助。
1994.6.1 ~7	招待大陸學者專家十四位，環島旅遊，參觀和座談。 1 日;台北→宜蘭→花蓮市 2 日:太魯閣→天祥→東海岸→台東 3 日:師院兒童文學研討會(台東師院)

遼寧少年兒童出版社出版由林煥彰、柳漢主編公《海峽兒童精品鑒賞77。

1994.6. 福臺少年兒童出版社出版畫雲生主編以引墨科幻小說大全──四年名家名作精選》。

	4 日:墾丁→高雄→日月潭 5 日:日月潭→埔里→台中市→南園 6 日:南園→楊梅→北二高→龍山寺→台北教師會館
1994.6.13	九歌文教基金會主辦的第二屆「現代兒童文學獎」於 6 月 13 日舉行頒獎。首獎是大陸陳曙光的《重返家園》。佳作亦有大陸作家:馮傑《飛翔的恐龍蛋》、秦文君《家有小丑》。
1994.7	陳啓淦以童話〈100 個鐘的魔力〉,榮獲 1994 年第二屆「冰心兒童圖書新作獎」。
1994.8.20 1994.9.3	由民生報主辦,中華民國兒童文學學會、中國海峽兩岸兒童文學研究會合辦「曹文軒作品討論會」分別於 8 月 20 日及 9 月 3 日在聯合報第二大樓九樓舉行。座談會由桂文亞主持,林煥彰引言,張子樟、張湘君、許建崑及李潼主講。
1994.9.14	中國海峽兩岸兒童文學研究會規畫,邀請國語日報社、中華民國兒童文學學會共同成立「世界華文兒童文學資料館」。
1994.11.6	中國海峽兩岸兒童文學研究會第一屆第十一次理監事會議決議委請本會理事楊孝　教授組織研究小組,以〈大陸少年小說社會價值觀〉作爲專題研究。
1994.11.26~27	〈亞洲華文兒童文學研討會〉於馬來西亞首府吉隆坡大酒店舉行,爲期兩天。
1995.3	桂文亞、李潼編選《臺灣兒童小說選》,由少年兒童出版社出版。
1995.4.3	下午二點至五點三十分於聯合報第二大樓九樓會議室舉行「曹文軒的少年小說寫作演講座談會」主持人桂文亞,引言人林良,演講者曹文軒。
1995.5.20	「世界華文兒童文學資料館」,在福州街 10 號五樓舉行開館典禮。
1995.5.28	「兒童文學史料研討會」舉行,作爲資料館開館系列活動之一,由中國海峽兩岸兒童文學研究會史料研究委員會規畫。
1995.5	由民生報和雲南昆明春城少年故事報聯合舉辦的「一九九四年童話徵文」評獎活動,日前在昆明揭曉,除四川作者楊紅櫻的〈貓小花與鼠小灰〉、台灣作者劉思源的〈花仙子的一天〉分獲一、二等獎。 此次應邀擔任的決選委員爲:桂文亞、田新彬、李光琦、吳然、喬傳藻與沈石溪等六位。 獲獎篇目如下: 一等獎〈貓小花與鼠小灰〉作者楊紅櫻(四川)。 二等獎〈花仙子的一天〉作者劉思源(台灣)。 三等獎〈粉紅色的木屋〉作者李玲(北京)。〈魔法師的小足球〉作者延玲玉(陝西)。〈良牌胡蘿蔔專賣店〉作者張秋生(上海)。

	佳作獎＜玉山的白帽子＞作者陳啓淦(台灣)。＜狩獵奇遇＞作者湯素蘭(湖南)。＜保險箱的秘密＞作者賴曉珍(台灣)。＜星星雨＞作者康復昆(雲南)。＜雙胎狗的故事＞作者于玉珍(北京)。
1995.10.29	第一屆國語日報兒童文學牧笛獎於 10 月 29 日早上頒獎。童話組首獎的周銳是大陸作家。得獎作品〈蜃帆〉。作品並於 85 年 3 月由國語日報社出版。
1995.11.3~7	第三屆亞洲兒童文學大會由中國大陸主辦，一九九五年十一月三日在上海舉行，大陸兒童文學界大老，九十一歲的陳伯吹先生擔任主席。 上海是主辦這次大會的城市，所以就由上海的五個跟兒童文學有關的團體，組成執行委員會，承擔全部會務。五個團體是:中日兒童文學美術交流上海中心、上海文學發展基會之兒童文學基金部門、少年報社、少年兒童出版社、兒童時代社。 大會的會場和各國代表的住宿，都安排在大上海市西南角的龍華鎮「龍華迎賓館」。這裡離虹橋機場很近，代表們入境離境比較方便。有名的古寺「龍華寺」就在迎賓館旁邊。 大會收到的各國代表名單一共是一百三十八位。實際報到的是一百零二位。這一屆台灣地區代表團的人數增加到十四人:林良、馬景賢、林煥彰、桂文亞、李潼、蔣竹君、李倩萍、周惠玲、孫小英、沙永玲、陳木城、帥崇義、趙涵華、謝文賢。 台灣地區代表團印製了一本《經濟騰飛為兒童文學帶來什麼》的論文集，收入團員們撰寫的論文十二篇，附有團員的個人資料和台灣兒童文學現況的數據檔案，贈送各國代表。台灣地區代表們的個人著作和台灣的兒童文學出版品，在會場上展覽，供各國代表參考。會後並參加由中國福利會兒童時代社主辦的中國大陸「全國綜合性少年兒童期刊編輯研討會」。
1995.11.4~19	由海峽交流基金會、味全文化教育基金會、台北市立美術館與大陸海峽兩岸關係協會、中國文學少年文化基金會共同舉辦〈海峽兩岸兒童畫寓言〉比賽得獎作品，自 11 月 4 日至 19 日在台北市立美術館公開展出。
1996.4.24	大陸幼教學者、北京國立師範大學教授祝士媛及天津市教育科學院副院長鄧左君，應國立花蓮師院、花蓮幼兒文教基金會及花蓮幼教協會等單位共同邀請抵花蓮，舉行專題演講及座談會。
19966.9.2~3 9.6~7	由上海「少年文藝」月刊發起，並與北京「東方少年」月刊、台北「民生報」聯合舉辦的「當代少年兒童散文暨桂文亞作品研討會」，將在九月二、三日及六、七日分別在上海、北京兩地舉行。為了有較深度地接觸及推廣中國少兒散文長期以來未受重視和開發的藝術格局，主辦單位精心策畫此項活動將近一年。與會人士包括大陸兒童界重要評論家與作家近八十人，其中著名學者、作

	家金波蒲曼汀、樊發稼、孫幼軍、曹文軒、張美妮、班馬、王泉根、方衛平、湯銳、梅子涵、秦文君、喬傳藻、吳然、畢淑敏、徐魯等人，皆將提出論文，並將在會中重點發言。台灣的兒童文學作家雖未能與會，但是林海音、林良、張子樟、許建崑、李潼、孫晴峰、管家琪等人，也都撰寫了文稿。 為使研討會內容圓滿豐富，將同時在現場展出（1）、海峽兩岸少年兒童散文作品小型書展；（2）、桂文亞散文創作三十年作品展及攝影原作展，會中並有《這一路我們說散文》（江南兒童文學散文之旅）、《桂文亞作品評論集》（全書十五萬字，收入評論稿六十篇）、《桂文亞初探－走通散文藝術的兒童之道》（班馬著作，全書九萬字）等，贈送與會人士。
1996.9.22~28	浙江師範大學慶祝建校四十週年，自九月二十二日起，舉辦為期三天的「海峽兩岸兒童文學研討會」，邀請台灣兒童文學作家、學者與會，由「96中國海峽兩岸兒童文學研究會」負責組團，原有十位作家、學者報名，除許守濤、許建崑、林煥彰、李麗霞、杜榮琛、謝武彰、趙涵華、陳啓塗、段淑芝等均已提出論文，但因學校已開學，只有許守濤、林煥彰、許建崑、謝武彰四位如期成行，與會發表論文。 此次大會擬定「海峽兩岸兒童文學的歷史、現狀和未來」做為中心議題，大陸與會的都是理論研究的學者，包括北京的曹文軒、張美妮、湯銳，內蒙的張錦貽、江蘇的金燕玉、上海的竺洪波、四川的王泉根、彭斯遠、溫州的吳其南、杭州的孫建江及主辦單位浙江師大兒童文學研究所的蔣風、韋葦、黃雲生、方衛平、周曉波、陳華文等教授，都將提出論文參與討論。會後並有參觀旅遊等活動，全程至28日上午結束。
1996.12.5~15	大陸當代少年小說家張之路及兒童文學評論家方衛平，應「1996年海峽兩岸少年小說研討會」主辦單位的邀請來台訪問，將於台北市（7~8 三場）、台東師院（11~12 兩場）兩地舉辦五場學術討論與座談。
1996.12.10 ~12	15位大陸圖書館主管與文化事業相關學者專家，來台參加「海峽兩岸兒童及中小學圖書館學術研討會」，會期兩天。12日並到花蓮訪問，與花蓮文化中心、花蓮師院相關人員舉行座談。
1996.12.13	北京師範大學研究生來台至「世華兒文館」尋找論文資料。
1997.5.1~10.1	上海巨人雜誌、台北民生報、中國海峽兩岸兒童文學研究會聯合舉辦一九九七年「海峽兩岸中篇少年小說徵文」，每篇字數為兩萬~ 五萬字。收件日期：1997年5月16日~10月1日。
1997.6.22	東師兒文所所長應中國海峽兩岸兒童文學研究會之邀，於年會作＜兩岸兒童文學交流＞之專題報告。

	第九屆楊喚兒童文學獎得主出爐。大陸兩位著名兒童文學作家任溶溶、吳然分別獲得特殊貢獻獎及創作獎。
1997	林煥彰的童詩＜兩隻小老鼠＞第二次獲得上海《少年報》小讀者票選的「小百花作品獎」。
1997.11.6	大陸著名兒童文學作家陳伯吹於 1997 年 11 月 6 日上午 8 時 30 分於上海華東醫院逝世，享年 92 歲。
1997.12.19	由台北民生報及上海巨人雜誌、中國海峽兩岸兒童文學研究會兒童文學研究會聯合舉辦的 1997 年「海峽兩岸中篇少年小說徵文」活動，評選結果揭曉。十位得獎作者中，台灣兒童文學作家陳素宜名列一等獎（前三名）。

註一：

　　邱各容曾撰 74~79 兒童文學大事紀要。其中 79 年大事紀要見中華民國兒童文學學會《會訊》，頁 18~24。另外收存於《兒童文學史料 1945~1989 初稿》，頁 445~539。林政華撰寫〈民國八十年兒童少年文學發展大事記〉一文，文見 81 年 6 月《東師語文學刊》，頁 325~343。另外，1991 年 1 月富春版《兒童少年文學》，頁 381~474 有〈中國兒童少年文學發展三十年大事譜及考索〉一文，又倪小介有〈民國八十年兒童文學發展大事記〉一文，文見 81 年 2 月中華民國兒童文學學會《會訊》，頁 8~15。

　　又林婉如〈1994 年兒童文學大事紀要〉一文，見上《會訊》，頁 1~5。

註二：楊喚兒童文學獎

　　民國七十七年，親親文化事業將詩人楊喚(1930-1954 年)的遺作《夏夜》、《水果們的晚會》以圖畫書的形式出版，經編者謝武彰先提議，及所得版稅及熱心人士捐助，成立紀念性的文學獎。多年來，本獎先後獲兒童文學界人士捐贈，而能成為國內第一個紀念故人，鼓勵新人為宗旨的文學獎。

　　該獎每年十二月十日前截止收件，獎勵一年內以中文創作並出版成冊之作品。得獎人每屆一名，可得獎新台幣三萬元、獎牌乙座。另設特殊貢獻獎，亦為每屆一位。其間八十三年曾設〈評審委員獎〉一名。有關《楊喚兒童文學獎》資料皆由謝武彰兄提供，僅此致謝。試將歷屆得獎者列表如下：

表 2-2：楊喚兒童文學獎之歷屆得獎者

年 別	屆 別	文 學 獎	特 殊 貢 獻 獎
78 年	第一屆	李潼（再見天人菊）	洪汛濤（神筆牛良）
79 年	第二屆	周銳（特別通行證）	王泉根（中國現代兒童文學文論選）
80 年	第三屆	陳玉珠（無鹽歲月）	
81 年	第四屆	沈石溪（狼王夢）	金波（在我和你之間）
82 年	第五屆	秦文君（秦文君中篇兒童小說選）	樊發稼（蘭蘭歷險記）
83 年	第六屆	張秋生（來自樺樹的蒙面大盜）	韋葦葛競(肉肉狗)評審委員獎(一萬元)
84 年	第七屆	劉伯樂（黑白山莊）	郭風
85 年	第八屆	戎林（采石大戰）	林良
86 年	第九屆	斑馬（沒勁）	孫幼軍

註三：九歌現代兒童文學獎

表 2-3：九歌現代兒童文學獎之歷屆得獎者

年度	屆別	得 獎 者	獎 項	得 獎 作 品	備 註
81	第一屆	李　潼	第一名	少年龍船隊	大陸作家
		戎　林	第二名	九龍闖三江	
		劉台痕	第三名	五十一世紀	
		張如鈞	佳作	大腳李柔	
		楊美玲、趙映雪	佳作	茵茵的十歲願望	
		柯錦鋒	佳作	我們的土地	
82	第二屆	陳曙光	第一名	重返家園	大陸作家

		陳素燕	第二名	少年曹丕	
		胡英音	第三名	安妮的天空、安妮的夢	
		秦文君	佳作	家有小丑	大陸作家
		馮傑	佳作	飛翔的恐龍蛋	大陸作家
		屠佳	佳作	飛奔吧！黃耳朵	定居香港
83	第三屆	張淑美	第一名	老蕃王與小頭目	
		陳淑宜	第二名	天才不老媽	
		趙映雪	第三名	奔向閃亮的日子	
		黃虹堅	佳作	十三歲的深秋	定居香港
		張永琛	佳作	隱形的恐龍蛋	大陸作家
		劉台痕	佳作	護令行動	
84	第四屆	從缺	第一名		
		莫劍蘭	第二名	兩本日記	
		盧振中	第二名	阿高斯失蹤之謎	大陸作家
		馮傑	第三名	冬天的童話	大陸作家
		黃淑美	佳作	永遠的小孩	
		陳素宜	佳作	秀巒山上的金交椅	
		李麗中	佳作	小子阿辛	旅居美國
85	第五屆	從缺	第一名		
		屠佳	第二名	藍藍天上白雲飄	
		陳素宜	第三名	第三種選擇	
		趙映雪	佳作	Love	
		林小晴	佳作	紅帽子cc	
		陳惠鈴	佳作	少年行星	
86	第六屆	范富玲	第一名	我愛綠蠵龜	
		溫振中	第二名	荒原上的小涼棚	大陸作家
		陳懍儀	第三名	孿生國度	
		劉俐綺	佳作	蘋果日記	
		劉台痕	佳作	鳳凰的傳奇	
		鄭宗弦	佳作	姑姑家的夏令營	

第二節　大陸兒童文學作品在台出版實錄

　　自從一九八七年十一月，政府開放民眾赴大陸探親以來，海峽兩岸開始步入民間交流階段。全面推動民間交流，是國統綱領近程階段的重點，而各項交流中，又以文化交流最不具政治色彩，爭議性最少。

　　在文化交流中，兒童文學亦不落其他文化項目之後。雖然，曾有有關兩岸兒童文學是否交流之爭，尤其是一九九一年四月份，《中華民國兒童文學學會會訊》七卷二期刊載邱傑＜玄奘、張騫、吳三桂、林煥彰＞一文，引發交流之爭議，但一九九二年以後，似乎再無爭議，亦即皆肯定交流之必要。但對大陸輸入台灣的兒童文學作品，則仍有對大陸的過度依賴、社會主義思想的入侵、打壓台灣兒童文學作家等之質疑。本節擬就一九八七年至一九九六年之間，有關大陸兒童文學作品在台出版的數量，依單冊與套書兩類以見實徵。

一、單冊

表 2-4：大陸兒童文學作品在臺出版之單冊書

書　　名	作　者	出　版　社	日期	開數	頁數	文類
中國古代寓言史	陳浦清	駱駝出版社	76.8	24	333	論述
敦煌故事 　九色鹿 　大意舀海 　夾子救鹿 　蓮花夫人	嚴霽 葉迅風改寫 興華改寫 何眞改寫	台灣東華書局	78.4	21 21 21 21	17 16 16 20	圖畫書
童話藝術思考	洪汛濤	千華出版社	78.8	24	259	論述
兒童詩初步	劉崇善	千華出版社	78.8	24	151	同上
童話學	洪汛濤	富春文化公司	78.9	24	461	同上
兒童文學	祝士媛編訂	新學識文教出版中心	78.9	24	327	同上
中國傳統兒歌選	蔣風編	富春文化公司	78.9	24	286	兒歌

優良兒童故事精選	冰波等	謙謙出版社	78.12	32	257	故事
第一次拔牙	任大霖	信誼基金出版社	79.2	17×18.5	24	圖畫書
阿寶的大紅花	顏煦之	信誼基金出版社	79.3	17×18.5	24	圖畫書
小巴掌童話	張秋生	民生報社	80.4	17.5×21	233	童話
特別通行證	周銳	民生報社	80.4	17.5×21	92	童話
一百個中國孩子的夢(一)、(二)、(三)	董宏猷	國際少年村出版社	80.6	新25	253 254 251	小說
老鼠看下棋	吳夢起	九歌出版社	81.2	24	181	小說
第三軍團（上下）	張之路	國際少年村出版社	81.2	新25	232	小說
大個兒周銳寫童話	周銳	民生報社	81.4	17.5×21	191	童話
中國神話史	袁珂　著	時報文化公司	81.5	24	518	歷史
小木匠學手藝	劉明	信誼基金出版社	81.6	20.5×22	25	圖畫書
搭船的風	郭風	業強出版社	81.8	新25	134	散文
肉肉狗	萬競	民生報社	81.10	17.5×21	261	童話
帶電的貝貝	張之路	國際少年村出版社	81.10	新25	299	科幻
寓言文學討論、歷史與應用	陳浦清	駱駝出版社	81.10	24	443	理論
千年夢	周銳等	東方出版社	81.11	32	229	科幻
今年你七歲	劉建屏	國際少年村出版社	81.11	新25	263	小說
竹鳳凰	朱效文	天衡文化圖書公司	81.12	新25	280	小說
老虎王哈克	沈石溪	國際少年村出版社	82.1	新25	280	童話
小女孩闖天下	莊之明	同上	82.1	新25	205	小說
怕養樹	李昆純	民生報社	82.1	24	168	散文
小喇叭寓言	鄭天采	民生報社	82.3	17.5×21	185	寓言
明月醉李白	戎林	民生報社	82.3	32	294	文化故事

吃彩虹的星星	桂文亞主編	民生報社	82.4	24	上208 下173	1992年海峽兩岸童話徵文作品集
大俠、少年、我	桂文亞主編	民生報社	82.4	24	上205 下243	同上(少年小說)
小狗的小房子	孫幼軍	民生報社	82.5	17.5×21	273	童話
烏翎狐傳奇	劉慧軍	天衛文化圖書公司	82.6	24	240	小說
現代寓言	方崇智	國語日報社	82.7	24	291	寓言
冰小鴨的春天	孫幼軍	民生報社	82.7	17.5	178	童話
飛行船之夢(一)、(二)、(三)、(四)、(五)	林鬱企畫 斑馬、張秋林主編	國際少年村出版社	82.7	新25	250 275 219 244 290	合集
一隻小青蟲（大陸童話卷）	王泉根主編	民生報社	82.8	24	295	1993年海峽兩岸兒童文學選集
一片紅葉（大陸兒童詩卷）	金波主編	民生報社	82.8	24	207	1993年海峽兩岸兒童文學選集
借一百隻綿羊（台灣童詩卷）	林煥彰主編	民生報社	82.8	24	237	同上
吃童話果果（台灣童話卷）	桂文亞主編	民生報社	82.8	24	290	同上
無姓家族	周銳	天衛文化圖書公司	82.10	21×21.5	133	童話
魔鬼機器人	葛冰	同上	82.10	21×21.5	181	科幻

傻鴨子歐巴兒	張之路	同上	82.10	21×21.5	145	童話
九龍闖三江	戎林	九歌出版社	82.10	24	130	小說
魔錶?	張之路	天衛文化出版公司	82.10	24	222	科幻
蛇寶石	劉興詩	同上	82.11	24	172	科幻
從滇池飛出的旋律	谷應	同上	82.11	24	240	科幻
盲童與狗	沈石溪	國際少年村出版社	82.12	新25	301	小說
一隻獵鵰的遭遇	同上	同上	同上	同上	282	同上
男生賈里	秦文君	天衛文化圖書公司	82.12	24	204	童話
一百個好孩子的故事（上、下）	施孝文編著	童年書局	83.1	21×30	各100	故事
雪池菠蘿	陳曙光	九歌出版社	83.2	新25	142	小說
失蹤的航線	劉興詩	天一圖書公司	83.3	新25	355	科幻
雞毛鴨	周銳	信誼基金出版社	83.3	24	64	幼兒童話
雞毛鴨抓笨小偷	周銳	同上	83.3	同上	同上	同上
雞毛鴨過生日	周銳	同上	83.3	同上	同上	同上
膽小獅特魯魯	冰波	信誼基金出版社	83.3	19.5×26.5	33	圖書故事
小響馬	吳夢起原著張文哲改寫	天衛文化圖書公司	83.3	24	240	小說
科學童話（四冊）	謝武彰主編	愛智圖書公司	83.4	24	179 171 171 179	童話
童詩童話比較研究論文特刊		中國海峽兩岸兒童文學研究會	83.5	16		兩岸兒童文學學術研究會論文集
中國本土童話鑑賞	陳蒲清	駱駝出版社	83.6	24	673	童話鑑賞

空箱子	張之路	民生報社	83.6	新25	234	小說
小樹葉童話	金波	世一書局	83.6	16	上42下43	幼兒童話
紅蜻蜓	冰波	同上	同上	16	上44下41	同上
金鞋	魯兵	同上	同上	同上	43	同上
頂頂小人	同上	同上	同上	同上	41	同上
紅葫蘆	曹文軒	民生報社	83.7	新25	274	小說
山羊不吃天堂草（上）、（下）	同上	同上	同上	同上	268 205	小說
重返家園	陳曙光	九歌出版社	83.7	新25	155	小說
偷夢的妖精	劉興詩	天衛文化出版公司	83.8	新25	167	童話
辛巴達太空流浪記	同上	同上	同上	新25	209	科幻
櫻桃城	黃一輝	同上	同上	新25	159	童話
狼王夢	沈石溪	民生報社	83.9	新25	278	小說
懲罰	張之路	民生報社	同上	新25	280	小說
家有小丑	秦文君	九歌出版社	同上	新25	280	小說
少年鄭成功（上）、（下）	徐翔	漢光文化公司	83.9	24	425	歷史小說
漫畫創作寓言　猴子煮西瓜　換膽記　瞎子打架　偵探與小偷	謝武彰主編	愛智圖書公司	83.9	24	155 155 155 155	寓言
讀歷史話英雄（上）、（下）	馬允倫	國語日報社	83.9	24	上210下196	故事
爸爸菸城歷險記	彭懿	天衛文化圖書公司	83.10	24	149	童話

第七條獵狗	沈石溪	民生報社	83.10	24	304	小說
給我海闊天空	張忠華	海風出版社	83.11	新25	215	同上
包公趕驢	魯兵	民生報社	83.11	24	233	故事
狗洞	同上	同上	同上	同上	227	同上
少女的紅髮卡	程瑋	國際少年村出版社	83.12	24	253	小說
埋在雪下的小屋	曹文軒	同上	同上	同上	317	同上
恐龍醜八怪	金逸銘	天衛文化出版社	同上	同上	171	童話
霧中山傳奇	劉興詩	小魯文化出版社	84.1	24	169	童話
聰明的傻瓜蛋	方崇智	建新書局	同上	同上	111	寓言
仙境拾寶	方崇智	同上	同上	同上	115	同上
魔性兄弟	同上	同上	同上	同上	172	同上
帖之謎	張成新	天衛文化公司	同上	同上	224	小說
大史詩（1） 三分之二的神	周銳	時報文化出版社	84.1	24	164	同上
大史詩（6） 格薩爾王傳奇	何群英	同上	同上	同上	246	小說
大史詩（8） 尼伯龍根的寶藏	秦文君	時報文化出版公司	84.1	24	218	小說
大史詩（12） 伊格爾遠征記	夏有志	同上	同上	24	192	同上
世界童話史	韋葦	天衛文化公司	84.1	24	424	歷史
飛奔吧！黃耳朵	屠佳	九歌出版社	84.2	24	166	小說
飛翔的恐龍蛋	馮傑	九歌出版社	84.2	24	180	小說
我能愛妳像妳愛我 那樣嗎？	陳亭	信誼基金出版社	84.2	19.5× 26.5	27	圖畫書
小豬唏哩呼嚕	孫幼軍	民生報社	84.3	17.5×21	258	童話
啊嗚喵	周銳	信誼基金出版社	84.5	24	61	童話

啊嗚喵當大俠	周銳	同上	同上	同上	63	童話
童話節	武玉桂	天衛文化公司	84.5	24	174	童話
哼哈二將	周銳	民生報社	同上	17.5×21	126	童話
十四歲的森林	童宏猷	國際少年村出版社	84.6	24	508	小說
大漠藍虎	鹿子	天衛文化公司	84.9	24	367	小說
梨子提琴	冰波	民生報社	同上	24	226	童話
躲在樹上的雨	張秋生	民生報社	同上	24	183	同上
金海螺小屋	金波	同上	同上	24	203	同上
魔衣	南天	業強出版社	84.9	新25	186	科幻
十三歲的深秋	黃虹堅	九歌出版社	84.9	24	157	小說
采石大戰	戎林	天衛文化公司	84.10	24	256	小說
保母蟒	沈石溪	民生報社	84.11	24	155	小說
再被狐狸騙一次	沈石溪	同上	同上	24	165	小說
五百字故事	馬允倫	國語日報社	84.11	24	309	故事
山野稚子情	余存先	小兵出版社	85.1	19.5×20.5	161	故事
吃爺	葛冰	民生報社	85.2	24	220	武俠
蜃帆	周銳	國語日報社	85.3	24	75	童話
拔河馬比賽	張秋生		85.4	24	248	童話
將軍和跳蚤	樊發稼	民生報社	85.5	24	245	寓言
開心女孩	秦文君	民生報社	85.6	24	254	小說
兩本日記	莫劍蘭	九歌出版社	85.7	24	188	小說
阿高斯失蹤之謎	盧振中	九歌出版社	85.7	24	147	小說
冬天裡的童話	馮傑	九歌出版社	85.7	24	151	小說
小辮子精靈	張秋生	文經社	85.7	24	159	童話
少年	曹文軒	民生報社	85.7	24	217	散文

小熊貓開廳	鄧小秋	國語日報	85.7	21×29	184	科學童話
我的小馬	吳然	民生報社	85.8	24	265	散文
太陽鳥	喬傳藻	民生報社	85.8	24	234	散文
豬老闆開店	常瑞	文經出版公司	85.9	24	141	童話
蘋果小人兒	金波	文經出版社	85.12	24	127	童話
一個哭出來的故事	張之路	民生報社	86.01	24	234	童話
我從西藏高原來	畢淑敏	民生報社	86.02	24	219	散文
寫給兒童的好散文	謝武彰編著	小魯文化公司	86.03	24	191	散文
沒勁	班馬	民生報社	86.03	24	248	小說
戈爾登星球奇遇記	陳曙光	九歌出版社	86.04	24	154	科幻
天吃星下凡	周銳	育昇文化公司	86.04	24	160	童話
木偶人水手	郭風	育昇文化公司	86.04	24	154	童話
九十九年煩惱和一年快樂	張秋生	育昇文化公司	86.04	24	158	童話
氣功大師半撇鬍	彭懿	育昇文化公司	86.04	24	166	童話
大空金字塔	葛冰	育昇文化公司	86.04	24	172	童話
沒有鼻子的小狗	孫幼軍	育昇文化公司	86.04	24	159	童話
皮皮逃學記	莊大偉	育昇文化公司	86.04	24	155	童話
大樹王、大鳥王和大蟲王	李仁曉	育昇文化公司	86.04	24	160	童話
火龍	冰波	育昇文化公司	86.04	24	158	童話
壞蛋打氣筒	武玉桂	育昇文化公司	86.04	24	160	童話
阿古登巴的故事	陳慶英	蒙藏委員會	86.06	24	95	蒙藏兒童民間故事叢書
江格爾	史習成	蒙藏委員會	86.06	24	95	
成吉思汗的故事	支水文	蒙藏委員會	86.06	24	95	
獨角大仙	孫迎	民生報社	86.06	24	225	童話

成丁禮	沈石溪	民生報社	86.08	24	211	小說
紅紅罌粟花——兒童版鴉片戰爭	戒林	小魯文化公司	86.09	24	240	小說
狼妻	沈石溪	國語日報社	86.09	24	231	小說
女孩子城來了大盜賊	彭懿	天衛文化公司	86.10	24	149	童話
牧羊犬阿甲	沈石溪	光復書局	86.10	24	235	故事
愛情鳥	沈石溪	光復書局	86.10	24	229	故事
洪荒少年	朱效文	小魯文化公司	86.11	24	221	小說
三角地	曹文軒	民生報社	86.12	24	286	小說
五線譜先生	葛競	民生報社	86.12	24	228	童話
影子人	金波	民生報社	86.12	24	204	童話
生死平衡	王晉康	小魯文化公司	86.12	24	251	小說

二、套書

表 2-5：大陸兒童文學作品在台出版之套書

套　　　　書	編 著 者	出 版 社	日 期	開 數	册數	文類
中國民間傳說系列		開拓出版社	76.6	32k	6	
中國民間故事		智茂文化公司	77.3		12	
節日故事	荊其柱、童欣改寫	台灣東華書局	78.5	17.5×19	10	
中國民間故事全集	陳慶浩、王秋桂主編	遠流出版社	78.6	24k	40	
中國少數民族民間文學叢書故事大系		王家出版社	78	24k	10	
中國民間寓言故事		智茂文化公司	78	18×21	12	
幼兒文學館		光復書局	79	20×22	10	
中國動物傳奇		光復書局	79.5	16k	15	

四季兒歌	謝武彰主編	孩子王圖書有限公司	79.5	23×22	12	
幼兒文學寶庫		光復書局	79.11	20×22	5	
中國創作畫庫		企鵝圖書公司	80.4	16k	20	
動物童話故事叢書		啟思文化公司	80	24k	12	
中國民間故事全集		人類圖書文化總代理	80	26×27	66	
青少年百科全書		謙謙出版社	80.6~10	24k	20	
中國童話經典名作	余治瑩總編輯	台灣少年兒童出版社	80.8	20×21	12	
中國神怪故事大觀	任大霖主編	台灣東華書局	80.9	24k	6	
給孩子們的傳說系列		永詮出版公司	81.5	菊8k	56	
采繪中國故事集	徐國樑總策畫	護幼文化公司	81.7	26.5×21.5	10	
好孩子的榜樣	王佩香主編	大衆書局	81.11	24k	12	
童話萬花筒		台南世一書局	81.12		40	
中國創作童話	葛翠琳主編	光復書局	82.1	8k	30	
流傳在雲鄉的故事		永詮出版公司	82.4	菊8k	10	
兒童智慧百科全書	王佩香主編	大衆書局	82.5	24×17.5	21	
兒童版啟蒙白話讀本		智茂文化公司	82.7	24k	18	
媽媽講故事叢書		水牛出版社	83.1	24k	20	
中華兒童智慧文庫		國際少年村	83.7~9	25k	20	
中國文學圖畫書		台南世一書局	83.8	16k	20	
故事版資治通鑑		天衛文化公司	84.1	24k	20	
兒童版啟蒙白話讀本(二)		智茂文化公司	84.1	24k	16	
現代童話名作精選	鄭淵潔著	故鄉出版公司	84.2	17.5×23	12	
趣味故事名作精選	葛冰等著	故鄉出版公司	84.2	17.5×23	12	
中國童話故事精選集		尖端出版有限公司	84.2	16k	16	
童年新故事	張瑤華主編	童年書局	84.10	30×21.5	30	

第三節　小結

　　海峽兩岸的交流，實際上漫長且緩慢，字一九八七年解嚴始，一九八八年林煥彰等人發起「大陸兒童文學研究會」，以研討大陸兒童文學，增進彼此的瞭解和交流。一九八八年十一月，有邱各容赴大陸參加現代文學史料學術研討會，於上海會見胡從經與洪迅濤。至一九八九年八月，「大陸兒童文學研究會」會長林煥彰及成員曾西霸、李潼、謝武彰、陳木城、杜榮琛、方素珍等七人，首次以兒童文學工作者的身份踏上大陸進行交流活動。至一九九八年三月十二日（至四月一日，爲期十八天），始有重慶市西南師範大學中文系教授王泉根，透過台東師院兒童文學研究所向國科會申請同意，以來台短期訪問與講學。其間，所謂的交流，要皆以「大陸兒童文學研究會」、「中國海峽兩岸兒童文學研究會」、聯合報系等民間團體爲主。

　　至於，所謂在台出版的大陸兒童文學作品，亦無想像中的嚴重。

第參章　海峽兩岸兒童文學交流現況

有關兩岸兒童文學之交流，早期曾有頗多爭辯。於是有木子＜兩岸交流請從問卷調查做起＞（見八十年十月，中華民國兒童文學學會《會訊》七卷五期，頁51~52）。於是有了本章的現況調查。本章除意見調查外，另有訪談。訪談由兒文所學生洪志明執筆，對象是「大陸兒童文學研究會」七人行；又同為兒文所學生游鎮維，有＜台灣地區兒童文學從業人員對大陸童話在台出版品之反應初探＞一文，則列入本研究的第肆章。

第一節　海峽兩岸兒童文學交流現況調查

本調查的對象是以中華民國兒童文學學會、台灣省兒童文學協會、中國海峽兩岸兒童文學研究會等學會會員為主，並將重複者除外，寄出問卷約有千份之多，回收有263份。所謂調查意見，即以263份有效卷為主。試依原問卷之部分客觀陳述如下：

一、個人基本資料

表 3-1：海峽兩岸兒童文學交流現況調查個人資料表

		人數	約略百分比
1.性別	男	110	42%
	女	153	58%
2.教育程度	專科以上	243	92%
	高中高職	12	4%
	小學	6	2%
	小學以下	1	1%
3.年齡	20 歲以下	0	0%
	21-30 歲	44	17%
	31-40 歲	89	33%
	41-50 歲	76	28%

		51-60 歲	32	12%
		61 歲以上	22	8%
4.職業		出版業(含編輯、銷售)	30	11%
		作家(含插畫家)	77	29%
		學者	27	10%
		其他	129	49%
5.您是否去過大陸		是	110	42%
		否	153	58%
6.您到大陸的目的為何? (可複選)		觀光旅遊	71	
		探親	26	
		學術交流	50	
		經商貿易	5	
		其他	12	
7.您是否曾與大陸兒童文學界人士通過信?		是	86	33%
		否	176	67%
8.您是否閱讀過大陸兒童文學作品?	(1)原版	是	180	
		否	43	
	(2)在臺翻印版	是	173	
		否	25	

二、問卷內容

表 3-2：海峽兩岸兒童文學交流現況調查問卷內容

1.您認為兩岸兒童文學交流是否有必要?	是	250	95%
	否	13	5%
2.您贊成台灣的出版業界多出版大陸兒文學作品嗎?	贊成	164	
	不贊成	90	
	沒意見	52	
3.您認為兩岸兒童文學作品交流是處於何種狀態?	對等	61	23
	不對等	115	44%
	不知道	87	33%

4.您曾以何種方式與大陸兒童文學界交流?	未曾	128	
	書信往來	74	
	書展	26	
	學者訪談	35	
	學術研討會	55	
	作品翻譯	30	
	講座	18	
	其他	19	
5.您曾以何種身份與大陸兒童文學界交流?	未曾	167	63%
	官方	2	1%
	民間	92	36%
6.您認為兩岸兒童文學交流夠頻繁了嗎?	是	60	22%
	否	203	78%
7.您認為兩岸兒童文學的交流夠主動?	是	87	33%
	否	176	67%
8.您認為目前兩岸兒童文學文流是以何種方式為多?	書展	43	
	學者訪談	90	
	學術研討會	111	
	作品翻譯	183	
	講座	12	
	其他	15	
9.您對於目前兩岸文學交流的方式感到滿意嗎?	滿意	18	6%
	不滿意	135	52%
	沒意見	110	42%
10.您認為兩岸兒童文學交流以何種方式進行為佳?	書展	92	
	學者訪談	131	
	學術研討會	176	
	作品翻譯	135	
	講座	121	
	其他	8	
11.您認為目前由大陸輸入台灣的兒童文學作品以何種文體為多?	童話	183	
	少年小說	122	

	圖畫書	42	
	論述	38	
	兒歌	63	
	理論	37	
	寓言	38	
	科幻	10	
	散文	48	
	小說	38	
	其他	16	
12.您認為目前輸入的大陸兒童文學作品中比較缺乏哪種文體?	童話	18	
	少年小說	34	
	圖畫書	95	
	論述	56	
	兒歌	42	
	理論	55	
	寓言	38	
	科幻	63	
	散文	64	
	小說	19	
	其他	25	
13.您認為兩岸兒童文學作品主要差異之處為何?	無差異	2	
	意識型態不同	193	
	取材不同	190	
	插畫的風格不同	120	
	其他	11	
14.您認為兩岸兒童文學交流對台灣兒童文學界會有什麼影響?	沒意見	38	
	對大陸的過度依賴	67	
	社會主義思想的侵入	31	
	打壓台灣兒童文學作家	48	
	可降低成本	42	

	促進兒童文學市場的發展	117	
	刺激兒童文學作家的創作	180	
	其他	10	

三、書面意見

有關書面意見，則略加歸納如下：

(一)兩岸平等交流、均衡交流、平行交流

☺ 政府相關部門應互動推展、減少限制。

☺ 兒童文學創作者互訪。

☺ 兒童文學的主要層面仍在『兒童』，當出版商在選擇出版物時，應審慎的選擇，對於意識型態過濃的作品仍應避免。

☺ 兩岸的交流應有對等式的發展。

☺ 舉辦講座式的演講。

☺ 有關兒童文學活動能盡量公開，且避免在週末舉行。

☺ 兩岸人才交流。

☺ 開放對兒童文學有興趣之人士到大陸進修兒童文學相關之科系。

☺ 翻印的作品不普遍可接收資訊的管道太少。

☺ 在台灣文學主體性未建立之前不，宜過度交流。交流要有所節制。

☺ 建立官方正式互動的管道。

☺ 出版業兩岸交流。

☺ 對大陸兒文不要有朝聖和求經的心態。

☺ 交流應更深入社會大眾的領域。

☺ 聘大陸兒童文學家來台授課。

☺ 合辦兩岸兒童文學雜誌。

☺ 舉辦兒文各種文體的文選。

☺ 學術研討會標對等接方式（交通、食宿及會費）

☺　兩岸相關兒文院所締結姊妹校。

☺　請補助前往大陸觀察兒童文學發展情形的學者。

☺　交流可也，但不可過度。

☺　以官方的交流為開端，以防被矮化。

☺　交流必須以國對國對等的方式為之，否則寧缺勿濫，不與之交流。

☺　大陸簡體字一律改為正體字，始予出現台灣的媒體。

☺　交流時重視消息公開，容納所有有關人，不可由一、二社團或機關把持。

☺　交流互訪建立完全以平等模式為之，台灣國人不必太優待大陸人士。

☺　勿以取經心態前往討教，應對等交流。

☺　在經費支出上要求對等，不應予以優待。

☺　各種兒童文學獎之獎項應以大陸之生活水準給予，不要以台灣之金額贈予。

☺　不應只是市場取向，宜多作學術探討。

☺　可利用 INTERNET 進行直接交流溝通。

☺　確定對等交流的條件，以防被統戰。

☺　必須有選擇性的交流，以防青少年及兒童被污染。

☺　目前屬於『文字性』的交流，而在插畫家，繪畫家的交流等於零。

☺　大陸喜歡投稿到台灣的原因多半是稿酬高。

☺　不可信任大陸的作品皆是極品。

☺　交流不可滲入政治或隨官方起舞。

☺　設立交流的關卡。

☺　簡體和繁體字的影響必須借助翻譯改寫才能相互了解，增進交流。

(二)肯定本土作家，重視本土，莊敬自強

☺　多多鼓舞台灣的的兒童文學作家，給予更多肯定和發表的園地。

☺　不必過度吹捧大陸的兒童文學作家及著作，畢竟雙方環境有所不同。

☺　提供並培養本土兒童文學作家的寫作能力。

☺　以本土作家為主要徵稿對象。

☺ 出版者應多關懷本土兒童文學創作者，不可一味出版大陸作家作品，以免斷了本土作家之生路。

☺ 大陸作品優於台灣這是不爭的事實，特別是童話。兩岸多加交流無可厚非，但要注意的是別壓抑本土作家發展。

☺ 別盲目地保護本土作家，盡量以自由開放的正面方式來進行。

☺ 宜成立審查委員會，對於作品加以評鑑和審查。

☺ 應是啟發性的作品，傳統性的作品，創作性的作品。

☺ 培植本土作家為重，行有餘力，再鼓勵大陸作家輸入大陸作品。

☺ 不要過度依賴大陸的作家和畫家。

☺ 年度出版品要有適當的比例，不要只是大陸的作品。

☺ 若只為少數人士加上碩士之桂冠，台灣兒童文學之園地應是無所助益。

☺ 台灣的作家不需太低姿態，變成台灣作家好像不成材。

(三)舉辦活動，文藝營或兒童文學夏令營等

☺ 可辦兒童文學夏令營。

☺ 利用書展及邀請兩岸的兒童文學工作者來台演講。

☺ 有組織、有計劃、有定點、時間、空間訪問大陸有關兒童文學創作的操作機構，創作動機以及作者之待遇等。

☺ 大量免費提供台灣兒童文學方面的成人兒童之作品，以收觀摩或影響交融之效益。

☺ 大陸官方舉辦含政治秀意味的大型聚會可避免參加。

☺ 似乎在台北舉辦活動較多，應設法在台北以外的地方舉辦。

☺ 讓一些對兒童文學有興趣的人（非作家、出版業者）參與。

☺ 有相關活動應事先去文各大專院校，讓學生也有熱情參與的機會。

☺ 多舉辦兒童創作文藝營。

(四)國際交流、國際觀等

☺ 發展台灣人才、出版台灣的作品、甚至預備往國際發展，向外人呈現我們自

　　己的作品。

☺　國內的作家要真的能夠達到世界水準，也不是只跟大陸比而已。

☺　且勿偏執於國家定位，多以世界觀的視野擴展實力。

☺　摒除成見，兒童文學應無地域，政治、意識型態之差異。

☺　不必透過官方安排，因難免會加入政治考量。

☺　建立自己的兒童文學觀，世界兒童文學的認識。

☺　交流必須是對等的，交流不是交易。

☺　相互交流可以擷長補短。但最終是要向國際邁進。

☺　如果兒童文學要交流的話，何必只眼於兩岸呢？

☺　兒童文學無關政治、經濟、生活水準，所以應該於向世界各地各國交流，何
　　必曰『兩岸』呢？

☺　台灣出版品之精美已為大陸出版商驚呼，因此，應反向讓對岸來向我們學習，
　　而台灣需跨出國際。

☺　學術的交流是不分國界的。

（五）政治、意識型態、生活背景等

☺　學術交流是文化性的溝通，而不是政治性的宣導。

☺　請大陸不要有所謂的統治者的心態，也不要有台灣是中國的一部分的心態。

☺　能以文學為主，不以統戰而影響兒童的心靈。

☺　兩岸兒童文學家交流時應放棄意識型態之爭，而回歸兒童純淨無污染之原始
　　純真狀態。

☺　應進行全方位（學者、創作者、出版業）的交流活動。

☺　避免泛政治主義。

（六）刊物交流等

☺　能把台灣兒童文學作品多介紹給大陸。

☺　引進大量大陸的兒童作品讓國人瞭解。

☺　鼓勵台灣作家投稿大陸刊物。

☺ 在台設大陸兒童刊物，化簡字再送大陸銷售。

☺ 在大陸設台灣兒童刊物化繁字再送台灣銷售。

☺ 出版界能多多出版大陸兒童文學作品。

☺ 大陸盜版書太多，又把台灣作者名字去掉實在不是很好。

☺ 兩岸兒童文學應雙方同步出版，臺灣版應加上注音，這樣有助於交流的速度。

☺ 大陸上好的兒童文學作品雜誌、書刊、應在台發售介紹、討論、閱讀。台灣亦同。

(七)成立專責單位、審查機構、進行交流等

☺ 有些大陸性過強的作品，似宜過濾，否則不免有使小讀者困惑之虞。

☺ 兩岸交流不平衡，台灣似乎有入超的現象。

☺ 最好成立兩岸兒童文學出版社，聯合發行讓兩岸兒童文學作家的作品能夠廣為流傳。

☺ 成立審查機構，避免思想汙染。

☺ 宜立專責單位，加強兩岸合作。

☺ 篩選思想不健康或偏激的文章、書刊，讓其餘的文學作品能廣泛的交流。

☺ 大陸的兒童文學創作、理論、期刊不易購得，是否能設立兩岸作品交換（流）中心站。

☺ 宜成立專責單位，為兩岸兒童文學交流之工作，建立周全的組織及執行工作等制度。

(八)兒童文學資料庫等

☺ 蒐集台灣地區從事兒童文學工作者資料，讓大陸地區的同好也了解此地兒童文學發展概況。

☺ 建立兒童圖書目錄及作者作品電腦資料以利查閱。

☺ 建立理論、篇名光碟資料，以利兒童文學研究所資料使用。

☺ 兒童文學圖書館的建立與作品收藏該由政府建立，而不只由民間推動。並把文學的根基往下紮根，深入小學甚至幼稚園。

☺ 舉辦兩岸作家之作品發表會，同時巡迴北中南等區兒童書展。

☺ 兩岸兒童文學資料庫之建立，可尋求某校系收集資料以備查詢。

(九)其他（經費補助、稿費，讓非專業人員參與、兩地全面性的觀照、學習大陸）

☺ 台灣地區的研究風氣宜從基層做起，鼓勵小學老師多做教學研究、學習研究。

☺ 對國內從事兩岸學術研究的個人或團體能給予經費的申請或補助，並輔導協助進行研究。

☺ 期望多以書展或專刊發展的形式，讓一般對兒童文學或業餘作者有興趣人士多有參與機會，而非只有專業兒童文學作家或學者較有時間參與。

☺ 目前兩岸兒童文學文流不在於量的問題而在於質的提昇尤其希望兩地全面性的觀照。

☺ 大陸兒童文學家無論在資質、用功、努力、執著、熱忱、眞誠、切磋互勉方面均有太多值得國內作家借鏡反省之處。

第二節　訪談　（洪志明執筆）

本節訪問者，是以第一批以團體名稱赴大陸參加學術研討的七位成員爲主，茲將訪談記錄依訪談時間順序轉列如下：

一、杜榮琛先生訪問記

時　　間：中華民國八十七年四月五日晚上八點三十分
地　　點：苗栗縣竹南鎭杜宅
受訪者：杜榮琛先生
訪問者：洪志明

洪：

　　您們是第一批訪問大陸的兒童文學家，臺灣兒童文學和大陸兒童文學發生交流，應該是從您們開始的，可不可以談談那時候，是什麼動機促使您們想要和大陸兒童文學圈，做這樣的交流？

杜：

　　那個動機是了解、好奇，因爲隔離了那麼久，也是爲了友誼，看到了很多作品，想要去了解他們的作品、作家，林煥彰先生在大陸兒童文學研究會會刊創刊號上面寫了，「爲了增加友誼，促進彼此之間的了解、合作。」我們相信交流會爲臺灣的兒童文學，注入一股新的催化劑。

洪：

　　您剛剛提到，在交流以前，您已經看過了許多大陸的作品，據我所知，那時候大陸兒童文學的作品，取得尚有某些困難，不知道您是透過哪些管道獲得大陸兒童文學作品？

杜：

　　有很多是朋友從香港買回來的，也有一部份是朋友從香港帶回來的，臺灣也有很多書店以高價位在出售，舊書攤也可以找到一部份，大部分都是香港那邊的

朋友帶來的。

洪：

　　您們第一次前往大陸訪問時，是透過怎樣的管道，和大陸的學者、作家、政府單位聯絡的？

杜：

　　詳細的聯絡管道是由林煥彰先生、謝武彰先生和大陸方面聯絡的，一個是執行長一個是秘書長，聯絡的工作都是由他們負責。我只負責打點其他的事。詳細的過程，應該要請教他們兩位才會比較清楚。

洪：

　　就您知道，是由我們主動提出前往訪問的要求，還是對方主動的邀請我們前往訪問。

杜：

　　應該是我們這邊主動和他們聯絡的，不過詳細的情形要林煥彰和謝武彰先生才清楚。

洪：

　　做這個訪問除了基於當時想要了解交流滿足好奇心以外，和當時的政治時空背景有沒有關係。

杜：

　　當然有關係，那時候兩岸開放探親（那時候公教人員還不能去，老實說我是假借到香港旅遊，偷跑的，所以那時候電視臺在拍照片時，我都是拿雜誌把臉擋住的。）。

　　那個時空剛好是兩岸交流很好的時機，臺灣要去大陸省親或是訪問很容易，他們要過來很難。

洪：

　　您們去的時候，做了哪些活動？

杜：

首先是會面,然後是交談、交換作品,像我到上海師範大學的時候就會見了很多作家像洪汛濤、陳伯吹、葉永烈、張秋生……等等。葉永烈先生是研究科普的,他知道我在研究會裡負責的工作,是研究科普的作品,他就回到他家去,抱了很多他寫的理論作品,以及多餘的科學的童話、科學小說作品交給我。

從認識交談,書信來往,互相取得信任,作品的相互欣賞之後,交流的腳步就越來越快。

洪:

做了第一次訪問,我們有什麼樣的收穫?

杜:

我第一個感想是,大陸有很多發展得很好的兒童文學,例如科普方面、例如少年小說,例如童話方面,剛好是我們臺灣比較弱的地方,由於語言的方便,又不用透過翻譯,就可以直接把他們的作品拿來閱讀。甚至於很多理論的作品,介紹給臺灣學術界和創作界的人參考,取一個激盪和催化的作用。

我們這幾年少年小說和童話特別熱的原因,應該是受到這樣的影響。而大陸方面也受到我們詩歌和幼兒文學的激盪,所以他們這方面也在加緊腳步,相互在學習彼此的優點,雙方看到自己需要改進的地方,我想從這方面來看,交流是有很大的價值。

洪:

剛剛我們談到交流會使彼此互相激盪,對自己有助益,現在很明顯的這種吸收彼此的優點的原因是,兩岸之間有所差別,我們是否可以深入的探討,兩岸的差異在哪裡?

杜:

我想最大的差異就是意識形態,所有的出版社、作家、教授、編輯,很多受到國家當局或是黨的最高單位監控,才能出書,所以他們顧忌很多,所以所寫的作品裡意識形態比較濃一點,臺灣實行資本主義限制很少,只要不要涉及侮辱別人,那麼在創作上具有極大的自由,這一點是兩岸的差異比較明顯的。

洪：

　　剛剛您是從政治方面探討兩岸差異的地方，除了政治方面以外，還有沒有其他的原因造成兩岸的差異呢？

杜：

　　還有很多，例如說，他們一個作家要出版一本書和臺灣作家要出版一本書有很大的差別，他們作家要出版一本書必須和他們的出版社編輯很熟悉才有可能，臺灣是您的作品受與論界或是讀者喜歡，出版社自然就很快的找上您，在大陸上的人情包袱會比較大。

　　尤其是新秀想要出一本書更難，大陸人口那麼多，人才那麼多，想受到重視的很不容易，可喜的是新時期以後，很多老輩的像樊發稼先生，新時期研究所出來的研究生，像王泉根先生、斑馬先生、方衛平先生、湯銳小姐他們對於後進、後起之秀的作品都相當的重視。對提拔人才起了很大的作用。

　　還有很多差別，我們要出版一本小孩子很喜歡的作品，考量的對象是以孩子的意願，至於出版社喜不喜歡、成人喜不喜歡倒在其次；在大陸，這是比較難，它第一個要過關的可能是出版社的編輯、即使他還沒拿到實驗室去看兒童喜不喜歡。

　　最難過的那一關可能是您的知名度，也許有一個人，他寫得比您差，但是他的人情、交際關係很好，他去找會比您更容易見到市面，這種情形在臺灣比較沒有那麼嚴重，在大陸比較嚴重。

洪：

　　一開始我們談的是意識形態的不同、接著我們談出版情況的不同，他們的生活經驗和作品之間有沒有產生影響？

杜：

　　那當然有，臺灣是地處在海島型的小地方，說不好聽的是一個比較小家子氣氛的環境，心胸沒有辦法像大陸那樣廣大，他們能看到陸地、能看到沙漠、能看到蒙古、新疆等各種天候、各種人文、各種特殊的景觀的東西，在臺灣是沒有的，所以他們所寫的題材，所寫的東西，所寫的內容，很多會讓臺灣讀者看到很訝異，

甚至會感嘆我們怎麼沒有機會經歷那種情境。

從這個方面，我們就會發現他們的題材、他們的內涵，和臺灣會產生很大的差異。而臺灣比較早接受到歐美、日本這些方面兒童文學正面的的激盪，也有很多的優勢，但是大陸的作品除了他寫的作品比較寬廣以外，也受到東歐以及蘇聯的影響比較大，他們受到日本美國的影響比較小。

來自於蘇聯、來自於東歐國家的那些理論、作品，我們很陌生的，剛好可以從大陸那裡看到。來自美國、日本那些他們比較陌生的部份，剛好可以從臺灣看到。所以相互影響會造成一種互補作用，這是非常有趣的。

洪：

我們現在討論的部份，偏向於創作而言，那理論上的研究，依您的觀察，兩岸有什麼樣的差異？

杜：

如果要用單樣，很容易說清楚，如果要籠統而言，那麼臺灣在做理論上，是勢單力薄。大陸是人才聚集在一起，統一為某一種規定的工作努力，例如要出一本兒童文學概論，或是出一本和兒童文學相關的工具書，在大陸可以從各大學找相關的教授，在上面的任務交代之下，每一個人完成一部份的章節，很容易就有很大塊的、理論很紮實的作品出現，在臺灣單打獨鬥的時候多。不過，最近好像有一點改進了，最近空中大學兒童文學授課的教授也一起合作來出版兒童文學理論的書，我們相信這是對的，換句話說在做理論的紮實功夫和人才方面，大陸好像佔很大的優勢。

洪：

除了這方面的差異以外，我們很希望了解那時候在推動這樣的交流過程，除了正式去訪問以外，我們是不是也附帶組織了相關的團體？您是不是可以把這樣的組織以及活動的形式介紹一下？

杜：

　　當初在一九八八年九月十一日下午三點林煥彰先生、陳信元先生、謝武彰先生、陳木城先生、還有我本人，我們發起了大陸文學研究會，它主要的目的是研討大陸兒童文學、增進彼此的了解和交流，社址設在謝武彰他家臺北市樂業街一百六十九巷五十號四樓，選出的第一任會長是林煥彰先生，執行長是謝武彰先生，我們還分了很多研究部門，例如：詩歌、小說、理論、史料、戲劇...等小組，除了設會長、執行長以外，還創辦了一個大陸兒童文學研究會會刊，是請陳信元先生當總編輯。

　　當初主要的交流，在第一期的會刊林煥彰先生的代發刊詞上面說得很詳細，其中有一段必須特別加以強調：「『增進兩岸兒童文學的交流、研究、了解』，我們應該本著謙虛、友愛的胸懷來面對我們所要做的工作，我們的兒童文學才有可能正常的發展，將來也始有可能在兩岸兒童文學作家相互攜手並進下，帶領我們大中華民族的兒童文學，以雄健的步伐邁向世界。」我想他這個想法看法是我們當初幾個人有同感，所以才會發起這樣的研究會，慢慢的發展也才會有現在這樣比較龐大的組織。

洪：

　　是不是幫我們介紹會刊裡面重要的文章，或重要的性質。

杜：

　　當初創立這個會刊，目的是打開一個窗口，因為那時候臺灣對大陸兒童文學了解或是認識的人不多，大部分的人都很好奇，但是要找到相關的書也沒有很好的管道，趁我們交流過程，看到相關的理論、作品，我們就可以以大陸兒童文學會刊，向臺灣兒童文學工作者介紹大陸那方面大概的情形，同時也可以讓大陸的作家，在這裡發表他們對臺灣的看法。例如：我個人最早就以大陸大老級的童話作家葉聖陶童話集《稻草人》提出個人的看法，在大陸年輕輩就不敢，因為他們說的話如果不太恰當，文章不但不容易登出來，而且還有其他顧忌。但是因為我們在隔岸，我們就沒有這種顧忌，所以我就對葉先生早期發表的童話，提出了整

理和說明,除了提了很多他的優點以外,也提出了一些缺點,後來有人看到了說:您敢這樣子說,總比我們不敢說好。

例如,我說:「站在更客觀的立場,就童話的邏輯的事理及發展上,來看內容的敘述是否符合客觀世界的規律?還是會發現某些瑕疵。例如:＜小白船＞中,小孩回答『花為什麼芳香?』回答竟是『芳香就是善,花是善的符號。』這是值得商榷的寫法,因為這種口吻是成人的,小孩子不可能有如此成熟的思想。又如《傻子》這一篇童話裡,傻子回答的話,不太符合他的『意識世界』,他竟然會向國王喊:『國王,不必等仇敵罷!您要殺一個人平平氣,就殺了我罷!』如果我們比較托爾斯泰,蘇聯的大文豪他所寫的《呆子伊凡的故事》,他故事中傻子伊凡的口頭禪就是:『好啊!有什麼不好呢?』他做了很多傻事,但是他用這種『好啊!有什麼不好呢?』口頭禪帶過去,反而讓人家覺得更有真實感。

「他在稻草人裡寫的很多的文章,其實都是用很傳統的、古代的、三段式的描寫方法,讓讀者有『套』公式的感覺;這種傳統式的表現手法使用過多,會產生單調且缺乏變化的不新鮮感。豐子愷在《緣緣堂隨筆》裡,有一篇文章＜藝術的三昧＞,他認為不論是藝術、音樂還是文學,都要有這三昧,才能把作品提高到最好的境界,其第一昧是:要統一又要多樣,要規則又要不規則。第二昧是:要不規則的規則,規則的不規則。第三昧是:要一中有多,多中有一。這些話聽起來很抽象,不過如果您在藝術裡面去推敲,裡面是有很多意義,值得從事藝術工作的人去學習的。

這是不只從他的優點去探討,而提了一些缺點的看法,後來有很多大陸作家偷偷的告訴我:『您敢這樣講,我們都不敢』,因為在大陸批評大老是需要很小心的。這是一個例子,當然也有其他的例子,我們可以從大陸很多作家出的作品集,介紹給臺灣,讓臺灣的作家知道大陸現在正在發展哪些創作,那些理論,發展到哪些程度,那些人正出版了哪些重要的理論集、創作集,可以讓臺灣的兒童文學界知道,像這些方面的資訊,可以在大陸兒童文學研究會會刊裡,找到一個很重要的窗口。

洪：

　　我們從事了這樣的一個交流訪問，設了組織，也設了一個刊物，同時也設了一個楊喚兒童文學獎，楊喚兒童文學獎，幾乎是您們同一批人做的，不知道楊喚兒童文學獎設獎的目的以及它後來發生的影響，可否介紹一下？

杜：

　　楊喚兒童文學獎，最熟悉的人應該是謝武彰先生，執行工作大部分都由謝武彰先生執行，我就我所知來回答問題，不足的部份，還是應該請教謝武彰先生。

　　早期謝武彰先生在親親文化出版公司，爲楊喚先生出版了一本圖畫書＜水果們的晚會＞，有一批版稅，就突發奇想，說要不要利用這些版稅來辦一個獎，後來親親的老闆同意，大家也捐了一些錢，定了辦法。

　　這個獎在做獎牌、徵稿……各方面花腦筋最多的，大概就是謝武彰先生。這個獎當初沒有想到，對後來影響會那麼大，因爲他有一個特別貢獻獎，有一個是創作獎，創作獎獎金並不是很多，但是在大陸受到的重視，是當初意想不到的。據我所知道大陸很多教授獲得了這個獎，便受到當局的重視。

　　這個獎目前繼續辦理當中，獎的評審工作是義務的，有人甚至還要捐錢，也是一個最客觀、最不受外力影響、最不受人情關說的一個獎。

洪：

　　這樣的一個獎，對大陸和臺灣是否同時開放？

杜：

　　對！

洪：

　　那是否有大陸得獎作家偏高的情況出現？

杜：

　　好像比臺灣多。

洪：

　　評獎時，是純粹就作品論作品，還是也考慮了交流的目的？

杜：

　　因為我不是每屆的評審，如果請每屆的評審來講的話，相信他們一定認為他們是公平的，為什麼最後呈現的情況，是臺灣的得獎者比大陸作家少呢？可能是大陸兒童文學研究會，站在交流的功能和目的上，如果覺得兩邊的作品相當的時候，就覺得好像比較值得鼓勵的是大陸的作家。這是我的猜測。因為最清楚的人應該是評審，也許從今年開始，情況正好相反，大部分得獎的作者都是臺灣作家也有可能。

洪：

　　大陸兒童文學研究會，帶動了兒童文學交流活動的熱潮，這股熱潮有沒有引起本土與大陸，或甚至於是統一與獨立的意識形態的爭執？

杜：

　　應該是有，最明確的有人把引進大陸兒童文學作品的人，比喻成吳三桂先生，那時候也有舉行座談會，會後大家形成了一個共識，認為大家應該拋棄政治或意識形態的問題，出發點純粹為兒童，主要是以否能給兒童更好的兒童文學作品，這是我們兒童文學工作者主要的目的。

洪：

　　當時是因為本土的作品生存的空間被壓縮，使得某些人假借意識形態的名義來，造成爭議？也許也有可能，也許不一定，因為我不太清楚他們的出發點，是不是有這樣的想法，也許有，但是多少我們本土作家的作品出版的機會會減少，但是日本也有很多很好的作家的作品在臺灣出版，歐美也有很多作品在臺灣出版，我們有什麼好緊張呢？為什麼大陸的作品要道臺灣來出版，我們就開始緊張起來了呢？

　　重要的是，您有沒有好好的創作啊！您要創作得比他們更好啊！然後我們大
量的到他們那邊去出版啊，我們的作品也大量的到歐洲、到美洲、到日本去出版
啊！沒有好作品才要怕，有好作品時，有什麼好怕的。

洪：

　　您對未來交流活動有什麼預期呢？

杜：

　　我們希望這樣的交流活動，能發展得越來越好，但是由於政治的風向球的變
化，常常影響到兩岸的交流，我們期望政治的影響力減到最低，兩岸的兒童文學
家能夠很坦誠的交往，用最好的作品，給彼此帶來最好的刺激，然後創作出最好
的作品，不管是理論啦！創作啦！對兩岸都是很好的，我們甚至希望兩岸的作者
能夠合作，有的插圖，有的寫文字，然後打進國際市場，這樣就更好了。

二、謝武彰先生訪問記

時間：中華民國八十七年四月九日清晨零點三十分
訪問方式：電話訪問
受訪者：謝武彰先生
訪問者：洪志明

洪：

　　您們是第一批訪問大陸的兒童文學家，臺灣兒童文學和大陸兒童文學發生交
流，應該是從您們開始的，可不可以談談那時候，是什麼動機促使「您」想要和
大陸兒童文學圈，做這樣的交流？

謝：

　　由於兩岸隔絕了好幾十年，大家沒什麼機會來往，平時雖然蒐集了一些對岸

的書籍，不過都是十分零散。我覺得這樣子還是隔靴搔癢，沒有辦法對大陸有深入了解。

於是我們就開始聯絡，後來成立大陸兒童文學研究會以後，大家都認為應該去實地看看，以便互相了解，所以才做成交流的決定。大陸兒童文學家洪汛濤先生非常熱心的安排，所以才會促成我們前往大陸訪問。臨出發之前正好遇到「六四天安門事件」，所以行程因而取消過兩次，後來還是決定前往訪問。

整個訪問過程，在大陸是由洪汛濤先生熱心促成的，他聯絡大陸的各個單位，臺灣則由林煥彰先生主理整個過程。

洪：

就您所知，訪問前的安排，有沒有困難？

謝：

整個訪問過程，並沒有什麼遭遇到什麼困難，也沒有受到其他因素的干擾。

洪：

您對大陸兒童文學的觀察，在您第一次訪問前，和訪問後，有什麼樣的差別？

謝：

由於過去數十年的隔絕，使得我們對大陸兒童文學的認識，有如瞎子摸象一般，無法獲得全面的了解。後來，雖然透過兩岸的互訪，但是大陸實在龐大了，想有全面性的了解，實在也不太容易，所以訪問了幾次以後，也還是瞎子摸象，無法認清整個輪廓。

後來，我們又去訪問了好幾次，收到的書也很多，透過這樣的「拼圖」，還是不足。這些年來雙方來往的人雖然不少，可是對整個大陸還是沒有辦法全面認識。第一次去訪問，我覺得比較值得的是，許多重要的作家、理論家都見了面，另外是找到了許多圖書，那些書現在回頭去找，都很難找到了。記得那時候，七個人帶回來的書不下於五百公斤。

　　那時候，雙方談不到什麼了解，只是在互相認識的階段而已。

洪：

　　當時您覺得兩岸的兒童文學發展，有何差異？

謝：

　　就理論而言，大陸的發展比較強，體系比較完整，功夫比較紮實。不像我們的理論研究，大部分都在做「整理」的工作，有建樹、有見地的並不多。

洪：

　　是否可請您就您的專長，童詩、兒歌的發展，做一下兩岸的比較？

謝：

　　兩岸的發展各自有強弱，就兒童詩來說，我們的詩比較多樣，大陸的作品必較侷限於一部份，而且很多詩是押韻的，而我們的詩則幾乎不押韻。

　　第二個是，我們的詩比較不受拘束，大陸的詩和我們的詩風格差異很大，我們這種比較不受拘束的詩，他們也很喜歡。像大陸童詩作者比較有特色，比較有幽默感的，就是任溶溶，和臺灣比起來並不遜色。

　　兒歌方面，大陸的作者陣容非常龐大，我們的作者人數很少，我們和大陸的差異最有趣的地方是：我們在兒歌作品裡說教的地方比較少，大陸的部份作品還含有宣導意味，而我們的作品幾乎都已經排除了。

　　雖然兩岸隔絕，但是很巧妙的，有極少數的作品在寫法、比喻有很接近的地方，如果把作品放在一起閱讀，是很有趣的。

　　大陸的兒歌作品，水準整齊，我們因為創作的人數很少，在數量上很難做比較。

洪：

　　兩岸兒童文學交流以後，大陸兒童文學作家在臺灣出版的機會，明顯的比臺

灣兒童文學作家，在大陸出版的機會多很多？不知道您對這樣的現象，有什麼觀
感？

謝：

　　這個現象，有些人是氣急敗壞的。不過，我個人覺得並沒有什麼關係，作品
能到處傳播、到處發表，這是作品本身的能耐。如果自己的作品沒辦法到大陸發
表，那是自己作品的問題，有什麼好跳腳的呢？

　　有的人會怪編者採用太多的大陸作品，其實有一些是出版社或報社的政策問
題，當然也有一些是編者自己的考慮。

　　有些人認為應該有一些比例限制，畢竟大陸用我們的作品比較少，不過要定
一個比例好像也很困難，因為大陸的作者比我們多、刊物比我們多。大陸有兩千
種以上的少年兒童的刊物，我們都不知道在哪裡，所以作者很少去投稿。可是，
大陸的作者很認真，一直投過來。我們有一些編者也很認真，一直去找。此外，
我們的作者太少，大陸的作者很多。況且，我們現在採用的是大陸創作幾十年來
的作品，集合起來當然就排山倒海而來了。

　　有的人氣急敗壞，這是對自己沒有自信。不用氣急敗壞，好的作品它不只是
要在臺灣而已，它還會到世界各國。我們的作品也是一樣，只要夠好，您就會去
大陸，明眼人就會幫您傳播。

洪：

　　這樣的交流，對臺灣和大陸分別產生了怎樣的影響？

謝：

　　以我的觀點，現階段影響還很小，只是認識人而已，作品誰受誰的影響，好
像也還沒有出現。一般來說，只是開始認識、相互聯誼。

洪：

　　楊喚兒童文學獎是您和幾個朋友一起創辦的，聽說這個獎在兩岸的交流造成

了不小的影響，不知道可否請您介紹一下楊喚兒童文學獎，以及它對大陸所造成的影響？

謝：

　　這個小獎的成立非常的偶然。楊喚的身世非常淒涼、作品卻很唯美。當時親親事業文化公司出版楊喚的《水果們的晚會》和《夏夜》，是我執行製作的。我們都是理想性比較重的人，就想是不是可以用書的版稅來為楊喚先生設一個獎？出版社負責人歐陽林斌犧牲很爽快的答應了。於是，這個獎就誕生了。

　　這個獎在我們這裡不太受重視，由於獎金很少！但是，在大陸卻受到一些朋友注意，有沒有很大的影響，我並不確定，如果有一些影響，那也是無心插柳，意外而來的。我們聽了也很高興、很光彩、很安慰。

　　至於這個獎還能繼續多久，只有盡力而為。

洪：

　　在交流前，您們也籌組了一個大陸兒童文學研究會，聽說您擔任執行長的工作，您是否可以把那時的工作介紹一下？

謝：

　　現在大概都忘光了，只記得都是一些雜務，沒有什麼特別不得了的事，那時候也沒有正式向政府立案，所以也沒辦法做什麼事。文人比較理想性，做很多事、花很多精神，但是效果都很差。後來大眾才說，應向政府正式立案，做起事來才方便。要組團到大陸，或要邀請大陸朋友來台，比較有可能。漏來，才以「大陸兒童文學研究會」為基礎，成立了「中國海峽兩岸兒童文學研究會」。

洪：

　　您認為未來兩案兒童文學的交流重點，應該要擺在哪個方向？

謝：

　　我認為沒有什麼重點，應該是每一個都是重點，應該全方位的交往。前後九

年了，我們對大陸的了解還並不是很全面，我們去的點還非常少。

洪：

很明顯的，兩岸的交流受到了某些意識形態的影響，您對這些影響有何看法？

謝：

我覺得最好讓文學歸文學，不要受意識形態左右。因為意識形態會改變，如：東、西德統一、前蘇聯一夜之間瓦解。而文學卻是恆久的。現在反對得那麼厲害，如果有一天情勢變化了，那麼到時候該怎樣來往呢？

既然是這麼單純的交流，意識形態最好不要介入。要來嘛！

洪：

依照您的看法，兩岸兒童文學圈應該如何合作，對兒童文學的發展才有助益？

謝：

取長補短、互通有無、相濡以沫。

三、李潼先生訪問記

時間：中華民國八十七年四月九日下午三點三十分
訪問方式：電話訪問
地點：FROM洪宅TO李府
受訪者：李潼先生
訪問者：洪志明

洪：

您們是第一批訪問大陸的兒童文學家，臺灣兒童文學和大陸兒童文學發生交

流，應該是從您們開始的，可不可以談談那時候，是什麼動機促使您個人想要和
大陸兒童文學圈，做這樣的交流？

李：

　　在這之前，我們輾轉透過日本的管道，或是美國的通路，看到一些大陸兒童
文學的作品；對那麼多人口、那麼大的地方，同樣使用華文的地區，有很大的好
奇以及揣測；經過那麼多的政治的變動，他們會產生什麼樣的作品出來？我們希
望能透過第一手的作品，不必透過其他的轉介。

洪：

　　剛剛您提到，在您還沒前往大陸訪問之前，您已經透過其他管道，看到了大
陸一些作品，不知道您在還沒有前往訪問以前，對大陸兒童文學圈有怎樣的認
識？

李：

　　感覺上他們比較嚴肅，而臺灣的兒童文學創作比較輕鬆，文字上也比較老。
這種老道對比上的位階是不太一樣的，我們在臺灣看到的作品，不管是好的不好
的，我們都看到了，但是經過轉介過的作品，都已經過選擇，所以希望能到那裡
看一些沒經過選擇的東西。
　　其實我們早先看到的，像葉聖陶的作品，算是很早的作品，晚期的反而不多。
我們去那邊，我最常問的一句話是：「還有誰在寫少年小說？中生代還有哪些
人？」那些屢次被提到的作家，我們就會找他們的作品來看。

洪：

　　您對大陸兒童文學的觀察，在那次訪問後，有什麼樣的改變？

李：

　　跟還沒有去以前的揣測約略相似。基本上，我覺得他們還是秉承著一個比較

沈重的擔子，因爲政治氛圍的關係，因爲經濟生活的關係，以及整個以中國爲中心想法的關係（中國近百年來受到的屈辱，民族主義的出現，以後的那是一種自卑或者自大，或自卑後的自大。）

另外，我會覺得他們本土題材應該是非常的豐富。可惜在技法上未能更大膽一點，他們的技法還是使用比較老的方式，整個印象裡還是比較保守一點。這是一九八九年以前的印象。

洪：

剛剛您對兩岸的差異，已經做了一點比較，您是不是可以更具體的就少年小說，來做一個比較，看雙方在少年小說方面，有何差異？

李：

從作品的數量，人口量來比較是不平等的。台灣人口有兩千一百萬，相對於大陸有十二億的人口，作家的量，本來就不平等。所以我比較願意按照人口和作家的比率，來做比較，他們那邊如果有一百二十位的作家，那我們這邊抽出兩位來比較，或再細加分類這樣會比較好。

臺灣這裡主要的作品生成背景和大陸不一樣，我們專業寫作人並不多，少年小說的作家，我們基本都是以學校的老師爲主，從洪建全兒童文學獎及往後的徵獎，累積下來的寫作人口。

在中國大陸的少年小說作家，大部分來自編輯界、出版社，他們在本行又有比較充裕的時間，可以創作。他們來自教育界的寫作人，反而不像我們這麼多。作品上，我剛剛提到臺灣的作品會比較輕鬆一點，比較活潑的、膽子大一點的。同時因爲職業關係，我們校園小說很多。另外，臺灣八十年代的作家所選擇的題材背景，大都在四十年代或五十年代的臺灣生活，有大量的回憶的部份。

中國大陸那邊他們中生代的作家，回溯的部份會跳過文革，再往前一點，回到他們的童年往事。文字的歷練上，中國大陸會比我們更考究一點，這個考究也是因爲嚴肅造成的吧！嚴肅和考究好像有一些關連，我們的活潑和文字上的鬆散，或許說比較淺薄，也有一些關係吧！

　　另一個表現在調子上也有些不一樣，也就是整體的磯釣色彩的明暗。

洪：

　　剛剛我們做了一些差異上的比較，以您的觀點，造成這種差異的原因，是什麼？

李：

　　政治的、社會的、經濟的、文化的、教育的養成。臺灣這一批寫作的人，教育的養成比起大陸朋友來說，都比較順利，因為他們經歷了文化大革命，有所謂的「老三屆」，恐怕有十年的時間，不是從制式教育裡學習，而是從生活、從闖蕩裡學習。

　　他們要去串連，去做政治的運動，他們的生活體驗和我們不一樣，我覺得他們可能會更豐富。

　　這樣看作品時，我就會拋開所謂的好或不好，好或不好會排在比較後面的順位了，我會覺得新鮮、好奇、創意的。新鮮的，畢竟技法不一樣，故事內容也不一樣。好奇是，覺得怎麼會寫出和我們不一樣的的東西來，為什麼會這樣寫。善意的去探索，比較之心反而不是很重。

洪：

　　您覺得我們應該從交流中學習什麼？

李：

　　人和人的認識是主要的，互相都懷抱著善意；這樣的善意必須被學習，因為每一個人善意的表達方式都不同。可以用作品和作品的交換，作品互相的發表。兩岸因政治、文化、教育種種不同，所產生的文字上運用的差異，要試圖去理解。不是說我不懂，我就不看了，因為這裡至少要保持看翻譯作品那樣的胸懷，翻譯作品我們可能對它的時空背景不了解，經過翻譯後文字是不夠理解的，我們都能努力去探索，在兩岸交流裡至少要尊重到這一點，我們應該試圖去了解這些字的意思是什麼，如同前幾天有一位大陸編輯來問我，他問：臺灣是不是把「再見」

說成「拜拜」呢。我說，是啊，沒錯，是有這種說法。那爲什麼有「大拜拜」呢？「大拜拜」是給領導用的嗎？大拜拜那是稱呼迎神廟會用的。那「吃拜拜」呢？吃拜拜又是怎麼回事呢？拜拜是迎神賽會，那麼他又問爲什麼要「吃迎神賽會」呢？那是在迎神賽會之後的流水席，供善男信女享用的餐點。

這些字眼在臺灣被理解，是完全沒有問題，可是大陸的同行會很疑惑，於是就變成很有趣的問題，諸如此類的事，非常多。

兩岸做這樣的交流時，應該互相學習文字的運用爲什麼會這個樣子，讓人與作品溝通的善意不斷延續。

洪：

這樣的交流，對臺灣和大陸分別產生了怎樣的影響？

李：

最大的一個好處是，我們雙方都發現了，原來還有人在不同的地方從事相同的工作，也認識了更多的朋友。至於在發表方面，好像中國大陸在臺灣發表會更多一點，臺灣是這麼的小，他們發表的機會卻很多，臺灣發表在大陸的機會反而少了。

這也不完全是一種排擠的想法，而是說中國大陸兒童文學的發展，包括他們的刊物，在新經濟浪潮之後，自負盈虧之後，經營確實也是困難的，書籍出版量和刊物發行量也是量入爲出。

按人口的比例，我覺得臺灣兒童文學的人口，反而是相當的蓬勃，在整個華文兒童文學界裡，比例上而言，反而是很蓬勃的。像我們有那麼多的兒童文學研習營，這在中國大陸並不常聽到，他們辦的質量我們也覺得不夠，有很多筆會，那是幾個朋友出去走走玩玩，體驗生活什麼的，我們這邊很紮實的在做培育的工作，它的成效當然是有待觀察，大概要積累個十年二十年吧，但是臺灣相當蓬勃的。

洪：

訪問後，您對臺灣的少年小說的作者有什麼樣的建議？

李：

　　我覺得他們的膽子、使命感或企圖心應該大一點，時間的分配上，可以給自己這樣的志業，更多一點時間。每一個人當然都會覺得很忙，時間不夠用，實際上每一個人的時間都是相同的，一天二十四小時，那要看個人自己如何把時間做一個更恰當的分配。在這一方面我覺得少年小說的作者可以發揮更大的毅力，克服時間上的問題，多多的開創，在體裁、形式、表述手法上，可以做新的嘗試，對現代少年心性的發展，他們生活質趣多多體會，題材相當的多。

洪：

　　您認為未來兩岸兒童文學的交流重點，應該擺在哪個方向？您有什麼期待？

李：

　　兩岸兒童文學的交流，我覺得基本步調應該是都是在初步啦，十年了，現在都還是延續在認識朋友、作品交換。我覺得將來在理念的部份，我們臺灣學界的朋友，可以有很大的發展空間，中國大陸好像有四五位朋友相當的努力，我們好像找不出四五位這樣的朋友，像他們那樣的努力。

　　我們的創作界的朋友還是繼續走自己的路，雖然不常見面，但是可以作品來互相招呼。我在這裡寫已經寫了什麼什麼。那邊看到您發表的作品。至於未來的交往，不外是這兩點：人跟人的交往；作品跟作品的交往。基本上，人跟人的交往，還是保持這樣的一個好意的，溝通之路會更順暢。

洪：

　　很明顯的，兩岸的交流受到了某些意識形態的影響，您對這些影響有何看法？

李：

　　我覺得還是回歸到文學來，雙方的文人們，都不要用政治來看文學，要回歸

到以文學看文學，要是做不到從文學看文學，至少要從生活來看文學，要從人生來看文學。不要用一時的政治現象，一時的政治教條來看文學。這樣對文學才是好的。文學也不應受政府的政治意識形態所框限，或者是應被一時的政治潮流、雙方各自的政治潮流所左右，這樣的文學才能超越政治，探處到「人本」的底蘊。

洪：

　　有人認為引進大陸的作品，壓縮了臺灣兒童文學作家的存活空間，不知您以為如何？

李：

　　我不太感覺到稿子的排擠效應，我陸續寫的東西也沒有一篇沒有發表的，我倒覺得臺灣的寫作人，自己要試問在這段時間是否夠用功，如果在這段時間裡，自己認為作品質量都夠，在這種情況下居然被退稿，那才來考慮是不是有所謂大陸來稿的排擠效應。沒有的話，那要想想自己是不是不太用功。如果只是看到大陸那麼多稿子，就產生虛幻的惶恐，我覺得那是於事無補，或偏離事實。

　　至於在大陸的部份，我覺得他們還可以試著再開放。在我所認識的出版界或刊物的朋友，也都另外開了港台版，他們有時候也會反應來稿少。比起來，臺灣了解大陸的訊息還是比較充裕一點，他們有那麼多雜誌，可是他們了解的管道好像不多，只透過三五位朋友，弄了若干名單而定，因為他們本身的訊息也是封閉的，中國大陸的媒體也是封閉的，他們對我們知道的也不多，他們雖然有港台版，但有點「窗口」性質，功能為超過政策性質。

　　不過，我覺得還是要回歸到作者，自己如果有心到大陸發表作品，應該主動一點，以獲得更多的資訊。我們「學會」也公佈了一些大陸少兒期刊通訊處，那可能只是十分之一而已，這邊盡量投去，要是有什麼不如意的狀況，那麼也才有發言的權利，所以還是要積極主動的。我覺得一個用功的人應該提出好的作品來，而不是先考慮所謂的排擠效果。

洪：

　　依照您的看法，兩岸兒童文學圈應該如何合作，對兒童文學的發展才有助

益？

李：

　　兩岸兒童文學的接觸，是互通有無。互相都要有一個開放的胸襟，去接受讚美，容納批評，對批評都回歸到文學，就文學來談文學，這樣一來會有很大的激發，因為不同的生活環境、政治環境所產生的觀點，非常的新奇。我的作品大陸批評界的朋友，所持的批評觀點、批評角度，就和我同時生活在一起的臺灣的理論家們，有若干不同。因為我們靠得太近了，生活型態太相似了，會造成習焉不察。

　　兩岸兒童文學界的發展，應該把「兒童文學」再擴大，兒童文學除了我們平常認識的少年小說、童話、童詩、圖畫故事之外，電子媒體也應該被包括在內，卡通的、漫畫的，都劃歸進來。例如臺灣的宏廣公司，他們的卡通是世界有名的，他們做的是代工，那我們可以跟他們合作，我們也可以跟大陸合作，大陸上海的卡通也是畫得相當好，例如電影，兒童文學也應該跟他們合作，兩岸兒童文學的交流，就會變豐富，變多元，也更能跟經濟效益合作，兩岸的合作經濟效益是不應該被排除的。經濟效益是說，對方的作品在對方都有一些經濟的生存條件，有一些藉由經濟的傳播力量。

四、方素珍小姐訪問記

時間：中華民國八十七年四月九日下午九點三十分
訪問方式：電話訪問
地點：FROM洪宅TO方府
受訪者：方素珍小姐
訪問者：洪志明

洪：

　　您們是第一批訪問大陸的兒童文學家，臺灣兒童文學和大陸兒童文學發生交

流，應該是從您們開始的，可不可以談談那時候，是什麼動機促使您們想要和大
陸兒童文學圈，做這樣的交流？

方：

　　當然是因為開放的緣故，想想看小時候我們對大陸有多麼大的憧憬，小時候
就聽過萬里長城、上海、北京這些歷史上有名的地方，我們當然懷著很大的憧憬，
想要去應證一下自己所讀過的歷史，所以就去了。

洪：

　　除了要去印證歷史以外，就兒童文學論兒童文學，有沒有什麼樣的動機，讓
您參與這樣的一個活動？

方：

　　當然是想去看看他們寫些什麼，因為我對他們一直沒什麼接觸，我們雖然已
經成立了大陸兒童文學研究會，約略會看到一些書，我看的書是最少的，對於對
岸的兒童文學，我當然也很好奇，想去看看寫這些書的人，到底長得什麼樣子。
不敢說什麼兒童文學交流，我只是出於一片好奇心想看看寫這些書的人、寫簡體
字的人，長成什麼樣子。

洪：

　　您剛剛提到您前往訪問是基於對萬里河山以及他們創作的人和作品的好
奇，那麼我們也很好奇的想了解，您在訪問前和訪問後對大陸兒童文學的了解，
有什麼樣的改變？

方：

　　至少認識了一些作家，像孫幼軍先生，這些人物，到那邊總會相見，相見總
會有親切感，以後再讀到他們的作品，就多了一份親切感，我覺得讀了作品，也
碰到了人，又相談甚歡，將來再看到他們的作品，就會有一種見文如見其人的親

切感。

洪：

　　做了這樣的訪問後，您覺得兩岸兒童文學有哪些地方有差異？您可以就整體而言，也可以就各種文體的分類來談，例如就理論、童詩、兒歌方面來談。

方：

　　我不是做理論的人，但是看到他們的理論研究者，像王泉根先生，在影印機不發達的情況下，為了做研究，一個人在圖書館裡，一個字一個字的把資料抄下來，他這樣認真做學問的態度，我心裡會產生一種疑問，我們這邊做理論的人，是否也有這樣的精神？

　　總覺得我們這邊的理論者不是很多，再加上我們自己的作品也不是頂尖，也很少有人來研究我們自己的作品，但是他們的理論者，對他們作家的作品瞭如指掌，說起來頭頭是道。經他們一評論，好像水漲船高，作品的價值立刻就增加很多，書好像就特別的好，您也會特別去閱讀。

　　他們的理論工作者，好像有很多時間，不用去管金錢，好像只要他們認真的去從事理論的研究，不用煩惱，就會有所得一樣，不像我們這邊的人，都是行有餘力、業餘的，所以我們也不敢苛求我們這邊的理論工作者，要對我們的作品要讀多少，何況我剛去時，自己也感到蠻自卑的，總覺得人家是大中國，我們是小臺灣，我們寫的東西好像雞蛋碰石頭，跟人家沒得比一樣。那時抱著取經的精神，有多少書就搬多少書，記得那時候搬回來很多的書，想說帶回來分給沒有去的人分享。

洪：

　　剛剛您提到兩岸理論工作者的差異，現在是否可以請您就您的專長，談談對岸在童詩、兒歌、幼兒文學方面和我們之間的差異？
方：

　　就我看到的部份，我覺得他們的詩，沒有我們這邊的活潑俏皮吧！我們不是

有圖象詩嗎？我在那邊沒有看到這樣的東西。像幼兒文學，他們叫做低幼文學，我一開始很難接受這樣的名詞，那時候聽起來覺得很幼稚，現在比較習慣了。

任溶溶的詩我比較喜歡，有幾首詩的意象，給我比較深刻的印象。其他的，我沒有特別的感覺。至於他們的兒歌，常常有那種歌頌祖國的，我會覺得比較刺眼，我們這邊的兒歌比較天眞浪漫，他們那樣的作品，我認爲有點做作。比較起來，我還是喜歡他們的童話。低幼文學的部份，我不覺得他們有特色，至少當年是這種感覺。

洪：

您說您比較喜歡他們的童話，那麼您可不可以比較兩岸童話的異同？

方：

我只覺得他們的童話多得讓我目不暇給，看了以後，很驚訝他們有這麼多人寫童話，而且有些出乎我意料，因爲我刻板的印象，覺得共產主義下的產物，不會新潮到怎麼樣的情況，事實卻不如此。

他們的兒歌、童詩好像有些歌功頌德的感覺，但是他們的童話「很寬」，寬度、深度都讓我覺得值得看一看。至於對我有什麼影響，倒也不太覺得，大概是我年紀已經一把了，也改變不了什麼風格了！只覺得看他們的作品，我們可以多開一扇窗，熟悉一下別人的情況。

洪：

在訪問過程中，您有沒有遇到您印象比較深刻的事情？

方：

記得去看冰心前，我們只知道她是一位知名的作家，想到她是「那邊」的人，我以爲她會比較古板一點，沒想她竟然對我這個「女同胞」又摟又親的，很親切，很「前衛」我自己都愣住了。她還寫了一幅字送給我們：「月是故鄉明」那時她還沒九十歲！雖然不良於行，但是寫起字來還是很有功力。

　　另外，記得我們到安徽時，我一個人和羅英住在一起，朋友警告我晚上不要跟她談政治，那時我怕得要命，由於我們從小受的教育，都是把他們說成「那樣的人」，所以要跟他們住在一起，難免會有點緊張。那時候，連洗澡都戰戰兢兢，剛好浴室的燈，小小的，又閃又滅的，覺得很害怕，事後證明羅英大姊非常熱情，我們還常有信件往來。

　　這就是第一次接觸，第一次接觸總是充滿不安定的感覺。

洪：

　　剛剛您談到，這樣的一個訪問，以及交流活動，對您的影響不算是很大，那麼可不可請您談談，您覺得對臺灣地區有沒有產生怎樣的影響？

方：

　　回來後，我們會接觸到一些媒體，接觸到一些老師，還有透過演講，可以把自己在大陸的一些感覺，和大家分享。我想無形中，應該還是會帶給大家一點影響吧！

洪：

　　很明顯的，臺灣有一些意識形態不同的人，對這樣的一種交流活動，有排斥的現象，不知道您對這樣的一種現象，有什麼樣的看法？

方：

　　以我的看法，沒有了解就開始排斥，是很不智的事，應該去看了再說，去看了不一定要接受啊，但是有的人從取回來的經，也許會對自己開了一扇窗，或是因此靈機一動，有另外的創意出現，或是這些他們已經有的創意，我不用再花時間了，我再去找別的。最遭的是有一些人，根本沒有接觸，就開始排斥，我認為應該是知己知彼，沒有知彼就認為自己的東西非常的好，那不就是老王賣瓜嗎？如果我們透過接觸，了解大陸有什麼「東西」，而我的「東西」又是什麼，這樣的話，我們才可以確定自己要不要，哪些是我們要排除掉的，哪些是我們要去創

新的。千萬不能在不知道的時候，就去否定一切。

我也遇到這樣的人，甚至認為我們編《兒童文學家》，做兩岸交流的這種刊物，他根本就不屑一看，他真的比我們更懂大陸兒童文學嗎？我們去過幾次的人，也不一定懂啊！他們既不到那裡接觸，甚至我們取回來的經典，我們這邊所作的兩岸的報告，他們也不閱讀，他們是怕被影響嗎？

我個人雖然也不覺得受到怎樣的影響，不過，看了以後至少我知道我寫的某些東西，是他們沒有的，而他們有某些東西，是我所不知道的，應該要稍微知道以後，才有資格說要不要交流，否則現在這麼多元化的世界，您都不排斥西方的兒童文學，幹嘛要排斥大陸的兒童文學？

洪：

您覺得大陸兒童文學，有哪些方面值得我們借鏡的？

方：

我覺得他們出書好像比我們簡單，我看他們動不動就出一本厚厚的、或是一大套的兒童文學的書，兒童文學大系，或者什麼中國兒童文學史，當然我說容易，可能是外行話，他們應該是蒐集或是準備了很多年，不過他們好像比較容易有這樣的巨著誕生。他們有特定的少兒出版社，來做這些工作，像理論方面的工作，或是作家的養成。不知道是否出版的成本低，總覺得他們的作家或是理論家，動不動就可以出一本書，而我們這邊的出書好難喔！

我當然希望我們這邊能夠多重視作家啦！他們到底有沒有非常被重視，我不太清楚，不過我覺得臺灣的兒童文學作者，不太被重視。

洪：

您對未來交流活動有什麼預期呢？

方：

我覺得前面都還是在摸象的階段，大家透過了好奇的探索，摸到的都是大象的各個部份，現在各個部份大概都已經摸索過了，對一隻象的大致情形有一點了

解了，接著不妨針對細部進行研究，像他們的幼兒文學，尤其像圖畫故事書，上次我看到湖南少兒出版社的圖畫故事書，已經出版得不錯了，如果他們好好的跟進，那速度會非常快。這是值得我們借鏡的地方，因為我們都覺得他們印刷落後，但是我兩三年前在義大利書展看到他們的圖畫書，已經出版得很好了。所以我們也不應該老是覺得自己的印刷不錯了。

以後如果要交流的話，我們應該也去宣揚我們所有的，甚至介紹我們這邊有哪些文學獎？有哪些講座、研習營？我們如何推動兒童文學等等。我們也應了解他們辦了哪些文學活動，不要每次交流活動都是概括性的，概括性的參加幾次以後，覺得好無趣，都是在應酬似的。我們這邊辦研討會，會出版論文集，到他們那邊幾次，我都沒有看到他們有完整的小集子，當然兩邊活動單位不太一樣，要再進一步交流，如果能細部的熟悉，會更好。

本來五月我們計畫去那裡辦一次書展，想藉這個機會辦個三、四場的座談會，我打算講圖畫書現在創作的狀況，謝武彰先生可以講他在出版社的企劃角色等等，我想這些都可以讓他們進一步了解臺灣兒童文學家的社經地位與作品。

相信他們對我們的工作情形，可能也是模模糊糊的。說不定他們會覺得很奇怪，為什麼我們的作家要到處演講？怎麼有人要聽我們演講？而且還要付費。像這次王泉根來講學，我們不是安排他幾場演講嗎？他才知道原來我們這邊很流行請老師來演講，還要付費。他問我這樣一年下來，要演講幾次，我告訴他，我去年講了三十場社區演講。他們對我們在社區推廣兒童文學的狀況，大概也是一知半解的，本來我們可以趁五月的書展去做一次專題說明，可惜這個書展暫緩辦理，等下次機會吧！

洪：

最後請教您，您認為以後兩岸兒童文學有沒有合作的空間？如果有合作的空間，要透過怎樣的合作，對兒童文學的發展，才會有助益？

方：

民生報不是就這樣做嗎？他們主編一套書，找幾個大陸作家，幾個臺灣作家

來寫，出版以後，整體不就有臺灣的、有大陸的，這樣的感覺不就像是一種合作嗎？他們接著要編散文集，也是幾個大陸作家，幾個臺灣作家，一起出一套書，這樣的合作是好或不好？見仁見智吧！我認爲書出版了，能讓讀者有更多開卷的機會總是好的！

　　至於我個人偶而有新的作品，會寄給孫建江，請他幫我看一看，聽一聽他的意見，有時候他覺得作品適合他們的某一種刊物，他也會轉給他們，而我也常要扮演相同的角色，這也是一種小小的合作吧！

　　另外，他們的理論工作者如果能到這裡來住幾天，研究我們這邊的作品，我們的理論研究者也到他們那邊去住幾天，研究他們的作品，也是一種合作。我的看法只是以管窺天，不過，交流不就是這樣嗎？大家互相慢慢了解吧！

五、林煥彰先生訪問記

時間：中華民國八十七年四月九日晚上十點三十分
訪問方式：電話訪問
地點：FROM洪宅TO林府
受訪者：林煥彰先生
訪問者：洪志明

洪：

　　在整個兒童文學活動中，您推動了很多歷史性的工作，兩岸兒童文學交流是其中的一項。兩岸兒童文學交流，您不但是第一批前往訪問者，也是整個活動的主導者，是不是可以請您談一談當時推動的過程，以及推動這個活動的心路歷程？

林：

　　最早我們有五、六個朋友，對大陸兒童文學有興趣，在民國七十五年左右，我曾接到洪汛濤先生和安徽少兒社的一個編輯筆名「笑非」兩個人具名的信，表

明希望跟我們交流。那時我曾經在兒童文學學會的理事會中，提出這件事，因為政治還沒有解嚴，所以大家都覺得應該淡化這件事。

　　不過，我們幾個朋友，私底下還是想要去取得大陸兒童文學的東西；取得的過程，都是透過第三地轉來的，或者是自己有機會到香港開會、旅遊夾帶回來。記得，陳木城先生在美國進修時，也帶了一箱大陸的書回來。這是還沒開放之前，因為有這些東西，彼此都會談論啊，交換閱讀，到了民國七十六年政府開放探親以後，我們這些朋友就覺得應該化暗為明，正正當當的來做這件事，因為兩岸經過四十年的隔閡，我們很好奇想知道大陸兒童文學到底發展成什麼樣子。於是就在民國七十六年九月一日，謝武彰、陳木城、陳信元和我，邀請杜榮琛、方素珍一起成立大陸兒童文學研究會。

　　第二年（一九八八年）三月二十四日，我參加香港兒童文藝協會舉辦的「香港兒童文藝研討會」，這個會原來是香港、上海兒童文學工作者的交流會，輪流辦理。互邀代表參加開會。那次臺灣參加開會的還有謝武彰、陳信元、陳木城等，大陸參加的有安徽少兒社社長呂思賢和該社編輯童話作家小啦，還有廣州《少男少女》雜誌主編黃慶雲女士。會後大會安排旅遊活動，和大陸代表同進同出，就開始有接觸了。

　　回來以後，私底下就有了聯繫，可能是小啦和洪汛濤先生提到和我們見面的情形，於是洪汛濤就再度來信跟我們聯繫，於是就開始交流。後來洪汛濤很積極的和呂思賢研商，請他們辦兩岸兒童文學的交流活動，於是同年八月，我們就到了安徽展開了「兩岸兒童文學的破冰之旅」。那一次我們一共去了七位，分別是李潼、曾西霸、謝武彰、陳木城、方素珍、杜榮琛和我。那時候當然是充滿好奇，恐懼感是已經沒有了。

　　這一次所謂「皖台兒童文學交流會」實際上，大陸好幾個地區的兒童文學工作者都有代表與會，例如北京葉君健、『兒童文學』的主編王一地；還有國務院少兒司的司長、一級劇作家羅英、南京作家海笑、鄭州海燕出版社散文家陳麗、湖南的龐敏也去了；上海則有洪汛濤。

　　那時候他們能邀我們去開會，實在是一種突破。我們是用「探親」的方式去，如果以正式的邀請可能就去不了了。

離開安徽主辦單位安排接待到黃山旅遊，之後我們七個包專車從黃山到上海去，在上海由師範大學副校長接待舉辦一次「上海臺北兒童文學藝術交流會」，有四十餘人參加，會前我們專程拜訪了陳伯吹先生，整個過程，大家都覺得很愉快。

會中我們大多以兩岸兒童文學發展的現況為主，發表報告。包蕾、任溶溶、葉永烈、洪汛濤、劉崇善、梅子涵、聖野、任大星等都再會中見到了，整個活動主要是洪汛濤促成的。

洪：

是什麼動機促使您們想要和大陸兒童文學界，做這樣的交流？

林：

兩岸開放探親，創造了一個交流的好機會。過去要獲得大陸兒童文學的訊息，必須偷偷摸摸的，不一定容易得到，即使收到，量也是很少，不敢大批的寄，能去大陸，就方便多了，喊大陸兒童文學工作者見面之後，有關書籍和資料的取得就比過去容易多了。

交流的目的，當然是想真正的了解；要了解，當然就要多方面的接觸；接觸就要接觸人（創作者及理論研究者）；接觸人以後，才容易找到我們想要的大陸兒童文學的資料。

大陸出版發行的狀況是這樣的，一本書如果發行三五千冊，一撒下去，一個省分不到幾本，三五萬本，也不算多；一本書撒下去以後，您想買都不一定買得到，他們的書透都必須過新華書局的系統，想要買，還不大容易，尤其舊的出版物透過作者才比較容易得到。

交流有助於彼此建立友誼，交換一些觀念，可減少彼此之間的誤解，也就比較容易了解他們的想法。

洪：

當時您覺得兩岸的兒童文學發展，有何差異？

林：

　　我們這些人都不是研究者，最主要的目的，是希望先把資料找來，希望大量的擁有，如果有機會，就可以讓更多的人分享。

　　以前透過第三地零零星星的，所獲得的資料實在太少了，一接觸他們也實在很慷慨，很熱誠，有什麼書都送給我們。我在上海葉永烈先生處，就得到很多舊雜誌。就整個兒童文學圖書的出版，我們臺灣不能做的，他們都做了。所謂，臺灣不能做的，像史料性的、理論的、工具性的辭典，他們都做了，而且都出版了厚厚的一大部。這些東西在臺灣是別想有人會來做，一方面是沒有人肯花錢出版，另方面可能也沒人肯花時間心力來整理、編寫。如果不從意識形態來講，我們兒童文學在臺灣是自生自滅，在大陸反而是政府有計畫的在做，他們經費上沒問題，至於人也是專業性的，職業的；研究的人就專門研究，創作的人就專心創作，不像我們要先有一份安定的工作，有一份固定的收入，您才能按照興趣，用業餘的時間，去做您的兒童文學研究或創作，他們跟我們完全不一樣，所以我覺得大陸兒童文學的發展，近五十年，雖然中間經歷了很多政治運動的破壞和影響，可是新時期（1997年）之後，發展得非常迅速，就出版社而言，兒童讀物大陸很早就有專業出版社，像民國二十幾年上海少兒社就成立了，後來北京的中國少兒社也成立了，雖然文革的十年都停頓下來，文革之後，各省的少兒社都紛紛的成立了，於是不幾年之間，大陸的兒童文學就恢復了起來，理論有了、史料有了，辭典工具書都有了，這是大陸發展上特別的地方。

　　從內容上來看，社會主義共產黨，有他們的文藝政策，我們沒有，表面上看我們是自由的，實際上是自生自滅的。在我們這裡不好賣，就沒辦法出版，但大陸只要是政策需要，就有機會出版。大陸的出版社都是政府的，在「改革開放」初期以前，那時候出版社不需負責盈虧，他們的出版品難免有工農兵的政策作用，以政治的意識形態引導理論創作，而且很一致，不管誰寫理論，都會把它帶進去，例如「四人幫」垮臺後，每個寫理論的人，都會帶一句和「四人幫」怎樣影響兒童文學的發展，而他們下臺以後，兒童文學是如何恢復了發展，如何回到兒童文學本位來，兒童文學就沒有禁地了。否則按照他們的文藝政策發展，寫少

年小說、兒童故事,都會要求製造社會主義的典型「英雄」、如「三突出」人物的塑造等爲工農兵的社會主義政策需要的宣傳。

　　不過,就整體作品來說,大陸兒童文學在少年小說、童話、寓言方面,不管質或量都比我們好,唯獨童詩的品質比我們差些,我們比較活潑自由,他們比較傳統僵硬些,歌的意味重,政治教條的主題意識也較明顯,從聖野、張繼樓、金波、張秋生等早期的作品來看,都可以從中看出工農兵的政治宣傳口號。

洪:

　　這樣的交流,對臺灣和大陸分別產生了怎樣的影響?

林:

　　平心靜氣而言,不論理論、研究、創作或史料的蒐集、整理都有彼此、借鏡、激勵的作用,就群體意識上感覺:我們不能輸給他們。所以這幾年,看起來我們創作的人才比以前更積極。例如,過去我們在兒童文學文類的發展,寫兒童詩的人多,童話、少年小說就比較少,最近這十年來,各類文體就比較均衡發展,很多做作者都嘗試不同文體的寫作,像我們本來寫兒童詩的朋友,也都有了多樣化的發展,新一代出來,更沒有束縛,他們本來就不是從事童詩創作的,有的

　　直接就從童話開始,這就是一個很好的現象。不過,臺灣這批新一代的創作者也不一定受到大陸的影響,他們也可能受到歐美的影響,但不可諱言的,是有彼此激勵的作用,因此難免會有部份作者產生疑慮,認爲:大陸有那麼多人在寫,有那麼多作品。在臺灣發表,我們的園地是不是會被搶光了?我們是不是該更努力的寫,要寫更好的作品?

　　以上說的是正面的意義。在負面方面,有的人認爲大陸的作家都搶佔了我們的園地和出版的機會。依我看,這也未必,如果自己不好好寫作,出版社當然也會有選擇,兩岸開放以後,他們又不需要考慮政治因素,自然會選擇好作品出版,所以作者應該考量的是自己是不是要創作更好的作品和嘗試更新的表現方法。在交流的初期,有不同的意見,中華民國兒童文學學會便爲此開過兩岸兒童文學交流的座談會,有人還以打壓的言論再會中發言。不過我認爲交流沒什麼不好,交

流不等於認同，交流可以借他山之石，來壯大自己；交流也不一定會產生模仿，有好的我們自然會吸收。這幾年的交流，刺激臺灣兒童文學的風貌有更大的轉變。

　　過去兩岸兒童文學的不同風貌是，大陸表現的是比較寫實，我們寫的常常是幻想的、美的，這就好像我們給小孩子吃藥，都要用糖衣去包裹一樣；比較現實的東西我們都不敢去碰。當然，大陸的寫實作品存在一些鬥爭、分化的主題；臺灣過去也有傳統式的善惡是非分明的故事在裡面，基本上交流之後，大家彼此觀摩，臺灣的出版者引進作品也會考慮有沒有市場的問題，相信不會傻到，出版那些有政治宣傳的東西。能在臺灣出版的大多比較有文學價值，有較好的創作表現。當然過去也有一些存在撿便宜的出版商，用比較低的稿酬、版稅引進一些不好的作品。

　　我們兒童文學界從事交流是從文學的角度出發，有文學價值的作品我們才會引介進來。我們成立楊喚兒童文學獎，目的就在發掘好作品，也包括嚴肅理論研究方面的著作，分別給予創作獎和特別貢獻獎。在評選過程中，都有一定的考量，不隨便亂給。最早周銳的《特別通行證》，就是我們發掘出來的，民生報後來才出版；沈石溪的《狼王夢》，也是得了楊喚兒童文學獎，才有機會在臺灣出版。所以我們是從交流中發掘好作品。我們本身雖非理論研究者，但我們還是有一定的鑑賞力，不會亂拿東西來介紹。

　　兩岸兒童文學交流的影響，在觀念上雖然還看不到，但潛在影響一定會有，我們的作風和他們是不一樣的，例如開會我們很講求效率，規定一個人發言的時間，我們把這一套模式拿到大陸去，他們也接受了。不過，開始他們很不習慣，一般發言，跑馬慣了，在外圍繞了一大圈，等回到重點時，時間就到了。這樣的來來往往，彼此一定會發生一些影響。

　　此外，他們看到我們講話都有笑容，對他們也一定都有感染力。

洪：

　　剛剛林老師稍微提到兩岸兒童文學的交流，受到了某些意識形態的影響，聽說您還被比喻成引清兵入關的「吳三桂」，不知道您對意識形態影響交流有何看

法？

林：

　　邱傑也曾和我們參加過湖南小溪流雜誌主辦的「首屆世界華文兒童文學筆會」，後來他寫了那篇文章，我個人對於邱傑那一篇文章，不覺得有什麼不好。他以張騫、玄奘、吳三桂三個人來討論，並沒有指明是誰，所以我個人也沒有受到他的影響，反而是別人有意見。

　　意識形態的看法，我不以爲是嚴重的問題，我覺得有意見，都可以拿出來談。當時，有人認爲我們還沒有什麼東西給人家看，就要跟別人交流，這樣不太好。以我的看法，交流並不一定要跟別人長得一樣高，要跟別人長得一樣好，如果我們也有外國語言能力，也有機會的話，歐美日本等其他國家，照樣可以交流。交流本身是一個很好的活動，可以促進彼此的了解，可以增進友誼，才不會造成敵意。因爲透過交流，不同國家、不同語言的文化資產才會成爲人類所共有，何況同文同種，不用透過翻譯，我們就可以看得懂啊！小時候我接觸過一些簡寫的字，對大陸的簡體字，閱讀起來沒有什麼大障礙，這麼方便的，怎麼不交流呢？

　　再說，我們兒童文學界也有日語人才、英語人才，爲什麼這些人不去交流呢？不去把外國當代的作品引進來給我們看呢？翻譯的，大多是過去人家肯定的經典之做，當代作家的作品爲什麼不多翻譯過來呢？沒有翻譯，我們就沒有辦法看到那一部份，這樣文化資產就不能成爲人類所共有，那現在有同文的好的兒童文學作品在那裡，您不去引進來，不是您自己自動放棄了這部份文化資產嗎？

　　我們就是基於這樣的觀念，一年一人花掉不少錢，去從事這樣的交流，像捆工一樣把他們的書搬回來，目的就是希望在短時間裡，先把資料蒐集回來。兩岸兒童文學交流已有十年，過去等於交朋友、蒐集資料、認識人、認識人以後就認識作品，接著就應該提高到學術研究的交流了。像這次在東師、在臺北召開的學術研討會，以及三年前海峽兩岸兒童文學研究會邀請大陸兒童文學作家學者來訪問，都是這樣的性質。

　　這樣的情形，受限於經費的關係，我們也只能一步一步的來做。現在由於臺東師院已經設立了兒童文學研究所，可以想見的，兩三年後，我們臺灣就增加了

一批兒童文學的研究人才，有了兒童文學研究人才之後，我們就可以再進一步跟他們做理論研究的交流。

那麼，我們的希望也就不會是空想了。過去初期的交朋友、蒐集資料、認識人、認識作品的階段已經完成了，現在我們應該閱讀研究更深入的去做一些比較，像我們後來成立兒童文學資料館，就是延續著這樣的工作。

洪：

依照您的看法，兩岸兒童文學圈應該如何合作，對兒童文學的發展才有助益？

林：

提到合作，就會牽涉到經費的問題，例如兩岸的好作品，我們可以找出來，做導讀的工作、編選集的工作，但是要有園地發表，要有出版社出版，否則很多想法，都無法實現。在這方面我們很欠缺，像民生報就有資源，並不是每個人都有這樣的能力。當然出版社出版的書可以大家都分享。如果對創作、理論有理想的人，將來能找到一些民間基金會的支持，我們就可以做一些更有理想的事。希望以後有人提出計畫，用海峽兩岸兒童文學研究會的名義，去申請經費，來做兩岸兒童文學理論研究的工作。

洪：

明年我們臺灣要辦亞洲兒童文學會議，不知道對兩岸兒童文學交流會產生怎樣的影響？

林：

兩岸兒童文學的交流難免會受到政治因素干擾，去年我們在漢城參加第四屆亞洲兒童文學會議時，大會依照國際慣例將與會代表的國旗豎立在會場，因為有中華民國國旗，大陸代表就很不以為然的提出抗議，不進入會場，最後大會決定所有的國旗全部都拿掉，但是韓國的會長非常生氣，認為有失國際禮儀。此外，

要決定下一屆主辦權時，韓國、日本、大陸還有臺灣四個會員國正副代表一起開會，為了避免政治的干預，會員國都不以國家名稱出現，而是以地區代表為會員的名稱，韓國是以漢城、日本是以東京、臺灣是以臺北、大陸是以北京這樣的名義，所以現在亞洲兒童文學協會的四個基本創會會員國名稱，就是漢城、東京、北京、臺北，那時在討論下一次接辦的會員國時，大陸正代表就積極爭取要接辦，雖然他們沒有明白以臺灣是個地方政府不能辦理國際會議的理由來排拒台灣的主辦權，但他們卻以臺灣如果接辦，他們就不能出席為理由，來排拒臺灣辦理這個活動。後來由於日本、韓國的堅持，最後還是決議交由我們來接辦。

不過，我也跟他們承諾，我們不會用「亞洲兒童文學會議」的名義邀請他們，會設法以「海峽兩岸兒童文學交流會」的方式，來邀請他們，到時候他們可以順利的來參加吧！

兩岸交流難免還是會存在這樣的政治干預。當然不是每一個大陸的兒童文學作家都會有這樣的意識形態，但是他們在那樣的環境下，如果他們的政府不開明，他們也是沒辦法的，我們也是無能為力的。

六、陳木城校長訪問記

時間：中華民國八十七年四月九日晚上十點三十分
訪問方式：電話訪問
地點：FROM洪宅TO陳府
受訪者：陳木城校長
訪問者：洪志明

洪：

您們是第一批訪問大陸的兒童文學家，臺灣兒童文學和大陸兒童文學發生交流，應該是從您們開始的，可不可以談談那時候，是什麼動機促使「您」想要和大陸兒童文學圈，做這樣的交流？

陳：

　　主要的是，我在國外看到很多兒童文學的資料，知道大陸有很多的兒童文學
作家，也有很多的兒童文學作品，我才發現在民國初年一直到五四時代、二三十
年時代、左聯時期，有那麼多兒童文學作家在創作，從大陸解放以後也一直都有
那麼多兒童文學作品，我才發現用中文寫作的中國人，原來在兩岸都有這麼一群
共同為孩子寫作的朋友。那個時候是民國七十六年，那時候兩岸的問題已經開始
在化解，冰也開始在解凍了，就覺得可以開始聯絡了。

　　我相信他們在等我們，我們也要找他們，我覺得兩岸的交流迫不及待，勢在
必行。那時候還沒有解嚴，所有大陸書籍，都列為匪書，我就冒著很多危險，偷
偷的用很多方法，在七十六年、七十七年間，帶進了很多大陸有關語文和兒童文
學的書籍、雜誌以及選集。

　　另外，我覺得這樣的交流，不是我一個人的交流，應該要有更多人團結起來，
應用更多人的資源，才有力量。大陸地大人多，我們跟他們交流會很累，所以要
找一些同志，志同道合在一起做這些事情。所以成立了大陸兒童文學研究會，結
合臺灣兒童文學界的朋友，一起來做這樣的一件事。

洪：

　　不知道那時您們做這樣的一個訪問，是透過怎樣的一個途徑和他們聯絡，中
間有沒有遇到困難？

陳：

　　基本上的困難沒有，我相信彼此雙方非常渴望獲得對方的消息，當時我在美
國讀書，學校裡就有一個上海少兒出版社的同學，我記得這個人叫王偉明，我就
想辦法去找他，我去的時候他並不在學校，他打工去了，我就留地址，等他回來
的時候，請同學拿給他，希望他跟我聯絡，後來王偉明也給我回信了，他告訴我
到上海少兒社去要找一位趙元真的編輯主任，也給我地址了，我也寫信了，信也
得到回復了。

　　第二個是我在美國國會圖書館認識的朋友，他是北京派出去美國學跳舞的，

我留了五張名片給他，透過他幫我拿到社科院以及兒童文學雜誌，請他們轉交給一些我看過他們的作品，看過他們報導，從事兒童文學工作的人，依照我臺灣的經驗，我知道在大陸兒童文學界的人，一定是互相認識的，我把資料傳給他們，他們一定會幫我轉，事實證明，這些問候都轉到了，大陸的朋友也因為我那張問候的名片，而感到非常的雀躍。一直到現在為止，我們還常常談到這些值得回憶的往事。所以在聯絡上是沒有什麼困難。

洪：

在您還沒有到大陸訪問以前，您對大陸兒童文學發展的狀況，不知道有什麼樣的了解？在您第一次訪問後，不知道有什麼樣的差別？

陳：

我們在訪問之前，透過作品，透過報導，對他們當然是有一些了解，經過訪問之後，對他們的了解，有一部份是得到印證，有些了解必須重新調整，有一些新的發現，對於大陸的認知架構也就逐漸架構起來。例如：我們就了解上海少兒出版社，是個重鎮，北京中國少兒也是一個重鎮，這兩個陣營之間如何往來，有哪些是全國知名的作家，有哪些是地方性的作家。哪些是所謂出版的管道，發行的管道，這些都慢慢一點一滴的累積起來，組成了我們對他們的認知結構。這個是了解的一個層次。了解的另一個層次是從作品去了解，流派啦！風格啦！各種文體的不同，以及各種文體的代表性的作家極其彼此的互動和影響。那也可以看出他們研究者的分佈啦，方向啦，以及研究者在大陸佔有的地位，跟角色，這些當然在我們交流之後都有更深入的了解。

洪：

當時您覺得兩岸的兒童文學發展，有何差異？

陳：

當時我最大的感慨，大概是我自己長期以來最大的困擾，就是我沒有很多時

間寫作投入寫作，雖然我對寫作有很多想法，很多構想、很多抱負，在臺灣有很多兒童文學作家都無法。長久以來在教育界工作，也都不斷的在進修，自己都一直苦於沒有更多的時間投入創作，我在大陸發現他們很多作家，由於他們的體制跟我們不同，只要是一個教書的老師，寫作比較有成就，他們都可以調到出版和編輯的單位，他們出版和編輯的單位，上班不像臺灣那麼緊張，臺灣的市場比較競爭，而，他們上班有比較多的時間寫作，再加上有一些是專業作家，可以領薪水專心在家創作。有些作協協會的會員，他調到這個單位，薪水照領，雖然不多，但是他可以專業從事寫作，除了薪水以外，他的稿費、版稅歸他所有，就當時而言，我覺得他們的創作環境比臺灣還好，因為做一個寫作者，他並不需要很多錢，但是他需要很多時間，在臺灣辭掉工作又無法生活，一邊工作一邊寫作，時間又很少，陷入一個相當兩難的困境，這一點我是覺得大陸的作家朋友，在創作的時間環境上，是比我們臺灣幸福多了。我們臺灣如果要選擇一個全職的寫作時間，一定要對自己非常的有自信，非常敢於割捨，要不然實在很難。所以大陸很多作家創作的作品量，比我們多，這真的是客觀環境的因素。

洪：

可否請您介紹一下他們當時的出版狀況？

陳：

經過幾次的交流，我對大陸的出版狀況並不抱著很大的希望。在臺灣我們知道我們的文化市場是很小的，我們的人口不多，我們的閱讀人口不是很好，我也覺得我們的政府，文化政策對一個創作者，對一個出版事業，並不是很重視。口號上是很重視，但是事實上並不是這樣。例如，郵政的行業，印刷品、書的郵費調整以後，已經使很多出版社，不敢使用郵購的方式來賣書，這就是郵政政策的關係，他影響到出版業的市場，也就間接的影響到創作者的出版機會，所以現在書都要以套書來賣。在二十年前，登廣告打八折預約就可以賣二三千冊的榮景已經不再了，因為書都要以包裹來寄，郵費太貴了。這就是政府政策沒有統整所造成的偏頗，因此我們對臺灣的創作市場很失望。

　　可是，我們想去大陸尋求市場，十二億人口中的兒童人數，比起臺灣三百萬
的兒童人口而言，就有很多倍了。可是事實上大陸的出版情況也沒有那麼好，除
了毛語錄以外，大陸很多作家的作品，受到發行渠道的限制，以他們那種官方國
營的制度而言，有的還只發行五百本，五百本能領到多少版稅呢？比較暢銷的賣
個五千本，也沒有什麼了不起的。

　　我們知道大陸的潛在市場是很大的，我們期望未來，這個潛在市場能開發出
來。以我所知道，書價又低、版稅又不高、銷售量又不大，在大陸出版，得到很
高的版稅，是不太可能的。如果我們在大陸出版一本書，頂多拿到五六千塊，這
些錢拿到臺灣來，也沒辦法生活。大陸的出版情況，目前並不好，對大陸出版市
場，只有等待未來改善。

洪：

　　這樣的交流，對臺灣和大陸分別產生了怎樣的影響？

陳：

　　我們交流的意義，只有停留在互相了解跟影響上，互相影響當然是存在的，
當時我看到大陸的作品，覺得臺灣的童話和大陸的童話相差一段相當大的距離，
臺灣的寓言的創作量也比大陸少，沒有一個寓言稱得上家的作家。

　　當我們看到大陸的作家，他可以出版寓言集，也可以出版寓言理論、寓言概
論、寓言學，以及他們的研究者舉出的例子，是這麼多的大陸作品，很多作家有
一二十本書出版，很多作家童話寫了五百萬字，八百萬字，可以出好幾本全集，
而且作品都比臺灣當時的童話先進很多。所以我當時就預期，臺灣的童話受到他
們的影響，一定會進入另一個世界，臺灣的寓言創作，也必然會有人去寫它，而
這些預言現在也都經過了證實。很多兒童文學界的朋友受到了他們的啓發，改變
他們的寫作文類，或者改變他們寫作風格，突破他們的想像空間，把臺灣的童話
和寓言推到另外的一個境界。以後一定會有人去研究它的影響，現在要仔細去比
較作品，看哪個作家受到哪個作品的影響比較難，這個以後恐怕要細細去比對，
但是我所看到我所聽到的作家朋友的反應，這個影響確實是存在的。

　　另外，理論就理論研究而言，民國時代，解放時代的作品，都被拿來建構他們的理論，當時我們臺灣找不到幾本兒童文學的理論作品，是以本土兒童文學的作品來建構理論的。部分理論都是抄襲國外，翻譯改寫的，那個時候我們兒童文學界就非常的不解納悶。大陸的理論進來以後對我們臺灣的學者有很大的啓示作用，要當一個研究者就要看作品，沒看作品，就不配做兒童文學的研究者。

　　很多學者認爲臺灣兒童文學作品沒有什麼好看的，其實都是藉口，沒有看，不用心看，看不出來，怎麼知道創作者的用心呢？

　　這幾年來臺灣理論工作者也受到影響，有幾個研究者，幾個新一代的研究者開始很認眞去看作家的作品，您看，這麼天經地義的事，我們臺灣走了五十年才走出來。反過來說，大陸那邊也受到臺灣的影響，這個由大陸那邊兒童文學工作者反應得知，臺灣的作品比較散發自由的氣息，想像的空間很大，臺灣童詩非常發達，有一段時間，臺灣兒童文學的歷史等同於兒童詩的歷史，這對大陸也產生很大的影響，同時臺灣長期接受到英美的資料和訊息，尤其是臺灣翻譯國外的作品，長期出版國外的圖畫書，進而開發自製的圖畫書，這樣精美的印刷的東西，大陸朋友看到了都很驚歎的。也對他們的出版，對他們的創作有相當的啓發。

洪：

　　在訪問的過程，有沒有發生值得一提的插曲？

陳：

　　記得那時候，我在大陸看到報紙說，中國時報要邀請冰心到臺灣，冰心在大陸就以身體不好、年紀很大（約八十八歲）的理由，發布他感謝，但不能前往的消息。我在上海合肥看到這個消息，我就找朋友，安排看能不能去拜訪冰心，當時我認爲以大陸對我們那般熱烈的心情，我覺得我們有信心見到冰心，我認爲那個時間點很好，他們對我們都還很好奇的時候，平時我們要去見重要的人物還不一定見得到，但是那個時候由臺灣去的，他會覺得很親切，我們到哪裡報紙都會登出來，電視也都會廣播，所以我就安排去見冰心，我認爲我們要去交流，應該有主動爭取的權利，不是任憑他們安排。所以我在跟他們交流時，很珍視這樣的

主動權，我們可以請求他們給我們安排看我們要看的東西，去我們要去的地方，雖然我們團員中有人持反對的意見，認為時間有限，不要為難主辦單位。

不過我認為我們應該去看我們要看的，像故宮它至少暫時不會垮了，還會在那裡，冰心年紀大了，他以後不一定能見我們。另外，冰心在大陸是一個相當有代表性的作家，而且和兒童文學又那麼深的淵源，我們從臺灣來去拜訪他，他應該會接見。再說，我們去看他，也不需要打擾他多久，只是去問候他，留下幾張照片，說幾句話，送幾本書，送個水果去，表達個問候之意，半小時就離開了，根本不會打擾太久。再說，那時候負責安排的單位，對冰心又很熟。後來見冰心的場面非常的溫馨，冰心和方素珍還有那麼「親密的接觸」，我們所有去的朋友對那歷史的一刻，記憶都很深。

另外，值得一提的是，我們第一個去訪問的地方是合肥，這是很巧合的，我們臺灣和安徽省有很特別的淵源，早期到臺灣打中法戰爭的大陸兵，通通是安徽兵；臺灣成立省的時候，第一個省主席就是安徽合肥人劉銘傳，我們常常拜的關公，也是安徽合肥人，桃園三節義也是在安徽；胡適之先生就是安徽人，他爸爸胡鐵花在我們臺東縣當知縣兩年，留下最早期臺東縣的文字記載，那時兩歲的胡適之也跟著他爸爸到臺東來，所以我們臺灣到合肥訪問，這真是一個巧合。

我們到合肥看他們的安排，並不像臺灣經常做的學術性的座談方式，所以就建議他們重新修訂，雖然我們有團員希望入境隨俗，但是我們認為很難得到這裡，團體時間應該充份安排，主題、講次，應該有一個詳細規劃，否則就會變成一個抽菸聊天會，這很不符合我們臺灣工商社會的時間觀念。於是，他們發現臺灣果然不一樣，給他們耳目一新的感覺。所以我們認為交流不只是學問上的交流，而且是組織、管理、行政、經營、行程安排的經驗交流，都給他們很深的印象。這點是我印象很深的插曲。

洪：

您曾經在美國留學過，是否可請您比較美國、大陸、臺灣這三個地區兒童文學發展的情況？

陳：

我在美國前後的時間，總共十一個月，我都在忙著我的課業，當然我花很多時間在圖書館，蒐集兒童文學的資料，我在的是美國中部的一個小鎮，也逛了一些書店，不過我對美國兒童文學界，也不敢說有什麼接觸。

但是我有一點感覺不一樣，在民國六十七年的時候，臺灣圖書館還沒電腦化，我在那個小鎮的大學，他們早就電腦化，只要我打進「CHILDREN LITERATURAL」就可以找到很多書，就可以進入這些書的簡介，然後就可以把那本書的摘要印出來，印出目錄我就可以拿到書店，問看能不能找到這本書，圖書管裡的「BOOK SHOP」，也可以幫我們打電話問看有沒有本書，然後看要不要訂，一二週內就可以通知取書了，非常的方便。而，在臺灣除了幾個連鎖店以外，已經很難買到文學性的書，兒童書更難；而郵購也一直沒有起色，現在兒童讀物的行銷，差不多是靠直銷，而直銷總是有限的。書香社會的口號叫得那麼響，市場沒辦法維持，南澳決策會簿知道，光做一些不切實際的事和動作。

大陸的情況也沒有比較好，我們知道他們有很多書，是由新華社來發行的，要印書之前，要先通知新華社，看他們要訂幾本。新華社是公家單位，所以書賣多賣少對他沒什麼利益，如果訂太多賣不出去反而很麻煩，所以有的單位不是訂少一點，就是根本不回應。

就曾經有一本書全國調查下來，要訂的只有兩百三十一本，那麼印書能印太多嗎？所以如果是好書，那麼這次買不到，那就永遠都買不到了，所以他們書的通道太差了。從壞的方面而言，他的市場管路不通，好書推不出去，書店也不好好去賣好書，會惡性循環。從好的方面來看，哪天大陸的圖書發行如果順利起來，那它應該是有很多潛在空間。這是我看到的，美國、大陸、臺灣的差異情形。

洪：

您認為未來兩岸兒童文學的交流重點，應該擺在哪個方向？

陳：

我認為，以我們的關係，目前要在臺灣看到大陸的作品不難，可是大部分的

朋友，沒有我們這樣的管道，只能透過大陸朋友在臺灣出版的書，從那裡一窺大陸少數作家的作品。即使是這樣臺灣就有一點怕，大陸的作品會搶到臺灣的市場。其實現在大陸作家在臺灣出版的作品，都還相當有限，恐怕都還不夠，即使如此臺灣出版大陸的作品也遠遠超過大陸出版臺灣的作品，我們在交流的過程，他們都說：我們到大陸去很容易，他們要到臺灣來不容易啊，所以現在來過我們臺灣的作家，經過他們計算大概二十三人次，我們到大陸訪問的作家，已經不只二十三個，但大陸的人多，我們的人少，這個也沒有辦法，因為我們臺灣的單位要接待大陸作家，能力非常有限，大家都非常忙碌。

反過來，我們出版他們的書比較多，他們出版我們的書，比較少，臺灣在大陸出書的人，大概沒有超過五個兒童文學作家。所出版的書，大概也都是一本兩本。依我所知，他們在大陸也只能印二三千本，那個版稅在臺灣吃兩份西餐就吃完了。所以臺灣作家在大陸出版，也沒有什麼誘惑力，所以這個交流並不是好現象。

我是希望臺灣除了具有出版的市場以外，臺灣有關單位，應該大量開放大陸兒童文學原版本的書進來，讓書店能夠賣大陸兒童文學的書。大陸要出版前，可以寄個信來問臺灣要訂購幾本，然後寄過來，臺灣朋友可以直接買來看。如果經過臺灣再來出版，會有市場的限制問題，那麼現在由政府來做。可以把大陸兒童文學作品引介進來，讓兒童文學專業的人來幫他們編選，作為正體字版，反過來大陸也要多出版一些臺灣的作品，讓大陸的小朋友也能多讀一點臺灣的作品，讓我們大陸和臺灣的小朋友，有共同的閱讀經驗。所謂共同的閱讀經驗，就是共同的文化記憶，就像我們共同都讀過白雪公主，現在的小朋友都有一個這樣的共同記憶，這就是國際化、世界觀，重要的一個基本的人文素養。大陸一些很好的作品，臺灣人應該要讀，臺灣很好的作品，大陸人也應該出版，這樣深層的交流，心靈裡的共同的閱讀經驗，是很好的一種交流。我們期待，兩岸除了共同有漢人的生理基因以外，也應該有一些共同的文化血液啊。

現在兩岸兒童文學的交流很正常，我們希望兩岸文化人，能打開自己的心胸，打開自己的視野，交流時，不要受到兩岸政治的溫度的影響。大陸同胞來和我們交流時，不要抱著統一的心態，臺灣的朋友和他們交流時，也不要抱著怎樣

的政治心態，純粹做個文化交流。這樣文化的交流，會比較健全。以目前，兩岸的交流，都在民間化，文化化，事實上我覺得都相當平穩。

洪：

　　有人認為引進大陸的作品，壓縮了臺灣兒童文學作家的存活空間，不知您以為如何？

陳：

　　有一些人會這樣憂慮，我覺得很正常，我也不認為提出這個問題好。仔細分析，會提出這個問題的人，有幾個心態要自己去了解一下，第一個是不是對自己的作品，沒有信心。我們不敢引進外國的汽車，是因為要保護我們自製的汽車，到最後汽車產業是不是發展出來了？

　　第二個，這種心態未免太封閉，人家很強，就不讓他進來，要把國家鎖起來，這樣的封閉心態是來自於凡事都從負面去看。引進外來的作品，我都認為不夠廣，不夠深，很多出版品引進來，確實是不好的，某些出版社是抱著只要有書出就好了的心態，他們不願意開發作家，所以引進大陸作家，甚至連一些古老的意識形態的作品都引進來，不知道那些意識的東西，現在連大陸都不要的。重要的是，引進來的東西要精、要好，這個東西要有專業的人去做。只要引進來的東西是好的，對我們的孩子是只有好處，沒有壞處。如果外國好的牛奶進來，我們都不要，那我們的孩子怎麼吸收得到好的營養呢？另外，我們的作家可以直接看到大陸的資料，對我們的作家也有啓發。雖然交流過程有一些缺點要改，但是我認為朝正面的想法去發展，不要那麼杞人憂天。

洪：

　　依照您的看法，兩岸兒童文學圈應該如何合作，對兒童文學的發展才有助益？

陳：

　　七十七年回來，我在東方書局的一個出版通訊，發表了一系列的專欄文章『大

陸兒童文學掃瞄』，開始探討大陸兒童文學的現象，那時候我就期待兩岸可以共同舉辦兒童文學獎，共同舉辦兒童文學作家座談會，或是在臺灣舉辦大陸兒童文學作家的作品研討會，大陸也舉辦臺灣兒童文學作品的研討會，透過他們的雜誌來分析評論，我們也希望大陸有一些雜誌能跟臺灣合作，大陸有一些版面能讓臺灣來幫他們編，同步出版。也可以在大陸做臺灣的選集，臺灣做大陸的選集，用一個比較客觀的立場，來挑選對方的作品，學術界也應該有一些團體性的互動，以目前臺灣已經都有人在做了，做得最多的應該是海峽兩岸兒童文學研究會的林煥彰以及民生報的桂文亞。

未來，兩岸可以合出華文兒童文學史，這樣不是很自然的把大陸兒童文學發展和臺灣兒童文學發展融合成一體嗎？這樣整本的兒童文學史，不就完整了嗎？又可以互相借鏡。

現在很多政府辦的兒童文學獎，都有人提出不可以接受大陸的作品，其目的應該是保護臺灣的作家，怕大陸作品一來，很多名次會被拿走了。我認為政府應用台灣人民的稅收去辦的獎項，其目的是鼓勵臺灣的作家，有條件去限制大陸作品來參加。假如民間辦這樣的活動，像國語日報的牧笛獎本來有意思要限制大陸人員參加，我就很反對，國語日報應該鼓勵好的國語（管它叫普通話還是北京話）文學作品，怎麼可以限制大陸的作品呢？還好後來國語日報沒有接受那些意見。我呼籲有這種觀念和意識形態的朋友，應該好好的想一想，只要是好的兒童文學作品，不管是哪一國的，我們都應該引進來，何況是跟我們同文同種的東西？當然現代有很多臺灣同胞很排斥做一個漢人，認為我們台灣人有平埔族的血統，這種想法應該用科學的方法冷靜的去推想。根據我們的推論，來自人類學的研究，當時整個臺灣平埔族大概只有十幾萬人，而清朝移民臺灣的漢人應該有百萬人之多，即使混了一些平埔族的血液，那麼那個血液在我們的血液裡佔的成份也不高。假如百分之九十的人，都混了平埔血液，那這百分之九十所存有的平埔族的血液，恐怕也只有百分之一二而已。他擁有的漢人的血統，應該有百分之九十幾，所以不要為自己的抑制型態尋找生物的、歷史的例證，不要把政治型態放到文學裡來，政治不是很可憎嗎？何況也沒有人說，一個民族只能有一個國家，一個民族也可以有很多國家；同樣的一個國家也可以有很多民族，只要住在這裡的人民

認同，是統是獨可以用政治科學的方法解決。不要用這樣的意識形態來左右文學的交流，說我們跟他們不同種，說我們是新興民族，即使是新興民族，也不可以去否認您那原始的民族。何況那平埔族留下來的文化也微乎其微了，我們過的文化生活，也幾乎是漢族文化和現在的歐美文化，包括我們現在的原住民，漢化的情形也非常的嚴重，所以希望兩岸的交流，意識形態的東西可以減少干預。否則過了二十年、五十年後再來看看這樣的情況，都會覺得自己二十世紀末的觀念可笑。

七、曾西霸先生訪問記

時間：中華民國八十七年四月十一日晚上八點三十分

訪問方式：電話訪問

地點：FROM洪宅TO曾府

受訪者：曾西霸先生

訪問者：洪志明

洪：

　　您是一個電影戲劇工作者，請問您，為什麼您會參加這兩岸兒童文學的交流活動，當時是什麼動機促使您參加這樣的一個活動？

曾：

　　我個人第一順位的專長是電影，第二順位才是兒童戲劇，那時候我會興起參與的念頭，純粹是想趁這個機會，去了解大陸地區的朋友們都在做什麼。

洪：

　　可不可以請您，就您專長兒童戲劇的部份，介紹一下您到了大陸以後的發現？

曾：

我最難能可貴的是見到了「三個和尚」的作者，也是很多兒童故事的作者——包蕾，他是個兒童文學家，同時也是編寫動畫片的作家，他在上海美術電影製片廠工作，那是民國以來傳統最悠久、最好的一個動畫製片廠。

我們也碰到了中共國務院文化部少兒司的司長－－羅英，她很熱心的告訴我們全國有幾十個兒童劇團，每隔幾年就有一次的兒童劇匯演，另外也送給我們《童劇十家》和《兒童劇佳作選》，那都是可貴的研究資料。我們因而從中知道，他們各地都有兒童劇團，這些劇團都是公家養的單位；另外也知道他們每隔一段時間就有一個公開的匯演，往往還趁機進行評比，把競賽納入其中。比較起來這是共產國家比較容易做的事情，我們這邊大部分都是半職業，或是非職業性的工作，要像他們那樣做比較不容易。

另外，我很明顯的可以感受到，以作品成熟程度而言，正規的兒童戲劇，有燈光、佈景、舞臺配合，有完整劇情的那種兒童劇，他們平均比我們成就來得更好。

但是，兒童劇不只有那樣定義下的產物，可以是很小的生活小品，或者是一個科普轉換的東西，像臺灣純粹作偶戲的，這種東西在他們那邊就比較少見，如果不以那麼狹隘的、正規的定義方法，如果把定義放寬來看兒童劇，那麼臺灣這種兒童劇的活潑和多元，又超越了他們。因為他們長年在徵求劇本，可以不斷的排演，自然會比我們好。後來事實證明他們像兒童劇的匯演也都不甚了了，就像我們早年的兒童劇指定要臺北市每個小學要輪番演出，輪到的學校都覺得很倒楣一樣；後來的幾年，每次他們都很高興地說，他們的兒童劇要匯演了，可是到最後往往沒什麼下文。

洪：

您剛剛提到上海美術電影製片廠，您可不可以稍微介紹一下？

曾：

他們主要是製作各式各樣的美術影片，從最早的《龜兔賽跑》、《鐵扇公主》

到《萬氏三兄弟》（萬古蟾、萬籟鳴、刁超塵），幾十年的經驗就承傳下來。他
們製片廠的任務非常的單一，就是不斷的做動畫片、木偶片、剪紙片⋯⋯等，久
了像世界各國的頂尖電影製片廠一樣，具有自己的風格。像美國米高梅肯定是歌
舞片的翹楚；日本的松竹堪稱青春電影典範；而大映必定是以時代劇取勝。

　　上海美術電影製片廠是具有很大的影響力，像《三個和尚》在世界得過的獎
項，可能不下一二十個，那個製片廠的影響力，一直到現在還存在。雖然他們沒
有明講其訴求對象是兒童，可是基本上還是把他們的觀眾定位在兒童身上。

洪：

　　請問，大陸的兒童劇，除了徵選作品、公演、拍成電影演出以外，有沒有類
似理論系列的東西出來？

曾：

　　跟兒童劇的創作比起來，理論系列的作品比較少，其實兒童劇也一樣，除了
公演時，會編一本特刊以外，也很少有專輯出現。不過，宋慶齡兒童福利會支持
了一個中國兒童劇院，他們曾經將中國兒童劇院開演以來，所有兒童劇的海報編
成一本書，書名叫做《花》，具有完整的記錄。除了這樣具體的記錄以外，特地
的把他們的劇本印出來，比例上也是很少。像他們的一及編劇歐陽逸冰有自己的
選集，前輩任德耀、胡縣芳、柯岩、劉厚明好像也有一些，除此而外，一般兒童
劇在書店裡也很難看到。

　　理論部份，就我知道，程式如先生寫過一部《兒童戲劇散論》，另外，他們
出過一本編選的『兒童戲劇研究文集』。至於一般在概論裡提到的，都不會太詳
細，只是三言兩語，應該不算數。

洪：

　　臺灣有沒有類似這樣的作品？

曾：

　　兒童劇理論完全沒有，我正在著手的《兒童戲劇入門》還是僅止於概論而已。

作品印成書的反而還有一些，像早期省教育廳以及臺北市教育局一面辦比賽，一面辦演出，也出版了一些，汪其楣先生編選的《戲劇交流道》叢書，選了《魔奇兒童劇選》、《哪吒鬧海》、《年獸來了》三本。當時臺北市在提倡兒童劇時，曾經出版過《臺北市兒童劇評介》，事實上他是針對作品的賞析，不是眞正對兒童劇的特質所作的理論研究。

洪：

　　您到大陸訪問時，您覺得大陸兒童文學有什麼特點？

曾：

　　我覺得他們的人比我們熱心、執著，我接觸的人是在做兒童劇的人，兒童劇在整個兒童文學還是比較弱勢的部份，可是他們的那些人，還是從頭到尾一直在做兒童劇，這樣的堅持顯示出他們的熱情，是我們比較欠缺的。他們有這樣專業的劇作家、評論家存在，對比較弱勢的文類來說，是一個好的情況。

　　兩年前我再到上海時，另外一個位於上海的兒童劇院，已經沒落到租給人家做別的事情了，這就顯示了一個大趨勢的問題，兒童戲劇越來越難以存活。

　　當年（１９８９）初到合肥，我的感受也不太好，因為看到他們會議的名稱叫做「皖台兒童文學交流會」，「一個中國」的政治意識形態就浮現出來，他們把我們當成一個和安徽省對等的省籍作家單位看待，如果他們的名稱是「海峽兩岸兒童文學交流會」，那種感覺就不會那麼強烈。

　　依我們自身的成長經驗，覺得我們臺灣是一個從貧窮過渡富足康樂的地方，怎麼能被說成他們的省市對等的單位呢！那種概念，感覺上當然不好。

洪：

　　您覺得這樣的交流活動，對您或是對臺灣產生了怎樣的影響？

曾：

　　由於隔絕得太久了，大家都很想知道對方在做什麼。對兒童戲劇而言，我看

到《童劇十家》裡，任德耀就把劉厚明的童話《面具》，改編成正規兒童的舞臺劇「其實我一點也不快樂」，我看了以後非常的佩服，那個東西非常的精彩，它用猴子來影射人間，不論在結構的組合、人物的表現、童趣的豐富、舞臺技術的應用，都表現到了極致，我當時看了，心想：完了完了，這樣的東西我們是絕對弄不出來了；還好後來一看，那是作者已經六十歲才寫出來的作品，這個劇作家到了非常熟練之後，不管是人生歷練也好，還是寫作經驗也好，都到了寫作最高峰期才寫的東西，所以顯然我們還有希望。

　　那時我看到那些作品會嚇了一跳，是因為他們集體的成就確實不凡。我想那是他們整體作家的待遇，配合不斷實驗的演出造成的，恐怕也只有他們那種特殊環境，可以造就這樣的事實。這種情況，就讓我們覺得在比較具體化、比較完備的正規演出，我們還需要大大的加油；但正所謂「寸有所長，尺有所短」，相對的像我們比較專長的偶戲，並不需要很多很好的劇場條件配合，那樣的演出，反而需要光影、道具、音效，那都是另一套需要配合的東西。

　　所以經過交流，相信海峽兩岸的朋友都會共同感受到：原來兒童劇不一定非這樣或要那樣做，也還有很多其他的表現方式，如此一來，可以豐富彼此創作的方式。

洪：

　　您覺得以後兩岸兒童戲劇的交流，應該朝哪個方向發展？

曾：

　　對於戲劇而言，劇本還比較其次，演出很重要，所以我希望很具體的看到演出，我們明年不是要主辦「亞洲兒童文學會議」嗎？原則上，我是希望能夠找一個兒童劇團來演出，盡量採取精簡、多元的方式讓大家看到。一個重點就是歷史資料的保存，這是說來複雜的問題，暫時無法細說。

洪：

　　劇團來往的交流，可不可能？

曾：

　　劇團的往來，其實大家都很希望，但是由於劇團動則幾十人，所需要的經費非常的龐大，困難的程度就相對增高。所以他們就用變通的方式，先送林煥彰先生一批優選的兒童電影，到時候可以轉成錄影帶來看。所以，初期恐怕要用變通方式去交流，沒辦法用整個劇團的形式來交流。

洪：

　　您覺得兩岸兒童劇，或是兒童劇的理論有沒有合作的可能？如果可能，應該要如何做，才對未來兒童劇的發展，比較有幫助？

曾：

　　我們就事論事，大陸和臺灣這類的出版品，少到這樣的地步，是不是由於這樣的東西，實用的價值不高，出版商出版的意願才那麼低。如果純粹靠熱情去做這樣的事情，恐怕可能只能等待適當的時機。所謂等待時機，是指現在暢銷書先去，等到暢銷書有利可圖，到哪一天連其他不熱門的書籍，可以考慮合作出版時，才有談這個問題的條件。另外，要共同創作也有實際的困難，像兩岸的電影來往這麼頻繁，但是搞一個合作案，經常搞得焦頭爛額，困難重重，即便在這種已經行之有年的合作經驗下，都弄成了這樣，何況是沒有經驗的兒童劇。所以如果沒有非常好的條件，恐怕就不太容易。

　　另外，如果兩岸三地，分別出錢、出力、出技術的情況，我自己仍舊擔心很難弄好，想想看寫給大陸兒童看的東西，會和臺灣一樣嗎？合作的模式、創作的內容，都會碰到困難，我想要處理這樣的合作事宜，恐怕要等很久吧！如果只是編編選集，讓臺灣兒童對大陸兒童劇有一點粗劣的認識，這反倒是比較容易一點，在目前來說也比較實際一點。

第三節　小結

　　根據以上問卷及訪談的結果發現，海峽兩岸兒童文學交流至今，的確是已爲交流活動開啓了一扇大門，且已經爲兩岸建立起一個友善的基礎。政治意識雖無法完全排除，但彼此之間亦以將文化交流活動爲首要目地之共識，同時也希望在交流的過程中，能互相學習對方的經驗及長處，此方爲交流之利。

第肆章 臺灣地區兒童文學從業人員對大陸 童話在臺出版品之反應初探

（游鎮維撰）

第一節 前言

一、研究動機及目的

　　海峽兩岸兒童文學交流自 1988 年迄今，已九年之久。九年期間，海峽兩岸兒童文學人士由當初對彼此不了解而興起的交流狂熱，經過幾年有一定程度認識之後，目前似已進入穩定冷靜階段。

　　這些年來，除了雙方人士多次互訪，參與會議外，自然也包括了作品的引介出版。大陸兒童文學作品在臺出版的文類以少年小說、童話二者居多。當初大陸作品引進國內的舉動，因其意識形態、出版市場被瓜分，影響臺灣作家生存等問題，曾引發國內人士質疑。目前大陸作品在臺出版已行之有年，現可經由目前臺灣兒童文學從業人員對 1988 到 1997 年之間大陸在臺出版品的反應的初步探求，來獲知他們對此現象的新看法。並希望在結果分析後，進一步對未來兩岸兒童文學交流做出建議。

二、研究對象

　　本研究所探討臺灣兒童文學從業人員反應的大陸兒童文學在臺出版品，為 1988 到 1997 年 6 月間的童話作品（見附件一之附表）（註 1）。

　　本研究設定的臺灣兒童文學從業人員，乃指目前活躍於臺灣兒童文學界，曾出版過童話作品的作家，以及主編出版大陸童話的臺灣編輯而言。前者包括方素珍、王淑芬、李潼、林世仁、吳燈山、帥崇義、唐琮、康逸藍、陳啓淦、陳昇群、張嘉驊、管家琪、劉思源等人，後者包括民生報社桂文亞、天衛圖書事業有限公司沙永玲等人。

　　羅．埃斯卡皮（Robert Escarpit）在其著作《文學社會學》提到：「只有經由站在讀者立場上的觀察者之認定，作家才成其為作家；也就是要透過別人的眼中，作家才被定位，成為名副其實的作家。」而「…具有文學意義的作家群像要等上相當年代才能評估出來，…」（註2）從此角度來看，本研究所選取的對象，並非可定位為純然的作家群，但因他們目前創作生涯正值大陸童話引進國內的時代衝擊當口，且年齡橫跨老中青三代，因此他們的意見對本研究是相當有價值的。另外，臺灣童話作家群也並非僅止於此，只因研究者視野所及、或因有些作家聯絡不易，不能提供意見，令本研究不免抱有遺珠之憾。

　　自從1987年兩岸進行兒童文學交流以來，國內出版社陸續出版大陸兒童文學作品。1988年迄今，國內以民生報社和天衛圖書事業股份有限公司兩家出版公司出版的大陸童話數量最多。因此本研究有關出版總編輯部份，乃以桂文亞、沙永玲兩人為對象。

三、研究方法及限制

　　本研究以開放性問卷方式訪問十三位臺灣童話作家，以電話訪談方式訪問兩位臺灣總編輯。在作家問卷九個開放性問題（見附件一）後，並附有1988～1997年大陸童話在臺出版品之書目，藉以了解臺灣作家對大陸童話的閱讀情況。在編輯訪談部份，則請二家出版公司童書總編輯談談引進大陸童話作品的緣由、流程、選擇標準以及出版社本身編輯風格走向等各方面的看法。

　　在問卷回收及電話訪談結束後，研究者著手整理結果，並進行分析。

　　本研究對象人數限於十五位，無法做到量之分析要求，且因是採取訪問方式獲取研究資料，只能就獲得的結果進行分析，無法深入探求背後可能影響回答的因素。是故，作家問卷中的前四題結果不列入本研究分析中。

第二節　臺灣童話作家問卷結果及分析

一、閱讀情況

　　大陸童話在臺出版品為 13 位作家閱讀情況一覽表如下（按出版先後排序，未被閱讀之作品不列）：

(一)套書

表 4-1：大陸童話（套書）在臺出版品為 13 位作家閱讀情況

書　　　　　名	編　著　者	閱讀人數
中國童話經典名作	余治瑩　編	2 人
童話萬花筒		1 人
中國創作童話	葛翠琳　編	3 人
現代童話名作精選	鄭淵潔　著	1 人

(二)單册書

表 4-2：大陸童話（單册書）在臺出版品為 13 位作家閱讀情況

書　　　　　名	作　者	閱讀人數
小巴掌童話	張秋生	12 人
特別通行證	周　銳	8 人
老鼠看下棋	吳夢起	2 人
大個兒周銳寫童話	周　銳	8 人
肉肉狗	葛　競	10 人
小狗的小房子	孫幼軍	8 人
冰小鴨的春天	孫幼軍	4 人
一隻小青蟲	王泉根　編	4 人
無姓家族	周　銳	2 人
魔鬼機器人	葛　冰	1 人

傻鴨子歐巴兒	張之路	3人
雞毛鴨	周　銳	6人
雞毛鴨抓笨小偷	周　銳	5人
雞毛鴨過生日	周　銳	4人
膽小獅特魯魯	冰　波	5人
與吹牛大王比吹牛	朱效文	4人
空箱子	張之路	8人
小樹葉童話	金　波	2人
偷夢的妖精	劉興詩	2人
辛巴達太空浪遊記	劉興詩	2人
櫻桃城	黃一輝	2人
爸爸菸城歷險記	彭　懿	1人
恐龍醜八怪	金逸銘	2人
小豬稀哩呼嚕	孫幼軍	7人
啊嗚喵	周　銳	2人
啊嗚喵當大俠	周　銳	2人
哼哈二將	周　銳	8人
梨子提琴	冰　波	6人
躲在樹上的雨	張秋生	6人
金海螺小屋	金　波	6人
蜑帆	周　銳	7人
拔河馬比賽	張秋生	2人
小辮子精靈	張秋生	3人
小熊貓開餐廳	鄧小秋	3人
豬老闆開店	常　瑞	3人
蘋果小人兒	金　波	3人
一個哭出來的故事	張之路	5人
獨角大仙	孫　迎	4人

二、欣賞的作家及其原因(臺灣作家意見依姓氏筆劃排列)

表 4-3：台灣作家欣賞大陸作家作品之原因

大陸作家	欣賞者	原　　　　　　因
孫幼軍	方素珍	用語輕鬆俏皮。
張秋生	方素珍	溫馨，精緻易懂而寓意深厚。
	李　潼	創意足，調性掌握佳，幽默機智。
	帥崇義	平實、意義深厚。
張秋生	唐　琮	饒富詩意，蘊藏哲理和情感，簡潔易懂。
	陳啓淦	張秋生的童話雖短，但富創意，富詩意，靈巧生動。可謂麻雀雖小，五臟俱全。看完之後，常令人佩服他的巧思，故事不落俗套。他的故事值得細細品味。
金　波	方素珍	溫馨甜美，有詩的味道。
	王淑芬	文質彬彬。
	吳燈山	寫得很有詩意，很美。
	帥崇義	平實，意義深厚。
周　銳	王淑芬	妙點子源源不斷。
	吳燈山	想像力夠，常能出人意外，給人幻想的滿足，滿足閱讀的樂趣。
	李　潼	創意足，調性掌握佳，幽默機智。
	陳昇群	想像奇特，語言豐富，情節編排趣味盎然。
	劉思源	有一顆不受拘束的心。
葛　競	林世仁	小小年紀，便可寫出如此童話，一個小葛競已可抵上許多成人作者，未來不可限量。
	李　潼	創意足，調性掌握佳，幽默機智。
	唐　琮	葛競的點子相當新奇，表現活潑有趣，能興奮讀者。
	張嘉驊	年紀輕輕，就具有如此功力的故事架構能力，而且未來發展宏大，令人充滿期待。作者的想像力十分充沛，作品引人入勝。
	劉思源	想像力的仙子。
孫　迎	林世仁	有其想像商標。
	管家琪	《獨角大仙》是孫迎的處女作，但展現了驚人的想像力，行文技巧相當成熟，毫不生澀。

三、對本身創作的影響（臺灣作家意見依姓氏筆劃排列）

表4-4：台灣作家對自身在創作上是否受大陸作家影響的看法

臺灣作家	個 人 看 法
方素珍	沒有。作為一名創作者要專注在自己的創作上，不必一味去做作。而且生長環境不同，要做也做不來。
王淑芬	無。
李潼	無關影響，體悟而已。
林世仁	在創作上，偶爾會起砥礪之心，會珍惜臺灣開放多元的客觀環境。
吳燈山	在創作過程中，閱讀也占了相對重要的地位。閱讀大陸作家的作品，不能說絲毫未受影響。材料、表達方式或多或少都有，就像受歐美童話的影響一樣。
帥崇義	激勵自己再努力。
唐琮	不少年長的作家用字練達，作品可看出人生經驗與智慧，值得欣賞學習。不過對於自己的創作方式，文字表達和內容取材，都有不同的習慣，喜好和企圖。所以目前為止不覺得受什麼影響。
康逸藍	我想一些觸發是有的，透過閱讀可激盪一些創作上的火花。
陳啓淦	使自己的想像空間更開闊，更自由，作品多元化。
陳昇群	走出某些寫童話的框架，如教育性濃。語法注意了些，可能打破了某些習慣用語。
張嘉驊	老實說，「切磋琢磨」的層次比較大。一則觀其如何寫之；一則評其效果。至於那種近似於傳承的影響，在我身上是找不到的。但大陸童話作品提供的是一個很重要的參考。
管家琪	仔細想想，直接的影響似乎沒有，但我相信間接、無形的影響還是有的。閱讀大陸童話作家作品，我有一種強烈的感受：作家的個人風格都很明顯。周銳、張秋生、鄭淵潔、冰波、孫幼軍…都有很明顯的不同。閱讀這些作品都很愉快。
劉思源	大陸作家的文學性較強，值得學習。

四、對大陸童話引進國內的看法

表 4-5：台灣作家對大陸童話引進國內的看法

臺灣作家	個　人　看　法
方素珍	這是時代趨勢，可以促進良性競爭，能豐富自己的視野，對於讀者，也提供了不同的閱讀選擇。
王淑芬	對致力於兩岸交流工作者誠感敬佩。大陸童話風格多樣，大開眼界。
李　潼	好的童話作品為「世界財」，人人皆可分享。優秀的大陸童話作品與優秀的本土創作，及好的外文譯作居於同等地位。他們的被出版都應基於「優秀」二字，其他考量皆在偏末。
林世仁	就資訊流通而言，為臺灣讀者（作者）揭去五星旗的面紗，看到了「中國童話」。這是兩岸交流，華文市場交匯的必然現象。希望未來相互之間的引介能「平行往返」，沒有「超買」或「超賣」的現象。作品反映生活與文化，有助彼此了解。
吳燈山	知己知彼，未嘗不是一件好事。兩岸交流對創作者而言，是必要的。可是由於兩岸語言、觀念的差異，大陸童話給小讀者一種「隔了一層紗」的感覺，閱讀障礙或多或少都有。要提供小讀者最好的精神食糧，還是要靠國內兒童文學作家多努力。
帥崇義	好現象，激勵臺灣作家的努力。有比較激勵，才有成長。部份人士過份看重他們的作品，疏於注重本土作家的作品。
唐　琮	不反對引進來，但希望業者能相對提供環境和費用，鼓勵國內作者盡情發揮的機會。自己人最知道自己孩子的心態、語言和需求，投資本土作家才是真實的資產。
康逸藍	在不同的體制下，表現的手法也不一樣，藉由作品的互相觀摩，可以拓展創作視野。
陳啓淦	大陸的童話作品量多且精，成熟度較高，臺灣作品量少，好作品更少，引進後可刺激臺灣作家迎頭趕上。對於研究理論者，大陸作品能開拓視野，不再侷限在狹窄的空間。
陳昇群	豐碩了中國兒童讀物的深度與廣度。臺灣的兒童讀了太多外國的東西，終於讀到了自己的文化。大陸童話的用語技法，確有其獨特的地方。兩岸相隔多年，再接觸時用語和文字竟有了某種奇妙的距離，

	可以在這些童話作品中找到。
張嘉驊	頗具價值性。不管政經體制如何，臺灣與大陸的兒童文學都屬於「華文兒童文學界」，是統一在「文化中國」的概念之內。臺灣地處一隅，如果不具開闊的文化觀，很容易自我扼殺。在大陸作品未引進之臺灣之前，臺灣兒童文學創作者或接受西洋文學觀念影響或「閉門造車」缺乏一個可供參考的同文化體系的「參考座標」。而大陸兒童文學在臺出版，正彌補此一缺點。當然引進來的並非全是佳作（作品好壞自然有待公斷）。但無論如何，這顯示的是我們臺灣人免於「坐井觀天」的努力，同時也抓住了在「華文兒童文學界」範疇裡展顯影響力的契機。
管家琪	這是在兩岸交流的前題之下，一個很自然的現象。我個人表示非常歡迎。不僅對大陸作品，來自其他各國的翻譯作品，我也非常歡迎。近年來，臺灣社會一切都太泛政治化，文學也是如此，動不動就標榜〝本土〞。其實〝原創〞固然最為可貴，但不應獨尊原創，而非理性的排斥外來者，還是應該就文學談文學，就作品論作品。
劉思源	大陸作家所生活的環境和我們不同，所寫的文章和臺灣作家自然大不相同，藉此可增進視野，有比較大的格局，因此我覺得交流多多益善。我反對大陸作家搶走本土作家創作空間的說法。第一，作家生活背景不同，創作的東西亦不同，無從比較，甚至我相信本土作家的創作更符合自己的社會，會得到更多的共鳴。第二，創作人應以「作品」為競爭重點，作品不好，不能怪別人比自己好。

五、結果分析

(一)閱讀情況方面

根據問卷所反應出的閱讀情況，可發現二種現象：

一是出版日期越接近兩岸兒童文學交流熱絡期的大陸童話在臺出版品的被閱讀率越高：《小巴掌童話》、《特別通行證》、《大個兒周銳寫童話》、《肉肉狗》、《小狗的小房子》等書皆超過作家群人數的一半，甚至高達總數。其顯示當時大陸作品新鮮之姿進軍臺灣，引起作家們好奇，一探究竟的閱讀興趣；當

兩岸交流持續進行，作家們的閱讀選擇則慢慢取決於大陸作家本身在臺知名度及作品的鮮明風格。

　　二是單册書的被閱讀率與套書的相比，顯然較高：書目中 43 本單册書有 37 本被閱讀（86％），7 套套書中有 4 套被閱讀（57.1％），且單册書中有些書的被閱讀率達作家總數的一半以上，被閱讀的套書的閱讀人數只有 1 至 3 位。反映單册書閱讀普及率較廣，易流通；此情況也可能與資訊媒體的強勢宣傳：曝光率越高的作品，被「看到」的機率越大。

（二）欣賞的作家及其原因方面

　　從此項問卷結果（單册書方面）顯示在 43 本大陸童話、20 位大陸童話作家中，被臺灣童話作家欣賞的有周銳，張秋生、金波、孫幼軍、孫迎、葛競等人。

　　此結果可提出三種現象：

　　一是被臺灣作家欣賞的大陸作家大多具有強烈個人風格及特色，顯示外來作品要在非原生地區受注目，必須靠作品本身所具有不同於非原生地區作家的特殊風格。

　　二是這些被臺灣作家欣賞的大陸作家，大多已在臺出版多本作品：孫幼軍 3 本；周銳 9 本；金波 3 本；張秋生 4 本。顯示外來作家各自作品的出版數目，會影響作家彼此之間在非原生地區讀者心中的地位。

　　三是葛競、孫迎兩位大陸年輕作家在臺出版的童話集爲其處女作，而受到臺灣作家欣賞。其原因不外於本身作品中的童話首要特質：「幻想力」豐富，和首度出手即有如此程度令人驚豔有關。

　　另外，我們可以發現臺灣作家提及欣賞原因，甚少提到主題。這或可歸諸於二個原因。在說明第一可能的原因時，必先提及一個「假設」的情況。「假設」這些大陸童話出產年代，大陸在文藝創作上仍有社會主義指導的堅持（即意識形態上的不同），那麼臺灣作家沒提及欣賞其主題，可能的原因是臺灣編輯在出版前已先作過挑選，使其在臺出版的篇章能較爲臺灣讀者接受。

　　第二個可能原因是，童話身爲兒童文學主流，在創作的內容及思想上較貼近

小孩子，所表現的意旨大多離不開理想人生的良善美好的追求，主題上便可擺脫成人社會意識的侵擾，在習以為常的情況下，臺灣作家乃不會去注意其主題。

(三)對本身創作的影響方面

　　一般而言，文學創作方面所謂的「影響」，乃是狹義的「影響」，指作家作品的形式、內容、思想、情感等方面，因其閱讀其他作品而做某種程度上的轉變。而廣義的「影響」，則任何現象都可歸入，但要注意的是：此廣義的影響較不具精確嚴謹的可信度。

　　在本問卷所訪問的十二位臺灣童話作家在此項的看法裡，字裡行間看不出有狹義影響的字眼的，有八位：方素珍、王淑芬、李潼、林世仁、帥崇義、唐琮、張嘉驊、劉思源等人。這或可解釋為作家本身創作風格已形成，兩岸生活環境背景有程度上的差異而導致。

　　而看法中能找出認為自己有受「某種」、「無形中」影響（狹義方面）的字眼的作家，有五位：吳燈山、康逸藍、陳啓淦、陳昇群、管家琪等人。

　　若論以廣義的影響的角度來看待所有受訪作家們的看法，則有十一位：李潼、林世仁、帥崇義、唐琮、張嘉驊、劉思源、吳燈山、康逸藍、陳啓淦、陳昇群、管家琪等人。（觸發、激勵、砥勵、體悟、學習等看法，筆者將之歸入廣義的影響範圍。）

　　然而若要研究文學之間的影響，必須透過比較文學研究方法從各個層面、不同角度深入分析，才能獲得一個概貌。此項結果分析乃就作家們提供的看法而言之。

(四)對大陸童話引進國內的看法

　　從十二位臺灣作家對這部份的看法中，我們可看出他們對大陸童話引進國內此一現象大都持正面的看法。他們的看法可歸為四類：

　　1.大陸童話的引進可豐富本身及讀者的閱讀視野。

　　2.在大陸童話引進的刺激下，可激勵臺灣的創作者不斷自我要求。

3.對於大陸童話，應揭去「大陸」二字，將其定位爲「單純」的童話文本，
　不能以「政治」先入爲主的態度來看待。

4.在引進大陸童話的同時，出版界也應注意、發掘臺灣優秀的童話作品。

以上呈現了作家們已有了文化普遍主義的觀念，不採排斥的態度來面對大陸
童話的引進。

根據鄭雪玫教授《1945～1992年臺灣地區外國兒童讀物文學類作品中譯本調
查研究》中結果顯示：1988～92年臺灣地區外國童話譯本出版量有 409 本(註 3)。
而國內 1988～96 年之間引進的大陸童話套書有 7 套，單冊書有 43 本（見附件一
之附表）。若不論及二者斷代先後長短，在出版量相較下，外國童話譯本比大陸
童話在臺出版品要多得多。

如此大量的外國童話譯本的引進在國內似乎聽不到反對聲浪，而大陸童話作
品的在臺出版當初卻激起反彈的原因，在於：臺灣爲海島型地區，處殖民文化的
環境，長期受到西洋兒童文學影響，而對初初接觸的彼岸文學作品仍有政治意識
型態恐懼的關係。

如果我們能以跳脫政治的角度來待看此大陸童話在臺出版現象，那麼作家在
問卷中表達保留本土創作者發表、出版空間的要求，也不應視爲政治色彩濃厚的
本土意識保護主義。並應該予以尊重，並獲得回應。

第三節　國內出版公司童書總編輯訪談結果

一、民生報社桂文亞的意見

　　她指出，在正式與大陸接觸前，華文地區的兒童文學作品來源，主要是臺灣或美國等華人地區。而事實上，中國大陸為世界華文兒童文學作品最大量的來源地。面對大量且豐富的作品來源，作為一個出版編輯，編輯時選擇會多樣化之外，對於讀者，其閱讀視野的開拓，品味的提昇，也是有所助益的。
民生報社與大陸兒童文學界正式交流，是從 1991 年開始。在此之前，一般人對大陸兒童文學界大多處於模糊的認識中。而從事兩岸兒童文學交流，是有階段性的，必須先從了解彼岸的現況開始，而出版才是最後一個步驟。

　　在 1991 年至 1997 年間，她多次前往大陸各地開會，與彼岸兒童文學人士會面。為了了解大陸出版現況，她請各地的編輯、出版者共同推薦大陸當代具有代表性的兒童文學作家作品，以便獲得較為精確的兒童文學資訊。

　　民生報社出版除了以彼岸人士推薦外，並請彼岸作家投寄所有作品、請彼岸雜誌社定期寄重要兒童文學刊物，如上海《少年文藝》、北京《兒童文學》、江蘇《少年文藝》、北京《東方少年》等，或舉辦兩岸徵文等方式來掌握優秀的作者及作品。

　　由於民生報社為一報業實體，所做的兩岸交流乃以媒體推廣為主。因為受到報紙篇幅容量的限制，雖然推廣的文類涵蓋童話、小說、散文等，但長篇的作品一般不在考慮範圍之內。

　　民生報社出版大陸童話作品以老一輩作家作品為優先考量，再來才是中生代、新生代。她提到，或許是生活和價值觀與從前不同，目前大陸童話創作者中，中生代和新生代之間出現斷層，有具潛力的年輕作家，但都還不夠成熟。在未大量出版中生代作家作品前，民生報社不會考慮介紹新生代作家作品來臺。至於意識形態的問題，目前大陸童話作品已較前為少。

　　目前民生報社出版的大陸童話作家作品多具有代表性、文學性、前衛性、風格特殊、創意濃、趣味足（如孫幼軍、張秋生、周銳、冰波、金波、葛競等人）。

符合臺灣小讀者閱讀程度的作品也是民生報出版作品最主要的考量。自從 1995 年民生報社出版脫離聯經系統，獨立出版以來，一年的童書出版量縮減為十五本左右，必須在有限的本數中出版「精英文學」。

她表示，對於作家，民生報社期望他們能提供好作品，並基於尊重作家的創作權、出版社的出版權，雙方站在相互溝通的立場上，作品皆有被討論的餘地。

大致來說，民生報社童話出版風格走向抒情、文學性、藝術氣質高，有文化內涵、有精緻想像，具深度的作品，排除深刻的社會批判意識及熱鬧、官能性（徒具形式，沒有內容）的童話。

與國內其他出版社比較，民生報社雖然是出版較為多量的大陸作家作品，但實際上就本身出版量而言，臺灣的比率仍較為大陸高，只不過將大陸兒童文學作品列為出版重點之一。

二、天衛文化圖書有限公司沙永玲的意見

她表示，當初引進大陸童話在臺出版，是因為大陸童話種類繁多、風格特殊，且表現手法也與西方童話不同，質量都好。臺灣的作品與之相較是較薄弱一點。

在目前天衛公司出版的大陸童話幾家的作品，如張秋生、劉興詩、金逸銘、周銳、黃一輝、彭懿、葛冰等人，在大陸為童話作家代表人物，風格皆有其個人特殊色彩。

她指出，在執行《小魯童話花園》編輯時，是以臺灣童話作家為主體地位，而大陸童話作品和西方童話作品是居以輔佐、補強的地位。即先確定臺灣作家的作品走向，探知臺灣創作中缺乏的風格，再從大陸作品或西方作品中去尋求，以促成一個出版企劃中作品種類的完整。

她提到，編輯大陸童話出版品比編輯臺灣童話出版品，是較輕鬆容易得多。因為大陸童話皆是在當地已出版的代表作品，只要編輯者搜集的種類多，再從其中挑選符合本身編輯理念的篇章即可，而在編輯臺灣作品時，則需要不斷與作家反覆溝通討論作品的修改問題等。

自從政府開放大陸探親後，她多次返回北京老家探親，也曾多次赴大陸參加

兒童文學會議。在過程中，很自然的會大量搜羅大陸童話書籍，與大陸作家交朋友。在相互了解的前提下，大陸作家很樂意提供好作品來臺出版。

身為一位出版編輯，引進外來作品的目的，無非是希望國內讀者多讀作品，藉由外來作品的刺激來提昇本土水準。這個過程是互動的，作品的質與量需要其他作品的帶動。看到本土因此出現高水準作品是出版編輯者最大的成就，也是她所樂見的。其實就小讀者來說，他們閱讀時只就好作品來閱讀，而從不在乎作品是出自何處。只是大人的狹隘地域觀念，對引入外來作品的作法常反映出不同的聲音。她指出，她接觸大陸兒童文學作品時，沒有見其有任何意識形態，只見其民族情感，其實任何兒童文學作品皆無意識形態的問題。

至於出版的編輯企劃，對她而言，是隨著環境、想法不斷在改變的。編輯企劃走向在改變的同時，相對的，也能從作家手中獲得所要的出版作品。以前她主編過許多部反應甚好的歷史小說，後來轉向出版童話作品，目前她的興趣在於同時具有科幻小說及童話性質的奇幻小說。她認為，編輯出版就像成長階段一樣，是需要不斷的提昇到另一層次，她很少在乎以前出版品的市場反應如何，只是著眼於現在和未來。

三、分析及小結

從以上桂文亞和沙永玲兩位總編輯的意見中，我們可以看出出版公司引進大陸童話的初衷，是除了希望有更多出版的選擇外，也是為了提供國內讀者不同的閱讀選擇，開拓視野，並期望國內創作者在此刺激下，將作品提昇到更高的層次。

在文學的交流上，出版公司的做法是有正面意義的。

但談到大陸童話的引進對國內造成何種的影響，在此我們要分成兒童讀者及創作者二部份來分析。

對兒童讀者的影響：

從文學社會學的觀點來看，在整個圖書行銷體系中，書籍作為一種消費商品，從出版生產到閱讀消費（書籍到達真正的讀者—兒童手中），必須經過層層「挑選」的關卡。兒童圖書出版，配銷至書商手中後，哪些出版品會被放至書店

中銷售，這必須經由書店老闆的挑選，這是一層；而書店老闆挑書，除了受自身書店風格定位影響外，會受到各種好書推薦活動結果指導，這是一層；好書推薦活動的結果，事實上顯示了各個評薦委員主觀意識在其中運作，這又是一層；身爲兒童文學眞正讀者的兒童在獲取圖書時，擁有強勢經濟能力的成人消費者通常是站在兒童面前爲他們挑書，這又是另一層。而成人挑書的標準，乃會綜合前面所述的「挑選」意識來決定。

　　如此說來，引進的外來作品對兒童讀者產生如何的影響，是只能「預期」，而不能確定。

　　對作家的影響：

　　若把圖書生產消費的過程往前推到出版公司挑選何種作品出版發行的階段來看，出版公司會挑選何種大陸童話作品在臺出版，是因爲它們已在當地出版，是公認的代表作（已經過當地編輯、讀者多重「挑選」），且因大陸幅員遼闊，生活體驗多，造成內容質與量上較之臺灣作品呈現多樣化。對於臺灣出版社而言，它們具有相當程度的「品質保證」，因此較能放心發行。反觀，對於臺灣作家初完成，未發表的作品，出版公司則會有多方的考慮。

　　次者，再論大陸臺灣作品兩者的內容：大陸作品和臺灣作品同樣是以中國文字語言書寫，對臺灣兒童讀者不同造成太大理解上的困難。況且出版公司挑選大陸作品時，考慮臺灣兒童讀者的接受度，會先行刪除內容不合格者（如意識形態或文字運用相差太多等），此情形如同一般作品出版前的挑選過程。

　　出版社在挑選出版大陸或臺灣作品時，大致上呈如此情勢。

從這二種層面來看，大陸作品的引進發行是比臺灣作品佔有優勢的，也無怪國內會出現一些反對的聲音。

　　正因如此，臺灣作家在面對大陸作品的引進時，必定要在創作上求異翻新，以尋求更多出版發行的機會。大陸童話在臺出版品，若對目前臺灣作家沒有在作品上非常直接的影響，在這方面的影響必定是有的。

　　總之，假設我們把文學生產消費體系當成一個金字塔，身處最高層的童書出版公司對於底層的兒童讀者的影響有待考證，而對文學作品的生產者——作家，是有絕對的左右能力的。

第四節　小結

　　我們可以從本文所訪談的臺灣兒童文學從業人員意見中獲知，從 1988 年大陸童話陸續引進臺灣這個現象，是利多於弊的。在過程中，大陸作品各方面必經由多層的挑選過濾，才眞正引入國內，到達兒童讀者的手中。撇開引入後會在國內造成如何的影響不談，身爲接觸大陸作品第一線人士——出版公司編輯責任重大，而同樣處於文學生產消費體系中的每一位成人也具有相同重要的角色，共同來關心大陸兒童文學在臺出版的日後發展。

　　對於未來，本文各有兩點看法和建議。

　　看法部份：

　　一、在文學作品跨地的引介上，出版公司挑選出版質量精良的作品，是可以理解的，但我們在兩岸兒童文學交流上，目前看到的仍是量方面不對等的現象。這個現象的造成牽涉層面甚廣，短時間難以克服。就國內不斷引入彼岸優秀作品這方面來看，可能會造成國內對彼岸兒童文學界現況的認識「停格」、「凝固」於歷史上的某一階段，形成嚴重的誤現，造成彼強我弱的印象，從好的方面來講，此會激勵臺灣作家；但從另一方面來講，此會造成抗拒防衛的心理，兩岸兒童文學交流會受此影響。

　　兩岸的文化交流在對等的情況下，才有持續下去的可能。

　　二、「文化中國」，是兩岸政治現況上不可能契合，而在精神上尋求統一，讓彼此仍有一體之感而提出的呼籲。然而目前兩岸生活形態、意識仍有所差距。大陸童話作品的引進時，在內容各方面若刻意要求與臺灣讀者經驗完全貼近，可能會造成生活上「同質」的暗示。但其「暗示」的效果在兒童文學童話文體領域內，是否有其效應，仍有待觀察、研究。或許在文學先統一的前提上，這可做爲未來下一代兩岸中國人政治統一的基礎。

　　建議部份：交流，必先以厚植自身實力爲基礎。

　　一、臺灣有關臺灣地區童話作家作品的理論研究甚少，若說有，也不過是片面性質的觀感之言，尚未稱得學術性質上深入。交流，必定包含著彼此深切的了解。要讓彼岸了解自己，要先從了解自己入手。目前臺灣兒童文學學術研究正處

建立階段之中，有關史料的整理及作品的探析，尚待此間研究者努力。

二、長久以來，臺灣童話作家無法到達一定專業化程度。「以當前臺灣兒童文學作家專業化的比率來看，臺灣兒童文學所應有的社會價值與受重視的程度，和整體經濟、文化、教育的發展不成比例。」（註4）目前臺灣童話創作呈現繁盛之況，在未來，這除了需靠已知名的童話作家繼續寫作維持盛況外，出版公司編輯也宜放開視野，透過各個管道，在眾多無名兒童文學創作者中尋求極具創作潛力之新秀，給予出版出頭機會，以豐富臺灣童話創作之實力。

以上兩項若有所成，都將成為臺灣地區在兩岸兒童文學交流中可稱自豪之憑藉。

附 註

註1：此書目乃自《兒童文學家》第22期，1997年9月號，19～29頁，林文寶〈大陸兒童文學作品在版出版實錄〉一文之書目中，挑取大陸童話作品書目編彙而成。

註2：見《文學社會學》，頁36。

註3：見《1945～1992年臺灣地區外國兒童讀物文學類中譯本調查研究》，頁33。

註4：見林煥彰〈臺灣兒童文學作家群體的生態簡析〉一文，刊於〈國語日報〉兒童文學版，中華民國85年10月13日。

參考書目

壹：

1945～1992 年臺灣地區外國兒童讀物文學類中譯本調查研究　計劃主持人鄭雪
　　　玫　臺北市　國立中央圖書館臺灣分館　1993 年 6 月。

文化中國：理念與實踐　陳其南、周英雄主編　臺北市　允晨文化實業股份有
　　　限公司　1994 年 8 月。

文化民族主義　郭洪紀　臺北市　揚智文化事業股份有限公司　1997 年 9 月。

文學社會學　Robert Escarpit 著　葉淑蘭譯　臺北市　遠流出版公司　1990 年
　　　12 月。

（西元 1945～1990 年）華文兒童文學小史　洪文瓊主編　臺北市　華民國兒童
　　　文學學會　1991 年 5 月。

行政院國家科學委員會專題研究計畫成果報告──海峽兩岸兒童文學交流之研
　　　究　計劃主持人林文寶　國立臺東師範學院　1997 年 7 月。

如何成為編輯高手　吉兒．戴維絲（Gill Davies）著　宋偉航譯　臺北市　月旦
　　　出版社股份有限公司，1997 年 5 月

兩岸兒童文學學術研討會──童詩童話比較研究論文特刊　林良等著　臺北市
　　　中國海峽兩岸兒童文學研究會　1994 年 5 月。

海峽兩岸中國文化之未來展望　林安梧主編　龔鵬程等著　臺北市　明文書局
　　　1992 年 11 月。

薩伊德　朱剛　臺北市　生智文化事業有限公司　1997 年 8 月。

貳：

玄奘、張騫、吳三桂、林煥彰　邱傑　中華民國兒童文學學會會訊　7 卷 2 期　頁
　　　8～12 頁，臺北，1991 年 4 月。

只要公平，不要設限──呼應邱傑先生對海峽兩岸兒童文學交流之憂心　木子
　　　中華民國兒童文學學會會訊　7 卷 3 期　頁 26～28　1991 年 6 月。

民族傳統與現代意識　湯銳　兒童文學家季刊　秋季號 11　頁 28～29　1993 年

7、8、9月。

同文何必曾相見——**海峽兩岸兒童文學研究與課題之我見**　班馬　中華民國兒
　　童文學學會會訊　7卷5期　頁49～51　1991年10月。

兩岸兒童文學現象探析　陳木城　中華民國兒童文學學會會訊　8卷4期　頁22
　　～26　1992年8月。

「兩岸兒童文學交流之聞．見．思」座談會　鄭雪玫主持　林麗娟紀錄　中華民
　　國兒童文學學會會訊　8卷4期　頁3～11　1992年8月。

兩岸兒童文學隨想　樊發稼　中華民國兒童文學學會會訊　9卷6期　頁34～35
　　1993年12月。

兩岸交流請從問卷調查做起　木子　中華民國兒童文學學會會訊　7卷5期　頁
　　51～52　1991年10月。

兩岸兒童文學交流現況與展望　林煥彰　交流　3期　頁28～30　1992年5月。

兩岸兒童文學交流的深層思考　洪文瓊　中華民國兒童文學學會會訊　7卷5期
　　頁53～56　1991年10月。

南嶽朝聖有感　陳衛平　中華民國兒童文學學會會訊　6卷3期　頁41～42
　　1990年6月。

海峽兩岸兒童文學交流三年　洪汛濤　國語日報兒童文學版　中華民國81年10
　　月4日

期待兒童文學的春天——「海峽兩岸兒童文學的比較」座談紀錄　李瑞騰主持
　　林政言記錄　文訊　3期（總號42期）　頁71～77　1989年4月。

誰是吳三桂？　陳衛平　中華民國兒童文學學會會訊　7卷3期　頁23～25
　　1991年6月

臺海兩岸兒童文學交流近五年的回顧與展望　李潼　中華民國兒童文學學會會
　　訊　7卷1期　頁25～26　1991年2月。

附　錄

附錄一：「大陸童話在臺出版品與臺灣童話作家創作之關係」書面
　　　　訪問卷

1.您覺得您自己是什樣性格的人？

2.從您創作迄今，生命中影響您創作最深刻的是什麼？（人、事、物皆可）

3.您覺得您的一貫創作風格及理念是什麼？

4.您認為您的作品引人入勝的地方在哪裡（或是哪一些）？

5.隨問卷附上的「大陸童話在臺出版品書目」中，您曾閱讀過哪些書？請在看過
　的書名前打勾。其中您最欣賞的作家是誰？或最欣賞的作品是哪本？

6.接上題，您欣賞這位作家或作品的原因是什麼？

7.自從民國七十六年迄今，國內出版界引進許多大陸童話作品，您對此現象有什
　麼看法？

8.它們對您的創作有什麼影響？

9.您對本研究調查有什麼樣的想法

　　　　　　　　　　　　　　　　　　　　　　請簽名：

＊本問卷完畢，謝謝您撥空提供寶貴的意見＊

附表：大陸童話在臺出版品之書目

一、套書

套　書　名	編著者	出　版　社	日期(民國)
動物童話故事叢書		啓思文化公司	80
中國童話經典名作	余治瑩 編	臺灣少年兒童出版社	80.8
童話萬花筒		臺南世一書局	81.12
中國創作童話	葛翠琳 編	光復書局	82.1
現代童話名作精選	鄭淵潔 著	故鄉出版公司	84.2
趣味故事名作精選		故鄉出版公司	84.2
中國童話故事精選集		尖端出版有限公司	84.2

二、單冊書

書　名	作　者	出　版　社	日期(民國)
小巴掌童話	張秋生	民生報社	80.4
特別通行證	周　銳	民生報社	80.4
老鼠看下棋	吳夢起	九歌出版社	81.2
大個兒周銳寫童話	周　銳	民生報社	81.4
肉肉狗	葛　競	民生報社	81.10
小狗的小房子	孫幼軍	民生報社	82.5
冰小鴨的春天	孫幼軍	民生報社	82.7
一隻小青蟲	王泉根 編	民生報社	82.8
無姓家族	周　銳	天衛文化圖書有限公司	82.10
魔鬼機器人	葛　冰	天衛文化圖書有限公司	82.10
傻鴨子歐巴兒	張之路	天衛文化圖書有限公司	82.10
雞毛鴨	周　銳	信誼基金出版社	83.3
雞毛鴨抓笨小偷	周　銳	信誼基金出版社	83.3
雞毛鴨過生日	周　銳	信誼基金出版社	83.3
膽小獅特魯魯	冰　波	信誼基金出版社	83.3

科學童話（四冊）	謝武彰 編	愛智圖書公司	83.4
空箱子（註1）	張之路	民生報社	83.6
小樹葉童話	金　波	世一書局	83.6
紅蜻蜓	冰　波	世一書局	83.6
頂頂小人	魯　兵	世一書局	83.6
偷夢的妖精	劉興詩	天衛文化圖書有限公司	83.8
辛巴達太空浪遊記	劉興詩	天衛文化圖書有限公司	83.8
櫻桃城	黃一輝	天衛文化圖書有限公司	83.8
爸爸菸城歷險記	彭　懿	天衛文化圖書有限公司	83.10
恐龍醜八怪	金逸銘	天衛文化圖書有限公司	83.12
小豬唏哩呼嚕	孫幼軍	民生報社	84.3
啊嗚喵	周　銳	信誼基金出版社	84.5
啊嗚喵當大俠	周　銳	信誼基金出版社	84.5
童話節	武玉桂	天衛文化圖書有限公司	84.5
哼哈二將	周　銳	民生報社	84.5
梨子提琴	冰　波	民生報社	84.9
躲在樹上的雨	張秋生	民生報社	84.9
金海螺小屋	金　波	民生報社	84.9
蜃帆	周　銳	國語日報社	85.3
拔河馬比賽	張秋生	天衛文化圖書有限公司	85.4
小辮子精靈	張秋生	文經社	85.7
小熊貓開餐廳	鄧小秋	國語日報社	85.7
豬老闆開店	常　瑞	文經社	85.9
蘋果小人兒	金　波	文經社	85.12
獨角大仙	孫　迎	民生報社	86.6
一個哭出來的故事	張之路	民生報社	86.1
魔衣（註2）	南　天	業強出版社	84.9
與吹牛大王比吹牛	朱效文	天衛文化圖書有限公司	83.6

註 1：「空箱子」依出版社的分類是屬於科幻小說，但其有濃厚的童話性格，故
在此歸為童話。

註 2：理由同上。

＊您若曾閱讀過本表沒列出的大陸童話在臺出版品，歡迎寫在空白處，謝
謝！

第伍章　文化中國－交流理論的架構

兩岸的統或獨是條長遠的路，而兩岸的對談，也是個複雜而敏感的話題。

一九九五年，伴隨著李登輝總統的訪美，臺灣要求加入聯合國，中國針對臺灣發射導彈及進行大規模海上軍事演習，使台海兩岸陷入空前的低谷。

大陸對一九九六年三月的台灣大選，抱有深刻的擔憂，無論誰當選，都可能導致或慢或快的台獨進程。為了影響這次選舉趨勢，大陸接二連三的在臺灣海峽進行軍事演習，亦即是所謂的文攻武赫。結果不僅並沒有改變選舉的結果，且讓兩岸關係雪上加霜。

一九九七年七月一日，香港回歸中國，所謂一國兩制維持五十年不變。然而，在臺灣選舉期間，美國航空母艦突然出現於臺灣海峽，又臺灣在國發會的共識，以及六、七月的修憲。在世紀之交的海峽兩岸，呈現出「死胡同」狀態。

這種死胡同狀態，表現在如下方面：

1. 雙方的試探都達到極點。
2. 怕的說不怕，急的說不急。
3. 口中說和平，鼻孔吐硝煙。
4. 既悲觀失望，得過且過，又沈於幻想，寄託僥倖。（詳見王兆軍《兩岸啟示錄》，頁 2-6）

以上四項矛盾的現象，構成兩岸關係的現狀。是以本章擬先論述兩岸互動的演變，兩岸學術交流的現況，及交流的困境，而後始以「文化中國」做為切入點。

第一節　海峽兩岸互動的演變

兩岸關係或互動發展的歷程，一般上都分為三期。趙建民於《兩岸互動與外

交競逐》一書中〈臺海外交競逐四十年〉一節裡分三期如下：

　　1.消我長時期：一九四九~七一年。

　　2.敵長我消時期：一九七二~七九年。

　　3.敵長我近時期：一九七九~至今。（詳見永業出版社本，頁 189~212。）

　　王兆軍於《兩岸啓示錄》第二章〈統一備忘錄〉，則就大陸的觀念分階段如下：

　　第一階段：一九四九~一九五八年。

　　第二階段：一九六０~一九七八年。

　　第三階段：從一九七九年至今。（以上詳見世界書局本，頁 25~34。）

　　而包宗和於《台海兩岸互動的理論與政策面向一九五０~一九八九》一書裡，則以遊戲理論分析海峽兩岸互動的型態，其型態與分期如下：

　　1.「僵持遊戲」下的台海兩岸關係（一九五０~一九七八）。

　　2.逐漸形成中的囚徒困境遊戲（一九七九~一九八六）。

　　3.演化完成的囚徒困境遊戲（一九八七~一九八八）。（以上詳見第二章〈二方遊戲理論與台海兩岸互動（一九五０~一九八八）〉，頁 14-22）

　　又行政院大陸委員會編印《中華民國政府推動兩岸關係的誠意和努力》一書裡，亦將兩岸關係發展的歷程分爲三個時期：

　　1.民國三十八年至六十七年，是軍事對立與衝突時期。期間曾發生古寧頭、「八二三」等重大戰役，以及持續而零星的軍事衝突。這三十年裡，兩岸直接軍事衝突雖然由多至少，但對立態勢明顯而尖銳。

　　2.民國六十八年至七十六年，是相互對峙互不往來時期。由於美國與中共建交，我國處境艱困，中共即展開密集的統戰，先後發表了「告臺灣同胞書」、「葉九條」及「和平統一、一國兩制」等一系列主張。

這些主張都以中共政權為「中央」、我為「地方」當前提，我方自然無法接受。在此期間，我政府一方面加速臺灣地區的政治民主化與經濟自由化，同時提出「三民主義統一中國」的號召；另一方面採取「三不政策」（不接觸、不談判、不妥協），以化解其統戰攻勢。

3. 至民國七十六年十一月，隨著臺灣地區政治及社會日益民主化與兩岸情勢的快速變遷，政府毅然決定開放民眾赴大陸探親，打破了台海近四十年的隔絕，開啓了兩岸民間交流時期。八年來兩岸民間交流已日益密切，但交流基礎仍不穩固，自去年六月以來，中共藉　李總統訪美為由，誣指我為搞「兩個中國」、「一中一台」或「台獨」，隨即發動一連串「文攻武嚇」不理性舉措，使得兩岸關係陷入低潮。（見85 年 7 月版，頁 3~4。）

　　台海兩岸互動雖有各種不同的分類，但基本上互動的主力，就大陸而言，是自從中共強調對台政策，改變過去的強力式「解放」臺灣政策，而於一九七九年一月一日由「全國人民代表大會」常委會發表〈告臺灣同胞書〉後，「三通」便成為中共推動的現階段統一政策中，最直接而中心的訴求；就臺灣方面而言，則是一九八七年七月宣佈解除戒嚴後，實施開放性的大陸政策，同年十一月，開放民眾赴大陸探親。

第二節　兩岸交流的事實

本小節主要論述兩岸互動的政策。

一、兩岸互動政策

自一九八七年十一月以來，臺灣當局決定開放民眾赴大陸探親，打破了台海近四十年的隔絕，開啓了兩岸民間交流時期。十年來兩岸民間交流雖然日益密切，且不在繫於武力之對峙，而是在於外交上雙方是否能找到並存於國際社會的良策，趙建民於《兩岸互動與外交競逐》〈自序〉裡，對這種兩岸交流的現實，乃緣自於本質性的變化使然，他說：

第一、在過去冷戰對抗的大國際環境下，兩岸的兩個政治實體的政治自主權都受到相當地約制，交戰與對立乃常態。其實中共政權在體制上乃馬列主義之忠實信徒，是一典型的動員式或運動式政策，實行公有制計劃經濟。

九０年代的中華民國所處的環境，是共產陣營已成歷史名詞的「後冷戰時期」。中共也於一九九二年所舉行的十四大宣佈採行社會主義市場經濟，兩岸之間和中有戰、戰中有和，與大陸通商非但不再是資敵，反而成爲我最大外貿出超地，也是我資金外流的首要地區。

第二、八０年代以前，中國民國政府的施政重點在於爲生存而鬥爭，此一鬥爭延及政、經、軍、外等每一面向，政府面對外交危機不斷，在心態上，乃被動地因應與危機處理。

九０年代的中國民國不再需要爲生存而鬥爭，其國家目標以進入中程之自我擴張與目標推展。

第三、過去臺灣形象不佳，被視爲是「列寧式之黨國政體」，國際輿論甚少與者。

九０年代的中華民國在政治上不但被認爲已完成民主的過渡期（The phase of transition to democracy），甚至被視爲處於民主之鞏固期（The phase of democratic consolidation）；在經濟上是一不折不扣的權力

體（power house），在將近二百個國家當中，總產值排名接近二十；臺灣的軍事現代化也進入了嶄新的階段。

第四、過去國民政府國共內戰的影響，氣勢上無法擺脫陰影。

九○年代的中華民國不但已見大陸時期的元老政治家為新生代所全面取代，制度上也煥然一新，堪稱老店新開，受本土意識的鼓舞，展露了前所未有的新信心。（頁1-2）

受此內外新環境的衝擊，兩岸之間已自過去的「對立」、「零和」遊戲進入「有限零和」，雙方必須自願或非自願地在國際社區中面對交流。因此，所謂的兩岸交流基礎仍不穩固。雙方都承認只有一個中國，都希望儘量不要大戰而是和平統一，都將兩岸的發展和福利放在很重要的地位。雖然，兩岸當局都奉行一個中國政策，但內容並不相同；雖然兩岸對統一都持肯定態度，但是在統一的方式、步驟、時間上，都有不同的內容。究其原因，乃是兩岸所持政策使然。以上試就中共所一貫主張的「一國兩制」模式，以及臺灣在一九八九年所醞釀之「平等共存」對應模式加以探討，以求深入瞭解雙方模式的差異性。

甲：一國兩制－大陸的臺灣政策

自一九八四年九月二十六日中共與英國達成協議，決定將香港於一九九七年七月一日交給中共以來，「一國兩制」便成為中共領導階層及新聞媒體於各種場合中提及，以為解決中國「統一」之方式。

「一國兩制」的提出，根據中共的說法，是中共一九七八年十二月之十一屆三中全會決定「和平統一」中國的方針，一九七九年元旦，中共「人大」常委會發表〈告臺灣同胞書〉中聲稱「殷切期盼臺灣早日回歸祖國」，文中並呼籲台海兩岸實行「通郵、通航、通商」，初步形成了「一國兩制」的構想。同年元月三十日，鄧小平在美國參眾兩院發表演說，宣稱中共將尊重統一後臺灣的現實與體制。

一九八○年鄧小平把「反霸、統一、四化」列為八○年代三大任務。

一九八一年九月三十日，葉劍英以「人大常委會主席」身份發表談話，要求國共「第三次合作」，提出「九點和平方案」，以求致力於中國之和平統一，並

保證臺灣於「統一」後，「可作成特別行政區」，「並可保留軍隊」，享有高度「自治權」。至此，中共「一國兩制」模式較具體的浮現出來。

一九八二年十月，鄧小平會見英國首相余契爾夫人時，第一次提出「一國兩制」的概念，同時中共也表示適用於香港問題。十二月四日五屆人大第五次會議修正通過的《憲法》第三十一條，將「一國兩制」加以法規化。該條文宣稱國家得於必要時成立特別行政區。該體制由「人大常委會」依據特殊狀況制定法律加以規範。

一九八三年六月二十六日，鄧小平在北京會見美國西東大學教授楊力宇時，提出了「六點和平方案」。這六點方別是：

第一、臺灣在統一後將成為一個特別行政區，可以維持與中國大陸不同的制度。

第二、臺灣可以保有司法獨立，終審權在台北而非北京。

第三、臺灣可以在大陸安全不受威脅的情況下保有自己的軍隊。

第四、北京將不會派遣軍隊或行政官員赴台。

第五、臺灣可以在不受中共介入的情況下維持其政黨、政治與軍事制度的運作。

第六、北京中央政府願意為臺灣領導者保留若干領導職位。

「鄧六點」事實上就是重申「葉九點」的原則。

一九八四年一月十六日，趙紫陽在紐約講話時，也重申一國兩制的政策。

一九八四年二月二十二日，鄧小平在會見美國前安全顧問布里辛斯基（Zbigniew Brzezinski）正式使用「一國兩制」字樣，鄧小平認為臺灣在統一後仍可保有資本主義制度。中國將因此在「一國兩制」下統一。至於官方文件的使用，則見於同年五月中共總理趙紫陽在六屆人大二次會議上的〈政府工作報告〉中。

一九九〇年九月二十四日，當時的國家主席楊尚昆再接受臺灣中國時報的訪問時，重申了先前趙紫陽的所有重點，並正式使用「鄧小平同志所說的一國兩制的方式」。「一國兩制」表示臺灣不像中國其他省分一樣，而是成為中國統轄下的特別行政區。

一九九四年元月十六日的中共對台工作會議，透露了中共的臺灣政策新版本。

該次會議所確定的共識是：大陸經濟發展對臺灣的影響，兩岸和平來往的呼聲越來越高，經濟聯繫越來越深，三通正一點點鬆弛，辜汪會談成功等等。兩岸關係的主導權依然在中共一邊。王兆國在談話中承認：要進一步堅強對臺灣主流

派的工作；在一個中國、不讓臺灣有國際政治空間、不承諾不使用武力三點上，絕不罷休退讓。現在兩岸立刻從事政治性接觸及三通，尚不具備成熟條件。因此，經濟上拉攏臺灣，改善台商在大陸的投資環境，為三通做好實際準備，落實辜汪會談的事務性商談。軍事上則要壓住臺灣，國際空間上要限制臺灣。統一問題不必太急，再過三四十年，大陸經濟發達，那時談統，就是形勢較量了。

以這次會議的基本精神為準，形成了江澤民兩岸關係的新八點。

一九九五年春節前夕，江澤民發表於兩岸關係的講話，勾畫了一國兩制的藍圖。

「一國兩制」的構想，概括起來就是三條原則：即祖國必須統一，主權不能分割；不改變現行制度，保障那裡的穩定與繁榮；不妨害外國人在這個地區的經濟利益。三個允許：允許臺灣行政區有自己獨立的地位，自己的司法，自己的終審權；允許臺灣地區有自己的軍隊，大陸不派軍隊去，但臺灣軍隊不得構成對大陸的威脅；允許臺灣地區派人參加中央政府，中央政府會給臺灣留出一定名額。三個不變：現行社會經濟制度不變；生活方式不變；同外國的經濟文化關係不變。六個保護：對私人財產、房屋、土地、企業所有權、合法繼承權及外國投資，一律給予保護。

「一國兩制」構想的內容，顧名思義，是一個中國，兩種制度。

一國，是最明顯的特徵。所謂一國，就是一個國家、一套憲法、一個中央政府。與這種提法不同的，還有中華聯邦、一國兩府、一國兩體、一中一台、一族兩國、一制多元及新加坡模式等等。

兩制，就是臺灣奉行三民主義制度，大陸繼續其社會主義制度；臺灣保持其現有的生活方式，大陸不干涉；甚至在立法、軍隊等方面，也是各做各的。臺灣將作為一個國家內具有高度自治，既是地方政府又不同於一般地方政府的政權形式。其政治地位將近次於中央政府而高於省或相當於省的一級政府。

一個兩制的另一個重要特點是和平解決。

由以上提出的過程瞭解，「一國兩制」乃中共用以解決「臺灣問題」所引起，隨後中共與英國就香港問題進行接觸，並達成「聯合聲明」，保證香港制度五十年不變，進而以「香港模式」為「一國兩制」之範本，要適用於「臺灣之統一」問題上。

總之，「一國兩制」是中共為圖以解決「臺灣問題」之設計。所謂「一國兩制」是中共用以隱藏其真實外交目的之統戰策略，隱含於此一概念之後的「差異

性、歷史性、現實性、過渡性、隸屬性、和平性、創新性」等特性便不難解。（見趙建民《兩岸互動與外交競逐》，頁 126-141）

申言之，中共這種「一國兩制」，是具有大統一的民族主義之正統傾向，其成因包宗和於《台海兩岸互動的理論與政策面向 1950－1989》一書裡，認為有「東西方和解、意識型態衝突的緩和、經濟改革的需求、對統一的期待、中國文化的影響」等背景成因。（見頁 84-89）

「兩國共制」，雖有「和平共存」觀念，但「兩制」間卻有主權與正統之不平等存在。是以臺灣當局並無意接受此一模式。

乙、平等共存－臺灣的大陸政策

對於中共「一國兩制」的提議，臺灣當局都斷然拒絕，其原因，一是法統，一是體制。臺灣認為大陸的政治、經濟、文化不能為臺灣人所接受。臺灣政府當局曾經以三不政策對付大陸的攻勢。三不，即不接觸、不談判、不妥協。

可是實際上，兩岸民間接觸已經開始。到一九八七年，臺灣正式解除臺灣人民到大陸旅行的限制，並允許退伍老兵回大陸探親，此舉對兩岸關係影響更為深刻。

一九八八年三月，臺灣當局批准兩岸間進行間接貿易，並開始執行統計。當年貿易量就達到十五億美元。至一九九一年底，臺灣在大陸的投資就達到二十億美元。經濟、文化的交流已經勢不可擋了。近年來，這種形式的交往更如洪水滔滔，勢不可當。

為了回應中共的「一國兩制」模式。是年立法委員林鈺祥在立法院第八十三會期中首度正式提出「一國兩府」概念，並且為當時的閣揆余國華所排斥。原則上，「一國兩府」是屬於平等共存的模式之一。

一九九〇年五月二十日，李登輝總統正式宣佈放棄三不政策，以促成與中共對談等談判。同年十月七日成立國家統一委員會，十七日行政院成立大陸委員會，二十一日海峽交流基金會成立。

一九九一年二月二十三日通過《國家統一綱領》，由是確立了臺灣對統一的整體政策。該政策的主要內容為：

貳、目標

建立民主、自由、均富的中國。

參、原則

一、大陸與臺灣均是中國的領土，促成國家的統一，應是中國人共同的責任。

二、中國的統一，應以全民的福祉爲依歸，而不是黨派之爭。

三、中國的統一，應以發揚中華文化，維護人性尊嚴，保障基本人權，實踐民主法治爲宗旨。

四、中國的統一，其時機與方式，首應尊重臺灣地區人民的權益並維護其安全與福祉，在理性、和平、對等、互惠的原則下，分階段逐步達成。

臺灣的統一願望，王兆軍有云：

一、主要是從歷史法統出發，而不是從現實出發。

二、臺灣不情願和現行制度下的大陸統一。如果這樣統一，臺灣則認爲被吃掉。

三、希望大陸變色，兩岸不是在社會主義而是在三民主義的旗幟下統一。

四、大陸希望快一點統一，臺灣希望慢一點統一，快慢都爲對方所懷疑。大陸太大，綜合國力原較臺灣強大，臺灣知道按照自己的意志統一中國不太可能，所以抱有得過且過的態度。一天不統一，就要過一天小日子。包括那些推行台灣獨立政策的人也都知道獨立的願望暫時很難實現，倒是拖延大陸的統一召喚比較來得實際。所以，臺灣的統一口號，看上去差不多是指山跑馬的把戲。看上去山不遠，實際上遠呢，把馬累死都跑不到，不要說中途還有種種麻煩！這種慢慢來的態度，當然是曖昧的、機會主義的態度。你可以將之看做是政治策略的慎重，也可以看做是緩兵之計。你可以將之看做是執著的理想，也可以看做是不得以而爲之的擋箭牌。喊叫一萬次「一個中國」都沒有用，而宣佈台灣獨立只要一次就夠了。這也就是爲什麼大陸看李登輝是口是心非的隱性台獨的原因所在。（見《兩岸啓示錄》，頁 37-38）

第三節　兩岸文化交流的迷思

以臺灣地區和大陸地區當前文化的內涵而言，雖然皆繼承了中華文化，人民組成也皆漢族爲多，也都深受儒家思想的影響，但是由於近百年來的隔閡，兩地文化產生了差異。也就是說，雖然兩岸文化同源，但是後來注入的因素不同，對外來文化的取捨與因應方式有異，所以兩岸文化的內涵已有了差異，或可說是兩種不同的文化。因此，在此時的兩岸，文化交流可說較爲優先。李登輝總統於一九九一年十一月二十三日在國家統一委員會第六次會亦即指示：「文教交流可優先辦理」，爲有計畫的推動，臺灣當局陸續訂定了相關法令。爲了使民衆瞭解政府推動兩岸文化交流的確切作法，並溝通觀念齊一步調，於一九九四年一月訂定〈現階段兩岸文化實施原則〉，目標也是爲促進兩岸人民相互瞭解，促進兩岸文化共同發展。

所謂兩岸文化的交流，可視爲中華文化在不同的空間、時間、制度差異之間的一種溝通歷程，文化是有生命而不可分的整體，兩岸文化發生接觸以後，會產生融匯化合的變化。是以兩岸文化交流，至少具有下列二層意義：

　　第一、世界上任何一種文化，都不免與其他文化接觸，透過接觸、溝通和交流，增進彼此的認識與瞭解，學習對不同文化與意見的尊重，並且進一步擷長補短，吸收他種文化的精華，豐富自己文化的內涵。也藉著與不同文化的接觸，提高視野，開闊胸襟，跳出狹隘自我中心思維思維架構，關懷世界，共同促進全人類生活福祉。這是各國各地區文化交流的積極意義，兩岸文化交流也應該具有這層意涵，經由文化交流，增進瞭解，相互尊重，互補互利，促進文化發展，爲全人類福祉貢獻力量。

　　第二、現代社會由於科技進步，交通便捷，人員與資訊流通量大，速度也快，使得各國文化交流比人類歷史上任何時期都容易，世界各國來往頻繁，舉凡政治、經貿、環保等領域都互相影響，休戚與共，地球村的觀念正逐漸形成，文化自不外於這個潮流，各國政府只要能力所及都鼓勵學術、藝文、體育及資訊的交流，並以簽訂文化交流協議作爲友好的宣示並

確保交流的順利進行，因此，兩岸應順應世界歷史潮流，利用便利的人員
與資訊流通，積極鼓勵兩岸民間文化交流。（詳見《兩岸文化交流理念、
歷程與展望》，頁 1-2）

文化交流是維持兩岸良性互動、化解敵意對峙的良方。但因兩岸隔絕將近四
十年，長期不相往來，造成政、經、社會體制及意識型態、價值觀念等嚴重的差
異。在兩岸敵意未除之前，所謂文化的交流，臺灣首先要考慮人民的安全福祉，
因而特別重視開放交流的對象、過程與目的。是以目前的文化交流仍停留在近程
的民間交流階段。而大陸對臺灣文化交流的策略，則有下列幾個特徵：

1.以泛政治化心態，推展各項交流活動。

3.預設立場。

4.運用新聞媒介擴大對台宣傳工作。

5.重視其幹部的涉台教育，以鞏固心理戰線。（詳見《兩岸文化交流理念、
　歷程與展望》，頁 55-57）

綜觀十年來兩岸文化交流相對應措施的比較分析，有下列三點可供參考：

1.就文化規範與制度而言，兩岸有極大的差異性。

2.文教官員的互訪開放尺度，影響兩岸實質的交流活動。

3.兩岸對於人員及物品交流活動，亦各有所限制。（同上，57-59）

總之，兩岸文化交流雖趨頻繁，但衝突的現象未見緩和，在交流的過程中，
仍有相當程度的障礙和困難亟待克服。其犖犖大者：

1.中共泛政治化作爲。

2.兩岸資訊交流失衡。

3.兩岸交流廣度與深度均顯不足。

4.兩岸交流民間力量不對等。（同上，頁 119-121）

　　申言之，雖然兩岸文化交流在積極促進瞭解和互補互利發展的意義上，和世界各地文化的交流是相同的，但是也有不同之處。兩岸同文同種，文化同源，人民間有民族感情，語言沒有障礙，觀念也容易溝通，交流當比其他國家或地區更為順利，但是也有其特殊困難之處，亦即兩岸政治歧異仍深，敵意猶在，導致交流深受政治的影響，往往扭曲了文化交流充實愉悅的本質，也限制了文化交流的全面發展，這是在探討兩岸文化交流意涵之時，不能不注意的，兩岸應克服政治歧見對文化交流的干擾，發揮有利因素，促進交流。

　　兩岸的交流與未來，是對海峽兩岸領導者的考驗，這是件需要高度智慧與恢弘氣度的歷程，或許孟子的話，仍會有所啟示：

　　齊宣王問曰：「文王之囿，方七十里，有諸？」孟子對曰：「於傳有之。」曰：「若是其大乎」曰：「民猶以為小也。」曰：「寡人之囿，方四十里；民猶以為大，何也？」曰：「文王之囿，方七十里，芻蕘者往焉，雉兔者往焉；與民同之。民以為小，不亦宜乎！臣始至於境，問國之大禁，然後敢入。臣聞郊關之內，有囿方四十里；殺其麋鹿者，如殺人之罪。則是方四十里為阱於國中。民以為大，不亦宜乎？」（《孟子．梁惠王篇》）

　　齊宣王問曰：「交鄰國有道乎？」孟子對曰：「有。為仁者能以大事小；是故湯事葛，文王事昆夷。為智者能以小事大；故文王事燻鬻，句踐事吳。以大事小者，樂天者也；以小事大者，畏天者也。樂天者，保天下；畏天者，保其國。詩云：『畏天之威，于時保之。』」王曰：「大哉言矣！寡人有疾：寡人好勇。」對曰：「王請無好小勇。夫撫劍疾視，曰：『彼惡敢當我哉？』此匹夫之勇，敵一人者也。王請大之！詩云：『王赫斯怒，爰整其旅，以遏徂莒，以篤周祜，以對于天下。』此文王之勇也。文王一怒而安天下之民。書曰：『天降下民，作之君，作之師，惟曰其助上帝，寵之四方，有罪無罪惟我在。天下曷敢有越厥志。』一人衡行於天下，武王恥之。此武王之勇也。武王一怒而安天下之民。今王亦一怒而安天下之民，民惟恐王之不好勇也。」（同上）

　　滕文問曰：「滕、小國也；竭力以事大國，則不得免焉。如之何則可？」

孟子對曰：「昔者大王居邠，敵人侵之。事之以皮幣不得免焉；事之以犬馬，不得免焉；事之以珠玉，不得免焉。乃屬其耆老而告之曰：『狄人之所欲者，吾土地也。吾聞之也，君子不以其所以養人者害人。二三子何患乎君！我將去之。』去邠，踰梁山，邑於岐山下居焉。邠人曰：『仁人也，不可失也。』從之者，如歸市。或曰：『世守也，非身之所能為也；效死勿去！』君請擇於斯二者。」（同上）

　　孟子曰：「天下有道，小德役大德，小賢役大賢；天下無道，小役大，弱役強；斯二者，天也。順天者存，逆天者亡。齊景公曰：『既不能令，又不受命，是絕物也。』涕出而女於吳。今也小國師大國而恥受命焉，是猶弟子而恥受命於先師也。如恥之，莫若師文王。師文王，大國五年，小國七年，必為政於天下矣。詩云：『商之孫子，其麗不億。上帝既命，侯於周服。侯於周服，天命靡常，殷士膚敏，裸將于京。』孔子曰：『仁不可為眾也。』夫國君好仁，天下無敵。今也無敵於天下而不以仁，是猶不執熱而不以濯也。詩云：『誰能執熱，逝不以濯。』」（《孟子·離婁篇》）

第四節　文化中國的意義

「文化中國」，成為一項論題與呼籲，本身便顯了某些訊息，所以它才會被視為我們應予追求與重建的工作。但這種工作，相應於當前兩岸分裂的政治社會現實，卻又顯得格外迫切。本節擬從「文化中國」的緣起，以見其現實與迫切，而後才對「文化中國」最內涵瞭解，進而建構下一節「文化中國」的交流理論。

一、文化中國的緣起

一般說來，文化中國是相對或針對政治中國、經濟中國而起。因為現今中國仍處於分裂的狀態中，不僅政治對峙與領土分割問題尚無法解決；兩岸社會、經濟體制亦極為不同，因此，以「文化中國」作為統合點與可行途徑的指引，仍不失為一可行之途。「文化中國」呼籲之所以被提出，有許多人是著眼於此的。持此觀點者，一方面想以中國文化作為兩岸統合的基礎；一方面也想以重建一個文化中國作為未來的目標。以下略述這個用詞的緣起與經過。

「文化中國」這個構想的提出，很多人認為始於杜維明。而杜維明於〈文化中國的精神資源〉一文中說：

> 「文化中國」這個構想的提出，是很早以前的事了。很多人以為「文化中國」是我個人的發明，這完全是錯誤的。傅偉勳先生早就出過一本書，題為《文化中國與中國文化》。一九八八年，北京、台北、香港三地的代表齊聚在香港，準備在海外成立一份同時在三地發行的雜誌。當時，大家經過一番商議，就決定用「文化中國」做為我們這份期刊的名稱。這個觀點提出後，我們在夏威夷、普林斯頓、芝加哥和康橋都討論過。（見《邁向 21 世紀的兩岸關係》，頁 56-57。）

而傅偉勳於一九八七年一月十二日，為《文星》雜誌所做公開演講〈「文化

中國」與海峽兩岸的學術交流〉中則說：

　　　　前年（一九八五）三月，我在美國費城接到《中國論壇》編輯委員會
　　的來函，邀我寫一篇專論有關三十五年來中國大陸哲學研究的文章，以便
　　收在該刊時週年慶祝專輯「（一九四九年以後）海峽兩岸的學術研究發
　　展」。此專輯的旨趣，是在促使「海內外中國人及國際學術界更深刻認識
　　中國學術研究的不同發展」。邀請函尤其指出，「自從一九四九年政府遷
　　臺後，海峽兩岸學術研究即分別在兩種政治體系下，各自發展。影響所及，
　　不只方法論大有差異，亦形成不同的風貌。惟基於文化中國的立場，雙方
　　學術研究發展各有其特殊意義，殊值重視」。

　　　　我不知道「文化中國」（Cultural China）的概念與名辭係由那位人
　　士最先提出，何時出現；我自己是從這邀請函首次學到這四個字，當時頓
　　感極有深刻的時代意義。（見《文化中國與中國文化》，頁130。）

而韋政通則於講評中說：

　　　　最後我想順便提一下：傅教授開始的時候提到「文化中國」的觀念是
　　來自《中國論壇》前年雙十特刊的邀稿信中，據我所知，這個觀念是來自
　　六、七年前一群馬來西亞僑生所辦的《青年中國》雜誌，其中有一期是「文
　　化中國」的專號。他們是否另有依據，我就不知道了。（同上，頁26。）

又周英雄、陳其南於《文化中國理念與實踐》一書代前言〈文化中國的考察〉
一文中說：

　　「文化中國」一詞的歷史全貌到底如何？我認為並不重要。更值得我們思
　　考的倒是：討論文化中國背後帶出什麼樣的問題？比如說，由僑生來談「文
　　化中國」，其背後的策略何在？傅偉勳先生表面談「文化中國」，其實是
　　希望藉此而促成臺灣在八十年代「文化出擊」，對付勢力日趨強大的大陸
　　文化，而九三年香港這次會議，又帶出多少話題，顯露出什麼樣的心境？

（頁4）

其實，瞭解文化中國的全貌，會有所助益的。

約早於馬來西亞僑生創辦《青年中國》之時，臺灣地區亦已有「文化中國」用詞的出現：

一九七九年四月三日中國時報人間副刊有「文化中國」專輯，編者按語云：

之一、回顧近百年來的中國與臺灣，我們固然欣慰於三十年來在臺灣的建設，以爲中國的未來，畫出一幅遼闊的遠景、一個確切可行的藍圖，但是我們相信，臺灣的意義還不止此，更重要的是，它爲中國的過去、現在與未來，連接成一個完整的形象。透過它，我們看到了中國文化的光澤，是如此可深可久，可以澤被子孫、反哺世界的。在這樣的體認下，構思、推動、並爲您呈現的。

之二、四月五日是中華民國音樂節，也是民族掃墓節，同時更是　蔣公逝世紀念日。爲了表示我們的崇敬與決心，我們就從中國音樂的再創造出發吧！這種對於民族音樂的重新追索與體認，也是我們對民族盡大孝的一份心意，更是我們對先總統　蔣公畢生倡導中華文化的繼續貫徹。我們就以「大家都唱中國歌」，來邁開我們「文化中國」的第一步。

又四月十九日編者又云：

爲了對中國的歷史、當前的現實做一深切的反省與建樹，本刊自去年起，連續推出「繼往開來」、「請聽中國音樂」、「我們不會忘記，歷史不會忘記」、「百餘年來的中國與臺灣」、「典型在夙昔」....等系列專輯，各自獨立而又相互關連，一環更深入一環，有系統的從各個層面去探究中國的坎坷道路，建設中國人的完整形象。

自四月四日以來，這項討論邁入了一個更深更大的題旨，系統的歸結到了一個「文化中國」的深厚範疇裡去。但是一個文化的中國，不僅是要在音樂上，大家都唱中國歌；在戲劇藝術中求得新的出發，在精神上重新

　　鑄造中國魂；更要在文化的傳承上，有新的自覺和實踐。

　　而對於新一代中華文化、中國人的開拓與造型，我們不得不重新回顧一下近代中國文化的種種破壞與重建的歷程。在這一省視與回溯之中，我們清晰而沈痛的看到了一個風狂雨驟的時代，一個危疑震撼的天地。置身其間的中國人，是怎麼樣的自一個個波瀾壯闊的文化運動、民族運動中，掙扎向前，自救救人....。而好幾代的中國知識份子，都在它的衝決激揚裡過去了。而今，我們又該怎麼樣看待這頁歷史，汲取它的教訓，塑造自身的意義呢？自元月起，我們已分別自兩方面著手，一方面由時報出版公司，約請專人編輯、出版「文化中國」專輯，包括「五四與中國」專書（全書四十餘萬言，集中外名家論述於一爐，定五月出版。）此外，並由人間副刊另行邀請海內外學人、作家，就文化中國「重統的破壞與重建」這一子題，從文化建設的變革歷程，及其所涵蓋的各項問題，深入剖析、詳細評述，做一整體之呈現，於今日起推出。

　　這項努力，也許可以促使我們對中國文化，擁有更具活力、更新的認識，也同時對中國人的形象，有更切實際、更真的掌握。而這一條可信可行的道路，或許就是在這樣的思辯與實踐中，邁步而出。

　　此項編輯工作，自元月二十日展開，獲得海內外各界學者、專家余英時、吳相湘、杜維明、李歐梵、周策縱、林毓生、金耀基、周陽山、胡菊人、夏志清、唐德剛、高承恕、張系國、張震東、黃武忠、陳弱水、彭懷恩、楊美惠、葉啓政、鄭愁子、鄭淑敏、謝文孫、朱雲漢等人熱心贊助，特此致謝。

　　就編者按語中得知，所謂的「文化中國」專輯，是始於元月。（註）除專輯外，並擬由時報出版公司出版「文化中國」叢書，該叢書之四《五四與中國》，於一九七九年五月正式出版，該叢書〈總序〉有云：

註：見《從五四到新五四》，頁3，新序第一段。

百年來的中國史,是一頁頁民族苦難苦難與血淚交織的歷程。西潮的衝擊、傳統文化的崩潰、社會秩序的解體,以及內亂外患的頻仍,使得中國人被凌虐的命運似乎很難止息。在動亂中,中國的知識份子一直隨著艱困的環境而顛波,國難使他們汲汲於救亡的行動,卻往往拙於平情與理智的深思。結果遂至長期以來,文化界、思想界往往爲廉價的論述所充斥,基於深厚學力的理性溝通卻不多見,而在文化變遷與現代化的發展問題上,夠份量的文字也往往未被寄以適當的重視。但是臺灣近三十年的安定與承平,時代是近代中國絕無僅有的佳境,對歷嘗苦難的中國人而言,承平絕不意味著鬆弛與懈怠,相反的,唯有痛定思痛的沈思,才能從前人的軌跡中探尋未來的路向。

我們是在臺灣成長的新一代知識青年,基於對時代與文化的體認,不惴冒昧的編輯了這套叢書,我們的目的是嘗試將前人努力的成果作一整理,同時,也企望能對新出路的開展提出一些參考方向。因此,這一套叢書的任務是雙重的,一方面,它要儘量網羅過去文化思想界重要的思潮和論述,另一方面,也要就近年來新的研究成果作一整理,並將近年來歐美有關中國研究的論述予以選擇性的介紹與迻譯。

這一套叢書,代表我們長期治學、研讀的一段心路歷程,從某個角度看來,它也代表著近代中國知識界、思想界許多重要人物的心血結晶。我們大膽的嘗試編輯這套叢書,如果還有一些可取之處的話,那純粹是由於作者們的努力,我們在此要向作者們至最高的敬意與謝意。

這套叢書的編選,前後歷時近三年,積極的進行工作,也有一年半以上的時間。舊作的搜尋、新作的延人執筆,以及外文著述的收集與迻譯,我們都是以戒慎的心情進行的。但是由於學力的限制與資料的短缺,我們的工作一定有許多疏漏或不足之處,尤其部份作者雖經多方聯絡,仍未及就刊載事宜取得聯繫,在此我們要表示最大的歉意。總之,榮耀歸於作者,而疏漏在於我們。我們虛心接受讀者們的批評與指正。

這套叢書之所以定名爲「文化中國」,主要是與中國時報人間副刊「文化中國」專輯相配合,但在內容和題旨上較偏重學術性與知識性,但它們

所揭諸的文化理想則是相同的。在此我們必須感謝時報出版公司總編輯高上秦先生的鼎力相助。而這套叢書的構想，始自仙人掌出版社發行人林秉欽先生，我們也要特別致謝。

「文化中國」雖然是一九七九年四月三日始見於報紙，若從知識份子與文化思考的角度來看，則劉述先〈海外中華知識份子的文化認同與再造〉一文，似乎頗值得注意，該文刊於一九七二年十月《明報月刊》第七卷第十期。（後收入一九七三年三月志文出版社《生命情調的抉擇》，頁99-122。）該文寫於中共進聯合國之際，文中開宗明義就把文化認同與政治認同的問題分別了開來。

「文化中國」一詞的歷史全貌到底如何？至今仍衆說紛紜，所以龔鵬程於〈文化中國的追尋〉一文裡說：

> 除了文化角度的思考外，這個呼籲，事實上也呼應了政治的形勢與需要。因爲兩岸政經社會差異太大，政治對立的僵局一時之間似乎也極難突破。在這個情形下，除了以文化統一來創造再統合的條件外，大約也不容易找到什麼更好的辦法。故高談文化中國，亦常爲現實政治格局下，不得不然之舉。但這並不是說此議缺乏積極意義。蓋兩岸之間，出不僅僅爲一政治權力分配的問題或經濟利益獲得的問題，更涉及了當代中國人在面對現今特殊時代，如何開創其文化的問題。所以兩岸在政經社會層面已趨統一，文化中國的創造，仍屬中國人責無旁貸的職任。而且，這項呼籲，顯示了另一種高貴深邃的文化識見，一種超越於現實政治的文化關懷。由於我國傳統知識份子均有這種文化取向而非政權取向的思考方式，因此這個呼聲，也最能穿透現實的障惑與迷霧，凝合知識份子的心志，連貫中國文化的傳統，表達兩岸共同創建文化新生命的新文化運動意義。其能爲人所豔稱，殆非偶然。（見幼獅版《龔鵬程縱橫談－當代文化省思》，頁2-3。）

「文化中國」已非僅止於論題與呼籲，且逐漸成爲共識。傅偉勳於〈文星在海峽兩岸〉一文中說：

　　當時我忽然想出以「文化中國與中國文化」（Cultural China and Chinese Cultural）為此專輯的主題，蕭先生立即拍案叫絕，蓋此主題攝有字語倒轉的一對重要名詞，能兼涵當前海峽兩岸之間非政治性的文化線索，以及中國歷史文化的賡續發展雙層意義之故。「文化中國」指謂貫通海峽兩岸的橫面線索，警告我們文化斷層可能造成「永別」危機；「文化中國」則指綿延流長的文化縱層，提醒我們祖國的歷史文化不容任意割斷。縱橫雙層合起來說，乃意味著：「中國目前雖仍處於『一分為二』的政治局面，但是海峽兩岸的知識份子都應具有『文化中國』的共識共認，為了祖國傳統思想文化繼往開來承擔一份責任。」（見《文化中國與中國文化》，頁 19。）

　　重要的是兩岸的領導階層亦有此共識，臺灣當局於一九八八年七月十四日，中國國民黨十三大閉幕後召開的中央評議委員會上，以陳立夫先生為首的三十四位中評委，提出關於中國和平統一的議案，主張以中國文化統一中國，建議兩岸共同成立「國家實業計畫推進委員會」。

　　一九八八年七月，中國國民黨十三大首次通過了「現階段大陸政策案」，文教方面的主要內容為：推行文化復興運動至大陸，促使其「文化中國化」，對於反對馬列主義或為學術自由而奮鬥的大陸文教界人士，經過主管機管核准，得邀請來台訪問。大陸地區學術、科技、文學、藝術等出版品，得以審查進口，並保障其著作權。以中國全局的觀點，審查大眾傳播媒體有關大陸資訊、新聞採訪與涉及兩岸的文藝表演活動。處理各級學校教科書中涉及的大陸問題，加強大專院校大陸研究課程及資訊供應。參照國際奧會等規定，處理兩岸參與國際體育技能競賽事宜。

　　臺灣當局提倡並支持的主流論述，是「復興中華文化」，並有全國性文化復興委員會的設置。亦即政府對文化中國的宣示，迄未間斷。李登輝總統在全國文化會議開幕致詞時說：所謂文化中國，乃「一、以中國文化的藝文陶冶提昇生活品質；二、以中國文化的倫理精神重建社會秩序；三、以中國文化的民族大義完

成國家統一；四、以中國文化的崇高和平促進世界大同。」

　　一九九五年四月八日，李登輝總統在國統會委員會議中更呼籲兩岸「應以文化作為兩岸交流的基礎，提昇共存共榮的民族感情，培養相互珍惜的兄弟情懷。」

　　至於大陸地區官方論述，亦有馬克斯主義中國化、建設具有中國特色的社會主義等說法。一九九五年元月三十日農曆除夕，中共總書記江澤民就兩岸關係發表談話，首次強調兩岸同繼承和發揚中華文化的優秀傳統。

　　這種以文化為訴求的政治觀，一九二０年國父對廣東各界人士發表演說時，曾提示：「統一中國需靠宣揚文化」，強調用兵統一中國絕對做不到，也絕對不可做。而須以文治去感化各省來完成中國之統一。

　　總之，海峽兩岸雖然都強調中國文化、復興中華，其間卻仍有差異性。大陸中共官方認為中國人多、地方大、貧窮，所以不能貿然實施西方那一套。不但資產階級民主不能照搬，就是社會主義或馬克斯思想，也應參酌中國實情，結合中國社會條件，方能實施，故主張建設中國特色的社會。這種所謂中國特色或中國文化，是為中國共產黨的存續而服務的。因此，在他們的論述裡，充滿著種族主義與文化霸權的態度。對於傳統文化，缺乏敬意與價值認同。而臺灣的復興中華文化，雖然是以文化價值為依歸，頗具傳統主義的色彩，但因主政者提出這項呼籲，卻恰好不是文化而是政治的，也就是說為了與中共破四舊、文化大革命諸行動相對抗，而進行的文化復興運動，本質上非一文化運動而係一政治運動，是從政治上運用提倡民族文化的方式，來達成其意識型態對抗的功能。

　　經過四十年的分隔，兩岸終於能於八十年代重新築起橋樑，而溝通兩地的橋樑，以文化整合最容易建構，也最容易見效。「文化中國」的概念之提出，無疑針對此一需要。換句話說，八十年代末的「文化中國」與「文化出擊」的策略有其密切的關係。相反的，九十年代初海外中國學者提出「中化中國」，涵蓋更廣。海外學者除論述外，並曾舉辦學術研討會，且進而於一九九四年六月在加拿大創辦《文化中國》，〈卷首論語〉是總編輯梁燕城手筆，標題是〈從文明對抗走向文明對話－代創刊詞〉。是引錄前半如下：

　　　　當《文化中國》創刊號獻在讀者面前時，我們似乎感到有一個夢想正

在逐漸變爲現實。這個夢想就是，政治、經濟的中國目前政日益強盛，世人在惊嘆或擔憂這樣的一個中國將給二十一世紀投下怎樣的變數，而我們卻期待和促進一個源自古老傳統而又充滿現代精神的文化中國，積極的推動世界從文明的對抗走向文明的對話。

身爲海外的中國學者，都有一些迫切的關懷－關懷中國的今天，關懷中國的走向，關懷中國在地球村裡的資格。中國的歷史多災多難，中國問題的研究也多災多難。尤其是中國大陸的政經局勢，在過去一百五十多年裡，歷經了多次強烈地震，不但國計民生受到很大的影響，而且文化生態遭受到嚴重破壞。政治危機、經濟危機不足畏懼，唯文化眞空，精神靈性的匱乏，卻使中國人日漸失去骨氣靈性，社會失去凝聚力。因此，當人們正在追求民主中國，或經濟中國（如大中華經濟圈）的時候，我們首先著眼的，追求一個文化上更新的中國。這正是我們創辦《文化中國》初衷所在。

「文化中國」，是指全人類文明裡的中華文化圈。約在八十年代初，海外的華人學者提出了「文化中國」一辭，指出除了政治上的中國、地理上的中國以外，同時並存著一個文化上的中國，這是在世界人類中存在的中國文化，如香港、臺灣，華人集中的東南亞諸國，華人足跡所至並發揮重要影響的北美、西歐、澳洲等等，都不可否認存在一個無形卻是實在的文化中國。因此，顯然應該有這樣一本雜誌，能夠促使學術文化的對話與討論，使中國得以與西方文化思潮、古今哲學及其深層的精神靈性基礎如基督徒信仰、靈修學等互相理解、融匯，以致中國文化得以成爲世界精神資源之一，同時使西方文化得生根於中國，促使中國文化的更新，成爲後現代中國發展的文化基礎。

最後，就有關「文化中國」的論述與研討會等相關資料列表如下：

甲、論述篇章（含成册與單篇）

表 5-1：有關「文化中國」的論述篇章相關資料

篇　　名	作　者	期刊	期數	頁數	時間	備註
<文化中國>專輯	總編輯高上秦	中國時報人間副刊			1979.4	「文化中國」：壹、大家都唱中國歌
《文化中國》叢書	編輯小組：朱雲漢、詹宏志等	時報文化出版有限公司			1979.5~1981.11	叢書各輯如下： 1、中國現代化的歷程 2、中國現代化的前瞻 3、民主與中國 4、五四與中國 5、知識份子與中國 6、近代中國思想人物論 7、中國文化的危機與展望 8、西方學者論中國
《文化中國》專輯	馬來西亞僑生	《青年中國》雜誌			70年代末	據《文化中國理念與實踐》中<代前言>（文化中國）的考察，p4
<文化中國>與海峽兩岸的學術交流	傅偉勳	文星	105	p66~71	1987.3	收入《文化中國與中國文化》一書，見p13~24
<文化中國>與<中國文化>專輯		文星	107	p22~90	1987.5	
「文化中國」的象徵－梁漱溟的生平與思想	韋政通	文星	107	p84~90	1987.5	
<文化中國>與中國文化－《哲學與宗教》三集	傅偉勳			336	1988.4	東大圖書公司
開啓後五四時代文化中國新貌	陳曉林	自由青年	705	p6~13	1988.5	
文化中國筆下起：談文化報導與新聞工作者的人文素養	傅佩榮	報學	7卷			
10期	p2~5	1988.6				
一個開放性的發展空間：「文化中國	李瑞騰主持朱	文訊	37	p54~72	1988.8	

化」的多角度觀察座談會	淇記錄					
爲什麼「文化中國化」？	谷君	台灣文化	革新號十期	p10~11	1988.9	今收存林美容《人類學與台灣》（1989年8月稻鄉版），頁133~136。
《文化中國續編》	周陽山主編	時報文化出版公司			1989.6	續編各輯如下： 1、從五四到新五四 2、中國現代化的前瞻 3、民主與中國 4、科學與中國 5、近代文化中國 6、西方學者論中國
「文化中國」初探	杜維明	九十年代月刊	245	p60~61	1990.6	
＜文化中國＞的路向　李耕主編				1991.5		見新學識文教出版中心《兩岸合論文化建設》頁186-297。
文化中國的追尋	龔鵬程				1992.11	見1992年11月明文版《海峽兩岸中國文化之未來發展》，頁1-35。又收錄於1997.4幼獅版《龔鵬程縱橫談》，頁1~44。
文化中國化、生活文化化－「李總統的治國方針與文化理念」座談	高惠琳記錄	文訊	51:90	p7~12	1993.4	
文化中國展望特輯		文訊	51:90	p26~39	1993.4	
文化中國的內涵與定位	劉述先	文訊	51:90	p28~30	1993.4	今收存於1997年1月三民書局《永恆與現在》，頁16~19。
文化中國與儒家統—杜維明教授訪談錄	劉夢溪採訪	中國文化	8	p204~208	1993.6	
《文化中國》	總編輯：梁燕城		創刊號		1994.6	加拿大文化更新研究中心（CRRS）主辦

培育「文化中國」	杜維明	文化中國	創刊號（總第一卷第一期）	p6~7	1994.6	
文化中國的考察	周英雄、陳其南			p3~10	1994.8	見《文化中國：理念與實踐》之＜代前言＞
關於文化中國的四個疑問	王賡武				1994.8	同上
從民間文化看文化中國	李亦園			p11~28	1994.8	同上，並見83.2《中國文化》9期，頁78~84。又見82.12台大《考古人類學刊》49期，頁7~17。
從「單元而統一」到「多元而一統」一以「文化中國」一概念爲核心的理解與詮釋	林安悟			p51~65	1994.8	同上，並見82.7《鵝湖》19卷1期（總期數217期），頁16~23。
文化中國：理念與實踐	陳其南、周英雄主編			p385	1994.8	允晨文化公司出版
文化中國的精神資源	杜維明			p50~57	1994.11	見時報版《邁向21世紀的兩岸關係》
「文化中國」帶給海峽兩岸祥和	陸鏗			p229~235	1996.4	見遠景版《陸鏗看兩岸》
華裔學者爭取對文化中國發言權	李金銓	中國時報	9版		10.15	1996. 中國大陸新聞界變化新貌系列六之一
「政治中國」與「文化中國」的兩難	郭洪紀			p203~213	1997.9	見揚智版《文化民族主義》
文化中國與台灣意識	蕭新煌	自由時報	41版		1997.11.18	專欄＜台灣的心＞

乙、研討會或座談會

表 5-2：有關「文化中國」的研討會等相關資料

研討會或座談會	主辦單位	地　點	時　間	附　　註
文化中國與中國傳統文化學術研討會（Culturarl China and Chinese Traditional Culture－A Symposium on Current Chinese Issure）	美國東西中心文化與傳播研究所、夏威夷大學中國研究中心、夏威夷大學中國學生學者聯誼會	美國東西中心伯恩樓	1991.5.31~6.1	共分爲四個專題。會中宣讀論文 19 篇，有杜維明 aCultural China：Couceptualizations and Implicationsn 一文。
文化中國展望：理念與實際學術研討會	香港中文大學人類學系、人文研究所港澳協會、中國時報文教基金會、中國時報週刊	香港中文大學	1993.3.1~12	論文由陳其南、周英雄主編結集成《文化中國理念與實踐》一書，由允晨文化公司於 83 年 8 月刊行。
「文明衝突與文化中國」國際學術研討會	文化更知研究中心（CRRS）	美國	1994.12	據《文化中國》第一卷第三期（1994.12）＜編後絮語＞
重建文化中國座談會－從文化認同化解兩岸分歧	海峽交流基金會			主持人：焦仁和與會者：王邦雄、杜正勝、龔鵬程、陳曉林、唐翼明、林安悟、劉君祖。
座談會內容見 84 年 11 月《交流》24 期，p25~34				
台灣文化 VS.文化中國	綠色海洋週刊			主持人：張昭仁來賓：戴寶村、溫振華座談全文刊載於 1997 年 2 月 15 日《綠色海洋》週刊 15 期 2、3 版。

二、文化中國的意義

　　「文化中國」這個詞彙，意涵著華人想找出共同出發點和對中華文化有共同見解的一種願望。尤其是他們關心中華文化、中國文化未來的發展，也就是說中華文化跟世界文明潮流的關係。然而這個詞彙牽涉的範圍似乎太廣。無論是中共官方所提倡的「振興中華」「馬克斯主義中國化」、「建設具中國特色的社會主義」，或大陸民間民間出現的「民主現代化」、「新權威主義」等各種論述，均和臺灣政府的「文化民族主義」、「臺灣新文化」等文化中國描述一樣，充滿了太多的問題，且相互枘鑿，莫衷一是。歧路而望，誠不支正途何在也。

　　細究這許多不同的論述，我們就會發現：今天討論中國往何處去，中國文化的出路何在，事實上不只是要面對現實的問題，也要面對歷史問題和國際問題。正因為它同時面對這許多問題，所以才會顯得錯綜複雜，董理為難，以致莫衷一是。

　　「文化中國」這個概念，雖然有許多定義上的困難，卻是很有意義的。但重要的是不能只是一個理念，它必須落實，亦唯其落實，才能有本體性的真實存在，才不至掛空。以下嘗試為其尋求內涵與定位。

　　「文化中國」用詞雖然不是始用於杜維明，卻是因他用來解釋現今和將來國內外各地文化、各地華人華裔如何面對中華傳統文化和中華未來文化許多複雜的問題，而後始引起廣泛的注意與討論。

　　杜維明有關「文化中國」的論述文章，主要有兩篇：

　　　「文化中國」初探　見一九九〇年六月《九十年代》月刊 245 期，頁 60-
　　　　61。
　　　文化中國的精神資源　見一九九五年十一月時報文化出版公司《邁向 21
　　　　世紀的兩岸關係》，頁 49-57。

　　杜維明在〈文化中國初探〉一文開頭即說：

　　「文化中國」的興起是近年來關切中國文化何處去的知識份子的共同認識，但是因爲這一現象在歷史上（包括五四以來甚至中共建國以來的當代史上）絕無先例可援，即使洞察力極爲敏銳的學術菁英也未必能把此共同認識提昇至群體的批判的「自我意識」的層面。

　可見這是個很抽象的概念，這樣一個抽象的「文化中國」概念跟比較具體的中國文化可能是不一樣的。可以說「文化中國」這個詞彙的重點，似乎在中華文化的普遍性和通用性，換句話說，可以遠離中國而存在，而又有影響。杜維明很重視他的所謂 symbolic niverse（象徵世界），他認爲「文化中國」包括三個意義世界（或稱三個實體），他說：

　　「文化中國」固然有地域、國籍、種族和語言的含意，由象徵符號所建構的具有普遍價值的意義世界。「文化中國」的意義世界，大略而言，可以分成三個實體：（一）大陸、香港、臺灣和新加坡；（二）、東亞、東南亞、太平洋地帶、北美、歐洲、拉美及非洲各地的華人社會；和（三）國際上從事中國研究及關切中國文化的學人、知識份子、自由作家、媒體從業員乃至一般讀者和聽眾。由這三個實體所創造的「論說」（discourse）當然不受特殊地域、國籍、種族和語言的限制。不過從實際運作的層面來說，第一實體（大陸台港和星洲），擁有中華人民共和國、中華民國、香港或新加坡「國籍」的公民，人數高達數十億的華人以及不再受「廢除漢字」威脅的中文，應是創造文化中國這一意義世界的主要動力，因此，一般的印象是，「文化中國」的「論說」應當由中國人用中文界定。（見〈文化中國初探〉）

　所謂「文化中國」可以看成是三個象徵世界的實體在交互作用。杜氏所說的這三個象徵世界提供對「文化中國」一個相當清楚的理念，可以作爲討論「文化中國」一個很好的基礎。

　　至於傅偉勳，則是在「文化中國」的原則指導下，以具體的表現方式積極的

推動海峽兩岸之間的學術文化交流，他認爲要使整個中國能夠走向具有共識、共認的思想文化之路，捨此「文化中國」之路，別無「統一中國」的他途。他說：

> 「文化中國」代表種種意涵，其中之一是，海峽兩岸已經無法套用過去幾十年那種純粹政治（尤其政治統戰）的老辦法，來解決中國是否能統一的艱難問題，因爲兩邊分離太久，已有老子所云：「鄰國相望，雞犬之聲相聞，民至老死不相往來」的永別危機；譬如海峽兩岸的人民之間，到底還有什麼自然情感的連繫，大家都有心照不宣的奇妙應覺吧。如説今日臺灣和大陸還有一點點連繫，而兩邊還有「統一」的一點理據和一縷希望的話，恐怕只不過剩下「文化（中國）」這個概念可以依賴了，其他一無所有。（見《文化中國與中國文化》，頁 13-14。）

傅氏的文化交流，實質上正是臺灣地區正面積極的「文化出擊」政策。當時（一九八七年左右）蕭孟能所主持的《文星》與傅偉勳，爲了海峽兩岸的文化學術交流，以及「文化中國與中國文化」的前途共同奮鬥，合作無間，而在海峽兩岸引起相當強烈的共鳴與響應。當時，所謂文化中國是與政治中國相對而言。文化中國代表理想；政治中國代表現實。文化中國應該是永遠超越政治中國的。

又劉述先對文化中國的內涵與定位，亦有所說明，他說：

> 總之，文化既有連續性，又有創新性。一個文化的理念往往由少數秀異人物提出，以後卻廣被四海。同時文化有哲學藝術的大傳統與風俗習慣的小傳統的分別。由這些不同的視域，我們都可以檢視文化中國的意涵與定位。很明顯，要講文化中國自不能脫離中國文化的傳統，它的內容豐富複雜，不能夠做簡單化的處理。但爲了方便起見，我們仍可以説，它是以儒家思想爲主導所發展的一種文化型態。我這樣的説法並不排斥在儒家形成一個學派以前的中國文化，因爲孔孟明言自己是繼承三代以至遠古聖王的理想，也不排斥非儒家思想如佛道對於中國文化的發展有重大的貢獻。但文化中國在長期發展的過程中的確形成了一些與其他文化不同的特

色，它的意涵與定位究竟如何？恰正是我們現在所要討論的主題。

　　大抵受到中國文化傳統深切的影響的範圍就是文化中國的內容。這個文化的特色最容易與其他文化的對比而反顯出來。與西方不同，這一傳統從來未發展出超越的上帝觀念，也缺少機械唯物論的觀念，更沒有極端個人主義的思想。質言之，這個文化完全缺乏二元對立的觀點，而服膺於中庸的理想。人生下來即是有價值的存在，上通於天，下及於物，而彰顯一種廣義的人文主義的精神。最重要的是，人生活在一個複雜的社會網絡之中，家庭是一個中心的關注點。受中國文化浸潤深的人大都樂天安命，勤勞節儉，而表現出一種極強的韌勁。近兩百年來因為受到西方文化的衝擊而被迫改變了許多傳統的方式，由一個農業社會轉變成一個現代的工商業社會，現正面臨著種種複雜問題的挑戰。（見《永恆與現在》，頁 17-18。）

　　又李亦園則從民間文化的角度（或稱小傳統）來探討「文化中國」的意義。他認為杜維明的「三個象徵世界的實體」是從「大傳統」而出發的概念，較為著重於上層士大夫或仕紳階級的精緻文化所構成的模型。因此，他企圖從另一個角度，也就是垂直的立場來觀察「文化中國」的構成，亦即是把文化中國看成由上層的仕紳與下層的民間文化所共同構成。他在〈從民間文化看文化中國〉一文中說：

　　文化的概念有十是很抽象的，但有時也可以很低層次地落實到日常生活之中，其實高層次的抽象概念經常也是從許多具體的事實所抽離形成的。從民間文化的立場來探討「文化中國」的意義必然要從通俗的生活中去觀察，所用的材料也許是一些「不登大雅之堂」的庶民生活素材，但是卻也不妨礙這些素材仍可抽離綜合而形成較高層次的理論架構。假如從日常生活的層次去觀察，我們也許可以說，在「文化中國」範疇內的華人，無論是居住於大陸、臺灣、香港、新加坡的人，以及僑居各地的華裔人士，構成他們在日常生活上的共同特點似乎可以歸納為三項：某種程度的中國飲食習慣、中國式家庭倫理以及其延伸的人際行為準則、以命相與風水為

　　主體的宇宙觀。這三項特徵可以說是使全世界華人在體質外觀之外被辨認
爲華人的主要指標，即使是受當地文化影響甚深的華人，例如印尼的
Perarakan 或馬來亞的 Baba，都某一程度的保有這三種文化特徵。而這些
特徵假如逐漸減退，那麼他在文化上被認爲是華人的可能也就相對地減弱
了。換而言之，假如我們暫時放棄抽象的觀念來界定「文化中國」，而用
「生活文化」的標準來認定的話，那麼飲食習慣、家庭倫理規範以及命相
風水的宇宙觀也許是三項關鍵的指標。（見《文化中國理念與實踐》，頁
12。）

　　至於沈清松，雖然未就「文化中國」有所論述，卻對兩岸文化交流有所評論，
他在〈兩岸文化交流的現況與展望〉一文中，認爲界定中國文化，很顯然的，中國
文化的「中國」這兩個字不是一個空間性的概念；此外，文化也不能只是從族群
的角度來看。他認爲：

　　　　中國文化的意義，必須從歷史的傳承和創造來看。在長遠的歷史和創
　　造當中，漢文化雖爲主流，但其他各族亦各有特殊性。我們必須兼顧到普
　　遍性和特殊性。每一種地方文化都應有其特質，而在這種特質當中又顯示
　　一種普遍可理解的趣味。換句話說，讓別的人也能夠懂、能夠欣賞、也因
　　而感動，普遍的人文關懷才是其中的關鍵。換言之，要創造一種有特色的
　　文化，你不能封閉的說：這就是我的特色。相反的，你要使你的特色讓天
　　下人皆能瞭解、欣賞和接受，才成其爲特色。在特殊性裡面去發揮普遍性、
　　共同性，這才是文化眞正的意義所在。（見《文化與視野的反省》，頁
　　190-191。）

　　沈氏從許倬雲《中國文化的發展過程》一書的觀點，認爲目前海峽兩岸文化
交流的階段，是中國文化面臨第三次普世秩序展開之時。如果中國文化將來還有
前途的話，兩岸文化互動所要走的路，是要去形成第三次的普世秩序，使中國文
化能重新發揚光大於未來的世紀。

許倬雲在《中國文化的發展過程》一書裡，提到了中國不但形成了普世性文化秩序，而且還形成過兩次。許氏認爲第一次是從西周開始，經過秦漢到南北朝，最後至五胡亂華而衰竭。第二次普世秩序是由隋唐開始，歷經宋、明、清，且自清以降一直到今天。依許教授的說法，目前這個普世文化正陷於谷底之中。而沈教授的看法是：與其說是陷於谷底，不如說是這個普世性的中國文化在清末以後，向世界開放，向新的領域開放，產生了調整問題。中國文化向一條大河般不斷的發展，在新的發展中還是有舊的水，但舊的水必須尋找新的前程。文化的發展也不一定是直線的，它也許是曲曲折折，甚至是不斷循環的。依許教授的看法，中國文化就曾經形成過兩次的循環。第一次從西周開始，一直到南北朝以後，才跌到谷底。第二次自隋唐以後又開始，到了清朝又陷於谷底。

在第一次的文化裡面，包含了一些特色，由儒家、道家等諸子百家所形成的思想，以及由親緣關係和倫理關係作爲整個社會的基礎。我們中國人都是以親緣關係組合的，這些親緣關係，不只是血親而已，地域上的親緣也包含在內。形塑了中國文化的一些行爲和倫理模式，譬如「夫婦和順、父慈子孝、兄友弟恭」，「朋友有信、君臣有義」等等這些倫理關係。這樣的生活也透過諸子百家的思想來加以提昇。思想家的作用不同於一般人追求經濟的生活、倫理的生活，而在於提出更高的理想觀念，使我們的文化得到普世性。例如，始自先秦，對於天命觀念的重視，「天命靡常，惟德是依」，天命雖是變動不居的，可是究竟還是以個人的德行來判斷。這種對於人的價值以及對於天的重視，使得中國文化獲得一種普世性。此種普世性的張舉，在第一次的文化循環中，主要是由儒家以及其他諸子百家所提出來的。可是到了第二次文化循環之後，主要是由儒、釋、道所結合而成，雖然還是以儒家爲本，如宋明理學，不過，其中已經將道家、儒家的思想融合進去了。有些學者認爲他們仍是儒家，換言之，新儒家還是儒家，只是爲學艱難，必須面對佛、道的挑戰。就實質上來看，在新儒家的思想當中的確已經把道家與佛家的思想綜合進去了。第二次普世秩序是融合儒、釋、道的過程，並且也逐漸展現在民間的生活裡面。

在第二次普世秩序興起的時候，除了透過儒、釋、道力量的結合，將已經被破壞的理念重建起來之外，主要是在制度面上的恢復。我剛才提到的小農精耕，

全國性的商業網路，編戶齊民和選賢與能以及文官體制的恢復，是相互配合的。在這其中，儒家是最適合這整個政治、社會和經濟脈絡的思想體系，中國文化因此最受儒家的影響。它一方面能夠納入正式的政經制度裡面，一方面又能張舉一些如仁、義、禮等超越性的理想，以及對德行和超越界的追求，使文化不會只停留在生活當中，而還可以發展提昇到普世的意義，讓舉世皆可以欣賞和瞭解。

而目前正面臨第三次普世秩序展開之時，龔鵬程教授稱其為「一種新的文化運動」。（註）沈教授認為從文化發展與普世秩序的角度來看，對中國文化的內涵與發展有如下的意見：

　　所以，由以上看來，中國文化的力量，除了在知識份子的身上之外，也在民間的生活中。知識份子的作用，主要透過開放性的心靈，具有超越向度的人文精神，來提昇文化的理念，讓文化不會下沉。民間的作用就在於把這些文化理念生活化、通俗化，在政經社會制度的生活中去營利、謀生，而其生活方式也同時維繫著整個中國文化的多面性與豐富性。但在此過程中，知識份子和民間生活各有其危機存在。知識份子的危機有兩部份，其一是太過特殊化，為某些特定的利益團體來說話、做研究，忽略了本來應該注意的開放性、普世性、超越的、提昇的功能。另一個危機就是太抽象化，知識份子的理論或研究，脫離了實際社會文化的過程，只做概念性的研究，這時候就失去力量了。至於民間生活的危機就在於只是營利求生，忽略了普遍理想的追求，甚至在一些特殊的環境下，由相互的競爭變成相互的鬥爭，使社會失去高度的聯結和發展的力量。（見《文化與視野之反省》，頁 194-195。）

總結以上所述，「文化中國」的理念雖然是超乎現實的「政治中國」之上，但仍以落實為要。但橫在眼前的，則是一個極為嚴肅的問題，即是任何文化的開展及其力量，固然可能超越現實政治（如中國文化不因宋、明的亡國而消失）；但是文化的發展，事實上又可能仍需要政治力支持，需要政治實體來保障、來實踐。

第五節 文化中國－交流理論的建構

一、兩岸文化交流的緣起

把文化中國視爲是正面積極的「文化出擊」政策,且是海峽兩岸學術文化交流的原則指導,自當首推傅偉勳其人。他說:

> 我的眞正意思是,問題並不在唱不唱「統一中國」的口號;問題的關鍵在,我們是否了解到高唱「統一中國」口號的同時,我們在「文化中國」的原則指導下,以具體的表現方式積極推動海峽兩岸之間的學術文化交流,乃是任何「統一中國」論調的先決條件;一旦我們如此了解,則應該採取什麼具體有效的辦法去推動學術與文化的交流呢?(見《文化中國與中國文化》,頁16。)

八十年代初期,傅偉勳有機會與海峽兩岸的學者論學交往,有感於兩岸學術界之自我設限,認爲有推動兩岸之間文化學術交流之必要。他於《學問的生命與生命的學問》裡說:

> 我初訪大陸之後,聯想到兩年前台北聽眾的奇妙反應,就使我覺得,不論「一分爲二」的中國政局如何變化,政治與文化學術必須截然分開,海峽此岸的自我閉鎖政策必須早日突破,否則台灣的「文化斷層」危機會愈加嚴重,反對台灣本身不利。但是,誰來發動衝破「文化斷層」的口號,開口公開推動兩岸之間的文化學術交流工作呢?我發現到,在當時的政治禁忌處境下,要台灣的政府官員或民間人士開口發動是決不可能的(隨時會有被戴「紅帽子」的生命危險)。海外華裔學者應該較有自由發言,但他們本身如果已有靠北京或靠台北的政治背景,或是非台灣籍,恐怕不敢或不便挺身而出。我終於感到,祇有像我這樣具有本省籍而無任何政治包袱的美國華裔學者,去充當「文化橋樑」意義的「始作俑者」,才最爲適

當，才不致引起誤會或反效果。我終於決意，我應大膽出面，去為海峽兩岸的文化學術交流拓路，稍盡微薄之力。（頁205－206）

　　於是毅然為海峽兩岸充當「文化橋樑」。

　　一九八六年七月中旬回國參加國建會社會文化觀之討論。在會中大膽指出有關大陸問題的三項建議，當天（二十二日）《自立晚報》即時報導。第一項是：與政治無關的大陸純學術性書刊，應該有限地開放。第二項是：同時開放五四以來在大陸出版過的文藝作品，包括魯迅、巴金、老舍等人的作品在內。第三項是：我們利用現有的外匯存底的一部分，委託民間機構或海內外學術團體，在美國、香港或新加坡等地舉辦學術討論會，邀請包括大陸學者在內海內外中國學者參加，一律使用中文討論，不但我們可以握有開會程序的主動權，亦可藉此機會影響大陸學者。這即是所謂正面積極的文化出擊。在海峽兩岸大大交流的今天，當時的三項建議似乎平庸無奇，但在政府全面封鎖大陸真相任何資訊的彼時，誰敢利用國建會的公開討論場面大膽發言呢？

　　一九八七年元月十二日晚，傅偉勳在耕莘文教院大講堂首次公開演講＜「文化中國」與海峽兩岸的學術交流＞，由《文星》雜誌發行人蕭孟能自主持，並由韋政通擔任講評。文章在《文星》三月號發表，在海峽兩岸產生極大的反應與影響，該文開宗明示：

　　　「文化中國」代表種種意涵，其中之一是：海峽兩岸已經無法套用過去幾十年那種純粹政治（尤其政治統戰）的老辦法，來解決中國能否統一的艱難問題，因為兩邊分離太久，已有老子所云「鄰國相望，雞犬之聲相聞，民至老死不相往來」的永別危機；譬如海峽兩岸的人民之間，到底還有什麼自然感情的連繫，而兩邊還有「統一」的一點理據與一縷希望的話，恐怕衹不過剩下「文化（中國）」這個概念可以依賴了，其他一無所有。這是兩岸學者和一般知識分子都能感覺到的，是極其嚴重的問題，已不能由一、兩個人力量去改變整個局勢。我今晚（一月十二日）專為《文星》雜誌公開演講這個主題的必要性與迫切性，即在於此。（見《「文化中國」

與中國文化》，頁 13—14。)

　　至於「文化中國與中國文化」的用詞，似乎應始自傅偉勳，他在＜中國文化
往何處去？－一個宏觀的哲學反思與建議＞一文中說：

　　　　去年（一九八六）十二月二十三日我自美國飛抵臺北直後，《文星》
　　雜誌發行人蕭孟能先生即與我商談，透露擬設「五四專輯」之意，我當時
　　便覺蕭先生的著想實有深刻的時代意義，立即表示強力支持。當日下午，
　　《中國論壇》編輯委員會召集人韋政通兄亦加入討論，當時我提議以「中
　　國文化往何處去？」（Whither Chinese Culture？）為專輯總題，但政
　　通認為醒目不足，應可找到更有吸引力的總題。今年元月十二日晚，《文
　　星》雜誌社於臺北耕莘文教院首次主辦一項公開演講，由我主講＜「文化
　　中國」與海峽兩岸的學術交流＞，並由政通兄講評，算是有關「文化中國」
　　的一項新突破。
　　　　翌日（回美之前一日）我到《文星》雜誌社告別之時，蕭先生又談及
　　「五四專輯」的籌劃事宜，他那時的一兩句忽然促動我的靈，想出「文化
　　中國與中國文化」（Cultural China and Chinese Culture）此一主題，
　　蕭先生亦即時拍案叫絕，蓋此主題攝有字語倒轉的一對重要名詞，能予兼
　　涵當前海峽兩岸之間非政治性或超政治性的文化線索，以及中國歷史文化
　　的賡續發展雙層意義之故。「文化中國」指謂貫通海峽兩岸的橫面線索，
　　警告我們文化斷層可能造成「永別」危機；「中國文化」則指綿延流長的
　　文化縱層，提醒我們祖國的歷史文化傳統不容任意割斷。縱橫雙層合起來
　　說，乃意味著：「中國目前雖仍處於『一分為二』的政治局面，但是海峽
　　兩岸的每一知識份子都應具有『文化中國』的共識共認，為了祖國傳統思
　　想文化的繼往開來承擔一分責任」。（見《「文化中國」與中國文化》，
　　頁 89—90）

一九八八年四月並以《「文化中國」與中國文化》為書名，交由台北東大圖

書公司出版，收錄在《中國時報》、《聯合報》、《中國論壇》、《文星》、《當代》、《哲學與文化》等台北各大報章雜誌刊載過的有關「文化中國」課題長篇短論。

　　總之，傅偉勳是兩岸當「文化橋樑」意義的「始作俑者」，也是倡導在「文化中國」的原則指導下，以具體的表現方式積極推動海峽之間的學術文化交流者。

二、交流的理論

　　何以「文化中國」能作爲兩岸文化交流的原則指導？或交流之理論？
交流是種接觸與溝通，可增進彼此的認識與了解。
文化是人類傳達與溝通訊息的體系，透過文化交流可以增進彼此的認識與了解，並具有培養互信建立共識，促成文化融合彌平歧異的功能。是以錢鶴穆曾說：「一切問題由文化問題產生，一切問題由文化問題解決。」（註　）英國文化人類學者李奇（Edmund Leach）在《文化與交流》一書中，認爲文化是人類傳達與溝通訊息的體系，而解讀文化現象所傳達的信息密碼及意義，則爲人類學家最重要的任務。又美國哈佛大學教授亨廷頓（Samuel P. Huntington）似乎更強調文化的衝突面，他於一九九三年發表＜文化的衝突＞一文，認爲未來新世界衝突的根本源頭，不會出於意識型態，也不會出於經濟。人類的大分裂以及衝突的主要源頭在於文化，國際事務當中最有力的行爲者依然是民族國家，但是國際間的重大衝突，會發生在隸屬不同文化體系的國家與群體之間。文化與文化的衝突會主導未來的全球政治，而文化與文化之間的斷層線，會是未來的主戰場。本文的結論雖廣受批評責難，但亨氏所指宗教信仰和文化價值觀爲衝突的關鍵之見解，確極具啓發意義，並爲傳統的「經濟利益」與「政治權利」衝突增添新義。

　　一般而言，所謂「文化交流」是指兩個異質文化之間的互動歷程，並常利用跨文化比較的研究方法，思考種族與文化的差異。然而，台灣與大陸基本上都屬於一個同質的文化，兩岸在中華文化大傳統之下，已形成了差異，因此，兩岸文化交流應可視爲中華文化在不同空間、時間、制度差異之間的一種溝通歷程。且

　　兩岸領導階層與海內外學者亦皆已有繼承和發揚中華文化的共識。尤其台灣地區，歷來以維護及發揚固有文化爲職志，也主張以文化作爲兩岸交流的基礎，提升共存共榮的民族情感，培養相互珍惜的兄弟情懷。在浩瀚的文化領域裡，兩岸應加強各項交流的廣度與度。因此，以中華文化或「文化中國」爲基礎增進兩岸文化交流，似已成爲彼此間的共識與期待。

兩岸文化雖然是同根的，但同根並不代表同質，而且異質的部分如果持續增加，尤其在現代社會急速變遷之下，恐怕會令原本同根的部分也會隱而不彰。是以在兩岸文化交流互動之時，我們不能不了解兩岸文化的異同。

（一）兩岸文化的差異

　　雖然兩岸在文化上有共同的遠基礎，同屬一個淵源流長的大文化源頭，但經過長期的隔離與分裂，的確也出現了許多基本的差異。甚至形塑不同的社會文。大致上可歸納出三點最基本的差異。（註　　）：

　　1.區域性的差異。區域性的形成事實上並不僅限於這四十年來，尤其應該追溯到更早期的明鄭時期，先民大量移民來台之後，帶來了中國文化的傳統，也帶來了各種民間信仰。然而在台灣開拓發展的結果，逐漸就有區域性差異的形成。雖然在以前的社會裡，文化的變遷基本上是相當緩慢的，但是大體上個傳統文化所重視的價值，傳統文化的模式，倫理的型態等，仍然是相當一致的。然而綜觀台歷史四百年，荷蘭佔據三十八年（一六二四年－一六六二年）西班牙局部佔領十六年(一六二六年－一六四二年)、明鄭二十二年(一六六一年－一六八二年)、清朝統治二百餘年（一六八三年－一八九五年）、日本佔領五十年（一八九五年－一九四五年），外加台海兩岸四十年的隔離與分裂，外加台灣由於經濟的發展，促使台灣快速的進入到現代化旳社會。這種因空間上所產生的差異，因移民造成區域的隔離，使其長久處在不同的生活方式之下，遂使區性的差異逐漸凸顯出來。

2.雙方在現代化步調上的差異。這是在時間向度上的差異。兩岸原本文化上
的共同根源是中國文化的大傳統，這個大傳統是所謂第一波的農業社會裡形成
旳。大陸自開放以來，雖然致力於第二波的現代化，但事實上整個廣大的大陸地
區還是處於農業社會，受傳統文化型態的約束比較大些。在台灣則大致上皆已屬
第二波的工業化，甚至有些地區還過度工業化，並朝向第三波的資訊化社會，甚
且還有後現代化的情形出現。因此，我們可以說台灣社會目前是處於由現代走向
後現代的階段。相對而言，大陸廣大的地區仍處於農業社會階段裡，很多老百姓
依舊是傳統中國農民的性格，仍未受到現代化的洗禮，更不要說心理上具有現代
化價值和觀念了。所以兩岸在文化上，不僅有空間上移民所造成區域的距離，還
有因現代化程度的不同所帶來時間上的距離，使兩岸人民在行為和價值觀上會有
差異。

3.是政經框架的差異。台灣在六十年代開始有十大建設，奠定整個經濟發展
的基礎。而在七十年代以後，逐漸開始出現民主的風潮，到八十年代民主格局奠
定起來。政治的民主和經濟的自由可說是台灣經驗的兩個支柱。亦即台灣在造就
經濟奇蹟之時，繼之以「主權在民」的理念，進行政治改革，並本之於「社區主
義」的理想，建設「有人文、重倫理」的現代化社會為鵠的，從而提升人民生活
品德，敦厚社會風俗。凡此，在「生命共同體」的共識下，人性、社區、國家三
位一體，中國文化在台灣已形成現代化的創新發展。反觀大陸的情況，在馬列主
義的主導之下，政治上極權統治還沒有完全改變，經濟上在過去是實行集體式的
計劃經濟，目前開始採取市場經濟，但在政治上仍然是緊縮。它是希望透過經的
改善，來維護國家的實力，滿足民眾的基本需要，來穩定它的政權，以期能避免
落入像東歐、蘇聯共產國家的解體。所以在政治意識型態上的緊縮仍然存在的。

就文化而言，在大陸上，文化基本上還是被視為是精神文明的建設、設會心
理控制的方式。這與目前台灣的文化處處沾染了政經自由、民主和開放的氣息，
是有很大差異的。總之，兩岸文化交流，面臨了以上三種基本的差異：區域性的
差異、現代化的差異、政經框架的差異。

（二）兩岸文化的共同點

　　兩文化並不是兩種異質的文化，而是同根的文化，雖然有差異存在，但不是完全異質的，還是有其共同點。試分述如下：

　　1.同樣都是追求現代化。現代化是人類社會所經歷的巨大形變的最近期現象，它是十七世紀牛頓以後導致的科技革命的產物。因此我們可以說現代化是發源於西方社會的。西方社會經由數世紀厚學的洗禮，古傳統、權威、價值皆受到挑戰，科學成爲了解世界的基本法門，技術且成爲改變世界之重要工具；西方之現代化了的社會特性是以科技爲主導性的。科技是具有普遍性，亦即無時空性的，因此，當非西方社會與西方社會遇合時，非西方社會立刻面臨到科技的全面入超現象，而此科技入超乃導致其傳統的生產方法、社會結構、文化價值等之轉變、破壞而解組。因此，這個現代化運動的特色之一是它是根源於科學與技術的；其特色之二是它是一全球性的歷史活動。更簡單的說：現代化是指傳統性社會利用科技之知識以宰制自然，解決社會與政治問題的過程。（註　）因此，現代化的追，不論是入發性或外發性，皆屬必然且必須的歷程。

　　就現代化的追求而言，雖然大陸是由傳統農業社會階段向現代邁進，而台灣是現代化已經到一定的深度，開始產生弊端，且已經有後現代的回應出現。兩岸間有差異，但追求現代化的發展，使現代化程度加，避免現代化的弊端，而能建立一個現代化強國，卻是兩岸共同的趨向。這三、四十年來整個台灣經驗也可以加以當做是中國文化在台灣這個地區，歷經工業化、現代化的脈絡實驗發展的過程。

　　2.兩岸另一個共有的交集是都強調中國的持色。在大陸方面，中國特色的想法在毛澤東提「新民主主義」運動的時候，便已經出現。當時是用來對付蘇聯，要開始擺脫蘇聯老大哥的影響，所以毛澤東希望能夠提出新政治、新經濟以及新文化，這就開鑿有走中國自己的道路的想法。但真正說起來，是在中共的十三大以後，才強調要發展有中國特色的社會主義。前者被稱爲是馬克思主義在中國第一次的歷史性轉變；有中國特色的社會主義的道路的強調可說是第二次的轉變。目前我們可以看到中共還是繼續在走這條路。當然，對中國特色的看法，還是有

一些差異的。當初中共提出會主義初級階段論的時候，對中國特色的強調，比較環繞著國情而言，強調合乎中國當時落後的現實，因此不能夠馬上實施高級階段的社會主義，必須從初級階段開始發展物質文明，發展生產力。所以中共起初對中國特色的想法是消極意味的，就是配合貧困落後的現況發展生產力。所以當時大陸的學術界做了許多國情調查，希望給中國特色的社會主義舖弓個了解國情的基礎。

中國特色的想法，在八九民運以後有了一些改變，主要是因為在天安門事件發生以後，當政者意識到整個和平演變的潮流來勢洶洶，西方資產階級自由化的思想進入大陸；尤其在整個世界，社會主義國家如東歐、蘇聯都發生變化以後，所剩的四個共產國家中共、越南、北韓、古巴，眞正是個大國的也只有中共而已。中共在這種情況下想要維護其政權，於是開始訴諸民族文化。當然，他們對民文化的使用還是工具性的，即利用民族文化來維護社會主義，但至少在理解上有些改變。原來所謂的中國特色只是承認中國落後的現況，不能馬上實行高度的社會主義，所以叫做社會主義的初級階段。現在的轉變就在於「中國的特色」不只是中國的現況，而是中國的民族文化，因此賦予民族文化比較積極的意義。

雖然中共對民族文化仍只是工具性的使用，但中共能意識到只有民族文化資源才能救中國，重視中國特色的重要性，要走出自己的路，而不能再把傳統文化當做封建，當作要批判的對象來看待是值得我們注意的。

自國民黨遷台以來，即針對大陸而致力於傳統文化的維護，同時接觸西方文化且受其影響，因此台灣地區的現代化能有一些不同於歐美的地方，可以說就是中國傳統文化根源給我們的。儒家文化自十九世紀中西文化接觸之後，在中國社會主導地位漸受影響，西方自作主宰之觀念已進入中國文化之中，只要不妨礙他人，可盡力追求個人理想的實現，也同時滿足社會的需，人的尊嚴和權利受到充分的尊重。這種文化思潮在台灣地區已發揮得相當透徹，中國文化人文精神有了合乎人性與世界潮流的新生命。

三、文化中國－交流理論的建構

從以上兩岸文化異同的論述裡，可知兩岸的文化交流，實質上是在透過接觸、溝通和交流，增進彼此的認識與了解，學習對不同文化和意見的尊重，亦即是中國文化和現代化相互接引的過程。在交流的理論裡，其基本的起點和立足處皆在於中國文化。而所謂的「文化中國」之理念，足以統合當前諸多紛擾的，片面的狀況的；政治中國的分裂、經濟中國的多樣，皆可統合於「文化中國」這一理念之下。以「文化中國」做爲統合點與可行途徑的指引，似不失爲一可行之道。在以「文化中國」做爲交流的理論或原則指導的交流過程中，仍會有面臨文化衝突與價值選擇的問題，在＜海峽兩岸文化交流的歷程與展望－文化衝突與價值選擇的省思＞研究報告中，認爲最合乎現代社會思潮與人民實際需求的交流模式應含蓋三個不同的面向，以下試以該報告依次說明：

就兩岸文化交流的理念：

（一）正統史觀的剖析與反省：歷史文化應以人民爲主體，若一味堅持「正統論」，或從歷史上的分與合強調統一的必然性，則易形成政治一元論、文化一元論、及我族中心主義的偏差。正統史觀爲專制王朝尋求政權合法的基礎，是一不合時宜的歷史意識，對內將導致國民在意識上發生國家認同的危機，對外則外交失敗，國格喪失，甚至國家缺乏安全保障。因此，兩岸文化交流的過程中，應避免陷入正統史觀的糾葛與競爭。

（二）民族主義的詮釋與適用：中國是一個多民族國家，各民族應該一律平等。「漢民族中心主義」已經無法適用於台灣或中國大陸，也爲重視民族平等、尊重人權的國際社會所不容。因此，兩岸應在對等互惠的基礎上，透過各項交流建立溝通管道，以增進了解，最後，尋求文化的認同而完成國家的統一。

（三）自由開放的精神與三個市場機制的推廣：台灣是個自由開放的社會，我們對應中共管制封閉的作法，似更應充分發揮自由開放的精神。另爲建立交流的秩序，則應發揮自由經濟市場、知識分子的理念市場、及協商解決衝突的政治市場等三個市場機制，實踐自由、民主、均富的普世價值理想。

（四）前瞻的規劃與長期的觀點：文化教育的工作，須經由長時間的潛移默化，才能看出成果，故切忌短視近利急於事功。兩岸文教交流的工作，事關中華文化長遠之發展，更須堅持長期的觀點，進行前瞻規劃與務實推動，並不宜因突發事件而中止，阻礙文化的涵化與累積的功效。

就兩岸文化交流的原則：

（一）平等尊重互補互惠：兩岸文化交流應本相互尊重與平等的立場，不要。刻意的矮化或打壓，交流始能順利進行。而兩岸文化的發展，各具特色與長處，亦值彼此觀照學習，並在互補互利的基礎上，汲取對方的優點，以充實文化內涵。

（二）共同合作分潤分享：兩岸文化交流初期係以「相互了解」為目的之「水平式」交流，但為善用兩岸文化資源，增進交流的度與廣度，則應加強以「文化合作」為目的之「垂直式」交流，俾獲致較大之文化成果，並分潤分享，加速兩岸文化的共同發展。

（三）結合民間共同推動：現階段兩岸交流以民間為主，台灣民間藏有豐沛資源，且有許多熱心於兩岸文化交流人士，與大陸相對團體建立密切管道，政府政策勢需與民間人力及資源結合，共同推動兩岸交流，藉多元管道進入民間社會，以發揮影響力。

（四）協商談判建立規範：經貿交流是兩岸利益的結合，文教交流是兩理性的結合，而在交流過程中所衍生之衝突與糾紛，則需透過務實的協商來解決。因此，隨著「協商的時代」的來臨，兩岸應以談判解決交流紛爭，並尋求建設性協議的達成，為交流建立規範舖設垣途。

就兩岸文化交流的具體作法：

（一）社會精英為交流主體：社會精英掌握文化領導權，帶動國家社會的發。展與變遷，具有社會示範與學習效應，故兩岸交流宜以社會精英為主體，共同致力中國大陸的啓蒙革新，追求中華文化的創新發展。

　　（二）生活文化爲交流起點：具有實用性、開放性、大衆性、商業性、娛樂性、及傳播性等特徵的生活文化，最易引起共鳴，而其背後亦蘊涵著經濟、政治、社會及文化的意識，可帶動資訊的流通，並誘發民間社會的興起。

　　（三）人文精神爲交流內涵：中國文化的特點在人文精神，台灣承繼此一優良傳統，並溶入近代西潮，展現出勤勞、效率、創意、公平競爭、多元化、民主化、及國際觀的文化內涵，兩岸若能本此精神，在文化的行爲、表現、規範、認知、信仰五大項目中充分交流，則必形成文化認同的基礎，而促進國家的統一。

　　（四）文化合作爲交流重心：兩岸可選擇增進民生福祉、提升文教品質、及充實人民心靈生活的交流項目，採專題性、區域化的研究方式，進行學術文化合作，共同出版刊物分享成果，培養互信合作的精神，使文教交流成爲兩岸關係邁入「國家統一綱領」中程階段的踏腳石。

　　（五）行政簡化爲交流服務：輔導性、服務性的便民措施，取代禁止、設限的管制作法，促使兩岸交流朝正常化發展，並加強各機關的協調統合能力，給予民間在推動交流上的實質便利與協助。

　　兩岸文化系流是種互動的過程；而互動的過程在於瞭解；而瞭解則是一個永無止境，永遠開放的過程，也是「文化的接引」。兩岸文化在差異中克服差，接引共同點的過程。有本研究文化交流的書，書名就是「文化的接引」（Cultural Mediation），其中根據研究者對文化交流的觀察，現文化接引的作用，可以透過教育、出版、人員的互換、科技的引進以及價值觀的調整來促進現代，這個觀點是值得我們注意的。兩岸文化的交流其實是一個文化相互接引的過程。四十多年來，兩岸文化有區域性的差、現代化的差和政經制度的差異，可是同時又有對中國特色的強調和對現代化的追求這兩個共同點，因此我覺得兩岸文化的互動，不但促進雙方的了解，克服原有的差異，而且能夠把中華文化原有發展的力量當做現代化的資源，並將中國文化的動力在現代化的脈絡中發揚出來，使它能夠面對未來世界產生一個嶄新的文化。所以我認爲兩岸文化交流的過程就是接引中國文

化和現代化的過程。這個接引包含了以中華文化為本，來進行現代化的意思，另一方面也包含在現代化裡發揚中華文化的特色和動力的意思。

　　針對兩岸的文化交流，沈清松在＜兩岸文化交流的現況與展望＞一文裡，曾經提出十個字，做為交流的基本原則，這十個字是：「同情的了解、對比的自覺」，他說：

　　　　針對兩岸的文化交流，我曾經提出十個字，做為交流的基本原則，這十個字是「同情的了解、對比的自覺」。所謂「同情的了解」是因為大家雖然隔離了四十多年，雙方也都經歷了不同的發展，但是文化上雙方仍存續著深層的共同根源。我想如果各位到大陸旅遊探親的話，看到大陸的河山，看到故國的文物，看到歷史的古蹟，常會觸及到心靈深處而產生一種感動，尤其是跟大陸各省籍同胞偶爾相遇交談，那種親切之感，可說是深層的中華文化為兩岸人民的相互了解，預備了深遠的基礎。因此我們可以說，文化方面所奠定的長遠基礎，也就是兩岸彼此之間能夠同情了解的基礎。但是同情的了解當然必須顧及雙方在四十年來不同的發展背景所形成的複雜情況，而且這些複雜情況仍然需要相互的忍耐。所以，同情也包含了為對方設想的意思在內。

　　　　我所提出來的另五個字是「對比的自覺」。兩岸在發展的過程中，實際上雙方已經有許多差異形成了，當然在差異當中也有共同點，所以我所謂「對比」的意思，並不是完全的差異或不同，如果是全然差異的話，恐怕今後只有分道揚鑣了。在了解到這些差異和共同點的過程中，產生一種對比的自覺，這種自覺就是雙方各自在對照下感受到自己的缺點而需要加以改善，把雙方文化的優點加以發揚，而在進一步的交流中進而開展出更光明的遠景。總之，我認為「同情的了解、對比的自覺」是今後兩岸文化交流一個非常重要的基本原則。(見《文化與視野的反省》，頁180—181。)

第六節 小結

以下試引錄沈清松在＜兩岸文化交流的現況與展望＞一文中＜省思與結語＞的一段話，做爲本章的小結：

　　總之，我希望兩岸文化交流的過程，是一個銜接中國文化和現代化的過程，使中國文化可以重新開展，發揚光大。但如何克服兩岸的差異而追求共同點，共同促使第三次普世秩序的興起，使中國人既能創造特色文化，又能形成國際性的眼光，而能夠面對未來的挑戰，對全體人類、全體世界負起文化重責，是兩岸文化交流的共同理想，這雖是一個緩慢的過程，但遠景卻是十分光明的。（見《文化與視野的反省》，頁 200－201。）

附註：

註一、詳見時報文化出版社《文化中國叢書》、《文化中國續論》之＜總序＞。

註二、見幼獅版《龔鵬程縱橫談》中＜文化中國的追尋＞一文，頁 3。

註三、見一九八三年 正中書局《文化學大義》，頁 2。

註四、有關李奇、亨廷頓之說皆見＜海峽兩岸文化交流的歷程與展望-文化衝突與 價質值選擇的省思＞一文，該文見《兩岸文化交流理念歷程與展望》，頁 116。

註五、本文所論兩岸文化的差異與共同點，其立論點皆引自沈清松＜兩岸文化交流的現況與展望＞一文，文見《文化與視野的反省》，頁 181-189。

註六、見一九八五年三月幼獅版《金耀基社會文選》之＜現代化與中國現代歷史＞一文，頁 4-5。

註七、該報告全文見《兩岸文化交流理念歷程與展望》，頁 87-134。以下所謂交流模式所含蓋三個不同的面向，皆以該報告爲依據。

第陸章　結論與建議

綜觀本報告各章節，本研究與預期的成果頗為吻合（無論是論文本身或參與研究者而言）。

文化是民族經驗的累積，文化是民族生命的精髓，文化的傳承，代代相接。海峽兩岸的中國人，雖然因為政治的因素，隔閡四十年之久，各自產生不同的社會體制和生活方式，但是緣於用文同種，同享祖先流傳下來的歷史文化，血脈相連，情感濃郁。自從一九八七年十一月二日政府開放大陸探親以來，兩岸文化交流日益密切。

文化交流是維持兩岸良性互動、化解敵意對峙的良方。而所謂「文化中國」的交流理論，更是無庸置疑，因為現今中國仍處於分裂的狀態中，不僅政治對峙與領土分割問題尚無法看到解決的曙光，兩岸社會體制亦極為不同，因此，以「文化中國」作為統合點與可行途徑的指引，似不失為可行之道。「文化中國」呼籲之所以被提出，除了文化角度之思考外，亦呼應政治的現實形勢與需要。所謂「文化中國」的交流理論，一方面想以中國歷史文化作為兩岸統合的基礎（因為兩岸雖已分裂，畢竟仍擁有共同的歷史文化）；一方面也想以重建一個文化中國作為未來的目標。

兩岸文化交流雖然日益密切，但就兒童文學的角度視之，我們仍有下列的建議：

1. 在各種文化交流中，兒童文學應該是最中性、最純潔的場域，可是我們看不到兒童文學學術的交流影子。這是我們對學術的不多尊重；也是我們未能採用最有效的文化出擊。為今後之計，宜加強與重視兩岸的兒童文學交流。

2. 在兩岸的交流活動中，一般而言，大多認為文化交流是最不涉及政治層面，最直接、最有共通性，而且雙方都能互惠互利，但是兩岸面對文化交流的問題，仍然心中有結，又愛又怕。一方面希望有突破性的發展；一方面又怕受到傷害。究其原因，一是雙方的互信不夠，對立的戒心還未解除；兩岸的制度不同，生活方式差距很大，彼此對很多事情認知不同。換言之，兩岸的文化交流，雙方能摒除泛政治化的心態建立互信，則是當務之急。

參 考 文 獻

壹：

大逆轉－世紀末透視中國　楊渡著　天下雜誌社　1995.12

中共對台文教交流策略文件彙編　行政院大陸委員會編印　1995.2

中國在那裡？　遠見編輯　經濟與生活出版社　1989.5

中國人的三個政治　金耀基著　經濟與生活出版社　1988.1

中國大陸當代文化變遷（1978~1989）　陳奎德主編　桂冠圖書公司　1991.7

中國歷史上的分與合學術研討會論文集　聯合報系文化基金會　1995.9

中國文化路向問題的新探討　勞思光著　東大圖書公司　1993.2

「文化中國」與中國文化　傅偉勳著　東大圖書公司　1985.4

文化批評與中國情懷　余英時著　允晨文化公司　1988.10

文化建設方案－國家建設四大方案之一　行政院編印　1980.2

文化中國：理念與實踐　陳其南、周英雄主編　允晨文化公司　1994.8

文化與視野的反省　邵玉銘編　聯合報系文化基金會　1995.11

我們在創造傳統　丹陽著　聯經出版公司　1989.8

兩岸合論文化建設　李耕主編　新學識文教出版中心　1991.5

兩岸文化交流理念、歷程與展望　蘇起、張良任主編　行政院大陸委員會　1996.3

兩岸文化更交流面面觀　朱榮智主編　財團法人交流基金會　1993.5

兩岸文化更交流服務手冊　朱榮智主編　財團法人交流基金會　1993.5

兩岸文化更交流年報（1991~1993）　李慶平主編　財團法人交流基金會　1994.6

兩岸互動與外交競逐　趙建民著　永業出版社　1994.7

兩岸文化更交流年報（1994）　李慶平主編　財團法人交流基金會　1995.3

兩岸出版業者合作發行書籍之現況調查與研究　陳信元主持　行政院大陸委員會
　　1993.8

兩岸統一百年大計　阮銘著　稻田出版公司　1996.1

兩岸關係的變遷史　張讚合著　周知文化公司、佛光大學聯合出版　1996.1

兩岸文化更交流年報（1995）　李慶平主編　財團法人交流基金會　1996.2

兩岸啓示錄　王兆軍著　世界書局　1997.3

航向九時年代　聯合報編輯部編　聯經出版公司　1989.6

風雨江山－許倬雲的天下　天下文化出版公司　1991.4

海峽兩岸學術研究的發展　中國論壇編輯委員會　中國論壇雜誌社　1988.5

海峽兩岸中國文化之未來發展　林安悟主編　明文書局　1992.11

理念與實踐　紹玉銘著　聯經報系文化基金會　1994.9

給我一個支點　胡平著　聯經出版公司　1988.12

臺灣地區社會變遷與文化發展　中國論壇編輯委員會　中國論壇雜誌社　1985.10

臺海兩岸互動的理論與政策面向（1950~1989）　包宗和著　1989.5

臺灣的迷惘－理想與實踐　張保民著　臺灣商務印書館　1996.8

臺灣的命運　岡田英弘著、楊鴻儒譯　新中原出版社　1997.7

邁向二十一世紀的臺灣　許慶復主編　正中書局　1994.11

邁向二十一世紀的兩岸關係　耶魯兩岸學會編　時報文化公司　1995.11

戰雲下的臺灣　林國炯著　人間出版社　1996.3

學術的統一　馮平觀著　聯經出版公司　1989.6

聯邦中國構想　嚴家其著　聯經出版公司　1992.11

轉型期的中國：社會變遷－來自大陸民間會的報告　時報文化出版公司　1995.8

和平交流、良性互動、民主統一－邁向新時期的兩岸關係　行政院大陸委員會編
　　　著　1996.6

中華民國政府推動兩岸關係的誠意和努力　行政院大陸委員會編著　1996.7

貳：

二十世紀中國兒童文學導論　孫建江著　江蘇少年兒童出版社　1995.2

中國現代兒童文學文論選　王泉根評選　廣西人民出版社　1989.8

中國兒童文學論文選（1949-1989）　浙江少年兒童出版社　1991.5

中國當代兒童文學史　蔣風主編　河北少年兒童出版社　1991.8

中國兒童文學現象研究　王泉根著　湖南少年兒童出版社 1991.8

中國當代兒童文學史　陳子君主編　明天出版社 1991.2

中國兒童文學史（現代部份）　張秀還著　浙江少年兒童出版社 1988.4

中國兒童文學大系（分七卷十二冊）　蔣風主編　希望出版社 1988.11

中國幼兒文學集成（分六編十冊）　重慶出版社 1991.6

中國兒童文學理論批評史　方衛平著　江蘇少年兒童出版社 1993.8

中國童話史　吳其南著　河北少年兒童出版社 1992.8

中國童話史　金燕玉著　江蘇少年兒童出版社 1992.7

中國兒童文學理論批評與構想　班馬著　湖北少年兒童出版社 1990.2

中國民間童話概論　劉守華著　四川民族出版社 1985.8

中國現代兒童文學史稿　張之傳著　華東師範大學出版社 1993.6

中國當代兒童文學文論選　王泉根評選　接力出版社 1996.7

王泉根兒童文學文論　王泉根著　甘肅少年兒童出版社 1994.10

方衛平兒童文學文論　方衛平著　甘肅少年兒童出版社 1994.10

少年文學論稿　吳繼路著　首都師範大學出版社 1994.4

日本兒童文學面面觀　張錫昌、朱自強　主編　湖南少年兒童出版社 1994.5

比較兒童文學初探　湯銳著　湖北少年兒童出版社 1990.2

外國童話史　韋葦著　江蘇少年兒童出版社 1991.12

西方兒童文學史　韋葦著　湖北少年兒童出版社 1994.5

走向世界－華文兒童文學審視與展望　新世紀出版社 1993.12

世界童話史　馬力著　遼寧少年兒童出版社 1990.12

世界華文兒童文學　洪汛濤主編　希望出版社 1993.6

世界兒童文學史　日本兒童文學學會主編　郎櫻．方克譯　湖南少年兒童出版社
　　　1989.12

世界兒童文學史概述　韋葦著　浙江少年兒童出版社 1986.8

我和兒童文學　榮勝陶等　少年兒童出版社 1990.9

吳其南兒童文學文論　吳其南著　甘肅少年兒童出版社 1994.10

兒童文學論文選（1949-1979）錫金等主編　中國少年兒童出版社 1981.2

兒童文學概論　浦漫汀統稿　四川少年兒童出版社 1990.12

兒童文學概論　蔣風著　湖南少年兒童出版社 1982.5

兒童文學教程　蔣風主編　希望出版社 1993.6

兒童文學大全　陳子典主編　廣西人民出版社 1988.11

兒童文學簡論　陳伯吹著　長江文藝出版社 1982.4 三版

兒童文學探討　陳子君編選　河北少年兒童出版社 1991.12

兒童文學教程　浦漫汀主編　山東文藝出版社 1991.5

兒童文學教程　黃雲生主編　杭州大學出版社 1996.12

兒童文學初探　金燕玉著　花城出版社 1985.5

兒童文學十八講　陝西少年兒童出版社 1984.9

兒童文學辭典　四川少年兒童出版社 1991.6

兒童文藝心理學　桃全興著　重慶出版社 1990.9

兒童文學美學　楊實誠著　山西教育出版社 1994.12

兒童文學的三大母題　劉緒源著　少年兒童出版社 1995.7

兒童文學的當代思考　方衛平著　明天出版社 1995.7

兒童文學的審美指令　王泉根著　湖北少年兒童出版社 1991.5

兒童文學接受之維　方衛平著　湖北少年兒童出版社 1995.5

兒童小說創作論　任大霖著　少年兒童出版社 1990.12

前藝術思想－中國當代少年文學藝術論　班馬著　福建少年兒童出版社 1996.10

班馬兒童文學文論　班馬著　甘肅少年兒童出版社 1994.10

孫建江兒童文學文論　孫建江著　甘肅少年兒童出版社 1994.10

湯銳兒童文學文論　湯銳著　甘肅少年兒童出版社 1994.10

眼中有孩子，心中有未來　少年兒童出版社 1991.6

黃雲生兒童文學論稿　黃雲生著　漓江出版社 1996.3

現代兒童文學本體論　湯銳著　江蘇少年兒童出版社 1995.8

教育兒童的文學　魯兵著　少年兒童出版社 1992.3

童話學講稿　洪汛濤著　安徽少年兒童出版社 1986.12

童話辭典　張美妮等編　黑龍江少年兒童出版社 1989.9

童話藝術空間論　孫建江著　湖北少年兒童出版社　1990.2

寓言辭典　鮑延毅主編　明天出版社　1988.1

尋覓童年－新時期兒童文學的一束思緒　滕雲著　中國少年兒童出版社　1993.3

愛的文學　樊發稼著　安徽少年兒童出版社　1989.9

論童話寓言　陳子君主編　新蕾出版社　1989.1

參：

一千零一個戰爭故事　顏煦之主編　瀋陽出版社　1994.1

365夜知識童話　魯克主編　少年兒童出版社　1994.3

二十世紀短篇童話精選　鄭福方等著　四川少年兒童出版社　1992.9

二十世紀世界兒童文學名著精華（分兒童詩、兒童小說、童話、科幻小說等四卷）
劉文剛等主編　湖南少年兒童出版社　1992.1~7

大王叢書（計12冊）　張秋生主編　上海遠東出版社　1995.9~1996.8

中國兒童文學獲獎者自選文庫（計10冊）　鄒海崗、王俊英主編　華夏出版社

中國童話卷　柯岩主編　青島出版社　1990.3

中華童話名家精品文庫（計12冊）　魯兵主編、汪習麟副主編　重慶出版社
　　　1996.10

中國少年報告文學叢書（計8冊）　劉保法編　貴州人民出版社　1995.8

中國兒童文學名著故事　張肇豐主編　上海遠東出版社　1996.2

中國兒童文學作家成名作（計4卷）　安徽少年兒童出版社　1995.12

中國現代作家兒童文學精選（上、下）　王泉根選評　湖南少年兒童出版社　1989.7

中國神話　陶陽、鐘秀編　上海文藝出版社　1990.4

中外科幻小說大觀　劉興詩主編　少年兒童出版社　1994.3

中國童話百家（計8冊）　中國少年兒童出版社　1990.3

中外諷刺故事大觀　胡吉、劉睛等編　湖北少年兒童出版社　1995.4

中華當代童話新作叢書（計2輯10冊）　江蘇少年兒童出版社　1993.11~1995.4

中國最佳童話（1949~1989獲中國大獎童話全集）　郭大森主編　北方婦女兒童出

版社 1995.4 三版

中國當代優秀兒童文學作品（分詩歌、散文、童話、小說等四卷）　陳伯吹主編
　　武漢出版社 1996.6

六年級大逃亡　張美妮等主編 北京師範大學出版社 1993.2

外國兒童文學名著大觀叢書（小說散文卷、童話寓言卷、故事詩歌卷等三卷）　北
　　方婦女兒童出版社 1995.10

外國短篇童話傳世佳作 100 篇　柯玉生主編 四川文藝出版社 1994.9

世界兒童小說名著文庫（計 12 卷）　張美妮、李知光主編 新蕾出版社 1992.2

世界華文兒童文學大系（上、下）　王泉根主編 開明出版社 1996.6

世界兒童文學叢書（以國別計 10 冊）　北京少年兒童出版社 1995.6

世界動物故事名著（計 8 冊）　少年兒童出版社 1996.4

共和國兒童文學名著金獎文庫（計 10 冊）　中國少年兒童出版社 1996.5

宇宙鯨魚　張美妮等主編 北京師範大學出版社 1993.1

神筆大俠－榮永烈神話與童話精選　葉永烈著 華東師範大學出版社 1996.4

秦牧兒童文學全集　秦牧著 新世紀出版社 1995.12

張繼樓兒童文學選　張繼樓著 重慶出版社 1994.6

童話百篇　柯玉生主編 安徽少年兒童出版社 1986.1

新科幻童話 365　玲子、定海著 國際文化出版公司 1996.2

新中國兒童文學名作大觀（分小說散文卷、童話寓言卷、故事詩歌卷等三卷）　北
　　方婦女兒童出版社 1993.8

新時代兒童文學名家作品選（計 14 家 14 冊）　福建少年兒童出版社 1996.8

搖籃兒歌 365　姜允儒主編 湖北少年兒童出版社 1994.5

綠螞蟻　張美妮等主編 北京師範大學出版社 1993.3

駱駝叢書（上海兒童文學家創作與理論集，計 13 冊）　少年兒童出版社 1992.3

諸子百家故事大觀　崔向東等編著 湖北少年兒童出版社 1995.8

附錄 1-1：《海峽兩岸兒童文學交流》意見調查表

各位朋友您好！

　　這份問卷主要的目的是在於了解您對兩岸兒童文學交流的看法，以便提供本研究之參考。請根據您自己的看法，回答問卷上的問題。並請將問卷在 12 月底前寄回。

　　您的意見是十分寶貴和有價值的。謝謝您的合作！　祝

新年快樂

計畫主持人 林文寶 敬上

1996.12.10

86 年度國科會專題計畫，計畫編號：NSC 86-2417-H-143-001

填答說明：

　　1、請就每一問題所列的答案，從中選擇符合您意見的答案，並在該選項後之□中以「✓」的記號表示出來。

　　2、非選擇選項的問題，請在空白部份寫下您的意見或看法。

一、個人基本資料

　　1、性別：□ 男　□女

　　2、教育程度：□專科以上　□高中高職　□小學　□小學以下

　　3、年齡：□20 歲以下　□21－30 歲　□31－40 歲　□41－50 歲　□51－60 歲　□60 歲以上

　　4、職業：□ 出版業 (含編輯、銷售)　□作家 (含插畫家)　□學者　□其他

　　5、您是否去過大陸？　□是　□否

　　6、您到大陸的目的為何？

　　　　□觀光旅遊　□探親　□學術交流　□經商貿易　□其他（可複選）

7、您是否曾與大陸兒童文學界人士通過信？　□是　　□否

8、您曾閱讀過大陸兒童文學作品嗎？(1)原版　　□是　□否

　　　　　　　　　　　　　　　　(2)在臺翻印版　　□是　□否

二、問卷內容

1、您認為兩岸兒童文學交流是否有必要？　　□是　　□否

2、您贊成台灣的出版業界多出版大陸兒童文學作品嗎？

　　□贊成　　□不贊成　　□沒意見

3、您認為兩岸兒童文學作品交流是處於何種狀態？

　　□對等　　□不對等　　□不知道

4、您曾以何種方式與大陸兒童文學界交流？

　　□未曾　□書信往來　□書展　□學者訪談　□學術研討會　□作品翻譯　　□講座　□其他（可複選）

5、您曾以何種身份與大陸兒童文學界交流？

　　□未曾　□官方　□民間

6、您認為兩岸兒童文學的交流夠頻繁了嗎？　□　是　　□否

7、您認為兩岸兒童文學的交流夠主動？　　□是　　□否

8、您認為目前兩岸兒童文學交流是以何種方式為多？

　　□書展　□學者訪談　□學術研討會　□作品翻譯　□講座　□其他

9、您對於目前兩岸兒童文學交流的方式感到滿意嗎？

　　□滿意　　□不滿意　　□沒意見

10、您認為兩岸兒童文學交流以何種方式進行為佳？

　　□書展　□學者訪談　□學術研討會　□作品翻譯　□講座　□其他　（可複選）

11、您認為目前由大陸輸入台灣的兒童文學作品以何種文體為多？

　　□童話　□少年小說　□圖畫書　□論述　□兒歌　□理論　□寓言　□科幻　□散文　□小說　□其他（可複選）

1 2、您認為目前輸入的大陸兒童文學作品中比較缺乏哪種文體？

　□童話　□少年小說　□圖畫書　□論述　□兒歌　□理論　□寓言　□科幻　□散文　□小說　□其他（可複選）

1 3、您認為兩岸兒童文學作品主要差異之處為何？

　□無差異　　□意識型態不同　　□取材不同　　□插畫的風格不同□其他（可複選）

1 4、您認為兩岸兒童文學交流對台灣兒童文學界會有什麼影響？

　□沒意見　□對大陸的過度依賴　□社會主義思想的侵入□打壓台灣兒童文學作家　□可降低成本　□促進兒童文學市場的發展　□刺激兒童文學作家的創作　□其他（可複選）

三、書面意見

請問您對於目前兩岸兒童文學交流的情形有何看法與建議。

附錄 2-1：海峽兩岸兒童文學交流座談會會議記錄

時間：八十五年十二月十一日下午三時三十分
地點：台東師範學院語文教育系圖書市室二樓
主席：林文寶
記錄：郭子妃
出席人員：

    台灣部份：桂文亞　林煥彰　洪　固　吳朝輝　王國昭　周慶華　洪文珍

            陳素珊　張家驊　曾喜松　張松田　周梅雀　吳淑美　吳元鴻

            賴素珍　蕭春媚　陳蕙娟

    大陸部份：張之路　方衛平

壹、主席報告：

　　這次海峽兩岸兒童文學交流座談會，很高興能夠邀請到海峽兩岸兒童文學界的多位作家來參加，希望大家能就兩岸的交流多多提供自己的看法，尤其是林煥彰先生和桂文亞女士是目前帶動兩岸兒童文學交流最主要的兩位作家，希望等一下座談的時候，兩位能就兩岸交流至今的發展及過程為我們說明一下。

貳、兩岸交流的現況報告：

張之路：

　　兩岸兒童文學開始交流以來，很感謝台灣的作家朋友們積極主動的率先將大陸兒童文學發展的情形帶到台灣，並將台灣的情形帶到大陸去，使我們能逐步深入的了解到台灣兒童文學界的現況，稍後，我們大陸方面也積極響應，發表了相當數量的台灣方面的作品及台灣出版的書，使得兩岸的交流達到一個初步、良好的交流，我個人感到非常的高興，也非常的感謝。

方衛平：

　　兩岸直接交流至今已有七年之久，近三、四年來，我個人也有機緣加入此交流的行列，這次很高興能有這個機會來到台東，我個人最深的感受是兩岸由於政治的因素而中斷了數十年，但在交流的過程中，彼此間很快的便有了親切感，也獲得了很多的友情，並且也在這些朋友身上學到了很多很好的作風。最近聽說台東師範學院即將成立台灣的第一所兒童文學研究所，希望往後我們在大陸高等教育界的幾個兒童文學研究所，能進一步與台的灣高等教育學界的同行們建立長久資訊交流的合作關係。

林煥彰：

　　自政府開放兩岸探親之後，我們對於大陸兒童文學界的現況非常的想了解，於是在 1988 年成立了「大陸兒童文學研究所」，並出版會刊，後來將其擴大並更名爲「中國海峽兩岸兒童文學研究會」。而兩岸兒童文學界的交流最早是在 1989 年 8 月 11 日的「皖台兒童文學交流會」，此次活動有李潼、方素珍、杜榮琛、陳木城、曾西霸、謝武彰和我等七位台灣兒童文學界的作家參與。8 月 16 日在上海，8 月 20 日在北京，共會見了大陸兒童文學界的作家約一百五十人。

　　在整個交流的過程中，民生報積極的推動了很多工作，像徵文、舉辦座談會、出版等，使我們兩岸兒童文學交流的工作有了更具體的成果。

　　七、八年來我們約舉辦了十幾場次的交流活動，當然交流是有其階段性的，最初我們是希望對大陸方面的兒童文學作家及工作同仁們能有一個初步的了解，所以我們的重點是在作家們彼此的認識與交流，接下來希望提昇到學術研究的層次，我們今年 9 月 22 日在浙江師範大學所舉辦的「兩岸兒童文學交流研討會」最主要的即是針對研究教學方面來作探討。

　　以上是我個人就兩岸兒童文學交流的過程與構想在此提出來供大家參考。

桂文亞：

　　接下來我來談談我們民生報在海峽兩岸兒童文學上的交流與成長。民生報自 1990 年到 1996 年這幾年的成長可分爲幾個階段：第一是兩岸兒童文學工作者相

互認識的階段。第二是辦活動、互動，也就是舉辦座談會、徵文活動等的階段。第三是兩岸兒童文學工作者互訪的階段。其中我們比較重要的活動有 1992 年海峽兩岸少年小說及童話的徵文活動，這次活動民生報共投資了一百萬元，我們所做到的是全面性的、全台灣的發動徵文活動，以及我親自到上海、北京、四川、湖北等地做巡迴的推廣、徵文。此次的活動我們總共蒐集了八百多件台海兩岸作家的作品，同時我們也邀請了台灣四位、大陸四位共八位兒童文學界知名的作家在北京召開評選會議，這整個過程是非常慎重且正式的。而我們主要的動機是希望能由此次活動的參與人與得獎人當中發掘寫作的人才。這個階段結束以後，我們又陸續辦了許多規模大小不同的活動，像 1993 年我們去四川舉辦了一個兒童文學研討會，並將兩岸兒童文學的作品同時出版。此外，我們和北京的作家出版社、上海的少年兒童出版社及媒體方面都有作品的交流與出版。

　　這個階段我們的重點是在創作與出版方面，更進一步的我們希望能提昇至學術研究及評論方面的交流，希望能經由理論研究的互動及評論的方式，讓我們的創作彼此刺激而有更大的進步。

林文寶：

　　謝謝林煥彰先生及桂文亞女士為我們做這麼詳細的介紹，而且提供我們這些寶貴的內容，也讓我們對目前海峽兩岸兒童文學的交流有了更進一步的認識。接下來的時間我們就來針對這次的主題加以討論。

參、討論：

張松田：

　　1.請問方教授貴校兒童文學研究所的學生畢業後的出路？

　　2.貴校在中師教育的師資培育方面是否有開設兒童文學的課程供同學選讀？

方衛平：

　　我們浙江師範大學過去幾年來在兒童文學這個領域畢業的研究生共有十七

位，目前還在學的有四位。而這十七位畢業生目前從事的工作約可分為三類：第一類是在高校從事研究、敎學工作。第二類是在出版機構、報社擔任刊物編輯。第三類是目前有一位在文藝處當官員。至於是否有開設兒童文學課程的問題，我們學校是有開，而且是必修的課程。

周慶華：

1、 方先生在《兒童文學家》的第二十期的第九頁中提到 90 年代少年小說創作在藝術上的相對成熟和自信，卻並未得到相應的回報，你認爲原因是市場經濟的影響，商業話語權以不容置辯的強勢姿態擠壓著兒童文學的純藝術話語權，及各種迅速發展的大衆傳播媒體和新興文藝消費類型的出現，也蠶食著兒童文學生存空間等…。但我在想，這些因素是否就正如方先生所講的如此重要，因爲前幾天我在聯合報上看到張之路先生談到縣現在大陸方面的兒童文學作家的作品有成人化的傾向，他們有意的要表現成人的經驗，讓兒童們能及早的認識現實的環境，是否這才是造成兒童讀者流失的主要原因？

2、 目前的兒童文學工作都是成人在做、在研究、提倡，我們很少有看到實證的接受研究，也就是由兒童的角度去看其接受的程度，大陸方面的學者是否已有這樣的自覺，開始在做這個工作？

方衛平：

1、 在 80 年代有一個現象，就是許多兒童文學創作者的努力並未得到良好的回應，但這些創作雖然數量少，卻很重要，所以也引起了我們大部份兒童文學工作者的重視。到了 90 年代時，少年小說創作作品的出版量也沒有明顯增加，影響少年文學出版量的原因很多也很複雜，所以我提到的只是某些外在的原因，希望藉由這些外在原因的提出並解除，來達到使當代的少年兒童讀者重新親近兒童文學及少年小說的目的。

2、 大陸目前新一代的研究較重思辯，缺乏實證性及自然科學的研究訓練。關於兒童對文學作品心理方面的接受程度，我本人也做過一些調查報告，相信三、五年之後陸續會有報告出現。

周慶華：

　　我所謂實證方面的研究是由兒童的角度來看其可以接受的程度，而不是指兒童生理心理發展過程的接受程度。

方衛平：

　　關於這方面，大陸目前倒是還沒見過，我也蠻想了解台灣目前的情形如何？因為剛才在林文寶老師家參觀了他的書庫之後實在是感到很驚訝。其實在台北的時候已經有聽過預告了，真正看到後，還是感到很震驚。還有《東師語文學刊》也令我感到十分驚訝，在大學裡已有這種以研究性、理論性為主的刊物出現，所以往我響臺灣在這方面的發展是不是已經開始了。

洪文珍：

　　貴校兒童文學研究所目前的研究方向與重點為何？

方衛平：

　　我們學校兒研所所開的課包括像兒童文學的基本理論、文學史、現代西洋美學及文藝學，像史、論、評，這些都有。學生是根據自己的特性、興趣、基礎來選讀，而研究的方向也是很多樣化的，像我們有談文學研究會與兒童文學的研究，有兒童文學本體論的研究，有中西女姓作家兒童文學作品的比較等等….這些都是我們已經做過的一些研究工作。

林文寶：

　　今天很謝謝大家來參加這次的座談會，我們的座談到此結束。

附錄 2-2：海峽兩岸兒童文學出版交流現況座談會記錄

時間：86 年 5 月 17 日

地點：聯合報大樓十樓會議室

與會人士：桂文亞（民生報）　　林文寶（台東師院）　　張子樟（花蓮師院）

　　　　　陳素芳（九歌）　　　吳清全（新學友）　　　陳　旻（國語日報）

　　　　　陳思婷（天衛）　　　謝　鈴（民生報）　　　張嘉驊（民生報）

　　　　　曹永洋（志文）　　　趙鏡中（教師研習會）　沈坤宏（教師研習會）

　　　　　黃尤君（中興國小）　范姜翠玉（教師研習會）田玉鳳（教師研習會）

主席：桂文亞女士

主持人：林文寶教授

記錄：田玉鳳

主席（桂文亞女士）：

　　我們《中國海峽兩岸兒童文學研究會》將於六月年會時就這個題目，請林教授（文寶）作專題報告。

　　說起海峽兩岸的交流，真正開始於 1987 年，但文化、出版方面的交流，卻在 1992 年後才開始。到今天將近這麼多年的時間，我們發現出版交流有一個步驟性，包括到最近幾年來，文化交流很重要的一部分——出版，這個出版是指大陸的出版品，已經開始在台灣的出版界出現了，但相對的來說，我們是不是知道臺灣的兒童讀物，在大陸有沒有出版的機會，或是說大陸的出版品，在台灣的兒童文學市場上，會造成什麼樣的影響，是一個良性的競爭呢？還是一個惡性的循環呢？以及在出版的貿易上，各家出版社有沒有一些特殊的經驗？這是林教授所要研究的問題。

　　出版社在經營方面，通常都是各自為政。因為每一個出版社，都有自己經

營的方向跟目標、出版的業務內容，照理講這是出版社的內線機密，中間包含怎麼找到作品、怎麼去接洽等等…，但我們要瞭解，台灣是一個自由經濟的發展社會，所有的事情並沒有所謂的規定，私底下都可以做一些溝通和協商，每一個出版社，都有它不同的資金投資，都有它不同的定位。所以在這個前題之下，我們今天，真是非常難得能夠請到這麼多出版社，來參與這個事情。我要感謝張子樟教授他所作的策畫，如果沒有他做這樣的邀請，可能會有很大的問題，在此我向他致意。

　　今天主要是由林文寶教授，來主持這個會議，林教授希望將他想要知道的一些問題，就教於各個出版社。我希望大家能夠藉機彼此互相切磋、互相的交流，因為知己知彼嘛！知道台灣的出版狀況，才能知道大陸這方面的資訊，請大家能夠毫無保留的，多多提供意見和經驗，讓我們大家在這一次會議中，能有很多的收穫。

　　謝謝！現在我將這個主持棒交給林教授。

林教授（文寶）：

　　在座各位、桂小姐、張老師，真是非常的感謝，因為我跟國科會申請一個研究專案為期兩年，第一年已進行得差不多了，第二年正在申請中，這是我在整個研究計畫中的一小部分。上一次座談在台東，會中有大陸兩位作家和桂小姐一起參與座談，這是第二次。這次最主要的目的，是要了解出版社的情形。首先我要說明，我們不是要來打探機密，因為我人在台東，跟出版社不是很熟；同時一方面，我也希望我主持的兒童文學研究所，這是台灣第一個兒童文學研究所，以後可能要麻煩各個出版社，透過跟你們的合作，我們學院很願意伸出我們的手，跟出版界合作。所以我們才找上桂小姐，幫忙舉辦這個「海峽兩岸兒童文學出版交流現況座談會」。

　　說起台灣兒童文學跟大陸的交流，實際上早期是從林煥彰及在座的桂小姐開始，他們都是花很長的時間和精神投注在這一方面，現在面臨一種轉型，因為最近新聞局在加緊控制大陸出版品的進入，如果到幾個出版社、或書店去看，就知道大陸進來的書，全被扣住。因為我有幾個來往的書店，像大安、萬卷，常常

被借用去申請大陸的書進來，昨天到大安去，據說被扣了四、五十包，必須要跟每個教授拿身分證，才能去將書領出來。因為目前兩岸的交流，限於國統綱領，沒有辦法直接交流，政府本身也很少在主導兒童文學方面的交流，實際上都是民間做的，也因此民間做得相當辛苦。所以，我就申請這個計畫，來了解整個交流狀況。目前我能夠掌握大陸在台灣出版的兒童讀物，我不敢說完全掌握，但是也差不多，因為我這一、二十年來，長期在做兒童書的書目，每一年都在做，雖然沒有多少人知道，但我都會刊登在我們東師的語文學刊。我把它當作是一個學術性的研究，所以比較能夠掌握這些出版物。其中的漫畫部分，或是一些動畫之類的東西，我還沒去動它，幼兒的部分也會去注意。

　　我們也發現引進來的書，沒有什麼章法，除了民生報比較大量的引進之外，而且是以創作為主，各方面我們可以看出出版社在引進這些書時，似乎都沒有規畫性、沒有系列規畫。其實兒童文學的交流，現在是一個很好的時機，因為兩岸政府，較不去干涉兒童的東西，假如是政治經濟面的，才會去干涉，因兒童文學，比較沒有意識形態的爭執。像九歌所辦的徵文比賽，就有很多大陸的作家參與。另外我們也可以來談談版權問題，因其紛爭不斷，像這些問題我們都可以談。

　　現在我們就先邀請桂小姐，來談在交流方面所做的工作，請她為我們先介紹一下。

桂文亞女士：

　　先介紹今天的來賓，要請各位自我介紹一下呢，還是請張教授介紹。

張教授（子樟）：

　　就從我左手邊開始好了。

桂文亞女士：

　　不久前，我們剛整理了一份口頭上的報告，這不是關於兩岸兒童文學的出版交流，而是關於民生報，在兩岸兒童文學交流中工作項目的一個說明。這是我們對內的一份報告，藉今天的機會我提出來，做一個說明。因為許多人總以為民

生報在出版上面，跟大陸做了比較多的工作，我要強調一點，並不是只在出版交流，而是含蓋了整個兒童文學的交流。這一部分，我舉一個簡單的例子來說明：從 1992 年，一直到今年的 1997 年，我們推動的比較重要的活動，一共超過了十五項兒童文學交流事項。我所述說這些的目的，是要告訴各位，所有的交流是有階段性的出版，出版往往是最後的部分。徵文也是其中一部分，因為我們對彼岸的作家無法掌握，所以我們藉著大型的徵文比賽，來了解優秀作家，以及是不是新生代作家的作品等等。

　　以下就是我們民生報，海峽兩岸兒童文學交流的工作報告。

一、導言：

　　八Ｏ年代起，兒童文學在海峽兩岸均呈蓬勃發展的現象。不但名家傑作屢見，新人亦有優異表現。

　　唯因海峽阻隔，消息溝通不暢，海峽兩岸兒童文學界人士竟多彼此不相知。對於「華文兒童文學」一種歷史性運動的形成，這種情況不免令人引為遺憾。

　　有鑑於此，自解嚴以來，民生報較早便開始著手海峽兩岸兒童文學交流的推進工作。除引介大陸、台灣兒童文學作品在兩岸出版，進行雙向溝通，並且舉辦大型徵文比賽，或邀請大陸傑出學人作家來台訪問。多年來，影響深遠，甚或兩岸兒童文學界好評，每被譽為「海峽兩岸兒童文學交流先進」，堪稱居執牛耳之地位。

　　總結以往成績，展望來者，當勉力以進，盼使當代兩岸兒童文學創作及其相關事業中能蔚為一種「運動」，並在大力促進下臻至高峰。

　　以下僅列出近五年來之工作成果，及未來可望發展之方向：

二、民生報 1992 年至 1996 年參與海峽兩岸兒童文學交流部分重點活動一覽表：

（1）　1992 年 5 月—1993 年 5 月

　　海峽兩岸少年小說，童話徵文活動此次活動由民生報、北京東方少年雜誌社、河南海燕出版社聯合主辦，於 1992 年 5 月 10 日在北京建國飯店召開新聞發佈會，至 8 月 15 日截止收件。兩岸共收件 808 篇，參加評選委員達 30 人次，得獎人 36 名。民生報提供經費超過新台幣一百萬（不含聯經公司出版四冊得獎作品）。

（2）　1992 年 5 月

　　海峽兩岸童話，小說研討會中國海峽兩岸兒童文學研究會、天衛出版文化圖書股份有限公司、北京和平出版社共同主辦，民生報協辦，於北京、天津二地召開。民生報提供經費十萬元整。

（3）　1993 年元月—1993 年 12 月

　　北京「兒童文學」月刊三十週年慶，民生報協辦徵文比賽（此活動爲三項系列徵文①兒童文學創刊 30 週年徵文②校園人物素描徵文③想像徵文，共計收兩岸徵文八千餘件，得獎作品 20 名）。民生報提供各項活動經費新台幣五十九萬五千元整。

（4）　1992 年 9 月—1993 年 5 月

　　與北京作家出版社合資出版「銀線星星」（台灣趣味童話選）。此書收集三十九篇台灣兒童文學作家童話作品，由十六位插畫家彩色插圖，桂文亞主編。全部製作在台灣完成，由桂文亞攜帶網片赴京印刷、裝訂、初版一萬冊，全書 373 頁，定價人民幣 12 元。民生報支付作者、插圖者稿酬，兩家平均分擔引刷費用。本報提供經費新台幣四十七萬一千二百九十八元整（尚不含新書發表會等雜支項目）。

（5）　1993 年 8 月

　　海峽兩岸兒童文學選集童話童詩四冊與四川少年兒童出版社同步出版繁簡字體本，乃配合中國海峽兩岸兒童文學研究會與四川少年兒童出版社聯合舉辦、民生報協辦的「兩岸童話、童詩研討會」。出版經費超過新台幣八十萬元

（6）　1994 年元月—1994 年 9 月

　　與中國北京少年兒童出版社聯合舉辦「1994 年童話極短篇」及「1994 年校園幽默趣談」小型徵文活動。經費雙方負擔，民生報提供新台幣三萬三千零七十五元整。

（7）　1993 年—1996 年

　　民生報開始與大陸進行少年兒童圖書出版交流，至目前爲止，以幾近囊括當代大陸兒童文學界菁英份子：孫幼軍、曹文軒、沈石溪、張之路、張秋生、周銳、秦文君、畢淑敏、冰波、金波、魯兵、喬傳藻、吳然、樊發稼......等人。並

於 1992 年 5 月開始報系兒童媒體開始陸續刊載大陸作家作品超過 150 人次。

（8）　1994 年—1996 年

　　與北京「東方少年」雜誌社進行版面交流。由民生報每期提供台灣兒童文學作家作品，製作 6 頁專輯。由民生報提供全年製作費用（封面、版面設計）新台幣三萬六千元。今年度該刊自行設計封面內頁，不再付費。該刊並正式聘請發行人王效蘭女士擔任名譽顧問，桂文亞任特約編審（此案經中共北京出版局文件批示）。

（9）　1995 年 4 月

　　與昆明春城故事聯合主辦「童話徵文比賽」錄取作品十篇。民生報提供刊登篇幅不支付獎金。

（10）　1995 年 5 月

　　與上海少年兒童出版社互換一冊「少年小說選」。台灣由桂文亞、李潼聯合主編「台灣兒童小說選」（經費各自負擔）。

（11）　1995 年 4 月

　　民生報邀請赴日講學之北京大學中文系教授曹文軒夫婦赴台灣訪問一週。曹文軒先生是大陸當代首屈一指少年小說家。民生報提供經費新台幣七萬二千二百二十八元。

（12）　1996 年 4 月

　　上海少年兒童出版社「兒童文學選刊」與民生報兒童版聯合舉辦「好讀者好作品傳遞活動」。版面交流。民生報提供活動經費新台幣三萬二千元。

（13）　1996 年 8 月

　　民生報、上海「少年文藝」和北京東方少年新誌社，聯合舉辦「當代少年兒童散文暨桂文亞作品研討會」，以推進兩岸兒童散文創作的發展。民生報提供經費新台幣十萬元整。

　　從 1993 年，民生報開始和大陸，進行少年兒童圖書出版的交流，至今為止我們的投資，已經超過了新台幣五百萬元。各位手邊有一份民生報的書目，這個書目上，就有很多我們大陸的出版品。因為我們民生報是以出版報紙為主，圖書

非我們全部的重點之一，我們每年的圖書出版量，是不能跟在座的各出版社相比。也因此，我們就則定了創作類，為我們唯一的出版方向。近幾年來，有一種趨勢，就是強調本土的創作。七年以前，民生報出版了將近兩百種圖書，因為沒有大陸的交流，所以我們出版的圖書，全是本土的作品，可是近幾年來，整個形勢在改變。如果我們承認華文兒童文學，是我們現在面對的出版市場的話，我們必須要考慮到，全球華文的出版市場，這一部分的重要集散地，我相信沒有人否認是在大陸。因為以兒童文學的品類來說，童話、童詩、散文、少年小說……，大陸比較成熟。少年小說這個隊伍，在大陸是最強大的隊伍，如果我們今天要將少年小說，提升到一個優良地位，必需互相比較、觀摩、琢磨，切磋，以及提升寫作的話呢，必然得要引進許多華文作家少年小說的作品。在這個前提之下，也就是民生報，為什麼近幾年來，陸續邀請大陸的作家，以找到這些長篇小說、中短篇小說。而且我們也想涵蓋各種文體，而這文體一種是截長補短、一種可以加強本身的周全度。台灣的童話是不錯的，可是相對之下，大陸也有不少優良的童話作品。

兩岸的差異在那裡？華文的寫作差異在那裡呢？地域性的差異，是不可否認的。南方跟北方就有不同的寫作風格，在這樣之下，我們該如何進行交流呢？可以這樣講：在 1992 年，我們引進了第一本大陸的書，是童話，就是周銳先生的《特別通行證》，以及張秋生先生的《小巴掌童話》。這是我們最早引進的兩本童話，當時台灣的市場，還沒到全面開放的地步。同時兩邊的結構，都在模糊地帶，大家可以用各種各樣的方式，去爭取大陸的作品。我的看法是，這種模糊的界線，有一天會清楚的；這樣的市場，有一天必然要走上成熟。如果我們用模糊的方法，來處理模糊的出版品的話，將來會吃很大的虧。因此我建議比較台灣的版權，用什麼態度對待台灣的作家、作者，我們就用什麼態度，對待大陸的作家、作者。如此的差距，才會越來越近。好多年前，我就說台灣的作家，拿到的版稅是百分之八，我們就照常也給大陸的作家百分之八，我們一向就以這個方向，來經營。

我要提醒各位的是，聯合報系的民生報，在做兩岸交流的時候，實在不是從利益著手，我們想的是，長遠的國家前途利益，是文化的利益，而不是商業的

利益。所以我們一直在賠本，到現在爲止，我們的書非常的難銷。各位知道創作本來，就是難走的路。好的作品（文學作品），在大家都宣讀快死亡的今天，是非常難賣的。何況我們所作的各種投資，事實上是沒有營利可言。我們要如何來支持我們的作家呢？我想就是一個公平原則，你要用公平的方式對待他，一種對知識份子文人的尊重，而不要讓他覺得他吃虧了。只要是站在公平的原則，走到那都是可行的。我們很清楚的看到，未來十年、二十年，走向華文的創作，才是維持我們兒童文學的大計。這是我今天所做的一些說明。

　　謝謝！

林教授：

　　非常謝謝桂小姐。聽了她的說明，我才知道她們的書，是那麼的難賣。實際上，她們的書眞的出得很好，所以我每本都買。其實各位出版社，應該多跟師院的兒童文學老師多結合，我個人就打算列個書目，給各個出版社。因爲你給老師書，他自然會在課堂上講有那些新書，學生自然就會去買，讓師院老師幫出版社，讓老師知道，你們的書又便宜又好，出版社應該要去促銷。另一點提到說，民生報所作的尊重智慧財產權，這是我們該注意的。不要把別人當作一種加工廠、轉口貿易，認爲它很便宜，就跟人家要過來。因此造成紛爭不斷，民生報的制度在這方面做得相當好，這也是我們每一個出版社，應該效法的，本著互相尊重的立場。

　　接著，請志文出版社。

曹永洋（志文出版社）：

　　桂主任、林所長、張子樟教授。我本來是在中學教書，七年前退休，來到志文出版社。志文的新潮文庫，今年邁入第三十年。但眞正做兒童少年讀物，只有三、四年的時間，目前我們在兒童讀物上面，還是一個新兵。只有五十本一套天文學的書、三本漫畫。我們所做的，都是翻譯的東西，因爲三十年來，新潮文庫都是以翻譯爲主。

　　我們跟大陸的交流情形是這樣：張老板曾經去過北京人民出版社，他們說

你們出了這麼多的書，是不是一個基金會，我們把一百本書通通賣給你們。張老板說我們只是一個私人的出版公司，要買下一百本的世界文學名著，恐怕還要再等一百年。張老板跟他們說明這個困難，我們出書必需是有所選擇性的。我們跟上海藝文社，有選擇性的出大人跟小孩的書。但跟北京人民出版社，到目前為止，一本都沒有辦成。我想可能是在觀念上，不十分了解台灣的情形。即使我們想一百本都買下來，也沒有人敢這樣的的冒險。

　　目前我們的兒童讀物，找到大陸的作家有三個，一個北京師範大學的張學增教授，請他為我們改寫，俄國的克雷多夫寓言，原來的作品是用詩寫的，請他改寫成小說形式。張教授真的做得很好、很認真，他是直接用俄文來改寫的。我贊成林所長的看法，改寫真的是一種創作；翻譯其實也是一種再創作。根據我們這三、四年摸索的一點經驗，我們的老板大我十歲，他受的是日本教育，所以他整個的資料，都是從日本來的。比如要確定這本書，在台灣有沒有市場，值不值得翻譯等。在我們要出版少年文庫的時候，有人給我們一個很重要的指點，台灣的市場這麼小，那麼多人在做這個工作，你只要鎖定翻譯，也不要出什麼安徒生、格林童話，因為一般家長或者是老師，概念上可能認為，不要老是停頓在這些上面。所以我們那時就想說，出一點新的東西。這是其中的一點建議，另外一個是黃春明給我的提醒，他說做小孩的東西，比做大人的東西還要難，他指的是語言文字的問題。所以我贊成林所長的說法，把翻譯當作是一種創作。我們在大陸、台灣買下許多翻譯書，都付了稿費。後來仔細一看，完全不行，我想這可能是每一家出版社，都需繳的學費。

　　我們成人文庫，有請到一位許海燕先生，幫我們翻譯托爾斯泰的作品。他翻譯得真好，我在中學時是看翻譯小說長大的。我那時在看托爾斯泰的作品，好像總覺得少了點什麼，這麼有名的作家，為什麼作品會是這樣？心裡很納悶，一定是翻譯得不好。所以許海燕就從俄文翻譯，再看他的作品時，就發現翻譯真是一種創作。

　　目前，我們跟兩岸交流情形是這樣。我簡單的跟各位報告。謝謝！

林教授：

　　我跟在座、張老師，都是讀志文長大的，那個時代志文的新潮文庫，都是翻譯的。當時的翻譯，真的有些問題，因為他們都是從日文翻譯過來。以現今眼光來看，是不夠理想的。完全走翻譯，也是一條路，但翻譯必須走得比別人好。志文早期都是從日本翻譯過來，是二手的翻譯，就會較有出入和問題。其實翻譯的引進，在兒童文學界，也是一種方式。所以我們也打算在兒研所，成立一個翻譯研究室，如果所聘的老師，都擅於外文翻譯研究之類，我們就會去做。

　　非常謝謝志文。接著請新學友出版社。

吳清全（新學友出版社）：

　　主席、兩位教授、各位同仁，雖然新學友成立了很久了，但在兒童文學的出版品方面卻非常的少，我們的出版比較雜一點，尤其早期較偏重於教材方面，所以在兒童文學方面的進展較慢。第二件事是跟大陸方面的交流，我們是零零碎碎的性質，如果有一些來往，應該是比較偏重在文教方面，不是純粹的兒童文學。

　　1990 年我們曾接受四川新聞局的邀請，參加他們 90 年的對外貿易展覽會，但出版部門相關的資料非常的少，他們有安排參觀一些學術機構和一些出版單位，我們也帶了一些我們的出版品互相交流了解，不過他們當時感到很訝異，台灣的印刷都是彩色的、而且非常的精美。他們也曾經把他們有關熊貓的照片跟我們作一些研究，我們也跟他們說明我們的作法可能跟他們不一樣，他們雖然整本都是有關貓熊的作品，但我們可以感覺到這些照片遠遠一看都是一個形態，我們當時也跟他們說這樣的東西必須有一些改變，這當然超出客人該有的範圍，但這只是作為彼此的探討而已。如果跟大陸有一些來往，都是像這樣零零碎碎的，也許他們有看到我們的哥白尼或者是有關幼教的讀本等等，也會向我們表示這些如果在大陸出版可能情形是怎麼樣，但目前情況來講都還沒有一個具體的成果。

　　1993 年我們參加了一個台北市的教師會，當然是考察教育方面的，所以跟我們今天的主題相關的非常的少，但我想說的是，像桂小姐、林教授在兒童文學界這方面的貢獻是有目共睹的，所以我接到張教授的電話就想過來了解一下，作為我們以後參考的依據。也許我們能在這一方面提供一些經驗，但也因我們在這方面更缺乏，所以我今天的報告只能到這裡。

林教授：

非常的謝謝！新學友就我了解，在台灣是屬於本土性的出版社，這些中南部的出版社，正在面臨轉型。新學友非常熱心的參與一些兒童文學界的活動，或是一些教科書的編輯，這可能是他們未來所要投入的一個主力。我們上次辦學術研討會，他都有親自來參加。台灣本土性的出版社，像企鵝，也都在慢慢的轉變中，這是一種相當好的現象。

現在我們請研習會的趙老師，來說說這個在台灣很奇怪的現象：據說板橋的實驗課本，到現在還不敢用大陸的作品。這有點像臺灣省教育廳的兒童文學徵文比賽，限制大陸的作家參加，一定要台灣的國民才可以。趙先生常會選大陸的作品、文章，想放進課本中，但最後都放棄，這是因為可能牽涉到一些版權問題。

趙老師：

林老師、桂小姐，大家好。很冒昧，林老師邀請我，我就來了。事實上，我並不是出版界的人，只是我目前的工作，跟兒童文學有點關係，所以我來這裡只是想了解這個情況。

林老師剛剛所提的問題，事實上，我搞不太清楚，為什麼會這樣？雖然我們這個單位是官方單位，但是我想行政上，可能會有一些比較麻煩的手續，但是不是絕對的限制，到目前為止，我還沒有看到任何條文限制，可能是承辦的單位或是我們上面的長官，會覺得這個比較麻煩一點。但是基本上，我認為我自己來處理這個問題，應該不會不願意去做。這個事情我聽到比較多的是一些作家的反應。實際上，台灣的本土作家，可能感受到大陸作家對他們的的壓力，比如像現在我們舉辦的許多徵文比賽，以往都是台灣的作家才可以參加，但是開放之後，大陸人士都可以參與，得獎的人，也往往都是他們，甚至我們在參與一些評審的工作的時候，都要保障國內的作家，不然會一個都沒有。

我們不用他們的作品，其實並不是大陸的作品不好，或者是行政上有任何禁止，而是放在語文教育上，大陸的作品可能還牽涉到語法表現各方面，跟台灣還是有點不一樣，但這是不是已經嚴重到說不能作為語文教育的材料等等，這可

能還有斟酌的餘地。當然，如果有牽涉到明顯的意識形態時，我們就不會拿來做教材。有關這問題，我聽到的大都是作家個人的意見，我接觸到的出版商，像天衛出版社，他們都很願意幫我們接洽一些版權的問題，以往有一些印象是說，大陸作家的版權好像很麻煩等等，這不盡然如此，有些出版社跟大陸作家就處得很好，所以我覺得這方面是心理因素。

　　我剛剛聽到，民生報有很好的大陸作品和兒童文學作品，在銷售上有一些困難，作爲一個國小教育的工作者，我覺得出版社應該多跟師院及我們這種研習單位多接觸。我在辦教師進修的研習中，發現教師對新書的資訊非常缺乏，所以我只要推薦任何書，他們幾乎都會全買。我想在研習中讓老師知道，台灣有那麼多好的兒童文學作品，可以作爲他們教學的輔助教材，或者當作課外讀物。我印象中，只要介紹給老師，老師們都願意買，而且也願意介紹學校圖書館購買，這方面是相輔相成的，不僅可以提高學生的學習興趣跟內容，另一方面也可以促使我們出版界更活潑，所以這方面我非常贊成林老師的看法。松山國小王天福校長提出，他很想做一個出版的目錄，固定寄到學校去。像學校有固定的預算，但不知道要買什麼書，就會常常打電話來研習會，麻煩我們推薦一些好書。是不是我們出版界能夠出版目錄，寄到學校的圖書館，我想這會是一種良性的互動。謝謝！

林教授：

　　我們所裡（兒童文學研究所）會做目錄收集的工作，同時上網路，並且可能在固定一段時間，會將新書目錄寄到各學校，這個工作我們會義不容辭的做。

趙老師：

　　像行政院每一年都有舉辦好書評鑑，但許多學校都不知道這件事，這書目應該都有寄到學校吧！

林教授：

　　這活動剛開始舉辦時很新鮮，報紙也會刊登，書目我都有收到，但後來很少再寄了，報紙也不再刊登這個消息。本來好書書目，中小學都有免費贈送，現

在可能都沒有了，所以很多學校老師都不知道。報紙推薦的好書，常常只看到書的介紹，而找不到書在那裡，我建議最好能夠書出來之後，再編目，否則會流於促銷的嫌疑，而非推薦的美意。

陳素芳（九歌）：

　　主席、各位出版界的同仁，大家好。我剛剛聽到林老師、趙老師的話，讓我眼睛一亮。九歌出兒童書是從 1983 年開始，我是 1982 年到九歌。我們兒童文學徵文，只辦過五屆。九歌開始出兒童書時，兩岸還沒有開放，從第一輯到現在只出了二十一輯，因為九歌都是以出成人為主，兒童書平均一年出一套到兩套。

　　我們跟大陸的交流，是從 1992 年於創辦九歌文教基金會開始，當初創辦九歌文教基金會有一個原因是在出兒童書時，之前的幾套反應都很好，但我們面臨一個問題，需要一些稿子，但找的非常辛苦困難。而且有一些文章似乎有點制式化，好像寫兒童文學寫到最後有一個招式可套一樣。我們也想辦一些學術性的活動，所以才成立這個基金會，於是我們開始舉辦徵文活動，剛開始徵文也不是有很多人知道，也是藉由徵文活動才開始跟大陸兒童文學有所接觸。事實上，九歌在兩岸兒童文學交流都是處於被動的情況，剛剛趙老師有提到徵文比賽時大陸的作家就常得獎，確實有這種情形。我記得我們第二屆徵文的時候，結果讓我差點昏倒，六名得獎人竟有四名大陸的作家，有兩名是海外的作家，我們當然只論作品，而不問來自何處。大陸的少年小說真的是比較好，令人印象深刻，這問題又不能因為說你是大陸的，我們要保護台灣的作家而有所限制。還有一個情形是，我們徵文時大陸參加的人比較多，台灣的作家比較少，當然大陸中獎的機會就會比較大，這個問題真的很難解決，除非是保障名額，至於公不公平則是見仁見智，看你是持那一派的說法，像我們碰到這種情形的時候我們是一視同仁來處理。

　　像有大陸的出版社想要出我們這邊的書，有跟我們談出版前四輯的出版事宜，這方面我們是盡量配合，但在配合之餘還是要保障作家的權益，比如在簽約上會有所限制，有年限上的限制版稅，因為他們當然不可能比照台灣這邊的版稅。我們的二十一輯有一個大陸的作家得過九歌徵文的首獎，我們為獎勵新人，有規定得過首獎的人不能再參加，結果他又來參加第二次，我們只好採用出版方

式版稅稿費比照台灣的作家。在大陸方面，台灣的作家的書要在大陸出版的話，我們盡量替台灣的作家爭取最好的權益，但如果照台灣的標準來看就不是很好，對大陸作家我們是一視同仁，就如桂小姐所說得一樣，不管版稅問題，最大的問題還是在銷售方面。

　　事實上兒童書的市場非常的不好，我們的書是四本一套，從 72 年開始還有再版，這算不錯了，但這三年來所出的一版四千本就賣不完了，事實上九歌在做兒童書是不遺餘力。像我們發書的時候，中盤商他一看到是兒童書的話，他的訂貨就會比較少，所以需要各位兒童文學界的同仁幫我們推銷一下。為什麼我們的書賣得不好有個原因，可能是許多的兒童書成本都是很高的，他走的是直銷的路線，所以他們寧可販售大套書而不願意賣小套書或單本書。出版社編者的工作應該是把書編好，至於如何突破市場的困境就須大家來協力幫忙。有好的書訊請大家廣為宣傳，像報紙的好書介紹，就有很多人找不到書，書店因利益問題根本不願意擺，因此書店沒有這些書的位置。

趙老師：

　　大概只有誠品書局願意擺。

林教授：

　　大家應該會發現，現在讀書消費的人群最多的是兒童，可見我們還沒有打開這個市場，所以我們需要讓父母知道有這些好書，只要有人跟他們介紹，他們就會買。

陳素芳（九歌）：

　　其實這真是大環境的問題，像我們以前的書就賣得很好！

趙老師：

　　有一年天衛得到金鼎獎，但在全國學校統一採購圖書的時候，裡面沒有得獎的作品，反而是一些被視為垃圾的書籍，在選書的流通上是有一些問題。

林教授：

我們在促銷上是應該有一些設計，可以找一些教育局長，因為教育局在採購書籍時是採用標購的方式，剛開始招標的時候可能會與開出來的書單一樣，但標完之後，可能會因沒有這套書而用別的書來填補。許多時候採購會變成這種情形，所以必需跟一些行政系統，像教育局長之類的溝通一下，因為很多情形都是各忙各的，該交集的地方都沒有，像我最近上暑假的四十學分班，只要介紹給他們，買書的人就會很多。

桂小姐：

因為這次會議的時間非常有限，焦點還是要放在大陸台灣兩岸兒童文學交流上。

陳昊芊（國語日報）：

國語日報早幾年出的文學書，和現在的文學書在量方面比起來差很多，跟大陸的兒童文學合作上，我們還在實驗階段，我們文稿的來源一方面來自徵文，一方面來自我們報紙的連載小說，這些我們會計劃性的把它們改成出版品。大陸作者會陸續的來稿，各種文體都有，我們採用的標準很嚴謹，因為出版大陸兒童文學書，沒有達到一定預期的量，所以我們還在實驗階段，作品我們都是研究評估很久才會出版，所以我們報紙中連載不錯的文章，有考慮要跟他們接觸出書，因為國語日報兒童文學這條線是不能斷的。雖然目前的生態是這樣，我們還是不斷的期許，我很簡單的報告到這。謝謝！

陳思婷（天衛）：

各位大家好！我想今天就我在天衛從事編輯工作三、四年的時間，作一些簡單的報告。我進公司的時候，第一次接觸到的書就是小魯兒童小說，一開始經營的時候到我接手，在世面上已算是一套經營的不錯的書了，我們在整個選書編輯的方向上，其實是有比例的調配，大部分是得獎的作品或比較有名的故事，我

們選擇的方式有兩種：第一種是引進大陸的作者作品到台灣來，第二種方式藉由改寫世界文學名著的方式。

　　我們的書以六本為一輯，在分配上有一定的比例：每一輯中有幾本是要台灣創作的作品，有幾本是大陸的創作，再搭配幾本改寫的作品，因為是限於稿源，所以一定要有改寫的作品，才能定期讓書在市面上出售，固定在書店中佔一定比例的空間，否則以兒童書在書店中是族群的身份，根本很難在市場中立足。我們跟大陸作家交往的基本原則，是希望能透過大陸作家的作品，開拓台灣的視野。因為我們都知道大陸地廣人稠，各地方都又有屬於當地的特色，人才也很多，希望藉由引進不同的類型、不同的作品，介紹給台灣的讀者。

　　其實少年小說不盡然都要寫一些生活方面的東西，有很多類型可以去耕耘。我舉一個例子：在少年文庫系列中有引進秦文君《男生賈里》這本書，沙總編覺得這是一本很好的校園生活小說，把他引進台灣之後，它的銷售數字和讀者的反應都很不錯。後來我們沒有再從大陸那邊引進類似的的東西，最主要是發現台灣這方面也有許多不錯的作品，比如：王淑方老師她自己本身寫了很多優秀的校園生活小說。我再舉一個例子：有一位大陸的作家—戎林先生，他自己本身出身於采石這個地方，在那個地方長大，所以在寫《采石大戰》這本書時，寫出的歷史場景、氣氛，有非常好的史詩架構。另外一個例子是海雁出版社的鹿子（筆名）小姐，她寫了一本《大漠藍虎》，她寫這本書時，自己親身跑到塞北的高原去做一趟深度旅遊，書中描寫了大夏王國當時是如何在荒漠地帶建城的故事。雖然都是大陸的作品，但因地域性的不同，表現出來的風貌也不同，這是少年小說部分。在童話部分，我們在三四年前出了童話花園系列，有台灣的作品、也有大陸的作品，當初在選材的時候發現，大陸的作品有許多不同的類型，他們為我們的童話開了一扇很好的窗，他們的童話不限於王子公主的故事，其中有科學方面的、有很熱鬧的。

　　另外，在理論方面的書，我們引進了韋葦先生的《世界童話》到台灣來，這本書在台灣的銷售上真的無法跟一般的小說來比較，它的銷售是比較不好的，但我們還是把它引進來。當初主要是考慮到韋葦先生學識背景，因為它懂得俄文，所以他可以收集到我們平時不容易從俄國收集到的資訊，因為我們的資料大

部分都是從英美國家來的。現在我們對大陸作品的態度，最主要是想把它引進來，讓台灣的視野不同、豐富作品類型。

最近我們要開一系列的科幻小說，一開始的前兩本我們選用外國的翻譯，因爲台灣一講到科幻小說一定想到的就是黃海先生，不然就是張系國。我們的總編在大陸剛好有機會認識一個河南的作家，他不僅具有科學方面的理論基礎，而且有深厚的文學底子，所以寫出來的作品令人耳目一新。

我報告到此。謝謝！

謝玲（民生報）：

我們編輯大致的方針，桂小姐都已說得差不多。我們一年有固定出版的數量，在選擇方面多少有點保障名額在內，因爲大家都知道大陸的作品若跟台灣本土創作的作品相比較確實比較好。所以選擇上會鼓勵台灣本土的作家。

張嘉驊（民生報）：

先自我介紹一下，我的身份比較特殊，我曾經是漢聲出版社的編輯，目前在民生報工作，也參與民生報兒童書的編輯，而我本身也是一個兒童文學創作者，有時也會去參與一些兒童文學的活動，對於理論方面也有濃厚的興趣。以我本身也是一個兒童文學創作者的觀點來談，大陸作品的出版對台灣本土的影響，我記得民生報社跟聯經合作出版一本《肉肉狗》，是葛進的作品，這作品先前在報紙上刊登時，我們看到時眞的嚇了一大跳，在大陸葛進只是一個小學六年級的學生，卻能寫出這樣的作品，我們眞是有點慚愧。看了這本書之後，我開始閉門思過，本土作者到底有多少長進？我是用了這一個極端的例子來講述大陸作者的作品對台灣本土作家的創作是有影響的。我很感激市面上有這樣的東西，我本身是持一個較廣泛的文化觀點者，我希望這是一個華文世界而不是台灣的世界、或是中國的世界，我希望狹隘的本土觀不要妨礙到文化交流的實踐，我很感謝有這樣的作品出現，替我們打寬了一些視野。很久以來，我把研讀大陸的作品當作是一種功課，大陸傑出的作品確實相當的多，在某一定的比例上是超越台灣的情況。趙老師剛剛有提到台灣的作家有感受到一些壓力，我認爲這些壓力是必要存

在的，你要成長、你要生存下去，沒有壓力、永遠只會安於現狀，就不可能成為一個華文或者乃至世界的作家，所以我覺得這刺激是要有的，所以我對這種兩岸出版交流是持肯定的態度。

　　談談比較實際的情況，大陸的作品根本上的不同，第一很明顯的是語彙上的不同，像在曹文軒的作品他裡頭講到「二戰」，其實就是我們所講的二次世界大戰，他叫電動玩具為遊戲機，在這我要建議出版社對處理語彙時一定要小心，應該解釋的一定不可以忽略。第二個是背景上的考量，有一些傑出的大陸兒童文學創作者，背景比較特殊，像我們最近出了畢淑敏的《我從西藏高原來》，我剛好是這本書的執行編輯，我在編這本書的時候一直在考量這個問題，她以前是一個解放軍的軍醫，她解放軍的背景讓我很困擾該如何看待。後來我發現她的作品確實相當的傑出，她的散文相當得不得了，後來我們考量應該以她的作品藝術價值為本，背景上的差異不應妨礙作品藝術上的肯定。第三個是創作觀念上的不同，有人提到不知道要出什麼書，剛剛林教授有提到，出版大陸的作品缺乏一種規劃性，對大陸作品的規劃性事實上可分作四點來談。第一個是作家。第二個是文類的問題，到底是出詩、童話、小說、翻譯作品、還是其他。第三個是主題意識。第四個是商業上的利益問題，基本上大陸作品的產生在觀念跟台灣還是有一點不一樣，我認為出版作品之前應該做市場調查，同樣的東西出太多不好，應該多去開發比較沒有的東西，這樣兒童文學的交流才能更豐富。以少年武俠小說來說，是相當具有代表性，是不是其他的要跟進就有待靠考慮，以目前的出版，大家並不是在一個很優良的環境下，在出版品的選擇上應該要注意第三大點，是行銷問題連同本土問題來看。剛剛趙先生有提到全國有三千多所小學，我不知道他們的圖書館到底有多少兒童文學的書，我發現即使在大學或者是在國家級的圖書館也很少兒童書，這牽涉到所謂的圖書分類問題。因為兒童圖書分類在中國圖書分類裡頭佔了一小部份，不能細分到有詩、童話等等的分類，讓一般人根本搞不懂那些東西是屬於兒童的，現在兒童文學已足以形成跟成人文學匹敵的文學種類，可是在分類裡頭只是佔了一小部分，所以我覺得這方面需要改進，這也有助於大專院校裡頭對兒童文學書籍的收納。

林教授：

　　非常謝謝！這裡稍微補充兩點，第一點：台灣目前國家級的圖書館不典藏兒童讀物，只有台灣分館有一些，但也很少。第二點：剛才提到分類問題，我們學校目前的兒童圖書中心跟國立中央圖書館、教育部已前前後後討論了很久怎麼來編兒童圖書書目，如果這個沒有事先先設計好，上網路也沒用。我希望我們的兒童書能夠上網路，台灣目前的兒童書還沒有一套屬於大家公認的編目，希望經過教育部跟中央圖書館的同意，編出一套屬於全國性的分類法，但現在教育部在推托，中央圖書館本來就不管這些，所以只好聯合其他圖書館協會正在跟教育部磋商中，等編好之後正式上網路。我們正在籌備的兒研所兒童圖書中也做了很多工作，我們學校最近也在成立文學資料庫，已可以從網路上找到圖書分類，這是目前該解決的，大家以往不太重視這些，但現在已經不同了，真的須要有好的圖書分類。

張老師：

　　我想今天這個會到目前為止都相當的成功，因為許多單位都來吐苦水，吐苦水最主要的原因是書印好都賣不出去。今天林所長在這好辦事，他跟各位要書，就要有責任幫各位賣書，這就是互相往來，我想我就講這樣。

林教授：

　　看看大家還有沒有別的意見！

曹永洋（志文）：

　　就翻譯的事情，我 1990 年跟張老板去大陸的時候，到北京人民出版社的翻譯部，他們自共黨佔據大陸之後，就想把世界文學名著全部從第一手重新翻譯，後來發現大陸那麼大、人才那麼多，卻沒有辦法做到，只好退而求其次。另外關於剛剛張先生所講的，我很有感觸，一開始我認為文革的時候對文化的傷害很大，後來一看不見得，現在大陸作品的水準非常的參差不齊，有的很好、有的很差，後來我想是不是因為年齡的關係，由於整個文化生命力受到傷害就不行了。

那個時候我們印了一本《昆德拉的玩笑》，作者是個女的，在北京人民電台教法文，譯得非常的好，因為皇冠買了那本書，我們只好停掉印行，另外我所講的許海燕先生，也只有四十九歲，如果把翻譯家也當作是作家，學院是無法培養的，因為這關係到許多問題。日本的翻譯工作能夠做的這麼好的原因是因為翻譯可以是生活、專業的，它是品質保證，最重要的條件：有後顧之憂的人怎麼可能把工作做好，我後來重讀傅雷先生所翻譯的《約翰克里斯多夫》，根本是一種創作，那裡是翻譯，一直到現在我仍把它當作案上書，這是因為他全力把翻譯當作是一種工作。

有人問我《小王子》是給幾歲的人看的，我回答他們說：四歲到九十歲。如果能活到一百歲都應該看，大人甚至比小孩更應該看。一個大作家如果在封筆之前有發豪語要為兒童寫書，到目前為止文學界沒有幾個人能夠做到，因為小孩子的東西太難寫了。托爾斯泰就有做到。

張嘉樺（民生報）：

我再補充一點，像我們這一代都是看新潮文庫長大的，不過早期新潮的翻譯確實是有一些問題，最近志文翻譯的作品品質是相當的不錯，聽說新潮的出書量是不是要緊縮？

曹永洋（志文）：

也不是，只是我們比以往更慎重。真正好的書我們才出，再加上譯者不容易找，而且又要第一手資料才要翻譯，所以出書量較少。

林教授：

各位還有沒有問題？

桂小姐：

目前在座的都是出版社的，而且都是擔任上游的編輯工作，我們承認文化出版社所有的文化事業都應該走精兵、精英路線，因為我們的市場非常的少，再

不出一些好書的話，所有的文化素質會造成非常惡質的循環。在這一點上，我個人覺得近年來大陸作品到台灣來，如果我們做一個歸類，會發現有幾種狀況：出版社並沒有購買正式的版權就在台灣出版，犧牲作家的權益。第二種是銷售問題，不是大陸的作品不好，而是整個兒童讀物都面臨這個問題，但好的作品還是有口碑的，讀者是會接受的，也就證明好的東西還是會存在的。出版社沒有好的作者是不能維持它的百年大業的，一個好的出版社沒有好的編輯，怎麼可能找到好的作者，這一點我有很深的體會。葛進在小學六年級的時候，我們民生報發現了他，站在一個編輯的立場，我們是不是有想到要愛習我們的作者，尊重作者，給他機會，培養我們的作者，發現一個作者及抓住他是很重要的，因為一個好的作者的出現是很難得的，我相信好的作品是暢銷的，這一點是我們出版業都有的認識。現在兩岸有許多模糊的地帶，我提醒各位，大陸大量作品的引進是必然的趨勢，我們必須及早想這個問題，如果要做出版不要放棄大陸的市場，多去觀察、尋找好的作品，多去培養好的作家，有一天一定可以掌握很好的資源，當然培養不是一兩年可完成的，是長期的工作，這是我們談到兩岸交流所需深度思考的問題。我不曉得今天這樣談可不可以合乎林所長的要求，我們在 6 月 22 日日下午，將會根據今天的會議做一場研究報告，到時候各位若有興趣，歡迎踴躍參加！謝謝各位。

附錄2-3：海峽兩岸兒童文學出版交流現況座談會記錄

時間：八十六年五月二十四日（星期六）上午十時

地點：台東師院語教系館一樓

主席：林文寶

記錄：賴素珍

出席：林文寶　賴素珍　吳若琳　王嬿惠　孟憲騰　王建堯

　　　蔡秉倫　郭子妃　張怡貞　林富珊

主席發言：

　　今天藉著這個機會，以了解大家對海峽兩岸兒童文學交流的看法，請各位踴躍發言，並謝謝大家的參與。

綜合討論

郭子妃：

　　自從政府開放兩岸探親之後，兩岸兒童文學的交流便隨之而起，由於兩岸間曾經歷過近半世紀的分離，所以在兒童文學上的發展也都各自形成不同的風貌，也正因為如此，彼此之間的交流才更具有其意義與價值。

　　兩岸的兒童文學交流從最早的作家間的認識，作品交流，到最後的兩岸徵文、出版，舉辦座談會等活動都一直在積極進行著，而彼此之間也建立了互信、合作的良好關係，這對整個華文兒童文學的發展是有相當大的幫助的。尤其是這幾年來「中國海峽兩岸兒童文學研究會」也十分積極的在珍對研究、教學以及學術、評論方面進行彼此間的交流，使交流的層次又向上提升，這也正是我們所樂見的。

　　這個學年度起，我們台東師院兒童文學研究所已開始招收第一屆的研究生，而以往一直都在民間成長的兒童文學也開始進入學術領域內，我們希望未來兩岸

兒童文學的交流能繼續朝著學術交流的方向進行，使兒童文學的研究能夠學術化、專業化，也希望透過彼此間的相互刺激而使彼此間的學術研究能有更大的進步。

王婉惠：

　　近幾年來，海峽兩岸文教活動日盛，交流活動與理解的深不和廣度亦隨之逐步擴增，兩岸話題與研究在文學界，藝術界，學術教育界皆各引發了熱潮。在兩岸文學研究方面，海峽兩端也各有豐碩的成果。本文將簡介兩岸對彼岸的文學研究。

　　大陸學者對台灣文學的研究，經歷了四階段：

　　（一）自一九七九年大陸對外開放，台灣作品「登陸」大陸文學刊物起，至一九八二年首屆台灣香港文化學術討論會止；為台灣文學研究拓荒階段。以介紹性文章為多，雖也出現了評論與研究文章，但真有學術價值者並不多見。

　　（二）一九八二年至一九八六年第三屆台港文學研討會止；為開發階段。此時的研究領域大大拓寬，且出現一批質量較高的學術論文與專書。

　　（三）一九八六年至一九九一年第五屆台港暨海外華文文學國際研討會止；為發展階段。台灣文學研究此時成了「顯學」，出現了《台灣新文學概觀》、《台灣當代文學》、《現代台灣文學》等系統性專書。

　　（四）一九九一年至一九九六年第八屆世界華文文學國際研討會止；為提高階段，有多部文學辭典出版及高質量的專著問世，並成為一門新學科進入高等校院，同時有專門評論和研究的學術刊物於海內外發行。

　　反觀台灣頓大陸的文學研究，雖起步多年，但比較全面的文藝學術研究是較欠缺的，相關的研究專書質量均不及大陸對台灣文學的研究。為了彌補此憾，文建會特委託清華大學中文系對大陸文學做系統研究，並出版《大陸地區文學概況調查研究系列叢書》，共出版九大冊，主要研究大陸一九七六年至一九八九年間的文學發展狀況。九冊分述九項類別，包括文學概觀、小說、新詩、散文、報告文學、兒童文學、文學理論與批評、史料、外國文學翻譯等領域。

　　兩岸文學作品各有特色，互相的交流、學習，有助自身的提升，在台灣文學

環境過度商業化的今天，期望海峽兩岸能對彼此的文學創作與文學史有更多的研究與理解，藉由相互的觀摩借鏡，創作出更多更好的文學作品。

張怡貞：

　　一、最近，由於科技的快速發展，國內的教育似乎也在慢慢「轉型」，而有「英語成為小學必修科目」之規出現，且欲將原有的注音符號以「羅馬拼音」取代之勢。吾人甚覺惋惜與遺憾！不知教育決策者抱持何種心態？中國人口眾多，號稱世界「人口最強國」，可惜由於中國大陸政治及經濟落後，對教育亦不甚重視，再加上台灣的國際政治地位聲望低落，在世界上，中國語言文學便無法成為世界共通語言。然而，如果中國文化幾千年的歷史，受到外來文化的刺激而全盤西化、自我貶抑，未免太懦弱了！漢語的特色是全世界上幾乎沒有另一種語言所有的，這一點應該是我們身為中國人引以為榮，且要加以發揚光大的！而今，卻要將之捨棄，實在值得教育當局沈慎思慮！

　　二、海峽兩岸政治上雖為一國兩制，但在血緣及語言上，均屬同一根。而中國文學在世界文化中，乃屬非常優秀的一種語言，如果能排除其他因素，將兩岸優秀的教師、優良的教材、有效的教學法集中討論，相信一定能將中國語文的特色長久保存，且不為外來文化所取代。

　　三、國內目前在「兒童文學」與「國語科」兩個領域的範圍界定上似乎模糊不清。兩者是否都以語言為基礎工具，且以語言為交際溝通為目的？果真如此，為何要有兩個不同的名稱存在？中國文學的領域上，有什麼特別的意涵？如列宁（1996）：「語言為一種最重要的交際工具。」那麼，我們日常生活所使用的「口頭語言」與「書面語言」善否應當並重？尤其在語文科的教學過程中，「聽」為「說」之本；「讀」為「寫」之本；聽、讀是說、寫的根本（李兆群，1996）。然而，在今日的國語科教科書，即使在開放審定本之後，我們仍難在書本中找到非常生活化的口頭語。在一般的兒童書籍或報章雜誌上也是如此。如果兩者（口頭語和書面語）並重，學生在寫作文時往往依照其生活中所使用的口頭語，卻又被教師改得「滿江紅」。另外，在一般書籍中的書面語，縱然是非常標準的文句，也很合乎句子的結構文法，在兒童的日常生活中卻幾乎從不這樣使用如此一來標

準到底何在？

四、兩岸在教育學術上固然需要溝通，所用語言如果無法互相理解，甚至意義不同時，可能會造成誤解與鬧笑話。例如：在台灣－－－他是從事教育的；在大陸－－－他是「搞」教育的。如果未曾深入瞭解兩岸語言所使用的環境差異，海峽兩岸市否應該多嘆討溝通？畢竟未來海峽兩岸的交流可能越來越頻繁，甚至小孩子都有可能到對岸去（探親、觀光.....）但願未來兩岸的孩子與孩子之間不是用「英文」在溝通，而是用「中國話」在溝通，且用語可以暢行無阻！

吳若琳：

近來世局的變化，可謂目不暇給，東歐政治的變革，東西德的統一，中東之戰以及近日來蘇聯的解體，這些混亂的衝突與統整，從整個世界政治結構面來看，民主政治是一股不可抵禦的洪流，六四天安門的訴求，更為人類民主運動史記下壯烈的一筆，而在海峽兩岸關係的互動中，期盼也能以文學交流做為觸角，從了解中互相截長補短，提昇海峽兩岸的人力素質，民主均富的理念可能在中國擴散並且生根，促使兩岸學術水平的提升，為兩岸的學術以及人民心靈的啓迪，更添生命之光輝；而文學是沒有國界的，也期盼因為文學的交流，讓彼此的心靈與理念更有交集點，讓兩岸的中國人能化暴戾為鼓勵，更愛和平也更愛我們的文化，為所有中國人創造更大的幸福。

分隔四十多年來，兩岸間彼此存在著許多的誤解與仇恨，原本學術文化的交流，可以作為一種雙向的溝通，增進彼此的了解，進而建立共識消除仇恨，倘若為未來中華民族利益著想，學術文化的交流，實不應涉及政治及統戰因素，然而現今政治形勢下，學術文化是在為政治目的做準備，海峽兩岸的政府與人民，於日後的學術文學交流，實應考量「什麼的文化型態對於整個中華民族前途利益最好？」做為考量的基準，站在整個中華民族的立場，雙方提出具體有效的做法，這樣才能捐棄成見達成共識，今後政府儘可能再將限制放寬，以利日後能產生更熟絡、更頻繁的交流行為；而為建立彼此共識，為全體中華民族未來利益，文學交流是該保有一塊屬於自我的乾淨天空了。

王建堯：

　　人類經驗不斷地累積，知識持續地演進，成就了「文化財」。每個國家，都擁有其先人，所傳承下來的文化－－這是寶藏。善於利用它的人，則知識泉源將不斷地湧進。所謂：「工欲善其事，必先利其器。」凡是從事學術研究者，莫不盡心擷取文化之精萃－－－深入鑽研。

　　然而，知識的領域，猶如無底之深淵。若畫地自限，必成井底之蛙。僅能以管窺天，不知天之廣闊。須同河伯一般，走出自己侷限的天地，到北海看看，才知道自己之渺小。才懂得謙虛、學習。文化亦然，不交流，則無以精進。如同前清時代，採取「閉關自守」態度。自以為天大、地大，我最大。卻禁不起謂的「蠻夷之邦」的洋槍大砲。因此，要求精進，必先求交流。交流能互通有無，取人之長，補己之短。如：從事兒童文學研究學者，雙方互陳理念及實作。探究兩岸之差異處，相同處。找出一個儘量符合兒童化的創作點。寫出符合兒童心靈的產物來。

　　現今，媽媽為小朋友講故事講的不是安徒生童話故事，就是格林童話看的卡通、漫畫也都是日本製的。中國人，創造不出來嗎？「堯，何人也。舜，何人也。有為者，亦若是。」難道這只是空言嗎？期待兩岸的交流，能迸出燦爛的火花，有個好的開始。更期待台灣學界，能多幾位如：林良、林文寶．．．等學有專精者，大陸多幾位如：張志兮．．。等盡心鑽研者，在文化交流下，放棄政治因素，同心協力，開創中國文化的春天。

孟憲騰：

　　海峽兩岸分隔四十餘年，在政治、經濟、文化、各方面均無交流，自從大陸政策開放後台灣與大陸正式進入交流的時代，雙方獨立發展四十餘年，大陸受前蘇俄的影響其思考方式，各方面均有俄化之現象，而台灣自從政府遷台以來則受美國為首之西方之文化之影響。雖然同為中國人之血統有同文、同種的淵源，但因各自發展的路線稍有歧異。故至今日海峽兩岸之兒童文學亦稍有差別，現今台灣欲了解大陸之兒童文學必由下列三方面進行：

　　1、了解大陸兒童文學的沿革，大陸自從共黨掌政，三反、五反、文化大革

命，至今改革開放的時代背景必定其兒童文化之沿革產生重大之影響。尤其當文化大革命對大陸文化多方面均產生重大的影響。故研究大陸兒童文學必定要依其時代背景。

2、分析其兒童文學內容與表現形式。透過內容與形式的分析來看，海峽兩岸在內容上的著重點有何不同。以及其表現手法在表現之形式如兒歌、童詩等格式、用字遣詞上有何差異。

3、分析兒童文學內涵之意識形態。不同的政治背景與不同的意識形態必定代著有不同的兒童文學，由兒童文學政治與意識形態的分析必定能了解雙方社會各欲傳達的觀念與意識形態。

如能透過對作品之分析，作家之研究，以及讀者之研究必定能了解海峽兩岸兒童文學發展之異同進而更能彼此了解。

蔡秉倫：

數十年前，兩岸交流還是遙遠的夢想，若有人以任何名義前往海峽的彼岸，總免不了掀起一陣軒然大波。時至今日，情況已大不同。「兩岸一家」已不再視為政治口號，由這端到那端；由此岸到彼岸，往來互通的情形至為普遍，到「大陸」去，再也不是什麼新鮮事。基於同文同種的背景，挾著語言文化的優勢，兩岸中國人的往來，除了方便更多了一份深深的理解。除了一般性的經商、旅遊，更希望對彼此分隔許久的文化有所分享。

台海因政治因素離散了幾十載，互不往來的情形下，發展了各具特色的兩岸文化。雖然同為中國人，卻因生活方式與意識形態的互異，在文化上有了炯然不同的發展，思考與詮釋的方向也大不相同。因此，你看我怪異，我看你也新奇！交流愈頻繁就看到彼此更多有吸引力的特質。不短對對方同度同意，這樣的特質，直接而迅速的驅策了兩岸文化交流的腳步。

文化的交流，必須值於基於平等的立場，雙方秉持真誠的態度，互相尊重。不卑不亢才是正確的態度，以自己的文化為根基，吸收融會對方的長處，沒有攻訐排斥、亦不須妄自菲薄。文化交流的目的，不僅止於模仿學習，更重要的是透過新事物的刺激，促成自我的反省與再造。兩岸的文化交流，希望是如源頭活水

般的注入，使原有故著的模式，增添新的活力。

　　文化的融合，正是一種創新與再造的必然趨勢。希望能因此豐富了各自文化的內涵。在觀摩之中互相學習，也許因而有所起發，也許因而充實壯大。不論如何，在追求多元並蓄的今日，兩岸文化的交流確有其重大的發展意義。

林富珊：

　　文學是無窮無盡的，在海峽兩岸對文學學有專精的人亦不在少數。尤其，以我國以往對兒童的啓蒙教材的重視程度，我們不難發現，對於兒童所該學些什麼，該灌輸他們何種知識，都可從其中略見一二。因此，在發展兩岸文化交流的學術課題中，兒童文學也是不可或缺的一部分！

　　為了使海峽兩岸的兒童能夠眞正擁有自己所要讀的書，我們就該先去了解現今的兒童需要的是什麼，再從我們所舊有的文化中去改善、去選取，會合兩岸學者專家的看法，才能眞正創造出完全是屬於兒童的兒童文學，而不需要加上任何外來的因素，如政治。因為，兒童文學就是給兒童讀的，若我們不明白兒童的內心世界，又如何創作的出來呢？海峽兩岸的中國人，都是相同的炎黃子孫，有著相同的文化基礎，旣是如此，就該好好利用我們所擁有的文化資產，為兒童造出一片眞正屬於他們的天空！

附錄 2-4：海峽兩岸兒童文學交流之研究座談會紀錄

時間：86 年 12 月 22 日上午十時至十二時

地點：台東師院兒童文學研究所

主席：林所長文寶　　　　紀錄：郭子妃

出席：林玲遠　洪志明　張珮歆　蘇茹玲　王貞芳　陳昇群　廖健雅　馬祥來
　　　林孟琦　林靜怡　黃孟嬌　郭祐慈　楊佳惠　游鎮維　劉鳳芯　宋其英
　　　張淑玲　陳冠如　林昱秀　薛美鈴

一、主席報告

歡迎各位出席本次座談會。

自一九八七年政府對大陸政策開放以來，兩岸交流關係已經由原來單向的探親逐漸形成雙向交流，但依目前兒童文學的交流情形來觀察，僅止於雙方交換出版品、資料和訊息，或互相邀請，而缺乏交換兒童文學的創作理念和技巧、兒童文學研究方法和觀點、以及兒童讀物的編輯理念和技巧等；也就是所謂思想的交流。只有進展到兒童文學工作者的思想交流，才能對兩岸的兒童文學發展起積極的促進作用。它的達成，必須在兩岸都掌握了對方相當的資料，而且有不少專家學者作了基礎性的評介與研究才有可能。

將以下時間交給大家，請各位提出寶貴的意見。

二、討論

林孟琦：

兒童文學儘管在歐美由來已久，和其他主流文化比較起來，仍顯得弱不禁風。長期以來，這小孩子的東西總被認為是小學問，不需要花太多精神去研究，而偉大的學者們也大多不會主動去涉獵此一領域。總之，這是一門被忽略太久的學問。

物質文明逐漸發達，兒童的概念逐漸被重視，大家突然了解兒童是需要自己專門閱讀的東西，一時之間，各種學說、觀點、紛然而至。遊戲觀、教育觀的爭

執，心理學的看法，還有站在民族主義的立場，更有各種不同的界說，這一切的說法雖然吵翻了天，但這是進步過度期的表現。

台灣和大陸的兒童文學起步更晚，不過看得出有革命性的進步。台灣在童詩的發展上進步最大，加上台灣的出版業發達，印刷經美而進步，刺激了童書市場的發展，圖畫書更有驚人的成長。

大陸的研究風氣比台灣勝盛行，也發表了相當多的文章。少年小說方面的成就因揉合了地方色彩而非常顯著。只可惜大陸上的出版業不像台灣這麼發達，印刷品質低劣，大大影響童書的品質。許多大陸作家在台灣發行的作品，經過台灣精美的印刷，更增加其吸引力。

所以，我們要向大陸學者學習其兒童文學的理論研究，大陸要向我們學市場的開發及童書製作的技術，創作理念和技巧，更是需要相互交流。但話說回來，大陸的兒童文學理論仍嫌不足，而台灣的童書市場也尚未完全打開，這是我們雙方都要再精益求精的。不論是理論、創作或市場，都可藉著兩岸的交流，而達到更高的境地。

馬祥來：

隨著兩岸文教的開放交流，兒童文學界的交流更是掀開了前所未有的空前，在台出版的大陸作品大舉來襲，當然其中的水準具有一定的要求。而雖然有的出版商是站在利益的角度上出版這些作品，但其帶來的效應卻是不可忽略的。比如更刺激台灣本土的兒童文學作品的創作與出版，甚至是創作水準的提生與重視。

因此雖然有學者提出一些隱憂，比如大陸作品大量的出版會扼殺了本土作家的出版空間，個人認為是不會，因為即使是大陸作品，也必須經得起市場的考驗，即使他們作品的版權較諸本土作家來得便宜，但是出版商是有其一定的市場考量，所以如果是不好的，或不為台灣兒童所接受，自然不免被時代淘汰，同樣的台灣本土作品也是一樣。如果只是一味的溺愛而不知嚴加把守作品的素質，兒童是最佳的評論者，因此這些作品還是不免會被淘汰的。

所以問題的關鍵不在於有多少大陸作品或是翻譯作品充斥市場，該關心的是有多少好的作品充斥市場，這才是本土作家與出版商所要努力的方向。如果只想

圍堵外來作品的流通，是徒勞無功的，因位現在是資訊化的時代，任何的資訊擋也擋不了，何妨就以平常心來看待兩岸兒童文學的交流，或許可爲本土兒童文學帶來發展的契機也說不定呢？

　　不過在交流的同時，當然本土作家的作品也應該得以在對岸出版，而不是你來我不往的情況，不然這對本土的作家與作品的發展反而是不利的。但是前提必須是要有好的作品與作家，這一切條件才能成爲可能，不然也眞爲難對岸的出版社與讀者了。

游鎭維：

　　海峽兩岸兒童文學交流，對分隔了近四十年的中國人來說，是具有深層的文化意涵的。

　　兒童在人的生命過程中屬於自然人的狀態，在潛意識中的基因遺傳具有普同性。人，在兒童的範圍內可以互通，是自然的事，再說，雖然兩岸目前的政經體制大不相同，但仍同屬一個「文化中國」。這兩個前提下，兩岸兒童文學交流是時代的趨勢。

　　交流，一定會有接觸，接觸就一定會有某程度上的衝擊或影響。對於讀者，接觸彼岸作品，無疑會增加閱讀視野的深度及廣度上的良性競爭，走出「閉門造車」的危險；研究者，能獲得一些理論上的激盪及借境。

　　以上是交流應有的態度和所會帶來的正面效果。但未來的發展與走向，我認爲有兩點要思考：

一、目前大陸兒童文學界，無論是創作界或學術界。都明顯呈現精緻化、高度化：
　　創作以「爲人生悲苦做思考」的少年小說爲主力，學術建立起「中國本位」的邏輯嚴密，結構嚴謹的理論。這可以解釋爲彼岸在爲提高兒童文學在一般人心中的地位做的努力；反觀台灣，創作以主張「從兒童本身出發」，不偏離「貼近兒童」這個目標爲原則；學術界則處於注入西方兒童文學觀念的研究起步階段。我們可以看出，兩者在現階段處於不同的狀況中。

　　從這點，我們要思考：在未來，兩岸交流的結果，是要保持自身不同的豐富姿態，以相互做爲參考，還是逐漸走向求得觀念、發展上的同一。

二、雖處於同一「文化中國」的範疇下，海峽兩岸近四十年不同體制中仍有不同
　　的生活情況以及價值觀，它們會某程度上的反映到作品中。出版界在引進彼
　　岸文學作品時，會考慮讀者的接受度，引進合乎、貼近台灣小讀者生活經驗
　　作品為主。若以「從文學作品了解彼岸」這個角度來看，這樣做法會造成資
　　訊傳遞上的失真，形成狀況上錯誤的再現。

　　從這點，我們要思考：面對彼岸大量且不同的作品，引介時應從何種角度來
取捨才為適當？

　　當然出版的同時，大陸作品和台灣作品在出版量上的比例如何，也是另一個
思考的重點。

　　總之，海峽兩岸兒童文學交流是一條長遠的路，在大多數人對彼岸意識形態
有著潛在的恐懼和排斥下，這條路需要穩紮穩扎，踏腳實地為宜。

林靜怡：

　　以當前的情況來說，兩岸兒童文學似乎有一個較明顯的差別，即中國大陸的
作家比較不將自己定位在兒童文學作家，且他們的作品具備更多的藝術性；而台
灣的兒童文學的蓬勃偏向於童話，兒童文學作家除了多在意小讀者接受的程度
外，還著重對孩子的教育性。這兩種取向並沒有衝突性，而是各有地位，各擅勝
場，因此，若兩岸在兒童文學上可以有深度的接觸，希望除了可以相互取鏡外，
應能更深入地探討兩方優點的形成原因。

　　中國大陸地域廣闊，兒童文學作家充分利用其特性，創造出許多風土民情迥
異的作品。台灣雖然面積不大，縣市之間的差異不很明顯，但都市、鄉村、高山、
海邊也是變化多端，但是卻沒有因此大量產生多樣的作品。藉著兩岸的交流，是
否可就各自地域的特點對該作品的影響做更多的討論。

　　台灣在文化上一直深受中國大陸的影響，雖說在文學上同處於中文世界，但
台灣應可以多往世界發展，尤其是在文字文體的部分。當談話對象只有兩類時，
很容易只看見自己和對方，忘記兩也許別有一番風味的第三者。或者，通常都只
會注意到強大的第三者，忽略了小卻也發光的星星，所以，不論是誰都應把眼界
放寬，華人世界的兒童文學才能質量皆佳。

交流總是要求進步的,而進步應該是朝哪個方向?我最希望看到的是各因歷史、地理、人文、政經等環境背景不同而各自良好的發展,而不是一昧地看到對方的某一點好就拼命地模仿,這樣才能提供給孩子們用同樣的語言文字看到多'樣化的作品,認識無窮的世界。

黃孟嬌:

跟成人文學比起來,兒童文學在世界上的發展都不算成熟,而東方國家開始重視兒童文學的時間又比歐美國家來的晚,所以幾乎在發展的階段,都以西方國家的成果爲主要參考依據,如長此依賴下去,很容易會造成發展上的障礙。幸好在歐美以外的國家現在已有不少都有不錯的成績。像台灣及大陸,現在都有不少人在推動兒童文學,往學術領域發展。雖然兩地的文化發展在這幾十年來已有差距,但很重要的是,台灣及大陸仍然享有共同的的語言及文字,(簡體字及繁體字雖不同,但仍不至於造成太大的閱讀障礙),所以如果可以在兒童文學的研究成果方面好好地交流,將會對兩地兒童文學的發展有非常大的助益。

首先,兩地要互通有無,很重要的一點是要建立共同的翻譯系統。不管在學術研究方面或兒童讀物方面,常常會接觸到外來的資訊,如果能有相同的譯名,將會減少很多的障礙,也省了查詢的時間及心力。尤其是一些經典人物、作品的名稱,最好能達到一致。當然,在作品的翻譯方面,還是要以譯者的風格爲主(畢竟兩地的語言風格已大不相同)。

另外很重要的是,不要讓政治立場介入學術領域。兩地在政治方面一直以來都無法達成共識,也不能互相尊重,如果在文學交流上還存有自恃的心態或偏見,不能放開心胸去接受、欣賞對方的作品或論著,這樣的交流是沒有意義。

郭祐慈:

兩岸關係從政治解嚴開始,就成爲廣受討論的話題。

兩岸之間,也從互爲蛇蠍猛獸,到目前各式議題的試探。「政治」總免不了存在著敏感性。在彼此情況不甚明瞭的時候,「文化交流」自然就成爲兩岸「靠近」的第一步。這幾年有越來越多的文化活動,在兩岸中逐漸進行。兒童文學,

也在這樣的背景下，有了更多密切的接觸。

兒童文學的交流，基本上都是從作品流通凱始。台灣的圖書市場，由早期日本翻譯書籍，到歐美圖書的進入，又出現了不同的的選擇─大陸作品。撇開大陸、台灣敏感的政治背景之外，「文字」的共通性，就成了大陸作品進入市場，最有力的條件。當我們閱讀其他國家作品的時候，如果本身不是具備十分良好的語言能力，就只能透過翻譯來瞭解作品。作品在透過翻譯的過程中，常常會因為諸種因素，而使讀者無法全然窺探作品的全貌。大陸作品則少了很多這方面的顧慮。雖然大陸使用簡體字，而且許多文字使用習慣與台灣不相同，但是相較於其他國家作品，依然少了一層語言的障礙。從以上的論述看來，兩岸兒童文學的交流，就擁有很大的空間了。除了作品的相互流通之外，學術方面的切磋，自然也不可輕忽，少了語言的障礙，更能分享彼此的研究與寫作經驗。

在這樣的環境與政治背景下台灣本身的角色又應該如何定位呢？就我個人的看法，不論是「大中國」或「台灣自治」，台灣都需要有自己的文化特色，簡單的說，就是所謂的「本土化」。在一片文化交流的聲浪中，台灣依然要發展奠基在自己文化下的作品；唯有如此，才能有實質的流通，不然只會在流通中失去自我，找不到作品的位置。

最後，我們期待兩岸交流的大門能更敞開，也冀希台灣兒童文學發展能逐步漸架構出屬於自己的特色。

林玲遠：

在中國大陸與台灣分隔離的四十多年以來，事實上兩岸已經有各自相當不同的發展，不論在生活環境上，或是在人們的思想意識上，差異是顯然可是的。這種情形有點相生物學上的物種隔離，當兩種本來是一樣的物種，有部分遷移到新的環境以後，長久時間下來，就會演化出各自不同的特徵，尤有甚者，便是成為兩個 speices，產生了生殖隔離。

當然中國大陸和台灣基本上仍有許多相似的地方，一方面是因為血緣關係仍相當緊密，一方面則是教育方針的問題始台灣的人對中國有著一份無法言喻的鄉愁；不過不可否認的，兩岸人民在生活型式上或對文化的認知上，確確實實已經

有了差異。

在這樣的情況下，究竟我們應該如何來推動兩岸對兒童文學的交流呢？我們知道兒童文學代表的是我們對下一代的希望，當成人對我們未來的社會有所期盼、有所理想的時候，兒童文學和教育制度最是能做為達成理念的工具，同樣的，也最能反映我們對社會的想法。

假如我們要的是一個大中國的理想，那麼不容置疑的，致力於使兩岸達到共識會是最有力的方式；但是我覺得無論我們是不是想使兩岸「融合為一」，立足於自己的土地上應該是最重要的，如果沒有紮根的工作，我們很容易就會迷失於濤濤洪流之中。不只是兒童文學，許多文化我們也常在日本或歐美的影響之下喪失自我。就以最簡單的旅遊來說，國人能想到最憧憬的旅遊方式或蜜月據點一定是在國外，彷彿台灣根本不值一哂。但我讀森林系時，我們走過台灣大多數人想都不會想到存在於台灣的地方。我很希望我們所謂的交流，不要再只是想「像誰一樣的厲害」了！

洪志明：

十幾年來兩岸政治交流、商業交流的日趨密切，導致兩岸兒童文學的來往也日益頻繁，在這種日益頻繁的交流中，產生了一些可喜的影響，同時也產生了一些可憂的現象。

為了引導這日益頻繁的交流，使其朝正確的方向發展，減少其負面的影響，我們在這裡不禁要在這裡提出一些看法和對策，以供相關人員參考。

在可喜的方面，我們發現我們的兒童，可以以同樣的價格，閱讀到內容更精彩，題材更廣汎的作品。由於大陸十幾億人口，累積四十幾年的作品，難免有很多佳構，在這短短的十幾年內引進，使得我們這一代的兒童能在短短的時間內充份的享受到其精華，確實是一件難得的美事。

在作家方面，大量引進大陸作品以後，他們獲得了更多佳構可以參考，在作品的閱讀中，難免會吸收到他們的寫作技巧，而提昇自己的寫作能力，讓自己更有能力把自己放在世界的舞臺上。

在理論圈或學術圈方面，自從大量大陸理論作品引進之後，他們發現別人研

究的內容不只是局現在兒童文學的創作論上，而有更多的理論作者，從兒童學、心理學、教育學…等其他學科方面來探討兒童文學的諸種理論，因而刺激理論圈的學者更寬廣的視野，而獲得更好的研究成果。

對出版社和報界而言，他們出版或是出刊作品的選擇空間更大了。他們可以以同樣的價格取得水準更高、體裁更多樣化的作品，而獲取更大的利潤空間，何樂而不為。

對整格社會而言，透過作品閱讀，臺灣和大陸可以增加互相了解的機會，打破四十年來音訊相隔的情形，逐漸以更人性的方法來看待對方。

然而，負面也有一些影響，值得我們深思。

對兒童而言，他們尚屬未成熟的個體，很容易受到作品的影響。而，大陸作家在封建體制、極權體制下，創作出來的作品，難免會反應這一類的思想，兒童透過書本的閱讀，難免會受其潛移默化，而受某些觀念荼毒於無形而不知。

對作家而言，本來就很有限的創作市場，現在受到大陸作家的傾銷，更顯得狹小，要在這樣狹小的空間下求生存，實在是越來越不容易，因而許多作家不得不轉行。長此以往，更降低臺灣作家創作的意願，而無法培養本土的創作人才。

本土的創作人才一少，兒童能閱讀的本土作品就會因而減少，兒童長期接觸非本土的作品，叫他們如何能熟悉自己的鄉土，而興起關愛之情呢？

由大陸作品的引進，使得本來已經很尖銳的統獨問題，在兒童文學圈也發酵起來了。統獨兩方觀念不同的作家，產生比過去更明顯的衝突，統者認為同文同整，不互相來往，要與誰來往；獨者認為大量引進對方的作品，難免矮化自己，因而造成兒童文學圈某些不必要的困擾。

針對這些交流的優點和缺點，個人認為千萬不可因噎廢食，停止交流活動。而應另思良謀，減低交流所產生的不良影響，提高交流的利益。個人認為下列的方法，或許值得參考。

（一）作者應該改變心態，不可要求出版社或報社少用大陸作家作品，應該更努力的提昇自己的寫作能力，把自己放置在世界舞臺上，和大陸甚至和全世界的作家競爭，寫出既是本土化，又有世界格局的作家。

（二）家長在為兒童選書時，必須慎重，千萬不可只選擇大陸作家的書，應該要

　　以臺灣作者的書為主，因為在臺灣孕育的兒童，應該多接觸臺灣的作品，才會真正了解臺灣，真正愛臺灣。

（三）出版社和報社在出版書籍出刊作品時，千萬要立足臺灣胸懷大陸，因為我們絕不可做他人文化的殖民地，一定要有自己，要有自己的文化，那絕對要培養自己本土的作家。

（四）有統獨觀念的人，一定拋棄意識型態，就作品，論作品。不可心存偏見，或預設立場，因為好作品一定能深入人心，一定能激發人性，不管他的作者是哪裡的人，不管他的產地是哪裡，它都會為我們的兒童帶來成長長所需要的營養。

　　兩岸的兒童文學交流不是一日兩日的事情，未來也可能無限期的繼續下去，我們希望透過不停的檢討與改進，能使交流產生更多正面的影響，減少負面的傷害是幸。

王貞芳：

　　"關心兒童"是無國界的關懷，希望在此前提之下，一切不要泛政治化。

　　一樣心，在四十年的分隔下，成了兩種不同的心情，關懷的層面也隨之不同，希望對岸的你們能夠理解，以一種客觀的角度來看待：資本主義下的台灣兒童所面臨的危機和困惑，也許兩岸間不無差異，但可能的是有著極大的距離。而在觀看這種差異時，請先來了解台灣的生活背景。

　　一樣心，在四十年的分隔下，成了兩種不同的心情，關懷的層面也隨之不同，希望對岸的你們能夠理解，以一種客觀的角度來看待：資本主義下的台灣兒童所面臨的危機和困惑，也許兩岸之間不無差異，但更可能的是有著極大的距離。而在觀看這種差異時，請先來了解台灣的生活背景。

　　對岸的你們，存在於作家心中最深處的是：喚醒一些關於民族的感情啦！意識啦！關懷啦！…等等之類，畢竟你們民族的情感太深了。而在海峽此岸的我們，關心的只是島嶼的生存空間，以及這裡關於未來主人翁的真切生活，說到此，似乎就某種生態而言，是真的有點不同了。

陳昇群：

　　兒童文學在海峽兩岸各發展了數十載，成就雖然互異，但在某一層面來看，其實更是互補的。

　　中國紛紛擾擾近一個世紀，兒童文學的發展較西方遲緩。在台灣更是在「教育」全面的影響，甚至在「政治」的調味之下，走得危危顫顫，直到最近幾年，才終於走出完全「兒童」的新鮮□眞美的味道來。然而，關切面仍然太狹隘，開拓點也顯得太集中，台灣或許太小了，走大氣象的作品很艱難，創大風景的格局更困阨。

　　開放大陸政策，施行兩岸文化交流，讓台灣人對另一塊土地的印象，開始走出教科書那些平面紙上的許多「偉大」數字，而打開眞眞實實的大陸！進入寬廣的土地，感覺豐饒多變的人文風情，實在是兒童文學作者的取材寶庫與可供治理的新穎國度。

　　如果可以，在相同語言與文化基礎的交流之下，來自大陸的營養成分，對台灣兒童文學的滋養，應較西方來的深層而有力。因此，兩岸在兒童文學方面的交流，是可肯定可期待的一次次發熱發光的化學變化過程，相信對於空間侷囿的台灣地區兒童文學環境，有著莫大的正面影響。但有一點仍不可忽視，來自大陸的，止於養分的擷取矣，本體應沈沈的放在自己腳底下的土地。

　　在兒童文學的世界裡，原無地域之分，大陸與台灣，皆應存著一樣的理想和認知，回歸兒童，回到本質的最清新，這是兒童文學最根本的基礎性統合，且無關執拗的政治理念，遠離狹隘的民族意識，否則兩岸的交流，還是清濁不同的好。

張珮歆：

　　海峽兩岸自從『三通』之後，許多的政治、經濟、文化活動也爲之開拓，大多數的人總是將焦點聚集在成人文化的交流上，卻不太清楚兒童文學的交流也正在如火如荼的開展。

　　在兒童文學界已經舉行過的交流活動，大多屬於民間團體自行策畫與籌備經費，很少官方出面舉辦，這樣的情形有利有弊，利處是可以避開敏感的政治問題，不用做太多浮面的官樣文章，可以是兒文界人士理想的、溫馨的交流；弊點則是

由於經費上的拮据,這樣的文化交流活動就只小型的、私人的、少數人參與的,不能引起一般大眾的重視,影響力自然不足。我想提出幾點我希望的交流形式:

1. 請大陸兒童文學作家到台灣演講。其實台灣已有許多大陸兒童文學的作品,只是由於文化背景、生活方式、思想觀念的不同,有時讀起大陸的作品實在有格格不入的感覺,若能請大陸兒文作家來台演講,講述他們的寫作背景,寫作素材與動機,讓台灣兒童多接收關於大陸兒童的資訊,才能使大陸兒文的優良作品能受到較多的重視和推廣。也使台灣的父母不至於對大陸作家的作品太『感冒』,或認為不適合給台灣兒童閱讀。

2. 請大陸兒童文學作家到台灣的各大學任住校作家。下學期我們就有機會能接觸大陸的兒文作家,但其他學校的學生就沒有這份幸運,兒童文學不能只在師院中教授,現在很多大學已開辦中等教育的教育學程,國中生也列在兒童文學的閱讀群中,但中等教育的教育學程中卻無兒童文學的課程,大陸兒童文學中少年小說的部份十分有成就,若能在各大學開課,相信一來能彌補許多大學生在中學時因聯考體制而失去的閱讀機會,也能使這些未來將為人師,為人父母的大學生,對兒童文學有更進一步的瞭解,能指導未來的青少年來欣賞這些不同於台灣文化的作品。(但這些兒童文學課程還是要以台灣本土的兒童文學為主,不能本末倒置,大陸物兒文的作品只是給台灣的兒文開起另一道門。)

3. 兩岸兒童文學出版品的交流,現在兩岸的互動已經越來越頻繁,也希望海峽兩岸的作品能多在對岸出版,有更完善的管道可以閱讀到對岸的作品,促進彼此質、量上的進步。

在第 1、2 點的意見方面,也希望台灣的兒文作家能在大陸上有相同的交流方式,相信這樣的交流之下,影響不只限於兒童文學,對於彼此的觀念思想,都能有所進展。

廖健雅:

海峽兩岸互通以後,在兒童文學方面,也有大幅度的發展。雖然,兩岸在這方面的交流,才七、八年的時間,但彼此之間的學術研討會,卻都密切的進行。例如:1988 年 10 月,台灣兒童文學文獻研究家邱各容赴大陸參加現代文學史料

研討會。1989 年 2 月，大陸兒童文學研究會與《文訊》雜誌社在台北合辦「海峽兩岸兒童文學之比較座談」。1989 年 3 月，香港兒童文藝學會與香港作家聯誼會聯合主辦「兒童文學研討會」邀請大陸、台灣兒童文學作家在香港聚會……等。在在都發現，兒童文學家的密切結合和期待做進一步的接觸。

　　經過長時間的隔離，兩岸在不同的制度下發展，無論價值觀，或是生活方式，或是文學風格，都有不同的展現。所呈現出來的作品，也有迥異之處。無論童詩、童話或小說，都各有各的特色。

　　以少年小說為例，台灣作家注重鄉土氣息，並以少年兒童的學校、家庭生活為主要背景。所使用的筆法是較輕鬆、活潑的，具有趣味性。像李潼《少年噶瑪蘭》、王淑芬《我是白癡》………　　。但，大陸作家的作品，則較具成人社會的生活，比較富有哲理性，及深度的社會層面。所以，表現的手法就較為沈穩、凝重，並且在文學美學上的追求也較注重。尤其大陸幅員廣大，他們作品的題材就擴大很多，呈現各種不同的風貌。如：曹文軒〈紅葫蘆〉、沈石溪《第七條獵狗》、盧振中《阿高斯失蹤之謎》………　　。

　　從這個角度來看兩岸作品的交流，無疑是開闊了兩岸少年兒童的新視野，不僅兒童文學家們能有所啟迪，更是少年兒童的福音。使少年兒童能欣賞到各種階層面的作品，而這些作品是不同於一般的生活，這樣的刺激和不同的感受，對少年兒童的經驗成長，應是很好的教材。也可從中獲取新的體驗，達到取長補短的效果。

　　在幼兒圖畫書和童詩的比較上，也有同樣的作用。大陸的出版業者就希望：能在十五年內，趕上台灣的精美印刷，達到質齊量多的包裝。生活於富足無缺的台灣小朋友，在童詩表現上，就天真、單純、率直些。而大陸小朋友在功課壓力重、獨生子女的嬌慣下，自主能力較差，個性也受約束，稚氣就少了。所以，兩者之間，不同意境的作品，也可達到觀摩、欣賞的目的。

　　有競爭，才有進步。兩岸兒童文學作家不應以此為意。同樣是以華語為主的兩岸，除了攜手共進，發揚共有的民族傳統外，更應走向未來。使我們的少年兒童，能從共同認識的語言文字中，認識到更多的優良兒童文學作品。如：從童話中，獲得膽大的想像樂趣；從少年小說中；領會不同生活的奧妙；從童詩中，捕

捉新奇的想法。最重要的是，豐富少年兒童的經驗，強化他們的思維，增加他們的創造力。這樣，才不枉兩岸交流所付出的努力。

蘇茹玲：

雖然有著共同的文化傳統與文化擔當，海峽兩岸卻因政治、經濟等發展的不同，造成了個異的社會文化，如何加強兩岸彼此的認識與溝通，實在是刻不容緩的事，由其是像兒童文學這樣重要的大事。要使中華民族的兒童文學事業走出自己的康莊大道來，唯有藉著兩岸兒童文學工作者，不斷地交流、提昇學術研究和創作成果才能達成，所以我們非常期待海峽兩岸能時常舉辦兒童文學交流的研討會。

隨著兩岸兒童文學工作者彼此了解的日益增多，人們對兩岸兒童文學進行比較研究的興趣和條件也逐漸增加，這是很可喜的現象，因為這對兩岸寫作題材的多樣性有著互相觀　摩和鼓勵的效果，更可拓展學術視野。孫建江曾在論文中指出，只要兩岸的交流繼續下去，兩岸兒童文學各自原有的格局必然會有所調整，以至最終朝一個整體的中國兒童文學方向發展，這是我們非常樂於見到的。

另外，對於兩岸兒童文學界所共同面臨的困境，不管是創作上的，或者是意識形態上的，都可藉著交流的機會提出，設法在某些方面得到共識，但也尊重不同的見解。就拿「教育」和「兒童本位」關係的論點來說，各理論都非常精彩，也各有所堅持，或許這本來就是各人看法的問題，就讓創作者根據其理念形成他的寫作風格。所以，我想，海峽兩岸兒童文學交流除了溝通更要能包容。

總之，為了使在共同文化背景卻成長於不同社會環境的兩岸兒童文學更加茁壯，我們絕對不能閉門造車，兩岸要互相學習、鼓勵，以汲取寶貴的經驗，藉著兩岸兒童文學的交流，為未來的兒童文學開創出新的遠景，走出一條屬於中國兒童文學的道路來。

楊佳惠：

隨著兩岸三通的呼聲日漸高漲，文化學術界早一步屏棄自古文人相輕的弊病，共同為發揚中華文化而努力。兒童文學界也不例外。

　　偏偏，在兩岸政治關係未成定局前，有好事者硬是將兩岸兒童文學學術發展，二元化爲所謂的「統派」以及「獨派」引得立場本不明確的雙方，模糊了文化交流的前提，紛紛各執一詞，互不相讓，分散了學術文化資源。站在學術的立場，這未償不是件好事，兩派學說爲了強化自己的理論，必定會廣泛蒐集資料，嚴密理論架構，免於空口說白話之嫌，並無形中架構出兒童文學這個新興學科的雛型。但是，我卻認爲是「獨」是「統」現在還不是談論這個問題的最佳時機。

　　試想，一個甫從母體哇哇墜地的新生兒，父母心手相連給它一個安適的環境，細心的呵護它長大都來不及，怎麼可能馬上爲了爭孩子的監護權而大打出手？這看起來簡直就像電視八點檔的倫理鬧劇。

　　我認爲，臺灣自命爲兒童文學家的學者專家，應該努力的是盡力在我們這塊土地上耕耘，喜歡爲孩子寫故事的，就盡情去讓想像的翅膀飛翔；喜歡搞兒童心理學的，就讓自己和孩子打成一片，實踐自己的理論理想；喜歡讓兒童文學回歸到教育體制的，就在教學上發揮所長；喜歡出國喝洋墨水的，在研究歐美兒童文學史的同時，也請別忘了你來自何方。

　　臺灣這片美麗的土地，有多少地方需要兒童文學工作者去播種，然後，依照適合這土地的土質狀況，給與適當的肥料。古人云：「誰知盤中飧，粒粒皆辛苦。」如果，身爲臺灣人，卻不致力於本土兒童文學的耕耘，來日兩岸三通也好，持續分化也罷，我們是否有肥美碩大的果實與人相較量？

　　文學是一種藝術，藝術就你我所知，是美的，可以帶給人心祥和喜悅。孩子是純眞直心的，他們會爲了童話故事中不被重視的醜小鴨流下同情的眼淚。當我們發展出給孩子閱讀的兒童文學時，有沒有深思過，我們的動機是什麼呢？

　　政治與權謀脫離不了關係，尤其是當這個世界上有愈來愈多的政客之後，政治更是變成少數既得利益者獲得權勢的一個手段，搞「統」搞「獨」的兒童文學家，不知居心何在？

　　兩岸形勢詭譎不明，但我相信大陸的兒童文學家也是拋開政治立場，深愛孩子的，否則，他們創造不出這麼多優質的好作品。

　　或許，在我們高喊兩岸兒童文學學術交流之前，應該再反思我們對本土的兒童文學付出了些什麼，而不是在政治立場上計較。

附錄 2-5 海峽兩岸兒童文學交流座談會記錄

時間：1998 年 3 月 26 日下午 16:00~17:40
地點：台東師院國際會議廳
主持人：桂文亞
引言人：林武憲、張秋生、吳燈山、金燕玉、杜榮琛、葛競
記錄：郭子妃

壹、主席報告

桂文亞：

　　各位先生、各位女士大家午安，我是民生報少年兒童組的主任以及中國海峽兩岸兒童文學研究會的召集人桂文亞。今天我們座談會的題目是「海峽兩岸兒童文學交流」，海峽兩岸從 1989 年第一次交流到現在為止已經進行了九年，我們希望透過溝通、瞭解的方式，來加速彌補兩岸分治四十年所留下的空白；我們也希望這樣的交流是超越了政治，回歸了兒童文學本體。

　　九年來的交流成果，可以將它歸類為六種方式：第一是互相認識、建立友誼。第二是開始互相參加研討、筆會。第三是平面媒體的傳播交流，包括報紙、期刊及其他出版品的互相推介。第四是學術性的交流。第五是出版界的交流。第六是個別的訪談交流。這是九年來兩岸兒童文學交流發展的狀況。

　　兩岸的交流到目前這個階段，應該要有比較明確的方向，交流的項目、內涵以及階段性發展的計畫應該是要開始有統整的規畫與整合，這樣的話就可以節省一些人力、財力以及時間上的耗費。

　　我們的座談會現在就開始進行。

貳、引言人引言

金燕玉：

—— 相聚爲兒童 ——

我們中國人做學問講究「切磋」，切磋，即今日之交流。海峽兩岸兒童文學的切磋之道曾經很不暢通，記得我在寫《中國童話史》時，所看到的台灣作品很少，並努力蒐集，卻苦於沒有管道。結果，只能用有限的材料，寫了一章＜海峽彼岸的弦歌＞作爲外編，所談及的作家只有七位（楊喚、林良、林煥彰、謝武彰、林武憲、杜榮琛、嚴友梅），當時確有「隔岸看花」之感受。隔岸看花只能看個大概，看不眞切，看不仔細。

時隔八年，我飛越海峽，來到台灣寶島，出席 1998 年海峽兩岸童話學術研討會和台灣地區（1945 年以來）現代童話學術研討會，已經可以與台灣同行—台灣的兒童文學作家和研究者直接對話。在準備談話的過程中，由於桂文亞女士眞摯熱情的幫助，我得以大量閱讀台灣童話作品，所認識的台灣作家也已有二十多位，這時，當然不再是隔岸看花，花兒的繁盛、花兒的芬芳，都在眼皮底下，任我細品細賞。

就我來說，在兩岸兒童文學的交流中，獲益甚多。作爲一個研究者，學術視野當然是越寬越好，因此，當台灣的兒童文學容納入我的研究範圍以後，我得以形成兒童文學研究的更爲廣闊的新視野。這片心視野提供了整合研究與比較研究的可能。兩岸兒童文學有相同的文化之根，有相同的文化淵源，又在不同的社會型態中各自發展，唯有把這兩個兒童文學的河流整合起來，才能勾勒、描述中國兒童文學的全貌，才能更好的探索中國兒童文學的發展和流變，才能更準確的把握中國文化的傳承和創造在兒童文學領域內的表現。除了整合研究以外，比較研究也十分重要。海峽兩岸的兒童文學的異同之處，無一不牽動著文化的身軀和社會的神經；海峽兩岸兒童文學發展的種種不平衡之點，亦無一不量出各種支撐力量的輕重，這些都是比較研究所要尋找的學術空白，正可以寫出大塊文章。

兩岸的兒童文學交流，要良性的發展下去，必須是一個互動、互助、促進的過程。不但兒童文學作家能夠以海峽兩岸的作品中獲得啓發和受到影響，兒童文學研究者們也能相互以對方新的理論批評成果中得到方法、視角、話題的啓示。在台灣參加的兩項學術研討會，使我深感到這種交流的魅力。當我的論文講評人林良先生做中肯的評價和對應的補充時，我被深深的感動了，被一位文學長者博

學嚴謹多思的學風所感動；當從美國趕回來赴會的孫晴峰，用電視對迪士尼動畫片《小美人魚》和《美女與野獸》作影響分析時，我彷彿上了新的一課，還有周惠玲對多媒體時代的童話創作面貌變化的探索，趙天儀教授對童話創作與科學結合的意見，洪淑苓教授那見解獨到、論述嚴整的台灣童話作家顛覆性格的論文，著名作家李潼關於尋找新意的深刻認識，林文寶教授對論文撰寫格式的規範都為我輸送了學術營養，真是不虛此行，滿載而歸。

嚐到了交流的甜頭，當然希望交流的繼續。我想既與台灣的兒童文學同行們：本是同根生，相聚為兒童，但求童心在莫失華夏光。

林武憲：

今天在座的有的來自南京、北京，有的來自台北、高雄，不管我們打哪兒來，我們都關心兒童文學，都關心兩岸兒童文學的未來。自兩岸開放交流以來，十年了，如果我們來做一個回顧、檢討與反省，可能是必要的。

去年林文寶教授在《兒童文學家》發表了海峽兩岸交流記事年表與大陸兒童文學作品在臺出版實錄，把兩岸兒童文學交流的活動作一個客觀的、全面性的整理，這是非常難得的。由資料上看來，我們發現，十年來兩岸兒童文學交流的成果並不豐碩，面也不廣，速度好像也太慢，這可能與雙方的心態與交流的方式有關。有的人在心態上還有某種程度的疑慮與敵意，不敢或不願意參與；有的人是由於資訊的不足，或其他因素而無法參與；有的人又似乎是把交流當作交際；有的人又似乎把交流當做交易；另外有的人是袖手旁觀，在旁邊說風涼話的。我們也發現，在兩岸交流的過程中所促成的一些合作是很好的，像林煥彰與金波先生、王泉根先生、桂文亞小姐所編的《海峽兩岸兒童文學選輯》童詩童話各兩册，這是很好的現象。

我們也從一些資料上瞭解到，兩岸的交流是不對等與不平衡的，沒有平等互惠。有些人把台灣兒童文學當作是中國兒童文學組成不可或缺的部份，以一種居高臨下、中央對地方的姿態來交流，這樣可能是讓人很難接受的。所以我們如何將台灣的兒童文學現象，作家跟作品放在整個華文兒童文學的定位上，回到兒童文學的本位來，互相的尊重，平等互惠，可能這也是我們要再思考的。未來我們

雙方要如何擺脫意識型態的束縛，避免泛政治化、人情化、商業化，以開放的心胸來化解一些個人的或集團的心結，回歸到文學的本位上來，避免像過去一樣把交流集中在少數人或某些點上，而能全面的、深入的、加速的交流，來促進兩岸之間更多的交流和合作，縮短彼此間的差距，這是我們今後在交流時所要省思的問題。

張秋生：

　　兩岸兒童文學交流至今已將近十年了，在這十年當中，我個人是感到受益匪淺的。

　　這幾年，隨著時間的推移，兩岸的兒童文學交流越來越密切。大陸有很多作家都有作品在台灣出版，他們中間有老作家、中青年作家、也有像葛競小姐這樣年輕的作家。我個人也在台灣出版了五個童話集子。

　　同樣，在大陸也出版了不少台灣兒童文學作家的作品。著名的台灣兒童文學作家如林良先生、馬景賢先生、林煥彰先生、謝武彰先生、李潼先生、林武憲先生、桂文亞女士、杜榮琛先生、陳木城先生、管家琪小姐等也都成了大陸兒童文學界和小讀者熟悉的作家。有的作家的作品，還在大陸報刊上屢屢獲獎。

　　大陸近年出版的一些有影響的選集，都收有台灣作家的作品。

　　以我個人來說，我很榮幸的有機會多次把台灣作家的優秀作品，介紹給大陸讀者，比如由陳伯吹先生主編並撰寫序言、由李仁曉先生和我主編的《中國當代優秀兒童文學作品選》（共分小說、詩歌、散文、童話等四卷）於武漢出版社於 1996 年出版，就選有林良、林煥彰、陳木城、杜榮琛、方素珍、桂文亞、李潼等作家的作品。

　　1996 年我接受上海遠東出版社委託，主編《大王》叢書，在《中國兒歌、童話大王》中，也選入了不少台灣兒童文學作家的作品。台灣作家作品的選入，為這些集子增色不少。

　　在我服務的少年報社出版的報刊中，也時常刊登台灣兒童文學作家的作品，如少年報、少年報.兒童版、少年報.初中版、童話報、好兒童畫報等。桂文亞女士的散文，還曾兩次獲得少年報的獎，其中一次是少年報年度的「百花獎」

都是由小讀者投票產生的。童話報上還刊登過管家琪、陳啓淦、王家珍、吳燈山等台灣作家的作品，很受小讀者喜愛。

　　大陸很多的出版社和報刊都時常推出台灣兒童文學作家的作品。大陸還舉辦過林煥彰先生的詩歌討論會和桂文亞女士的散文討論會，這些討論會在大陸兒童文學界產生過較大的影響。

　　通過兩岸的兒童文學交流，使我們的視野大爲開闊，增加了彼此學習借鑑的機會，對兩岸兒童文學的創作有很大的推動與提昇的作用，這樣有意義的交流活動，隨著時間的推演，我相信會變的更廣闊、更深入，實際上也證明，現在大陸的報刊、出版社越來越重視台灣作家的作品。這次大陸兒童文學評論者孫建江先生，做了有關台灣新生代兒童文學作家童話的評論，這項研究是很有意義的，也使我們大陸的作家和出版社，瞭解這些作家的成就。

　　我們歡迎台灣的童話作家，能夠把作品以及有關兩岸交流活動與訊息介紹給我們，讓我們能發表更多台灣優秀作家的作品，也讓這些作品能有更多的讀者，我個人以及所服務的少年報社及童話報，願意和諸位一起，來搭起這個溝通的橋樑。

吳燈山：

　　大家好，很高興今天能夠來參與這個盛會，其實和很多作家一樣，我剛開始的時候並不是走兒童文學的路線，過去寫小說、寫散文，在出版了兩本散文集之後，自己覺得很苦悶，直到我走進兒童文學的領域之後，我才豁然瞭解，原來文學不是苦悶的象徵，如果文學眞的是苦悶的象徵的話，那兒童文學就是一個快樂的前言。

　　兩岸自從開始交流以後，我們發現這種互動的關係，讓創作者開始產生躍躍欲試的感覺，因爲見到別人優秀的作品時，總會覺得自己也不能太遜色吧，因此這幾年，我的童話作品也就寫的比較多。

　　海峽兩岸的交流目前還停留在需要大杯飲水的階段，希望未來出版社能讓我們看到大陸方面努力的成果，同時我們也希望大陸作家能多瞭解我們台灣作家，給我們鼓勵，希望未來我們的童話能走出屬於自己獨有的風味。

杜榮琛：

「大陸兒童文學研究會」於 1988 年 9 月 11 日正式成立於台北，由林煥彰、謝武彰、陳信元、陳木城、杜榮琛等人發起，由林煥彰任會長，謝武彰任執行長。

此會以研究大陸兒童文學，增進彼此的瞭解和交流為目的，並於隔年三月出版《大陸兒童文學研究會刊》，由陳信元任總編輯。

會長在會刊的發刊詞中，曾懇切的說：「我們應該本著謙虛、友愛的胸懷來面對我們所要做的工作，我們的兒童文學才有可能正常的發展，將來也始有可能在兩岸兒童文學作家相互攜手並進下，帶領我們大中華民族的兒童文學，以雄健的步伐邁向世界。」

兩岸於 1989 年 8 月 11 日，於安徽省得合肥，展開第一次兒童文學工作者交流會。按童話家洪迅濤的看法，是希望兩岸的兒童文學「合」作起來才會「肥」。誠然此言，交流陸陸續續在上海、北京、長沙、天津、昆明、廣州、成都等地，不斷地「合肥」起來。

1994 年 5 月 28 日，首度邀請大陸學者專家十四位，全部順利抵台，並舉行歡迎晚宴，以及兩天的「海峽兩岸兒童文學學術研討會」，且招待環島旅遊，參觀和座談（6 月 1 至 7 日）。

此後彼此交流更加頻繁，例如第三屆亞洲兒童文學大會在上海舉行，台灣地區代表團出席了十四位（1995 年 11 月 3 至 7 日）。在會場展覽兒童文學家作品及相關出版品，供各國代表參考；會後還參加由中國福利會兒童時代社，主辦的中國大陸「全國綜合性少年期刊編輯研討會」。此次的「合肥」，聲勢相當浩大且壯觀！

每次兩岸兒童文學的交流，都帶來「握手後的溫暖」，相信這溫暖的感覺，會逐漸滲入心靈深處，化成更瞭解、更和諧、更進步的力量。讓所有兩岸兒童文學工作者，繼續「合肥」下去吧！

葛競：

大家下午好，我大概寫了有十年的兒童文學了，記得我剛開始寫作的時候，也正是海峽兩岸交流剛開始的時候，也因此我有機會讀到很多台灣兒童文學的作

品，通過這樣的方式來瞭解台灣，來體會台灣是如此溫馨、親切的地方。

我覺得台灣的兒童文學作家，對我的影響也非常大。我剛開始投稿的時候就認識了後來對我幫助非常大的桂文亞小姐，他對於我每一篇投稿作品，都給予很認眞的、很帶有鼓勵性的評語。通過桂小姐我也認識了很多台灣的兒童文學作家、評論家，這一點對我開闊眼界，以及在創作中不斷學習也非常有好處。

我覺得兒童文學是一種很年輕、充滿活力的文學，每個創作者的內心都有如兒童般的快樂，能夠加入兒童文學創作者的行列，我覺得是一件很幸運的事，而且能與這麼多台灣與大陸的兒童文學工作者一起交流更是一件非常高興的事。最後我祝兒童文學創作永遠年輕、充滿活力；海峽兩岸的兒童文學交流更加的活躍、豐富。

桂文亞：

謝謝六位引言人的引言，皆下來的時間我們就開放給大家提問、討論。

參、共同討論

李潼：

我提三點意見與大家分享：

兩岸交流以來，除人的交流之外，像這樣泛討論會的交流也是必要的。但我倒是希望將來能漸漸步入一個專題的討論，例如童話的討論、少年小說的討論，請雙方的作家們來互評對方的作品，或作一個正式論文的發表。

另外是出版狀況。我個人在大陸也出版了一些書、得過一些獎，但我發現在大陸出書：第一是出版的量不多，第二是稿酬較台灣少很多，第三是出版的時間相當的長。若我們不去看這個地方，光看兩岸交流的這個誠意，我們都可以試著去投投看，也希望中國大陸出版界的朋友們，對於台灣的作家所使用的語言系統也應該有一些基本的認識，這樣才不會徒增再度聯繫上的困擾。

再來就是，我認爲兒童文學的快樂、健康，應該不僅僅是浮面的，所有的兒童文學寫作者，也是跟一般人一樣會有不如意的時候，所以這樣的健康快樂也

是需要超拔的，需要提昇自己的，把自己最美好的經驗、最快樂的地方部份，藉由精彩的故事能呈現出來，分享給大家。

許建崑：

　　我過去曾接觸過浙江師範大學所辦的兒童文學研究所，看到他們所做的努力，一代一代的培養接班人，像王泉根先生、湯銳女士、方衛平先生，他們每一個人都著作等身，這是我最感到慚愧的地方。對於林文寶先生能辦這個兒童文學研究所，給我們台灣理論界的一個開始，這也是我非常感佩的。所以我想，是不是也請王泉根先生，方衛平先生也給我們講幾句話。

王泉根：

　　我個人認為，兩岸的文教交流以及文學交流，做的最好的部份就是兒童文學這一部份，而之所以能做得好，自然是有許多的原因。中國文化素來注重兒童教育，而兒童文學是一切文體中最能體現出，生動活潑的開放精神，通過海峽兩岸兒童文學的交流傳播，引導少年兒童來接觸、閱讀，從而加強、加深兩岸少年兒童的精神對話與心靈溝通。我希望海峽兩岸的兒童文學交流能更繁盛、蓬勃。

方衛平：

　　今年我覺得是一個非常有意義的年份，因為海峽兩岸兒童文學界的溝通，已經邁入第十年了。在這十年中，兩岸兒童文學的交流有很大的推進與進展，也給我們帶來很多的快樂與收穫，每一次的交流都可以認識新的朋友，有新的收穫，這一次的交流也給我帶來很大的震撼，因為過去我覺得在兒童文學學術研究的部份，大陸方面好像做得比較多、比較深入，但在這次我們也發現，在有一些層面，特別是在貼近我們時代發展脈搏方面，台灣的學術同行有非常多可以值得我們學習的地方，這是我的一點感想。

　　最近我應中國海峽兩岸兒童文學研究會之邀，做一個有關台灣兒童文學理論批評的研究，正好今天在座的有許多台灣兒童文學界理論研究研究的前輩，像林良先生、馬景賢先生、陳正治先生、林武憲先生、傅林統先生以及台東師院的

林文寶先生、洪文珍先生、洪文瓊先生....等等，希望能得到大家的幫忙與指導，謝謝大家。

湯銳：

關於兩岸兒童文學的交流，我有我個人的一種體會，我個人與其他台灣兒童文學界朋友的交往，是以一種純粹的友情的角度去體會它。可能是生活在不同的地方，我們有不同的生活的閱歷，這些都可以成為我們彼此間友誼的一種生動的內涵，我覺得交往的魅力，最多的就是在這方面。如果我們以一種增進人生的體驗，增進生活的精神空間，擴展我們生活的內容這種角度來交流，得到的可能會更多。

孫建江：

在與兩岸的兒童文學工作者交流的過程中，不論是在學術上、私人的情誼上，都有很大的收穫，尤其是過去我個人在寫《二十世紀中國兒童文學導論》的時候，一要寫到台灣的部份就感到很困擾，因為不瞭解，所以根本無從寫起，一直到與台灣兒童文學工作者接觸以後，他們提供了我很多的資料，給我很多的協助，才匆忙的完成這本書。在這裡我要特別向台灣的兒童文學界的朋友表達我深深的感謝。

周惠玲：

我很想延續前兩天在台北討論的話題，也就是大陸方面對台灣兒童文學作家的一些看法，我想是不是能請孫建江先生就台灣作家的現象再作一些補充。

孫建江：

對於剛剛周小姐提到的問題，關於台灣新生代兒童文學作家的批評部份，事實上這個工作並沒有展開，因為我認為這些作家的作品我並沒有讀全，如果貿然的來寫評論，怕會有失客觀。我現在簡單的來談一些，以張嘉驊先生的＜迷失的月光＞為例，我就覺得有前後不統一的感覺。一個作家他可以對他的作品有不同

的寫法，但這種不同的風格在同一個作品中最好是能統一。此外張嘉驊先生在他的作品中十分喜歡使用一些拉屎、拉尿、大便等字句，他自己特別偏愛，很多作品中他都以這種方式呈現，但我認為，某些時候這種方式的確非常必要，但有些作品就可以不要用這些字句。

　　此外像孫晴峰的作品我也覺得似乎十成中總覺得像少了一兩成，如果再加上那一兩成，那必定可以成為精品。這個問題我以前也與她討論過，她也持贊同的意見。還有像管家琪她的作品，有些也給人感覺到她思想的力度、給人讀過後的衝擊力稍嫌不足，如果這部份能補充的話，那她的作品一定會更完美。謝謝！

趙冰波：

　　我發現這次來真是一個小小的錯誤，因為這次的研討會是一個比較正式的理論研究的學術討論，而我是一個作家，不懂理論，只會寫，不會討論，所以我發現自己很不重要，很難過。也因為這樣，所以我覺得台灣朋友對我的幫助，就是能多讀到一些他們的作品，對我以後的寫作會有更多的幫助。在此也要謝謝我認識的，以及將要認識的這些給我幫助的人。

桂文亞：

　　謝謝各位朋友今天的參與，由於我們晚上還有安排別的活動，所以討論不能延長，希望以後有機會能在和大家一起共同研討，謝謝大家。

兩岸兒童文學交流座談會資料

一、時間：八十七年六月十四日（星期日）下午一時三十分至五時十分。

二、地點：國語日報會議廳（台北市福州路 11-4 號四樓）

三、主辦單位：

中華民國兒童文學學會

中國海峽兩岸兒童文學研究會

國立台東師範學院兒童文學研究所

四、主題：兩岸兒童文學交流回顧與展望

五、題綱：

　(一)回顧十年交流經驗談：

　　　1.我們做了些什麼？

　　　2.有哪些正、負面的影響？

　　　3.最大的困難在哪裡？

　(二)拓展交流廣度與深度：

　　　1.我們能再做些什麼？

　　　2.如何進一步加強觀念性的交流？

　　　3.如何建立定期互訪模式？

　　　4.如何開拓交流層面、舉辦兒童文學研習活動？

　(三)展望未來可行之途徑：

　　　1.如何增進圖書及個人資料之交換？

　　　2.如何增進學術研究、出版計畫？

　　　3.經費哪裡來？

六、主持人：林煥彰

七、引言人：

　(一)回顧十年交流經驗談

　　　林良、沙永玲

　(二)拓展交流廣度與深度

　　　林文寶、陳木城

　(三)展望未來可行之途徑

　　　陳信元、桂文亞

八、出席人：曾西霸、馬景賢、洪義男、洪志明、馮秀眉、蔣竹君、余治瑩、方
　　　　　　　素珍、杜榮琛、曹正芳、李其瑞、黃令寶、帥崇義、林文茜、周慧
　　　　　　　珠、林玫伶、王淑芬、王金選、馮輝岳、蔡惠光、顏福達、賴伊麗、
　　　　　　　李麗霞、葉靜雲、何綺華、夏婉雲、吳榮斌、楊孝榮、邱各容、江
　　　　　　　中明、林芝、陳素宜、沈惠芳、蘇秀緞、吳惠潔、蔡清波。

九、記　錄：宗玉印

（主持人）

　　　首先感謝蔡清波遠從高雄而來，每一次都非常熱誠的支持，我們今天座談會題目是回顧與展望，主要是兩岸兒童文學的交流這個活動已有十年的時間，這十年來，我們每一個人可以說都是當事人，同時也是見證人。因為每個日子我們都是確確實實的參與，在兩岸兒童文學交流的過程中都付出心力與勞力。

　　　很難得台東師範學院兒童研究所的所長林文寶先生他的提議，也提供一筆經費給我們中華民國兒童文學研究會，學會就義不容辭來承辦這個事，另外也有中國海峽兩岸兒童文學會這三個單位共同來主辦這次的座談會，談到兩岸兒童文學的交流，如果我們從一九八九年八月十一日正式到安徽的所謂四十年的兩岸結合，成為兒童文學界的破冰之旅，從那時算起到現在也快十年了，當然這十年來兩岸兒童文學的交流有不少不同的想法，儘管是有不同的聲音，但是這交流工作也推展了開來，這個經驗在座每一個人可能都是直接的參與，那麼比較少數的人可能是間接的參與，從報紙報導、雜誌或相關資料瞭解，不管是從直接的參與或間接的參與，我想對兩岸兒童文學的交流都是很有意義的事情。

　　　今天我們原先預訂希望能夠有實際直接參與兒童文學界的朋友都能夠到齊，可是還有些朋友因為個人的事忙，所以無法來參加，像李潼先生、徐守濤老師、洪文瓊老師、許建崑老師都分別有電話告知，因事無法前來參加，但是事後會提供書面的資料。

　　　很難得的是我們十年的交流能藉著這個機會坐下來談一談，我們初步擬定了三個題綱，每一個題綱分別有子題，我們分場進行，第一個題綱「回顧十年來的交流經驗談」有三個子題是：我們做了些什麼？有哪些正負面的影響？最大的困難在哪裏？因為時間上不是很多，所以在發言時請儘量切入主題來做些發表，

如果無法暢所欲言，希望能夠於會後提供書面的資料，我們打算於這次座談會之後，除了整理座談會的發言記錄外，將跟其他有關這十年來交流的一些資料來彙整，並向文建會爭取一些經費來編印成專輯，現在文建會初步答應給我們十萬塊，當然這樣的經費要印一本書還不是很充裕，我們還要設法向其他的單位來捐獻，希望各位能在這方面多提供多發表意見。我們每一個題綱都會有兩位引言人，我們給每位引言人的時間是八到十分鐘，每一位發言人儘量把握在三分鐘之內，當然也可以再次發言，希望能充分把寶貴的經驗與想法都能夠提出來，而且我們不要只講好聽的，不要去做所謂表揚的事情，我們要針對兩岸兒童文學交流的回顧，以及將來能夠怎麼樣去做會更好這樣的問題來表達意見。

　　第一個題綱邀請到林良先生與沙永玲小組引言，然後我們就開放來討論，每一個題綱的討論時間為二十分鐘，這樣我們預定四點半來完成，如果說我們討論的還不夠，我們再延長時間到五點或五點半都可以，看大家的興緻跟精神，我們最重要的還是要把時間交給兩位引言人，我們請鼓掌先請林良先生為我們引言。

（林良）

　　各位好朋友，現在是兩岸兒童文學交流座談會第一個單元「回顧十年交流經驗談」，引言人有我跟沙永玲兩個，我想選擇四個重點，所以說說我的回憶跟思考說出來和大家互相交換。

　　第一個重點是探索交流的意義，我提出一個「水壩理論」，從台童文學的發展與進步來看，交流就是撤走水壩的洩洪，當年兩岸兒童文學，隔絕了四十年，中間配造厚厚的水壩來隔絕，水壩很容易造成兩邊水位的落差，當落差加大一方沖垮了水壩，會把對岸淹沒，包括對岸原有的美質在內。

　　那麼撤走水壩使雙方的水位等高，美質可以保全，經驗跟智慧可以共享，對兒童文學的發展與進步都可以彼此獲利，我們可以說交流是一種不願意自我封閉的積極行為，達到交流的一方是比較有活力的一方，那麼對於交流的適當回應展現也是一種活力，所以交流的好處就是激發彼此的活力，當年在兩岸兒童文學隔絕四十年之後，發動交流的初期，大家面臨了兩項顧慮：第一就是政治環境是否許可？第二對岸是否很友善？我把第一個重點表達完了。

　　第二個重點是交流的開始。差不多在十年前，政府開放返鄉探親之後也宣佈了解嚴，那麼大陸方面對於台胞過去也下達善待台胞的指令，兩岸的政府對兒

童文學的交流造就良好的政治環境，初期我們的兒童文學要到大陸去，雙方的兒童文學都不阻攔，大陸的兒童文學要到台灣來，當然兩岸的政府設限的角度使我們成為展開行動的一方。

這回憶裏有林煥彰先生跟我們許多的好朋友，就成為兩岸兒童文學。第一個啓蒙期他們深入雲南、安徽、四川參加當地的兒童文學座談會，是兩岸兒童文學作家面對面互相接觸的開始。另外一次規模也很盛大的交流活動，由民生報出面，桂文亞女士主持跟大陸宋慶齡基金會屬下和平出版社聯合舉辦兩岸兒童文學創作徵稿比賽，同時在北京、天津舉辦兩場座談會，那時候我們台灣兒童文學老、中、青三代很多人參加，這個組團出訪交流的活動辦了很多次，對於邀請大陸的兒童文學的人到台灣來訪問的活動，規模比較大的最初是兩岸兒童文學研究會，邀請大陸兒童文學工作者十幾位的人來台灣舉辦學術研討會，開會地點好像也是在國語日報，同樣性質的活動民生報，還有配合兩岸兒童文學研究會，也舉辦了好幾次，分別邀請了作家、評論家學者來台灣訪問舉辦座談會論文發表會，再加上台東師院成立兒童文學研究所邀請大陸學者兒童文學家王泉根教授來講學，這些對兩岸兒童文學交流來說，因為許多兒童文學人的鼓勵已經是一個很好的開始，關於第二個重點我已經表達完了。

第三個重點是努力的方向，兩岸兒童文學有許多值得鼓勵的方向，關於人的交流兩岸兒童文學的相互邀請，兩岸兒童文學面對面的交談兩岸兒童文學的人在座談會上發表自己的所見、所思，透過個人的交談達成全程的交流，在書的交流方面互相贈書，交換閱讀作品的深度，在出版交流的方面交互舉辦閱讀的專書，在台灣出版大陸作家的作品，為大陸出版的台灣作品選集提供資料，以合作出版的方式在大陸出版台灣作品，另外我還列了一個善意的交流，那就是兩岸兒童文學的團體互相贈獎對岸的優秀作家表達善意跟敬意，這些不同的方向我們都累積不少了經驗。第三個重點我表達完了。

第四個重點是交流的成果，兩岸兒童文學的交流至少產生了一些交集，可以算是一點可喜的成果，交集之一就是兩岸兒童文學的創作的讀者是小孩，這一點足見成為兩岸兒童文學人的共識。

交集之二尊重創作的自由，兒童文學作家評量創作不應該受到太多教條的束縛，第三個交集就是拋棄意識形態的束縛，兒童文學的作家應該享有獨立思考的權利，不必背著沉重意識形態的包袱，逐漸會達成共識，兩岸兒童文學進一步

的交流，因爲受限於外在政治大環境也就是看如何統一的問題，以大陸的觀點來
看統一就非常簡單，那就是不談體質的改變只要收回台灣，以我們的觀點來看統
一，統一是種現狀的改變，這改變必須代表更深化的民主政治自由經濟的生活才
有意義，那麼雙方對於統一的思考沒有交集，但是雙方對於善意的對待是一條細
細的共識，在這一共識上兩岸兒童文學交流仍然還有些事情沒做，他的一條像絲
那麼細的路也許也可以叫做絲路，我的表達就到這裏爲止。

（主持人）

　　謝謝林良先生的引言，我們可以從林良先生的引言當中引發一些思考，希
望大家等會能踴躍的發言，現在請沙永玲小姐引言，請大家鼓掌。

（沙永玲）

　　親愛的朋友午安，今天能夠有幸做這個引言，我有點受寵若驚，一方面能
夠跟林良先生同台的發表，另一方面是我在兒童文學的交流這一方面來講我是非
主流，主要是因爲我做出版的關係，所以我必須去瞭解對岸的整個出版和作家的
性質，所以比較上是我個人主動去瞭解。

　　今天我有這個機會做引言人，所以我想我可以從這麼多年，大概是十年，
由出版的角度來看作家的發展，提供一些我的意見和看法跟大家共同分享一下，
基本上我的意見在我的一篇文章上大概都有表達出來，關於我們做了什麼？還有
那些正負面的影響？最大的困難是什麼？今天引言的方式是希望發表一下我今
年大概五月份時，去大陸待了整整一個月，我去了北京、上海，主要是對於出版
方面的現象，我要認眞去看一下，那給我的震撼，大概是我十年來最大的一次。
我原來計劃是待兩個禮拜，最後我的行程延長一個月，在這裡我想提幾個數字跟
大家分享一下。

　　大陸早期兒童文學作裡品要出版是很困難的，需要跟主編有很深厚的關
係，好不容易得到選集通過，可以有一本書出來，也只印一千到五千左右的量。
這次去大陸，曹文軒先生有個作品《草房子》，他第一次雲南的訂貨有兩萬本，
四天之內完全被訂完，北京還完全看不到那本書，《草房子》我們估計一年內大
概是十萬到二十萬的量。兩三年之內大概可以賣到四十萬到五十萬左右。另外有
一個「小布老虎」集團原來是文學的叢書，現在他們也走普通兒童文學的讀本，
第一版的量就是十萬本。我覺得整個體制已經完全改變，傳統的兒童文學出版部
等於是按照原來的方式在做，有很多的工作就是自己編書出版，可是這幾本書都

是由工作室企劃、統籌，所以他們整個兒童文學的環境，我們看到是非常的蓬勃。另外像曹文軒的《草房子》的出版以後，馬上就有人想拍連續劇，也有人改編成電影，這種現象在台灣，我們原來沒想到能夠來那麼快，因為事實上出版對他們來講還沒有解禁，這代表說大陸兒童文學界一個大的環境，其實是非常的整齊，非常的活躍，相對來講，大陸跟台灣之間的互動和關係，完全不是我們以前心目中那樣子交流的關係，比如說我們在最近談一些原來有的作家，繼續去約稿，心目中對他們的感覺，以前是能夠有機會在台灣出版領一些美金的稿費就非常的高興，可是現在對他們來講，他們都是覺得看在十年的交情上，版權台灣的就給你好了，稿費不要沒關係，這個形勢的改變真的是非常的大，每一個省的市場他們就已經很滿足了，這個是真的這次我看到情形，所以，以前的交流形式，比如說台灣的朋友組團到大陸開會那樣的形式，我相信對以後我們來講會愈來愈吃力，最明顯的是我這次去大陸就相當吃力，整個會議的形式用以前的經驗來講、來想環境跟市場的話，是完全不同的，而且這改變是半年半年的不同，所以，我想我們今天來討論這個事情是很有趣的，我們可以聊一聊未來交流的形式有什麼不一樣，我們是不是還有人要約我們去那邊做交流的活動，像我接觸的人並不是有那麼大的興趣，他們覺得他們自己東北的作家去討論南京的作家，上海的作家去討論安徽的作家都已經來不及了，他們也覺得就是了解這些人、這些作品，感覺就夠了，我是把我看到的感想跟大家分享一下，另外就是六月初公司派我們到日本去看了一下，我也看一下日本的出版業，那給我的震撼又很大，比如說現在日本很流行的就是一個封面開一個口，那在台灣是不可能用這方式出版，因為成本很高，人工裝訂費用非常高，可是在大陸一些同業的書，就是用這個方式在做，還有一個很重要的原因，就是他們的市場夠大，他們的書量夠多的時候，他們編輯變化形式就會愈來愈多，另外一個就是他們已經能夠完全掌握到日本能流行什麼，包括圖畫書的部分，很多也許他沒有辦法去超越，或是趕的那麼快，可是你可以看的出來那個觀念，已經在影響他們的作者，還有寫作的角度和編書的角度，雖然他們是活在壟斷封閉的社會，他們學習沒有那麼快，但是當他們已經開口的時候，他們進步的速度，我覺得對台灣來講壓力相當的大，至少我從大陸跟日本回來以後，我們公司剛始進入緊張的狀態，早上八點半上班，下午六點半下班，因為如果大家不努力的話，以後台灣出版界，大家都沒得玩，我們如果還有個機會，就是除努力之外，沒有其它的方法，也看不出什麼可能性，那另外就是

國外版權的部份，我剛剛看了黃致銘的文章，我們原來覺得說我們除了瞭解大陸之外，我們也可外語部分增強自己去買國外的版權，我現在是自己在做大獎小說，也是希望紐伯瑞、卡內基獎的一些作品，可是碰到一個現實的問題，現在你還是還可以買到版權，條件也是慢慢的增加那就不說了，有一個狀況就是當大陸的出版社大到一個規模的時候，他要買斷版權時，他希望能買一個全球的中文版權，就是包括繁體字的版權也會拿走，現在兒童讀物還沒有這個經驗，可是成人的書已經有全球的版權費，它的預付版權可以一次開個兩萬或五萬，我那個時候知道付外國版稅的部份，常常就是付一萬或兩萬的美金，這個數字是台灣出版社不太可能出的起，我們現在版權現在就是一千五，了不起就是二千左右的預付版稅，所以如果有一天江蘇少兒要出紐伯瑞獎的時候，它要出全球中文版權的時候，我們只能夠代理受權，我們必須還要依賴大陸的出版社來受權給我們，當然現在還沒有這樣，不過這是我這一次去大陸考察提出兩個觀察，我想未來十年的交流，我們要怎麼樣走，我覺得可以提出一個新的方法，一些新的觀念，我現在是在丟一個題目，我自己也是陷入一個思考的當中，我也一直在想要找一個方向，也就是一個出路，。那另外一項我想要談一下我們交流最大的困難在哪裏，有什麼正負的影響，我剛稍微有提了一下，我想兩岸的交流都是靠這些熱心的人士在努力、在付出，可是在熱心的人如果沒有得到一些肯定與一些新人出來的話，也是會心灰意冷，比如說煥彰所提的破冰之旅，安徽合肥那一次旅行很明顯的是煥彰在台東師院的時候，就聽到有人在譏笑，不能提統一那種感覺就是人家很努力在做，可是像我在做出版我還有一點私利可圖，可是很多文人，很多全世界的朋友都是默默的付出，我們應該是不吝於給別人鼓勵的，所以我相信這種感覺煥彰、謝武彰都是，像我就是很重視謝武彰，我一直在問謝武彰有沒有來，因為我覺得十年來他一直在默默的奉獻做雜務性的工作，非常的多，所以在一個公開的場合對於那些付出的人，能夠表示一些感謝，我覺得這點是最大的困難，是兒童很難走下去的原因，人家做事做到這樣，還常聽到人家講風涼話那又是何必，所以對這一點我是比較有一點意見，那另外一個就是最大的困難在哪裏，現在大家都是民間在交流都是義務性的工作，可是我覺得雖然是義務性的工作民間性的組織，如果你想要發展的話這個組織的能力、活力，還是要大家集思廣意能夠找出一個方法，人才是最重要的，每一次看到新面孔其實都滿高興的，今天願意來對兒童文學界這麼熱心，我們怎麼能夠規劃他們，讓他們有自己表演的舞

台，我覺得是這樣，然後有表演的舞台，我們怎麼樣去給他們一個掌聲，你看看現在大陸變化那麼快，台灣也變化那麼快，如果只有像謝武彰和我們幾個 LKK 是無法進步的，所以一定要讓年輕的新鮮人知道進入這個領域是很快樂的，能夠把經驗和我們分享，知道為什麼我們這些人為什麼一直在我們這圈圈而不願意離開，是因為有它的迷人之處，怎麼樣把這迷人之處讓年輕人知道，而且能夠從不知不覺工作中學習到很多，然後自己有些成長作為，我想這些是有辦法可以作成的，那我想以前主要是主持的溝通和發展的話，大家談的太少，每次一有活動都倉促成軍到最後只看到一兩個明星，這個對整個大局來講是比較不利的，這是我看到的一部份，最後我就跟大家分享一下我最近接觸到一個行銷的觀念，對我的震撼也是非常大，對於兩岸交流的話這個方向大家也是可以來討論一下，未來的行銷和以前的行銷是不同的，以前行銷是規模的行銷，要很大就會影響，可是未來的行銷是講速度，誰先快誰就贏，以前是財力的行銷，誰的財力多誰就贏，現在是魅力的行銷，只有魅力最重要，我覺得這點是最重要，我覺得以前是資訊壟斷的方式，未來是資訊共享的起跑方式，我現在跟大陸作家聯絡方式，是他們逼著我進步，跟我要 E-MAIL 的 ADDRESS 有四川，也有北京、上海，我都不會用那個 E-MAIL 是被他們逼的，傳東西傳稿來，所以他們對於的新知求知的進步，讓我都覺得倍感壓力可是就表示他們在網路得到資料的能力，已經不是意外起跑點，以前也許他們對於世界兒童文學新的趨勢，也許他們因為書籍、雜誌的關係被壟斷，他們現在有了網路以後，他們得到的東西就是最新進的東西，相對的我們對大陸作家的了解，只是偏向常常被介紹的那些，那當時說那些作家有個人的偏好，然後我有機會在一些場合介紹出來，像曹文軒、張之路，事實上他們有一些新的發展和作家出現，我想交流的管道我覺得我們知道的太少，所以我們的交流也是不夠全面，那我舉個例子來講有個大陸作家叫做彭懿，他在台灣我們幫他出版兩本童話，從來沒有得過好書大家讀，後來他去日本學了日本的幻想兒童文學，回到大陸後她對整個中國大陸的文學、兒童幻想文學，包括整個電影發展，暴發力是非常的強，他最近寫一本書《西方現代幻想文學概論》，這本書非常有份量。出版社就非常重視她的作品，上海今年十大作家系列的作品她也選上了，我舉這個例子並不是替她打廣告，而是我們資訊來源的管道是不是有什麼方法更有普遍性，更多一點，這是一些除了主流作家外其他的新秀，我們是不是也應該去瞭解整個文壇的發展，啦哩啦喳講了一些我最近看到的一些想法，希望等一下

座談會能夠聊的很多，謝謝大家！

（主持人）

謝謝沙永玲小姐說出她的觀念和最新的資訊，發表一些新的精要，我們也可以從一些不同的引言裏面思考問題，現在我們就一個題綱回顧十年的交流的經驗來做發言，每一個發言的開始請報一下自己的大名，讓紀錄的人方便不要弄錯人，現在我們就開放踴躍的發表，也可以就林先生跟沙小姐剛才引言所發的議題，請教他們兩位，那麼我們現在先請陳信元先生來發言。

（陳信元）

每一個會議都需要一塊磚，那我現在就來當一個磚頭，剛剛聽到林先生和沙小姐所談的心中滿有感觸的，大概在四月份我帶台灣暢銷作家訪問團到大陸去，所看到的現象和沙小姐所看到的現象滿接近的，有一些事實上我們可以當作警惕，譬如說大陸現在出版環境和以前是不相同，兒童文學這一塊它算是走的比較慢，要是它跟其它出版進步速度一樣快的話，那台灣所受的壓迫性會更厲害，那在這裏簡單說個經驗，在大陸兒童文學這一塊園地，從我今天報告一些數據裡可知，他們已經慢慢接受類似一個少兒界的模式，而且是已中國少兒出版社合作為主，他們現在不管參加國際書展參加一些兒童會議，都是集團式的方式出現，集團力量現在已經開始顯現出來，在台灣我們出版社是不是應該有個對策，我們應該朝什麼樣的方式，我們做了個策略的聯盟，用聯盟的方式來對兒童文學的那一塊有所提昇，因為這一次我們到大陸包括剛剛沙小姐所提到，在大陸方面她曾經跟我們說過台灣兩岸暢銷書作家，包括張曼娟、劉墉，只要在大陸他們願意把他們的銷售量衝到一百萬冊，這樣誇口他們是有這個心，但是我相信他們可以達到。

還要報告各位一點，就是布老虎叢書的策劃，他們對整個台灣兒童書的出版是非常推崇，因為九三年布老虎在台灣出刊的書版對大陸出刊影響非常的大，他們曾經當著我們的研討會上說，他們在我們台灣學到非常多，可是這幾年他們到台灣變的有點不熱衷，因為他們認為在台灣能夠學到已經不多，沒有什麼可以再學的，但事實上這有點夜郎自大，他當然不知道台灣兒書的情況，那麼這些人他們也不了解情況，所以我想台灣出版界如果不想被大陸看不起的話，我們應該藉著集團性的策略，考慮把我們的叢書推銷到大陸去，這是一個很簡單的拋磚引玉，希望大家能踴躍的討論意見，謝謝大家！

（主持人）

　　謝謝陳信元先生，是不是還有其他不同的觀點，就是就出版方面來發表，是不是還有其他關於兩岸兒童文學交流的意見。

（馬景賢）

　　剛剛沙小姐所提到大陸兒童文學界的出版，還有陳先生和林先生所提到，他們給我們的壓力。將來我們台灣的文學方面我覺得主要是在一個質的提高，到大陸到日本出版，我覺得作家要提升我們的作品，訂定一個計劃，想想我們是不是能夠超越他們，在這些方面是不是我們交流的心態，還有另一方面就是有沒有研究交流方面的模式，這些不是我們泛泛的交流，而是在質的方面包括作品、編輯，我們自己的心態和理論研究，我們要自己先從質的方面著手，剛剛林先生有提到兩方的附設獎，我們出版他們的，他們出版我們的，人與人的交流，數與數的交流，在這些交流中就剛剛陳信元所提到的，我們就真的要提高一些警覺，這個警覺是一種善意的，就是如果讓我們台灣出版作品更好，而不致於出到大陸的時候，已經覺得台灣不行了值得提高，包括作品各方面研究來提昇，我們從交流的心態來講都應該從新檢討思考，我想這方面來講對我們有所幫助，大家可以談論大陸是幾年前去過，像沙永玲可能是今年會再去，明年是廣新大學請我去講演，我想他們確實是在四十年封閉的潮流開放以後，確實是進步的很快，我覺得多交流可能對我們兒研或兒童文學也好，一定要有計劃性的交流，不是吃吃喝喝玩玩樂樂，就是大家彼此真正去交流，我想不管誰好，都是中國人，從質提高可能是要顧慮的，我想剛剛沙永玲提的讓我們思考的心態都應該去深思，謝謝大家！

（主持人）

　　謝謝馬景賢先生，邱各容先生你是不是要發表一些經驗。

（邱各容）

　　剛剛沙小姐有提到兩岸合作出版的事情，陳信元先生也有提到，有關集團策略的事情，那我自己本身在一九八八年到上海去參加中華文學史料學學術研討會，那個時候有上海的孔守桐介紹洪汛濤先生，認識之後就出了洪先生那一本童話學，之後就是上海的聶友聶先生幫他出了一套科學家故事一百，還有就是浙江師大蔣風蔣教授的中國傳統兒歌選，那麼除了這個之外，因為有段時間我就是個兒童文學界的逃兵，這段時間我跟兒童文學界幾乎是斷了線，所以在合作出版這

部分在早期的時候，是有過這樣合作的經驗，之後因為這些年來我一直在思索這些問題，雖然在台灣兒童讀物出版或多或少跟大陸出版合作的經驗，但是經驗它的結果，它的出版物在台灣流通的情況是如何，我們沒有一個非常完整確確的統計數字。

　　沙小姐這次在我們的出版公會有辦一個問卷調查，提到這樣一個問題，就是對兒童文學讀物的出版，我們是不是有個確切統計與數字，擴大的範圍就是我們跟大陸合作兒童文學界的出版跟台灣的情形是如何呢?我們並沒有個確切統計的數字，例如民生報或天衛他們各自的公司，也許他們對出版物的流通有做個評估，就整個來講的話，我們跟大陸合作的在台灣流通情形怎樣，我們並沒有確切完整的數據，是不是透過海峽兩岸兒童文學研究會的交流做這樣的工作，讓我們也了解一下我們跟大陸的出版品的流通，我們這邊讀者反應的情況是如何，讓我們做一個參考！

（主持人）

　　謝謝邱先生，是不是就這題綱，大家還有些意見要發言，沙小姐要不要做個回應。

（沙小姐）

　　其實編書者對於做研究幫功很大，我最近看了台東師院的研究生，他有做過童話的統計，這個很有意思，因為我從來不覺得我出大陸的作品很多，我嚇了一跳，因為我還是第一名，我根本不覺得，因為我們公司編輯的主力還是放到本土的作品上面，可是本土的作品如果沒有那麼的多話，才會拿大陸的作品來墊檔，那墊一墊發現真的還滿多的，這個數字讓我有個反省，我為什麼要出這麼多大陸作品！另一方面，關於流通量的問題，我想以我們公司的經驗來講的話，當然是不如台灣作家的作品賣得那麼多，例如我想王淑芬老師就很有名，大家都認識她，所以她的書我們從來不做宣傳，像她的綠蒂公主，也一下兩版、三版這樣賣掉，真的我們從來沒有促銷王老師的書，我相信洪老師的《一分鐘的寓言》也會賣的很好。我想消費者對作家知名度都有個認同感，可是有的時候像大陸作家的作品，好看小說的部分小朋友其實也分不出來，沒有辦法有那麼多感受，有的時候非常好的像竹鳳凰可以賣到七、八版，一般來講的話是一版、兩版，這個是我簡略的回答。

（主持人）

　　謝謝！目前可就引發正面或負面影響談一談。

（陳木城）

　　我想就負面在我們那個時代交流的時候是有很多猜測，我記得當時在我們兒童文學界剛剛開始在起步要交流的時候，我們認為引進到大陸的作品是吳三桂的行為，是引清兵入關的行為，那個時候有很多猜測是引進很多作家會剝奪國內作家很多創作和出版的機會，那麼這樣一個猜測在十年後的今天，回頭來看這個看法的時候，我想當初提出這個問題的人是基於善意，以保護本土作家的善意，但是我們從十年後來看我們主張要交流，就是作家從事各種活動也是一種善意，這兩個善意有假設點不同的時候就會有些衝突，還好我們是個開放的社會，這樣的衝突我們可以用文章或用討論會當場來討論，今天十年後來看這個問題的時候，我個人認為這樣一個負面的影響並不存在，並不會因為這些東西進來少哪了位作家，我想是沒有，我們作家仍然是非常忙碌都寫不出作品，那麼畫家還要排檔期，要約稿很不容易，有時候甚至有些作家他看到大陸的作品，有的畫家看到各種不同的風格，而啟發到創作的角度和提材，文筆，那麼很多作家也受到這樣的影響，比如說我們台灣推廣散文，經常看到很短的寓言，所謂一分鐘寓言，那麼很多作家決定寫更本土的作品，我常看到很多江蘇、雲南的作家都在寫本土的作品，他們覺得我們台灣的作家應該寫更本土的作品，當然很多畫家也在尋找我們本土的意象及一個選擇的方向，有個晚上我對這個問題感到煩惱心情不太好的時候，那個時候我住在山裏頭，我打了個電話給林良先生不知道他還記不記得，那個時候還在爭議兩岸的交流，而且好像有個座談會要舉行，可以想像這個座談會有點火爆的氣息，那麼記得就談到一些政治意思的糾葛，我現在就把我們講話的內容就公佈一下。我想十年後這些內容也不是祕密，那麼當時林良先生給我的感覺，他說他活了一把年紀了，看過很多人的政治動態，那個時候我可以領會，比如說看到以前曾經為共產黨熱烈奉獻的人，他在我面前非常後悔他曾經做那麼多事，而且覺得那時候的政治問題是非常的愚昧，為那段日子非常後悔，同樣的林老師給我意見就是說現在這些統獨的意思，這些形態我們不去管它，每個時代都有很多人對政治非常熱心，你在十年、二十年後來看，包括他們這些熱心於政治，熱心於統一、熱心於獨立的人，都會為那段時間付出的心力覺得好笑，當時我得到的想法大概是這樣，那我也覺得可以從文學文化的角度上面，文學的創作文學的兩岸交流，這點我一直很接受，對於一些想法、一些猜測，我覺得大可不

必，等回如果輪到我發言的機會時，我再補充，謝謝！

（主持人）

　　謝謝陳木城先生，可不可請一位間接的人來談一談負面的影響！王淑芬老師，你在創作上對於兩岸兒童文學是不是有些什麼衝擊，會不會使你在創作上更加快腳步，或有什麼影響，使你迎接這個挑戰，是不是可以請你就作者創作的觀點談一談。

（王淑芬）

　　就是上回台東師院的游鎮維，他有發給我們很多作者和出版社一份問卷，他主要是做童話，他有個題目是你覺不覺得看了大陸的作品對你有什麼影響，記得我那個時候回答了一個字就是無，因為在那之前我作品風格就已經形成，我也不會看了大陸的作品，改變我自己寫作的方向，改變我自己中心的信念，我自己覺得我看大陸作品我會覺得說像我最近看了冰波的《藍鯨的眼睛》，深深覺得他們在藝術上奮進的努力，覺得自己有所欠缺，至少不管說這些實驗的東西小朋友會不會接受，他那個精神我覺得是很可取的，我也看到他們有所謂的新體驗小說，感覺小說之類可是像這樣子他們有種很好玩彼此切磋的方式，就是出一個題目大家就這個題目來寫，大家來切磋這個題目就知道那個寫得比較好，那麼類似這種彼此切磋，琢磨，在我們台灣本土倒是從來沒有，大家各寫各的，我到覺得是滿寂寞的，同為創作者，我知道大陸彼岸的作家他們有這樣一個活動，有這樣個活動這樣一個機會，我非常羨慕他們這樣子能夠在一個文學性藝術性領域裏，能夠不斷的想要創高峰的精神是我讓非常感佩。

（主持人）

　　謝謝王淑芬老師，關於第一個題綱我們是用了快一小時，包括引言的部份及開場，如果說沒有其他的意見那我們就換第二個議題，那我們請林良先生跟沙永玲小姐休息，第二個議題我們請林文寶教授及陳木城校長來為我們引言，這個議題是擴展交流的廣度與深度，在這個議題底下我們也提到四個小子題，第一個是我們能再做些什麼？第二個是如何進一步加強觀念性的交流？第三個是如何建立定期互訪模式？第四個是如何開拓交流層面，舉辦兒童文學研習活動？我們來聽聽他們兩位的引言，第一位我們熱烈掌聲請林文寶教授來引言。

（林文寶）

　　主席，各位在座的朋友午安，我這邊有些講義，其實是我整個所要講的內

容，那我在這邊稍微說明一下這整個案件的由來。這是我目前研究計畫裡面的「兩
岸兒童文學交流」的研究，為什麼我會選這個題自來做，因為我記得剛才大家有
提到，講到交流的時候，大家講到吳三桂是誰？那麼我記得就有一個朋友講說，
談交流要從問卷與研究開始，於是我就從學術研究的觀點看兩岸交流，事實上兩
岸兒童文學的學術交流研究是由我開始。我這個研究計畫打算今年七月截稿，我
是跟煥彰兄講專案中有一批錢，這是可以當作座談會的錢，我不曉得煥彰就把它
辦得這麼大的場面，結果整個研究案等這個座談會結束後，研究報告出來後，就
等於結束了，加起來有十九萬的字，再加上前前後後座談會的資料，相當的多，
那我的結論是用文化中國做為交流的理論基準，這個交流理論是不是能夠行的
通，其實我自己也感到懷疑，但是我是很用心去探討。文化中國是由傅偉勳開始
講起，如果大家有興趣的話，那整個研究報告大概在今年八月份會印出來，如果
有興趣的話，我會把資料給各位，最主要是聽聽大家的意見，有一些什麼問題我
是從學術的角度去看它，包括它的整個過程做到今年上半年為主，其實我自己對
兩岸的交流花了很長的時間，所以現在學校有大陸兒童文學研究室，當然資料不
是特別多，但也還算可以啦！我一直發現在台灣做兒童文學學術性的研究，基本
上是不受重視，你看我們走了十年，到今年才第一次請王泉根先生過來，是透過
國科會，申請國科會的錢，來辦一個十八天短期的講學，來讓他看一看，這是十
年來用由政府第一次出錢，第一個過來的人，前面的交流一直都是透過民間，大
家辛苦的要死，政府在這方不能夠說不鼓勵，但起碼不主動。
（主持人）

　　謝謝林文寶教授的引言，他還有一份書面的資料，交流理論的建構，大家
可以帶回去參考，待會兒我們可以針對林文寶教授剛才發言的部分發表意見或提
出交流，現在用熱烈的掌聲請陳木城校長來做引言。
（陳木城）

　　我沒有準備報告，我剛才看到林文寶教授的文化中國論，我剛好看法跟他
相反，讓我現在慢慢來闡述一下。因為時間很短，所以我講快一點，兩岸交流從
一九八七年十一月二日開放探親以來，到現在為止真正的日子還不到十年，真正
的交流我們知道在一九八七年以前很多台商已經偷跑，大概是在民國七十三、四
年的時候，所以真正的交流十年是沒有問題，那麼這十年來我覺得有幾個挫折，
整個交流的曲線非常曲折，交流一開始大家的熱情非常夠，可是熱情有餘，認識

不足,大家有浪漫的想法,非常激情的演出,我們看到很多人都到大陸去哭,在機場、在火車站,然後我們在台灣非常熱情,大家捐款給老農民去,那麼這個熱情一直到一九八九年六月四日,大家對台灣同胞感覺非常深刻,因為那個時候交流還不夠很深,大陸的改革也還不夠,所以六四問題的發生,還是被政壓下來,事實上中共採取這樣一個方式,還有衡量它的社會使命,也因此被震壓下來,而且當時情況如果不震壓下來可能會更慘。居於這樣一個整體利益,他們開始採取鎮暴,那天安門事件對台灣同胞對大陸人民的感情,還有對大陸政府的感情,是破壞力非常大,那這個事情嚴重對大陸的熱情有點受到消減,那麼在六四以後八月十三日我們還是到合肥,去的時候雖然感覺有些淒涼,有點害怕,但是還是去了,那是我們第一次到大陸去。

後來又有個事件發生,就是千島湖事件,在一九九三年的時候,其實當時兩岸的會談,李登輝已經被逼到要到台面上來談,所以李登輝有蓄意放縱媒體,讓他大登千島湖事件負面的消息。讓我們兩岸的人民,感覺有相當大的傷害。

到最後政府看到情況不行了,才出面講話把媒體稍微修飾一下,事實上我們知道發生這樣一個天災人禍事情,不管是在大陸還是在台灣發生,老百姓都會對政府不滿,比如說我們的華航墜機事件,我們對政府也是不滿,所以今天大陸的政府如何處理都不可能讓我們滿意,這是必然的,何況它整個的觀念又不是很好,那麼這些事件一直到一九九六年三月的導彈事件,就是在我們台灣西南部跟東北部,就是在三貂角的北方三十五海里處,我住那個村落的漁民他們都有看到引爆,他們也都被驅離。那麼這個事件也是引發兩岸人民很大的傷害,那麼這些事情我們有沒有發現,這些採取傷害行為的大部份是中共政府,那時候我們同情天安門的學生,我們事實上也沒有怪罪千島湖事件搶錢那個犯人,但是我們都把所有的問題移向中共政府,因為我們比較埋怨是中共政府沒有處理好,導彈的事件更不用講,那完全是政治事件,這些我們在一九九五年提出的江八條、李六條,事實上那是政治人物在作些表面上的活動,事實上談判一直不是很順利,但是我們覺得所有事情的發生對兒童文學界的交流都沒有影響,比如說我們從一九八八年成立的兒研會,一九八九年我們到合肥,那我們真正成立是在一九九二年,已經六年了,那麼到一九九四年大陸來台,一九九五年桂文亞請曹文軒,一九九六又照樣邀請三位作家,一九九七一樣有出版界辦了一個一九九三年的徵文,一直到現在一九九八的現在還有很多活動,邀請七個人來台東師院,這幾年都有重大

交流事件繼續展開，事實上我們覺得文學界的交往，我們並沒有因為這些政治事件和大陸同胞減少聯絡，還是一樣關心，在這裏我是覺得文化的文學藝術的交流，絕對可以跟政治問題分開，現在我們人民都不會聽政府的話，並不是我們反抗政府，而是因為政府有他政治上的考慮，而我們民間感情的交流不會受到政治的影響，這是我要報告的第一點。

第二點是交流的原則上，最早我們提出的交流是希望透過交流來彼此那個互相瞭解，互相瞭解以後我們的學術研究才可進行，那研究又會幫助我們交流更深刻瞭解，這是一個三角形的關係。

兩岸大陸工作委員會對交流提出這樣一個意見，希望我們是透過交流擴大接觸，擴大接觸後能增進瞭解，然後相處兩岸的敵意再來是創造條件，再來是把握時機水道渠成，那這裏水道渠成是統一的水道渠成還是獨立的水道渠成，我是不知道，不過這交流的公式事實上兩岸交流都可以用，對大陸來講是創造統一的條件，對我們台灣來講並不是統一的條件，但是我們可能是希望創造和平共處的條件也不一定，至於把握時機是什麼時機呢？是獨立的時機呢還是統一的時機，我覺得都可以保留，那另外的水道渠成是統一還是和平，我覺得我們都不必去預留，預定要怎麼樣的結果，我覺得前面擴大的交流接觸瞭解消除敵意是必要的，不管以後兩岸政治形勢是怎麼樣？我們都希望這世界是和平，宇宙是和平。

那麼我們目前台灣最大的問題，事實上以目前來講當初我們有受到政治影響，影響的人是有比如說我們要申請大陸人士來台的時候，經常碰到阻擾，是不是某個人是有共產黨身份不讓他來，有這樣一個困擾這個就是政策上的阻擾。

這個阻擾在辦兩岸交流的時候都有些顧忌，因為我們要稍微瞭解一下他是不是共產黨，在中共方面是不是擔認某些官方職務，同樣的我們到大陸去的時候，我們跟他接觸的層面也要稍微瞭解一下，比如說我們到大陸去的時候，他們對台辦公室的人會來，也會請我們吃飯，但是我們接觸的時候，他們也是落落大方不談政治，我想這一點基本上大家都心照不宣，那麼事實上這些朋友在官方是講一些話，在私下也是講一些話，他們非常知道進退的情形，那麼對大陸方面阻礙最大的其實是對個人意識形態的問題，其實我一直花了很多力氣去思考兩岸的問題，台灣的本土主義，也就是鄉土主義鄉土意識也是剛好在這幾年配合政治的去留發展起來，有時候有些鄉土意識比較強的朋友，就會有強烈維護台灣鄉土情結發生，這種情結比較強烈的話會有排他性，這種人聽到中國兩字他就會嗆到，

反應很強烈，所有東西明明就是中國大陸來的，他就一定要說不是，明明我們很
多人都具有漢族的血統，他就偏偏說我們台灣的同胞有百分之九十的人有平埔族
的血統，事實上假如假設是正確的，我們百分之九十的人都有平埔族的血統，那
我們的百分之九十有平埔族血統的人，只在百分之零點一，這百分之九十占有漢
族血統的有百分之九十幾，這個比例他不講，只要沾到一點混血他就算了。

　　但是沒有人知道混血的成度是多少，這個應該還是有條算數可以算，這樣
意識形態成為一個糾結，這樣意識形態產生一個問題就是我族中心，所他他很難
去平等互惠，將心彼心，我覺得今天人與人交往最可貴的就是平等互惠，還有將
心比心，那麼這一點我是利用這個機會來澄清一下，這樣一個交流不會違反到鄉
土意識，國際觀跟鄉土觀是並行的一個東西，再來要談的是第三部分是交流內
涵。

　　因為我們這裏有談到一個觀念上的問題，那麼交流的時候事實上我們不只
是跟他一個文學上研討會的交流，事實上我們到大陸去，我們也是有些時間走到
胡同裏面，巷子裏面，觀光區或貧民區中，或巷弄市場裏，我們去看他們的生活
情調跟節奏，我們去看他們賣的東西，這些蒐集到所謂的藝術與意象，我覺得對
我們創作的本身可以去感受不同的文化生活情調。

　　另外就是文化認知的問題，我們現在想想台灣文化和大陸文化事實上有很
多不一樣，台灣跟大陸真正分離其實有將近一百年，因為從一八九五年的馬關條
約，台灣割讓日本，然後到光復四年後大陸又淪陷，所以就算是同樣的閩南語它
的用詞也是會不一樣，即使是像大陸的普通話跟我們的國語，雖然可以完全的互
通，但事實上有很多用詞還是不一樣。

　　常常在對話中有些用詞不相通，而且有很好笑的事情發生，那麼事實上在
大陸像有很多意識形態在社會裏面正在改變中，我們看到了一些比如說學歷是金
牌，年齡是銀牌，文憑是銅牌，關係是王牌，那麼我們就可是開始去瞭解大陸的
文化是怎樣情形。比如說他們沒有關係找關係，有了關係就沒關係，我還聽過一
個順口就是這樣，工作沒位子，結婚沒房子，出國沒路子，要民主要挨鞭子，如
果要反抗就要帶銬子，那麼還有一個順口也是朋友告訴我的，他說在五十年代的
共產社會主義剛好成功的時候是人幫人，六十年代的時候是人整人，到了七十年
代的時候人殺人，到了八十年代的時候是個人顧個人，它就是這樣一個個人主
義，也就是說大陸現在年青人作品中，我們可以看到他們作品裏面這些個人主

義，功利主義，自由主義跟現實主義，跟台灣現在的人沒有什麼不一樣。現在大學生打工兼差都不稀奇，你有大哥大，我有呼叫器，只要我喜歡，有什麼不可以，就類似這樣子，那麼這種個人主義的滋長，其實兩岸在年青的一代都一樣，所以我說我們交流的時候，我們是很在乎這社會的價值觀念，跟文化一些分別有什麼變化，那麼在一個情況我覺得說第四步談到交流後的一個發展。

　　其實從交流一開始我就強調一個理論，那就是槓桿理論，剛剛有提到一個水霸理論，我提到槓桿理論，這槓桿理論就是說我們台灣小人口少，你跟大陸交流一定靠更長的臂，和找到一個好的支點才能夠四兩撥千金，那麼很可惜我們台灣在這個觀念沒有合作，這個槓桿理論要找到一些支點，那樣支點才能採取優勢。那麼第一個支點能採取什麼樣的優勢？比如說我是主張用年齡優勢，比如說當時我邀請大陸來或我要去大陸有兩個人要抓，一個就是老一代聲望非常高，要抓住他，因為他們大陸是這樣子，比如說陳伯吹、冰心，我是藉此給他引進來。比如說冰心，去大陸的時候，我堅持要見他，我去上海要去見他，後來我還是見到了。

　　因為他們產生新聞效果很大，就是說我要擴大那個新聞效應，那個效應大到我們不能用金錢去估算。我們台灣大部份都是個體戶，所以你去找冰心效應就很大，但是你訪問冰心以後，我記得回來李潼在中國時報登了一篇文章，就是訪問冰心記。

　　第二個我也找年輕的新銳。我是從事教育工作，我永遠會記得孩子會長大的，我從來也是不補習，不跟孩子收錢，因為孩子是會長大，孩子長大會知道老是補習收錢一樣就是說我們要對年青人很好，以我們知道他會長大，所以那時我才三十歲，所以我記得我發誓我最在乎的是鄭淵結，那時候我知道鄭淵結的作品是相當重要，剛剛沙永玲有提到說彭懿，那個時候我們去的時候彭懿在日本。後來彭懿回來了，我們就知道她是一個人物，那個時候我們讀到她早期的作品空間非常之大，然後她又到日本呆了七八年才回來，整個回來的感覺都不一樣，那我們知道鄭淵結是個年輕人，那我們現在知道鄭淵結或彭懿或是我們所知道一些作家，對整個大陸讀者的影響是非常大，那我們要作這東西，後來鄭淵結跟我們講了一句話，天安門的示威的學生，他一走進去都是他的同志，他從事童話寫作生涯，他這一次要改變了，他說的很明白，他希望他能透過他寫的作品，改變大陸人民的腦筋，比如說打破權威敢於反抗，自由思考創作，他的作品充滿了這東西，

所以很多讀到他的作品都感到喜歡，那他在天安門也受到學生歡迎，所以他能夠
領導機車隊去遊行、並帶動，他是這樣一個人。那這個年齡優勢，第二個我是強
調經濟優勢，當時我們台灣是經濟優勢，可是剛才沙永玲講我們這個經濟優勢是
一年比一年低一截，甚至到過幾年後我們這個經濟優勢不但沒有，還有靠人家接
濟，那麼這個經濟優勢就是我們可以出錢，主動攻擊，我們必須等我們邀請幫他
們接待他們才能來，這就是我們經濟優勢。

　　但是我們缺乏的是什麼，我們缺乏的就是陳信元所提到的集體優勢，我們
都沒有做的，就是說剛才我們大家都很忙組織已經不容易，又有些雜音破壞組
織，所以這組織就是我們沒有弄起來，以我們台灣單打獨鬥是不行，因為那會浪
費很多金錢很多時間，我現在講的不是打戰，但是就整個利益來算比如說我們現
在學者要到大陸去，可是你做不了事，當時我們合肥七個人去，那就是集體力量。

　　那麼第三個觀念就是我要回應林文寶，林文寶談到文化中國，我不反對文
化中國論，我是覺得世界一個潮流對一個文化中心論可能要慢慢更改，一個從文
化多元角度看，可能發展成多元的文化，這就是文化多元中心論，就是中國文化
他會產生很多文化的中心論，那中國文化是很大文化沒錯，可能台灣文化就是東
方文化的一個中心，那麼日本文化也是東方文化一個中心，而不是大家獨崇中原
文化，而是說韓國文化，上海文化，日本文化，台灣文化，西藏文化在東方文化
這大文化的團體裏面，一個多中心的東方文化，這樣一個文化多元中心的理論，
現在在這個時代裏面，尤其是在個別文化很分裂的趨向裏面，會比較符合我們現
在時代，因為包括在台灣，雖然我們提倡多元文化，但多元文化還是有爭議，比
如說多元文化是閩南文化的中心，這個有人反對，講台灣話或閩南話就是台灣的
主流，那客家族群就不服氣了，那還有很多原住民族群的語言保存他們也不服
氣，事實上如果台灣文化裏面它也要分裂成為一個多中心的中心，比如說台灣文
化在屏東裏面客家文化在新竹苗粟，這些都必須得到尊重，所以我基於這樣一個
族群尊重的原則，我們用一個多元化中心理論來看中華文化我想我們跟大陸這個
地位就會擺的比較平等。

　　最後一點我個人覺得交流以後，我個人比較冷卻一點，我跟大家報告一下
我們做了很多交流其實就是外交工作，外交是內政的延展，那今天交流的工作以
我個人來說我是覺得用人去交流是很茫然，最好是用作品去交流，就是說你要用
作品去交流才能夠無遠佛界，但是就是要有足夠的作品，那假如說我們今天做了

很多的交流但作品不足，沒有創作那我們拿什麼去跟人家交流，交流只是吃飯，那真正的交流是要用到作品，所以我覺得說在交流上我們可以提醒自己，隨時要創作，隨時要有良好的作品呈現，這樣的話我們交流才有意義，也才有存在的價值，這是我個人最後一點想法報告到這邊。

（主持人）

　　謝謝陳木城校長，作了很多引言，也引發很多思考的語言和討論的地方，現在我們就開放大家來討論發表一下個人的經驗和看法，請司馬拓荒先生請發言。

（司馬拓荒）

　　我在三月二十六日曾經參加過第六屆海峽兩岸兒童文學研討會，我有一份使命感希望在台北市立圖書館北投分館的讀書會在下個學年度成立一個兒童文學希望展覽活動，謝謝！

（主持人）

　　江中明先生是聯合報文化版的記者也是一位詩人，請他發言一下。

（江中明）

　　對不起這個問題我是不知道怎麼樣跟各位請教，剛剛陳校長也說過去在交流上經濟方面佔了優勢，我現在想要請教的就是說比如說在華文世界裏面尤其是在少兒部分我們在出版上面以及在創作方面，在台灣部分就儘佔什麼優勢？我們可以怎麼做，我想在出版方面我想請教沙小姐，那在創作方面不曉得誰能幫我解答，謝謝！

（主持人）

　　從江中明先生提供兩個話題，第一個請沙小姐回答謝謝！

（沙永玲）

　　我想出版的就是我想在這半年來我也很緊張一直在想，就剛剛提到其實速度很重要，我們以前常常覺得速度快就會粗製濫造，那我覺得唯一解決的方式就是不斷講求速度掌握住社會脈動之外，還要做出好東西，這是編輯唯一能夠存活下去的方法，因為整個市場的規模跟大陸來比的話，我們居於非常的劣勢，那另一方面如出版來講的話大陸的口是沒有開，所以台灣的作品能在大陸出版只有一些，其實這些書從來沒有發出去都放在倉庫，然後開研討會的時候大家發一本，根本都不會去增訂，就是做個樣子，但事實上我們台灣的作家沒有碰面的機會，

所以我剛剛信元的提案，我覺得如果真能作成的話應該是個機會，就是說雙方既然是交流的話，都是缺露面的機會，事實上可以省下經費對作家並沒有什麼印象，對台灣作品部份沒什麼影響，那也曾經用各種方式希望能突破各種困境，至少實驗性也可做做看，其實也是不太容易，所以布老虎會提出劉庸、張曼娟我覺得是個不錯的開始，希望有一天台灣作家的作品能夠進入小布老虎，好像那是在市場上比較容易有知名度，最近看到一篇香港的公會報導，好像也是江先生的報導，就是何必要去看國際市場，中文的市場就是非常大，就連外國人也是拚了命想進入的市場，我覺得這觀點我一直都是這樣認為，對於我們編輯的優勢以少兒來說，台灣的作家有他可取的地方，也有他靈活一些角度，比如說對大陸小孩子也有些吸引力，看我們怎麼樣把這優勢推出些新鮮又雋遠的東西，那這是要靠編輯的企畫跟觀念去取勝，我覺得講到最後還是觀念，可是我覺得出版規模還是無解，我覺得唯一想到方式為什麼我會在大陸待一個月，我一直在想要結合的方式就說台灣出版社不是跟大陸某些集團的出版社的編輯有密切合作，對於外來優勢是不太有密切的機會，可能連生存的機會也不太可能有，因為具我瞭解想我們台灣去談日本作家的作品，是根本不回信，我最近看了個戰爭的小說我們其實聯絡好幾次，可是他們根本連回信都不回，最近有可能出版的作品是有大陸幫我們聯絡，有可能出版否則我想這態勢就是以後我們想要一些好的支援的話，台灣發言權其實能滿載人心，這點是我們做出版的感受很深，無論是經由那種溝通都不太容易，像最近紐伯瑞九八年的作品，像那天民生報有登，我們也曾經爭取在台灣能夠出版，那他們是回答說希望能保留所有中文版權，他們是希望經營大陸市場那麼就台灣的版權他們是不給的，等到大陸市場成熟的時候我會自己來做，我想不管是出版界或是作者要瞭解這種現實，這也是我們所要憂心的事情謝謝大家。
（主持人）

第二個問題是不是請林先生來談一談，那江先生是不是具體的創作的部分再講一講。
（江中明）

也許我對少兒文學方面不是很清楚，比如說像在大陸少兒市場他們有他們的本身文化，他們市場的味道，所以他們可以吸收的很快，那麼我們現在在整個華文的世界裡面，如果說台灣兒童出版已經到了飽和的程度，要到大陸去洩洪，那麼我們進攻大陸市場的機會是什麼，也許可以請林良老師來為我們解釋一下。

（林良）

　　關於創作方面的優勢，我們自己檢討可以發現在台灣的作家應該多做努力，應該多專心一點，但是我發現我們確實在這方面的環境，對我們是不利的，在台灣大家都可以發現每個人都很忙，有誰能夠關起來爲他的作品努力幾個月，經營、推敲他的作品，我覺得這方面我們是需要努力的，我相信大陸的作家給我們的印象，他們常常沈僭於創作，可是我的感覺是他們這種優勢也會慢慢的喪失，這是在工商社會裏，人應該要怎麼自處，如果覺得不很悲觀的，就是說它慢慢會產生一種制度，讓作家能夠專心寫作的制度，像我所知道的過去寫黑手黨的作者，他是得到這個制度的好處，剛起頭他也是短篇的，中篇的，慢慢的累積了相當的作品後，寫他自己的寫作計畫給出版社，出版社看到他所有的作品以後，同意他有這樣的潛力，就先付給他一半的待遇，這個待遇他可以比較辛苦的活兩年，那麼他就可以心無旁鶩，好好去工作了，所以在台灣我覺得很多作者是都蠻有潛力的，但是他通常都會寫急就的作品，或者是不是他眞正想寫的作品，所以在這方面我們覺得以台灣的作家來說，他必須跟他的環境做一種對抗，在目前來說，慢慢的也許出版社也會採用這種制度，以他過去的成就，來觀察他的實力，再審查他現在的計畫，給他兩年的時間，比如說我所知道的國家文化藝術基金會，在文學方面已經接受作家所提的寫作計畫，經過審查他過去的寫作成績，確實是值得我們肯定的話，只要同意他這個計畫以後，大概會發給他一年的生活費，這個生活費以目前來說差不多是每個月三萬塊這樣水準的生活，很辛苦的，但他可以專心去寫好他的作品，那麼我覺得剛剛大家所討論的大陸的優勢我們的優勢，我覺得癥結就在於我們台灣的出版界最大吃虧的地方，它是一個小市場這點吃虧最大，同樣投下那麼多的成本，做出來的書，它只能做二千、三千，還有許多在香港印刷的做五千，這是相當冒險的，所以說一個小市場不論在哪一方面發展，都是要吃虧的，比如說在國外的書它要給台灣還是要給大陸，如果要我們選擇，我們也是要給大陸，爲什麼要給你一個剪剪接接的，我要給一個大的市場，但是，我們台灣也有在出版方面的一個優勢，就是下決定的時候，不必透過很多的層次，台灣雖然市場小，但是有許多中小型的出版社，只要老板慧眼看上，他馬上就幫你出書，這是我們的優點，所以說唯一的優點應該是在這，比如說沙永玲看上哪一本，她就可以決定要出她這一本書，用不著透過委員會層層的請示最後決定可以出這本書，她才可以出，這是我們的優點。

（主持人）

謝謝林先生。

（陳木城）

我想剛剛江先生提出就我所知道的，當然林先生也提到一些，就是說事實上我們在跟兩岸交流的時候，大陸同胞也跟我提到，希望我們能多多邀請他們來，因為我們台灣出的很多，而大陸來我們這邊的很少，好像不太公平。事實上我們台灣到大陸的很多沒有錯，因為都是我們自己出錢，可是他們來我們都要接待，可是接待的能力有限，所以說如果要等量的就是說我們到那邊去五十個，那他們來我們這邊也五十個，我們做不到，那事實上，也有一個不公平的現象。

企劃的時候，要來企劃一些比較活潑的台灣作家的作品，他們還是避免，那第二個問題是李潼告訴我的，他說我在大陸出版了一本書叫《少年格瑪蘭》說出了二千本，結果拿到的版稅一算人民幣折合美金，美金折回台幣又貶值，算一算還不到幾千塊錢，這問題在哪，在大陸出版發行的取道，一直是非常的老化、鬆垮，完全沒有辦法運作，我們當然知道像沙小姐他們知道說是不是新的取道正在建設中，可以引我們台灣人進去，建立他們的發行管道，讓台灣人看到那樣一個作品，可是你想想看你要花很多的錢去建立那樣的鐵路，等十年後才能賣鐵路的車票，這樣的一個成本收益，以台灣的一個書商沒辦法，因為我們台灣的書商都還是中小企業，又不是十億、二十億、五百大、一千大的大事業，都是一些有文化理想的人在經營一個行業，這樣的能力實際上也不足，那事實上有一些比較大的書商去做，那現在又卡在他們的政策，我前一陣子才看到他們的文化局公布五年內開放新聞跟出版媒體，八年後開放電子媒體，也就是電視和廣播，我看到這個新聞是覺得很震驚，可是看到這個新聞隔天我碰到王清峰我問他，他說不可能，以他對大陸政策的了解不可能開放，如果真的開放的話，那我們台灣所有出版界的、新聞界的要趕快去了，要趕快回去寫作，那我們現在跟大陸交往，台灣的作家在大陸出版動機也不是很強，那他們的動機比較強，所以會爭取，因為我們台灣的出版比較容易，只要老板看上就可以，所以我們出他的書比較多，他有他的生態上的不足，這是我回應江先生的問題，如果大家有補充的請再補充，謝謝！

（馬景賢）

最近在香港亞洲週刊由面特別強調，新聞也報導了，下個月在上海討論中

國以外的外商投資在中國大陸出版事業的主題，對台灣沒有設限。
（主持人）

　　對這第二個題綱還有其他的意見可以提出。
（曾西霸）

　　我是曾西霸，因為在兩岸交流的活動之中，我是第一批到合肥去的人之一，但是我沒有任何作品進到大陸，我當時的觀察、感想，我想信元他們在更早就已經去過，當時信元他們是最受歡迎的人，因為他們是出版商，當時的大環境就是這樣，可是剛剛沙小姐很清楚的告訴我們整個生態完全改變了，所以我把我當年第一次進去的感想在兩位引言的引言之下，發表一下我的感想。我本來是對政治毫無意見的，這種政治的東西無所不在，隨時都會在我們的身邊產生影響，可是誰又都抗拒不了，因為它不請自來，所以當時我們一到，我一看那紅布條一拉上面寫著「皖台兒童文學交流會」心裡就涼了一截，我又回到了大中國了，只不過和安徽省一個對等的，一個台灣的兒童作家同樣的跟安徽省一個交流活動，很快的他就把你定位在這樣一個位子，那麼在我第一順位電影的工作場合中好像碰不到這樣的情況，我不知道為什麼對電影的人事的處理，跟對兒童文學人事的處理會有這麼大的差距，尤其八九年到的時候正好是六四天安門事件剛過，所以我想那整個感覺非常的不好，那這個政治現實對我們的影響是不能夠談的，那也不是只有大陸才有這樣的問題。我想政治對於海峽兩岸兒童文學交流的組織來講是必需要去慢慢釐清跟思考的問題。十年過去了，張愛玲說的好，對這四、五十年之間，十年不過是撥指之間的事，對年輕人來說可以是轟轟烈烈的，可以是一生一世的，我們的十年已經過去了。
（李麗霞）

　　我到大陸一趟，認識了一些很善良的朋友，這是給我們的第一個感動，第二個就是看到了一些資料，這個資料在我去大陸以前大概也沒這個想法，但是回來之後，也就這樣把它組合成一篇科學童話的研究，這個研究也在海峽兩岸的論文發表會裡頭得到朋友們的支持，我想這也應該是影響下的產物吧！再來可以做的事情，我看到一些朋友他們感覺上好像本土的作家在發表的園地上有一些排擠，我雖然自己本身也不是寫作的人，但是我看得出來，好像他們覺得這個地方是受擠壓的，這個擠壓會激發起一些想法，我看到那些朋友他們回去會想到底要寫什麼作品好呢？而且更積極的會去。把自己身邊覺得不錯的這些二十來歲的年

輕朋友帶起來，當然我所講的是小區域中我所看到的。那麼就大的來說，我覺得學術研究對我們在課堂上教書的這些人該去做的事，那作品的創作是本來就有很多朋友他們本來就很努力在做的事，也許我也很有興趣的想請問林文寶林教授，我們在今年四月舉辦的一九四五年以來的台灣兒童文學之後，接下來我是不是應該做海峽兩岸兒童文學之比較研究，對於這個比較研究我有一個想法，定個架構然後各寫各的這當然也是一種方法，或者是要錢的人去把錢要到了，接下來就是想怎麼去寫，像曾西霸的兒童劇，還有好多人，我只是一個小小的點而已，那這些人應該是可以統整起來，做一個比較大的架構、比較研究，意思是在做這個東西以前，先把這些人找來聊聊，我們可以做些什麼，那也許會做出一個比較有份量的東西，而且資料可以流通，站在學術研究的立場上，這是我希望能夠看到的事情，謝謝。

（主持人）

謝謝李老師又提了幾個新的話題，講到了兒童文學的比較和學術研討會，我們再說帥崇義先生來發表一下。

（帥崇義）

剛才沙小姐所提對我們台灣的作家和出版界是一個相當大的震撼，原來以為我們是非常的優勢，可是現在這個情形已慢慢的改變了，關於交流就如林良老師所講的水霸一樣，不是誰把誰淹沒，而是互相交換經驗，不管是創作方面或是出版方面的經驗，我想因為交流而產生的衝擊對我們來說是很好的事情，將來我們能不能夠比得上大陸，誰也不敢講，以我到大陸去了幾次的經驗，我們每個人所要追求，想了解的東西都不一樣，每個人所得到的東西，所得到的信念也是不一樣的，那麼不管他們如何的強勢，都是可以給我們很好的參考與學習，使我們能更進步，但是我們還是希望在馬理事長帶領下，能有很多新的構想，使我們研究會更上一層樓。關於觀念上的問題，我想在剛開始交流時，我們都自費到大陸，也要請他們過來，但是也發現我們這批兒童文學工作者是以誠信對中國文學做一些奉獻，雖然有千島湖事件的問題發生，但我們仍從湖南把他們請來，所以他們覺得我們台灣兒童文學在這方面真的是出錢、出力，對我們蠻有信心、蠻敬重的，這是正面的影響。請到負面的問題，我覺得現在仍是台灣的經濟方面有點強勢，將來這方面我們可能要有所突破，因為我想現在他們的經濟方面已無問題，所以將來在交流時應是對等的，各出各的費用；在創作方面我們這邊的作者都有自己

的工作相當忙碌，不能專心的從事創作，但是我想這沒有什麼關係，只要我們盡
自己的力量寫好的作品，只要有好的作品，將來交流時不能每次都大批人馬，應
到分細一點，例如戲劇的交流、研究的交流、出版業的交流…等，以小組小組座
談的方式，當然我想這些事情也不是一樣子能做到，而是慢慢的改善，那這是我
一些想法。我非常同意陳木城校長的文化多元論，因為以往一直認為中國文化是
發源於黃河流域，而最近二年在大陸的文化研究，發現楚文化的研究，也就是長
江流域，所以現在中國大陸很多人從事楚文化的研究，這也表示中國的主流是漢
文化，但是中國大陸也有楚文化的主流，而且還有其他不同的文化，那我們台灣
雖是接續漢文化，可是我們台灣也有文字及文化，所以我想中華文化多元化，是
在座的學者可以多聊聊研究的。

（主持人）

　　謝謝帥崇義先生，其餘兩岸兒童文學的比較與研究是很值得去做。現在我
們接下來就討論第三個議題「展望未來可行之途徑」，我們請到的兩位引言人是
非常有經驗的陳信元先生及桂文亞小姐，陳信元先生在兩岸的作家與出版方面都
有非常豐富的經驗，今年十月還將邀請大陸作家來台訪問，對於兩岸的輸往也非
常的清楚，而桂小姐在這十年當中做了許多大事情、經驗、感觸及想法會特別多，
我們現在就掌聲請陳信元先生開始為我們引言。

（陳信元）

　　各位在座的大朋友、小朋友好，我想今非常榮鼓回歸到兒童文學界來，因
為在麼多年來，事實上我是一直在從事於出版的工作，所以不管是工會或是一些
活動，或是兩岸的一些研討會我也有點參與，那今天我想提供一些小小的心得，
來看看原先的構想有沒有可行性，來做個引發。首先對兩岸兒童文學的市場，我
這裡有一份資料，希望讓大家了解整個大陸的市場狀況，大陸他有三億八仟萬少
年兒童文學的市場，這不知是我們台灣市場的多少倍？所以在他們兒童文學的出
版當中，有些比較屬於教條式，教育性的書一賣就是上千萬，那我想我們不需賣
這麼多，所以像剛剛沙小姐所提到的除了量的方面的交流外，質的提高也是很重
要的，假如說能多可做到質量並重的話，那麼這應是我們努力的方向。那這一次
在今年四月，由中華民國發展基金委託，然後由行政院新聞局贊助，我們辦了一
個台灣出版作家的大陸訪問團，那這個行程包括他的人員，在我的報告裡有提
到，但是我想最主要我要提到這次的訪問它的一個交的意義及激起的一些效果，

因為以台灣來說，以前我們很多的作家在大陸出書，但是很少作家會一起到大陸去，了解大陸出版的實況，或是我們大家共同的去做一些為台灣作家的形象推銷，這個大家從來都沒有試過，所以我跟陸委會提了這個構想後，我想借由這個活動，如果讓大陸的一些出版界、傳播媒體或其他的讀者能夠注意到台灣作家的存在，不會說講到名字只認識劉墉、柏楊、張曼娟，但是現在我們希望能搭配一些的教授，去做一些參觀、訪問等等，但是這些朋友他們不一定在大陸每個都出書，他們有些只出一本、二本，銷路也不一定很好，但是我們覺得他們是非常好的作家，當然最主要是以張曼娟小姐、劉墉先生來配合，因為大陸方面對他們兩位比較熟悉，當然我想大陸方面他們也會有些考量，這整個活動的行程，我們聯合報的記者江中明先生他也有參與，他和我們一起去訪探，幫我們發佈了很多消息，這次到大陸，我才了解到台灣記者的敬業，在這次活動中，我們有個活動很有意思，就是辦了一個作家與暢銷書排行榜座談會，那這個座談會是位目前大陸最紅的外語出版社叫做外語研究教學出版社，簡稱外研社，這個出版社花了一億二千萬的人民幣蓋了一個新大樓，這個新大陸蓋的非常的有氣勢，那他完全是在這幾年之內賺錢的，所以我想剛剛沙小姐也有談到一些大陸的作者崛起，那我想有很多可以談，但不是今天的話題，因為光是這個出版社的崛起，它的運作模式，我想會給我們很多的啟示和經驗，並不要像以前到大陸去好像買主一樣，只要版權，覺得我們台灣也不需要努力，我們台灣也不需要原創力，所以兩岸交流，我可以跟各位報告，損失最大的是台灣作者的原創力，已經慢慢的喪失了，出版社他只要到大陸去跟他買版權，從以前一千字六塊美金到現在十塊美金，但是他忘了這些東西拿到台灣來事實上也不是那麼好賣，因為第一個他沒有先去了解台灣對彼此的一個需求度是多少，所以他把這個作品引進來後，完全是靠大陸廉價的生產力拿到台灣來出版，所以，以這樣的一個情況來看，有些後面的因素慢慢呈現，我們台灣的出版業者，慢慢的忽略我們的優勢在哪裡，其實我是認為台灣作家的原創力，事實上是還是非常好，我們在幾次的評講活動中發現事實上台灣作家的好作品還是非常高，但是今天比較可惜的一點是我們並沒有一個系列的叢書在大陸出版的情況，目前大陸並沒有一套是對我們台灣作家精選集的叢書，而大陸目前買幾套書放在家裡對他們來說在大陸發行根本不成問題，那問題說我們並沒有很積極、主動的把我們的產品推銷到大陸去，所以我今天提出的構想做不到，如果說我們已開始自覺希望把我們的作品開始跟大陸做介紹，我相信以大家

跟大陸所建立的人脈，我想應該會有很多出版社很樂意的去接受我們台灣非常好的作家和作品，因為像現在大陸他們出了很多套我們台灣作家的文集，如龍應台先生、林海音先生的文集都已出版，那這表示他們也蠻能欣賞台灣作家的作品，但是我們沒有主動的把我們的作品好好的推過去，那這是我想我們應該可以再取得一些共識，那我是希望延續我們今年四月的這個團，因為這個團談完之後，陸委會他馬上評審為優良團體，因此上個禮拜還到日月潭去參加一個兩岸交流座談會，去報告一下交流的經驗，所以這個主辦單位他一直爭取續辦這個活動的意願，或許我是建議可以舉辦一個以台灣作家、畫家為主的訪問團，而且希望能跟他們官方的讀書管理司接觸，第二是希望與國家版權局接觸，了解我們的書在大陸出版之後，有沒有遭盜版的可能，怎麼去防備，那這次四月份去，主要是去看盜版書，因為他們盜版行為太嚴重了，以劉墉先生的書來說，在市面上的流通的大概四百萬册，但是已經嚴重到在上海辦新書發表會，上海的書店的書全是盜版的，而且很好現的現象是正版書一本賣六塊半，而盜版書一本賣二十幾元，盜版書印的很漂亮，大家寧可買二十幾元的盜版書，由此可知大陸讀者的消費其實已經提高了，一些暢銷書的定價也是二十幾、三十幾元，對於這些我們了解後，進入這個市場會更容易，另外就是說我們的兒童文學及插畫在大陸並沒有做一個正式的公開，而且沒有在公開的場合展現我們兒童文學創作和插畫的實例，雖然說我們有很多個人的交流，而且交流上也做得不錯，包括書的交流、學術的交流，做得非常的多，但是這個層面，基本上它比較無法走出去，它可能只是單獨的一個層面，我是覺得應把我們兒童文學的成績整體做一個分析，透過訪問團，能夠展示我們兒童文學、插畫的成績，這個展示範圍抱括目前比較好的個體戶書店，來做展示，大陸他們市場的一個優勢已開始了，台灣未來他必須要以大陸為主力，不管說編輯、企劃、印刷方面，都要像陳校長文化多元中心論，因為將來考慮的方式，不能只考慮到它的市場，比如一個出版出來後，可能要有一個亞州方式去套，如企劃創意中心在台灣，但印刷、分配中心在香港、大陸可能是我未來最大的市場，所以我整個出版品的設計要顧到其他的市場，相信如果你要爭到亞洲盟主的地位，你可能要衝量到這一點，因為我們台灣也已成為國際集團想進來的市場，甚至他已經進來了，這個市場已經成為一個國際競爭角逐的勢力地方，所以以此情況來看，我們一定要走出去，沒有走出去的話，市場會萎縮，可來能情況不是那麼好，像這麼一個方案我是覺得在我們學會裡頭，將來像大陸成立兒

童讀物工作委員會,如果我們以他爲對單位設定我們台灣本土寫的作品推薦到大陸去加上好的企劃,那我相信這是一個好的起點。那另外一個就是出版協會分爲香港出版協會還有大陸出版協會,分三地來共同來舉辦會議,那這個會議對彼此都有牽制,來討論三地共同的問題及出版方向,假如我們台灣的兒童文學會與大陸、香港三地的對口一致,舉辦一個對兒童文學的會議的話;我相信對三地應該會有很多幫助。另一個是大陸整個市場型態,包括讀書俱樂部,很多書店都在做,他們以書會友的方式,希望能將書籍強力推薦,掌握一些資訊,這樣一個型式是非常好,外國出版的社在大陸他們要的不是眼前小利,而是想席捲整個大陸的市場,對於外國出版界運作的模式,也不失爲一個效仿的方式,像大陸最近有個書店,他們做了一個中國式的圖書,請了很多著名的專家學者做這本書,那我覺得他們做的非常好,我想這個其實也可以把我們作家的好書送過去。我想我用了很多時間,有此各位可以從我的報告中來看一下,我的意思是我們整個對大陸的交流可以透過一個組織上的優勢,來進行出版品的交流,學術上的交流層面應該是持續性的進行、持續性的昇華,那我想學術性的交流活動,我們這邊也在進行當中,在把整個出版品推到大陸去的這一塊上面,希望能有一些開創性的作法,也希望能結合優勢來做,那我提出這個構想讓大家來參考,看看可不可以進行,那如果可以進行,我也願意盡力來爭取,讓這個構想成爲一個事實,眞正展現兒童文學界眞實的力量,那我的報告到這裡,謝謝各位。

（主持人）

我們謝謝陳信元先生很具體的引言,現在先請桂小姐引言,我們待會再踴躍發言。

（桂文亞）

在之前的時候,林良先生有「水壩說」,陳木城先生有「槓桿說」等等,關於一些的想法,如果這樣的話,我也套用一下,我有一個「諸神歸位說」。所謂諸神歸位我的意思是說什麼人做什麼事,什麼單位從事什麼事,所以我們首先要釐清的就是今天兩岸的交流,它的定位是什麼?今天在座的各位有很多不同的身份,那麼就兩岸交流的種類,我們簡單細述一下,這十年來我們所做過事情的一個範疇,比方說兒童文學的學術是交流一種,兒童文學的創作交流是一種,兒童讀物出版的交流是一種,這個期間包括了編輯行銷涵蓋在這一個範圍的交流,那麼兒童媒體的傳播交流是一種;兒童文學的組織工作,比方說期間的互訪、研

討會、辦各種各樣的活動也是一種。那這十年來我的感覺是能夠專業的就某一種領域去發展的交流真的是很少，大家幾乎都是在重疊範圍內東做一點，西做一點，尋找一個合適、可能的合作方式，尋找一個合作的經驗。昨天我還跟一個朋友聊到目前所有的經濟趨勢、文化趨勢，對台灣來講完全是在一個變動的狀況下，兩個變動的在一起如何找一個對口的軌道，這是我們所要思考的方向，當兩個兒童文學的樹苗速在成長的時候，我們都沒有變成一個大樣可以互相庇蔭的時候，我們都在成長中，意思是有很多都還在摸索，我覺得十年的摸索可能到今天為止，已經理出了一條路來，所以我們的心血並沒有白費，這要付出相當大的代價，那麼以我個人來說幾乎在所有的交流種類中間，基本上我全部都接觸過、試探過，也都蠻了解，那我想我們交流要有重心、需要、機會、條件及熱心，今天我們所走的兩岸兒童文學交流完全是在一個變動的狀況下，兩個變動的在一起如何找一個對口的軌道，這是我們所要思考的方向。這中間還有一個很重要的問題就是我們今天要講兩岸兒童文學交流，它的整個所走的路絕對不是只有兩個，而是很大的，就是兩岸兒童文學的交流，兩岸文化的交流，我們政府層面的變化、經濟層面的變化，所以我們今天超出了兒童文學交流的內涵來看事情，可是我們卻身在這整個大的環境裡面，受到各種的影響，所以當我們在談到一個論點的時候，不能夠只就這個論點抽離出來來談，要想它的背景及背後影響它的因素跟整個狀況，我個人感覺我們覺得交流重不重要，我們大家都會覺得很重要，那麼有多重要，我想問問王淑芬您覺得個人來講有多重要，而不是對整個大環境來講，譬如我們說個人的重要，個人對位的重要，集合成一個大的地位重要，如果交流對我沒有重要，我們今天在問題第一個談到如何增進圖書及個人資料之交換？我們先來講這個部分，有些人可能覺得這沒什麼重要，可是我覺得這對林文寶先生可能是非常重要。那麼如何增進學術研究？我覺得這對我們真的非常重要，但是出版合作計畫這是個食物鏈的關係。也就是出版合作要有作家、評論、媒體，它是一個環結，每一個環結都很重要，但是每一個環結都被分散了，我的一個思考就是說我們能不能夠諸神歸位，我們站在自己的位子上，覺得我們能夠就我們所做的哪一點做得最好，追根究底就是創作的人專心創作，媒體編輯去做媒體編輯交流的工作，出版者專心去做一些出版的趨勢，然後我們在一些刻意經營的機會下，集合這些人，來將所做的這些事情由一個單位，比方說今天的兒研會，那麼由一個組織，來將這些東西做為一個有規劃性的實踐，就是說做任何事情要有一

個設計、要有一個理性、要有一個計畫，這個計畫的本身應該是一個短期的、中期的跟長期的計畫，也就是說它要有一個規畫性，我們過去的十年是這樣的走過，當然未來的十年我們不可能走回頭路，整個環境都不允許我們回頭，那麼我們要怎麼往前走呢？那今天是個很好的開始，可能這個部份就是大家來想想，我之前看到了兩篇文章，我們大家都很關心就是所謂出版合作計畫等等，那我門也看到五月號出版家的章裡面說大陸因書市場現況與未來等呈現的作品，陳信元先生前不久做了大陸出版集團化的趨勢與兩岸出版交流的互動，所以就是說資訊的獲得，我覺得其實是就我們來講應該我們座談會最大的是一個資訊上的收集，一個思想上的激盪，然後共同想出一些方法。我常覺得我們都說的很多，然後我們都有一些意識，可是我們都沒有面對危機，去處理這個危機的能力及條件，我們總是在說然後做的很少，只有一些有心人分散的去做，而沒有集體的去做，所以我們每一個人都要注意到我們自己應該要做些什麼事情，然後練習也很重要，那另外一個就是說我想舉個別人我們比方說看經費哪裡來，我想經費哪裡來．這個當然是對那個想要交流辦活動的主持人最想知道的事。現在我們層次上已有所改變了，比如以往我們的籌碼是比較多的，大陸人的作者朋友他們如果來台灣，我們都是全部替他申請經費，可是因爲隨著大陸形式的轉變，我認爲我們並不是沒有籌碼了，比方說我們這一次邀請七位大陸作家跟學者訪問，我就提出了問題，就是說你們自費，因爲你們已經有能力了，所以這並不是不好的，就是說要運用對方的改變造成我們有利的這個想法之下，而不是說因爲對方能力強，而消弱了我們的能力，而是因爲對方能力強，我們如何來吸收他們的能力，來做爲減輕我們的成本等等。有了一九九七年七位大陸作家來訪模式以後，我們不再提供任何經費，我們請他自籌經費，因爲他的學校可以合作，他的單位可以合作，他個人的經濟條件已經達到了相當的標準。第二個在過去的十年來，民生報與大陸的很多單位辦了非常多的活動，事實上我們早在三、四年前，我們就提出了對口（就是經費你出一半，我出一半）的方法，這是互相尊重的問題，我不嫌你沒有錢，或者是覺得你很有錢，但是我們都不談這個問題，就是說我們互相的有誠意，比如說這個活動戾一萬塊錢的話，你出五千，我也出五千，從來沒有得到任何的拒絕跟爲難，所以因此我常常在想，我們不必過於悲觀，我們也有我們的條件，比方說在台灣，事實上我們也有我們的優勢，我們的工作效率，我們對於資訊收集的快速，我們靈活的運用市場的經濟，同時以及於我們在設計上的一些比如說版

本，在圖書經濟上面，我們可以一直不斷的去領導，我覺得可以對他們的帶動這未嘗不是一個良性的競爭，那麼就以大陸市場的變化來說，像各位常到大陸的人，可能都有看到大陸目前書籍的裝針、印刷，都已不亞於我們了，那我覺得這個很好為什麼？因為有利於將來我們好的作品到大陸去，我們不會嫌他們出版的很差，我們可以要求說，你出得那麼好，我們也要精裝本，但是有一個問題回歸，你有那麼多的作品，你有那麼好的作品讓他們出嗎？大陸的市場一次可以印到兩萬冊、五萬冊、十萬冊，難道我們台灣好的作家沒有機會嗎？我不以為然，我覺得做諸神歸位的一個理論就是說好的作家永遠有人爭取，大陸市場那麼大，我覺得你根本吃不了，問題是你沒有稿子可以供應，像我常跟他們媒體做交流，他們委託請我推荐台灣兒童文學作家的作品，我要童話專欄，我要什麼，可是我的籌碼在哪裡？譬如我們有機會，也就是說我們的資源可以互享，可以共用，做為一個編輯者，我當然希望我們民生報的作家群能夠有機會在大陸露面，獲得更多的資源，那也可以促進我在版權交易上的優勢，當然大家小朋友都看到喜歡王淑芬的作品，那我說王淑芬的作品民生報替你爭取大陸版權，因為他已經有了市場，那麼我們可以和他們談條件，所以這樣一個互動，也許也是有利台灣市場的，就如同曹文軒的作品草房子我們今年已經拿到台灣的版權，即將要出版，可是我也要提醒各位就我所了解，現在大陸的出版社在和大陸作家在談版權時，他會顧慮到港台的版權，這是一個趨勢，他要的是全球中文的版權，港台的版權是我們以前他要的優勢，我們可以拿來，可是現在不行了，做為一個台灣的編輯者來說，他要創造作品，他不能撿現成的，那也就是說我們發現大陸有好的作家時，我們回過頭來，請他為我們台灣人創作新的優品，版權是我的，大陸人要買跟我們台灣人買，甚至能夠讓你到過頭來買版權，所以如果大家能換個角度來想，我常常覺得也許沒有那麼糟糕，讓我們早一點想、早一點做，那麼同樣地台灣的作者我們也希望他們努力寫出好的作品，讓我們的編輯，讓我們願意從事兩岸交流的人創造一些碰面的機會，明年我們在做交流時，我常常在想我要拿什麼去交流，這是我害怕、著急的一件事。那今天講的是有點亂，不過是我就剛才大家提到的一些，提出一些簡單想法，謝謝！

（主持人）

　　謝謝桂小姐的引言，桂小姐提到了很多關鍵性的問題，那麼我想一定會引發大家的思考和想法，現在我們就開放來進行討論。

（蔡清波）

　　主席、引言人，各位前輩大家好，我想我從南部來，如果不講幾句話，等一下主席會被冠予重北輕南的罪名。在民國七十年左右，我們在南部成立了一個高雄兒童寫作學會以後，到目前有一點夭折的味道，那我們也非常需要北部給我們交流一下，不要交流到兩岸去了，不過兩岸還是需要交流。

　　那我現在來提三點，第一點就是說面對的是一個新的紀元的問題，剛剛各位提到的都沒有提到結合一個新的科技來做交流，我記得我在學校有一個林文宏會長給我一個觀念，現在是一個地球村，它的投資是二十四小時，在那邊不停的循環著，所以它的錢是二十四小時在用，那我們現在透過網際網路，我們的一個資料的交換及對流，也可以跟大陸做一個二十四小時的交流，所以並不限於目前的一個書本上的交流，或是說我們人的交流，所以我們非常期盼華文資料館能夠把作者允許的資料上一個網站，讓這個跟大陸甚至跟世界來做一個交流，那麼詳細的我有寫在我的報告上，讓大家看一下。

　　那第二點我特別提出，就是有一個等於說的政策，包括我們作者的一個創作作品後，經過出版社的出版，還有報章媒體的介紹，甚至於一個簡介，然後再透過學術上，像林老師的兒童文學研究所，給我們做一個評論，假定今天兒童文學研究所對林煥彰先生的作品做一個討論他一定認為這是一個無上的光榮。我是覺得不管再哪一方面都需要再做一個結合的工作，比如說我們要到兩岸去交流的話，比方說我們去開個研討會或是我們籍著機會玩一玩這樣就好，我們應該事先有一個規畫、團隊，如果我們事先透過出版商，把我們的作品在大陸出版，那出版以後透過他們的媒體宣傳我們去舉辦一個書友會也就是我們台灣的讀書會，讓他們小朋友先看到作品，然後我們這邊的人輪流比如說也可以到中國大陸一週，並且是出你自己的作品，跟小朋友做一個面對面的討論，那這樣無論當中透過媒體我們的作品可以銷售出去，我們的推廣工作也可以推廣出去，這四方面的結合都可以產生這樣的影響，比如說我在為高雄縣規畫一個研習營的時候，他是透過文化中心給老師的一個研習營時，我往往要他們第一個要老師買書，讓老師在家裡先看過，比如說童話、寓言…等這些書，然後每一個人都先送一本書讓他們先看，再參加討論會，討論會以後，就藉者這個管道再傳播給學生知道，這就有一個四贏第一個出版商已經得到書的銷售量，最少一期五十本的銷售出去了；第二個他如果再傳播給學生的話，學生也可以買來，在學校成立讀書會，那老師一句

話，學生為了討論這本書，他就買書來看，這就是透過一個層層的管道下去，書也銷售了，作者稿費提高拿到稿費，他也很樂意再去創作作品出來，附帶起來，他的作品多了，這個學術單位喜歡討論他的作品，作者也受益了，那報紙上，比如說一個讀書會的討論，不只說書的討論，有時候從報紙上剪一篇文章下來討論，那時報紙的銷售量也會增加，那這樣的一個管道，我是覺得四方面都可以相影響的作用出現，那麼我最主要除了科技方面的交流外，對於這個研討會成立讀書會，比如說出版社也可以透過成立讀書會，來引導學生購買這些圖書，這都是一個方向。那最後提出了一個方向就是大陸他都是一胎化政策，一胎化政策的結果就是家長都非常重視孩子的教育，因為他只有一個，他傾全力在培養這個孩子，那培養這個孩子方面，套句我們台灣的話就是「孩子不輸在起跑點上面」那他第一次接觸到的就是我們兒童文學，我記得出版我的書的一個出版社，他以後我的書一年銷售一版他認為不夠，他說他的書三個月銷售一版他才要再版，那麼現在在幼智教育的市場上，教材的市場上，他的佔有率佔 50％，我們他說為什麼佔有率能夠這麼高，他說現在的家長都把孩子送到幼稚園，第一次接觸兒童文學就是這些東西，所以他就開發這些產品，讓幼稚園的老師介紹到幼智教育市場，所以你看看出版業是一個三角形的一個金字塔型的市場，越低層的幼智教育這一方方面用心越多，所以兒童文學剛好在這金字塔的最低層，量也最多，所以如果出版界能夠結合到這一方面來的話，那大陸的市場我想也是大有可為的，也盼望桂小姐在聯合報系裡面開一個窗口，讓我們台灣的東西能夠進到這個窗口，然後讀得出去，那這樣的話可能是我們兩岸交流的一人個重點，謝謝！

（主持人）

　　謝謝蔡老師提的怎樣利用科技網際網路來交流，這個我們是可以好好再做，關於經費是一個問題，我最近也在思考，如何利用學會或兒童資料館把它上網，是不是可以擴大它的影響，正在構想中，那看看在座的各位有這方面的專長，願意協助的話，我也很想說我們應該趕快的利用這個科技的網路，怎麼樣把資料、兒童文學作品，能擴大的讓更多人來分享，蔡老師如果你在台北有認識這方面的專長，可以協助我們來儘早使兒童文學上網的目標，一定要慢慢的去做，關於我們第三個提綱，是不是大家再踴躍的發言，桂小姐回應一下。

（桂文亞）

　　關於第三個大項中的第三題，我想做任何事情就是要有錢、有人、有那個

意願，那麼經費是蠻重要的一環，因爲有了經費好做事，沒錢什麼都別談，那麼
這個經費哪裡來呢？我覺得目前我沒法靠個人，但是個人有個人的影響力，個人
也許跟某個人基金會或某個單位有關係，所以這個個人的資訊管道我們要有所了
解，然後以這個個人做爲一個媒介，進入那個單位來說，今天海峽兩岸兒童文學
研究會是沒有錢的，這絕對是沒有錯的，因爲我們一年只有靠會員交一千塊錢，
加起來沒有多少錢，可是我們怎麼能夠辦這麼多的活動呢？是因爲我們的招牌是
有用的，所以我就不介意把它歸在哪一個裡面，因爲這個招牌它的定位很明確，
就是做海峽兩岸兒童文學研究，那麼很多的單位就可能接受申請補助。比方說像
我們辦學術研討會一定可以得到錢，因爲教育部會提供論文經費、文建會、陸委
會、國科會其實都是管道，所以其實這一部分的資訊對你們組織人是有用的，對
個人沒什麼用，對他沒有意義，因爲他不做這事，所以雖然我們兒研會是一個沒
有錢的單位，可是卻是一個可以尋找經費管道的一個很好的單位，所以我會覺得
我們好好愛惜它，不是不能做事，這些管道都是我們經費哪裡來，那當然有錢人
我們也要多多發現。

（馬景賢）

　　我覺的今天談了那麼多，我還是要強調一點，基本的觀念上，剛剛桂小姐
也講，就是說我們要交流，我們的作品在哪裡？我們要學術研究，學術研究的成
果在哪裡？我我覺得基本先前也提到我們的品質能不能提昇？要我們的品質求
進步，我覺得基本上，今天來講我們能夠像樣的出版社，有規畫的出版，有規畫
的訓練自己的，有近期、中期、遠期出版計畫的，我想很少一個出版社有這樣的
觀念，這個應該是品質方面，我覺得剛剛看到後面有很多大陸的出版品出現，那
本來是最近有個機緣有個基金會可能會成立，現在還不知道，隨口講講，但是基
本這是一個船的公司，他每一年包括貨櫃大概有三、四千個貨櫃，他們現在答應
只要來一個貨櫃願意捐兒童基金會三十塊美金，將來我們眞正要做的是怎樣支持
作家寫作計畫，你支持他寫作計畫，才能夠有好的作品。我覺得我們應多方面去
支持一個作家的研究計畫，例如王淑芬他要寫一個德國兒童科學，我們可以支持
他到德國遊學，去走幾個月，這些都是眞正去紮實，去做的事情，如果我們將來
這個基金會成立以後，請大家去參觀這個基金會的建築物非常的漂亮，不過都還
是空中樓閣，大陸理論的事很多我們不可否認，但是大家可以看一下都是一個雛
形，例如斑馬的兒童及兒童理論，其實他是說我們怎麼尊重兒童，他就是把它變

一個新詞，那其他包括湯銳、方衡平…，他們有個經歷是值得學習。我覺得我們今天除了鼓勵個人出版，就是在理論的研究包括兒童文學研究所，怎麼樣讓他們活下去，我覺得我們兒研會也好，應該要有一出版研究計畫，專門鼓勵，比如說學術研究、創作研究…各有一個獎，包括我們從研究上了解大陸要做互相的研究，這樣研究的結果，比我們單向交流可能會更好，其實我們四十年來除了我們中華民國兒童文學會過去成爲大事，其實過程還是很凌亂，我個人覺得不是很理想，在未來應當有計畫性的將四十年來兒童文學的發展做一個很清楚的交代把他傳到大陸去讓他們也了解，我想這樣對未來的交流也只求品質好壞，不會有大小的問題，謝謝！

（主持人）

　　謝謝馬先生的意見，以後可能有很多事情要倚靠兒童文學研究所，比如說我每次很想要做一些事，可是我也沒那麼多本領、那麼多時間，感覺很苦惱。去年年底我們有一位少年小說家木子自美國回來後自願到學會當義工，而且他整理完成兒童文學自成立以來的大事記，本來想請資深小說作家幫我們做成一個史料處理，他也答應了，但是有些人認爲這都已是過去式了，光靠文字怎麼呈現兒童文學學會過去的活動，當然如何處理這也是一個問題，不是不可以做，現在的問題是他已幫忙整理出來了，我還沒有時間再仔細的去看，這也是一個問題大家都那麼忙，如果說有興趣的我前幾天收到王貞芳的一封信想要研究文學會的歷史，那我想這個大事記剛好可以用上，所以沒有白做，總之希望大家有寶貴的意見可以提出，我心裡也有好多事想講，當然主持人不應該佔用時間，也講了一點想做的事情。如何來凝聚大家的專長及時間把我們兒童文學界所該做的事情分頭進行？這方面是不是有其他人要發言的，那麼陳信元先生有準備了很豐富的資料及寶貴的經驗，他提到一些可以做的事情，其實今年我們兒童文學有一個沒有做到的事情，這是感到非常的慚愧，比如說今年年初，陳先生在陸委會裡面幫我們爭取到一筆經費，要到大陸辦一個台灣兒童讀物展，我自己也爲這個事情跑了一趟，結果還是碰到困難，那麼困難有兩方面，一方面是大陸那邊不管做什麼事，政治還是要干預，這是沒有辦法的事情，當然這政治的干預，如果像陳信元先生他有很豐富的經驗跟人脈可以破解，碰到我就不能，這個問題比如說對口之間的問題，不是政治的問題，而是一個對等之間的問題，他可以承受我們到大陸去辦這樣一個活動。那政治問題通通解決之外，還有另外一個問題不能解決，如果說

今年我們到大陸去辦兩岸兒童讀物的展覽，他也希望明年到台灣來，那我們的兒童文學學會的理事會是三年一任，大家都是業餘時間，時間都挪不出來，再加上經費如何去爭取，今年有這筆經費，可以到大陸去辦活動，那麼明年他來的時候，我們如何再去爭取找一筆錢，我向陸委會爭取時他說如果請他們來，他說這個不是他們的政策所希望去做的事，那最多就是說我們在這裡辦研討會時，可以是這方面，那兒童讀物展這部分他就沒辦法提。那想對對口也不是那麼容易，就算撇開政治問題，也還是不少問題，剛才陳信元先生提到的那個作家的計畫，如果根據暢銷書的模式，我們人去是很輕鬆可以比較容易做得到，而且他們讀物也少，如果整批辦兒童讀物到那邊展覽，他們也會排斥，就是說小孩子在看這個東西，他們展覽的效果也很大，我們陸委會希望是說有一個公共的圖書館，開放這些資料讓它永續的傳承，提供給民眾聽，但是我們找了幾個對口單位他們不要這些，這個也是沒有辦法。那如果送給他們中國兒童研究會，或少年兒童文化藝術基金會，那像我們的學會一樣沒有一個自己的辦公室、圖書館，所以在這裡今年所做的事情報告一下，我想再請陳信元先生再談一下。

（陳信元）

　　我想剛剛聽了很多意見，那我有兩個意見，第一個就是在經費的爭取上，因為這對於每個學會都很重要，事實上像我到目前為止，陸委會做研究專案差不多做了十個，那這十個當中在爭取實例來講，因為目前陸委會如果你是自己主動申請的話，它給你的補助很少，大概十萬、二十萬塊就很了不起，但是如果你讓它覺得，這個研究案是很值得，讓它發出來做的話，那這專案可以領大概一百萬左右，在我們學會這邊我們應該盡量爭取，好好想幾個可行的案子讓它知道，讓它形成一個內部公式後，讓他委託我們來辦理，這樣經費就可以提高，否則如果你以目前研討會、什麼模式去申請的話，十萬、二十萬就了不起了。那另外就是說你爭取到一個經費之後，你一定可以再跟另外的單位爭取，這次台灣作家到大陸陸去訪問之前，我們就在向陸委會申請一筆經費後，我們向新聞局要錢去，你要求它補助之後項目是不一樣的，雖然你是同一個活動，但你可以列出那些項目我們可能需要經費、需要補助，對於這個經費我是覺得第一。你要很會寫企劃案，第二你要很會動頭腦，那第三個因為我在接文建會的案子做了八十一年到八十四年的文壇大事記，那這裏我發現我們的中華民國兒童文學年鑑沒有做，我們兒童文學的大事記沒有做，但事實上這工作應該是文建會來做的，那現在我們就是跟

文建會溝通，讓他們發出經費，據我了解，像中華民國文學年鑑它的經費大概在一百六十至一百八十萬之間，所以我是覺得我們可以規畫出做中華民國兒童文學年鑑，因為中華民國文學年鑑根本很少甚至只有提及而已，所以我覺得這個基本上可以去爭取，像很多經費基本上，我們可以把想做的事情先列出來，看看向哪個部門申請？誰負責的，因為事實上上個禮拜我們在日月潭開檢討會提到政府的經費是良性的，只是我們不知道如何去爭取，所以現在開始他們就在消化預算，到日月潭、墾丁辦座談會，我是覺得為什麼他們不好好規畫辦些活動，真的政府五、六月特別忙，大家都忙著出國，忙著把錢花掉，我們是忙著找錢，而且找不到錢，那以我跟陸委會合作那麼久的經驗，他們願意說假如以今年的經費只有十個，可是他們願意花到二十個，因為他們知道執行力可能不到一半，那如果你的經費假如在五十萬元以下的話，他們有分處，你就可以和文教處合作，假如說你是超過五十萬以上的話，他們必須提報到中華民國文教基金會去討論，如果你的企畫真的很完善的話，基本上他們還是會撥款下來，所以說像我們辦去大陸或大陸他們參觀台灣，這樣一個經費大概是在二百陸拾萬。那剛剛我還要回應的是蔡老師到的一個結合性科技說朝上網的目標，我們現在已經跟陸委會在討論之中，那這個可能的構想華文文化出版年會，第二屆會議上我們有提，大家有個共談希望兩岸三地能透過一個資訊網站做一個政治上的演進，那事實上，當然這裡頭有很多困難，包括你曉得大陸這邊假如說你的網站上有 TW 的他都採取封殺，這樣對我們有點不利。所以我們的網站大概會設在澳門，這個我們也做了很多討論，事實上我們也不是不做，我們有在做，而且我也會把整個東西掛上去，也就是像這種經費第一年他大概給二伍拾萬的經費來做，所以我想類似這樣的一個構想目前他們還沒有說得很肯定，因為他們怕說把我們封殺了，但是在今年四月北京三聯書店他們二樓有個網路咖啡廳可以直接上網，所以他們特地去試結果可以聯接到台灣來，所以他們並不是完全封殺，那某些不是那麼重要的，他們也是開放，這個我們會在今年第三屆華文出版會議中討論大的交流，這也是先提出來報告一下。在交流上這邊我是跟陸委會這邊比較經常在合，那我是想說有很多人他們還是願意去規畫一些好的案子，但各位可能要明白一點，他們在整個教職員中，他們的人員是有限的，所以對整個兒童文學這一環他是忽略的，但是如果能主動的提給他們一些好的企畫之後，我想他們會形成一個比較好的互動方式，那我希望我能搭成那個踏板，假如說有什麼構想的話，我一定會儘快給他們看，然後由他

們討論、決定，我儘量做到這一點，謝謝各位！
（林文寶）

　　剛剛一直有提到研究所，其實壓力也是蠻大的。因為我們台灣少年兒童文學很貧乏，學術更貧乏，那同時我們沒有壓力，我們台灣的一個東西都沒有歷史的概念，我開始在做建立這個包括兒童文學年鑑也是從九七年才開始，九七年就是我們幫他寫的，那麼這篇文章以前我也登在出版界另外那個年鑑應該六、七月才出版，其實我自己已經二十年來都在做這個工作，但是這些的確仍不夠夠成基本上學術的研究，所以希望如果有早期的書各位能多幫忙，我下一個研究計畫是寫台灣文學史，我預定用三年的時間表做，第一件事是做一些指標事件，把每個事件很細部的整理出來，做一些細部的處理，事實上我們都一直在做，那看有沒有研究生多少可以幫忙一點，剛才陳信元提到這些幾乎以個人或是學會都很難做到，因為事實上沒那個人力，像我們自己去做的都知道這個是非常不容易的事情，那我現在都跟同類徵求一些早期的圖書，因為我現在出來研究，書沒有看到我就沒有辦法下筆寫，那一定要看到就真的非常難，所以我補充報告上說這些，事實上我真的是很努力在做，只是成果非常有限，所以希望大家能夠幫忙，謝謝！
（主持人）

　　謝謝林所長，也謝謝大家下午也實在很辛苦坐在這裡實用的時間是超過三小時又四十分鐘，比上班還辛苦沒有走動，那今天雖然不能讓每一位暢所欲言來談兩岸兒童文學交流這十年的經驗，不過我們很希望今後有些什麼想法，我們也願意接納諸位的書面補充及意見，那我是計畫已經向文建會爭取十萬元的費用，雖然不是很足夠，但是這個計畫一定可以去做，那當然設計再去找稿費、編輯費，那陸委會可能也是我們要爭取經費的單位，但是要等到下年度，但是我們專輯的完成也不會在六月份，所以下年度我們還是會向陸委會爭取經費，那麼希望大家能夠把今天所刺激到關於兩岸交流的一些問題的思考結果，也能夠再提供書面資料給我們，在記錄整理之後，有關各人的發言會再寄給當事人做一個補充或修改潤飾，以免在現場談的不夠周延有訂正的機會，如果要編製兩岸兒童文學十年交流的專輯，有好的構想也請各位提供建言讓學會參考，總之非常感激各位的發言，再次祝大家健康快樂，謝謝！

敬致 東師範研所 林文寶師.
　　　　　　　　　　from 李潼
　　　　　　　　　　1998.9.1

◎ 更正 与 訊息 ◎

1. 更正:《海峽兩岸兒童文學交流之研究》p261.

　　　陳木城先生發言,有關《少年噶瑪蘭》之
些事並不詳. 本人所著《少年噶瑪蘭》並未授權
中國大陸發行,因如末有出版數量及版稅一事
請予更正。

2. 訊息:

　　《少年噶瑪蘭》日文版,中 由美子翻譯為二十萬字多
由 日本 株式會社てらいんく 以《カバランの少年》
於1998.6.10 初版一刷 4000冊 ,一個月後 再刷. 並已
日本兒童文學界 評論, 誇譽為 國際級少年小說作品.(文章...

3. 訊息:

　　《秋天的野遊》 中短篇小說集 於 1998.5
由河北教育出版社出版 初版一刷 10000冊.
(版稅給付,以代把 14名稱頁,皆是教育和童規)

國家圖書館出版品預行編目（CIP）資料

林文寶兒童文學著作集. 第四輯, 其他編 / 林文寶
作. -- 初版. -- 臺北市：萬卷樓圖書股份有限公
司, 2023.09
　　冊 ；　公分. --（林文寶兒童文學著作集 ；
1605004）
ISBN 978-986-478-978-8(第 1 冊：精裝).
ISBN 978-986-478-989-4(全套：精裝)

1.CST: 兒童文學 2.CST: 文學理論 3.CST: 文學評論
4.CST: 臺灣

863.591　　　　　　　112015560

林文寶兒童文學著作集　第四輯　其他編　第一冊

海峽兩岸兒童文學交流之研究

作　　者 林文寶
主　　編 張晏瑞

出　　版 萬卷樓圖書股份有限公司
發 行 人 林慶彰
總 經 理 梁錦興
總 編 輯 張晏瑞
聯　　絡 電話 02-23216565　　　傳真 02-23944113
　　　　　網址 www.wanjuan.com.tw
　　　　　郵箱 service@wanjuan.com.tw
地　　址 106 臺北市羅斯福路二段 41 號 6 樓之三
印　　刷 百通科技股份有限公司
初　　版 2023 年 9 月
定　　價 新臺幣 18000 元 全套十一冊精裝 不分售
ISBN 　978-986-478-989-4(全套 ：精裝)
ISBN 　978-986-478-978-8(第 1 冊 ：精裝)